LE PIQUE-NIQUE DES ORPHELINS

LOUISE ERDRICH

LE PIQUE-NIQUE DES ORPHELINS

roman

Traduit de l'américain
par Isabelle Reinharez

TERRES D'AMÉRIQUE

ALBIN MICHEL

« Terres d'Amérique »
Collection dirigée par Francis Geffard

Édition originale américaine parue sous le titre :
THE BEET QUEEN
Publiée pour la première fois en 1986
par Henry Holt and Company, Inc.

À Michael

Complice du moindre mot,
aussi indispensable que l'air

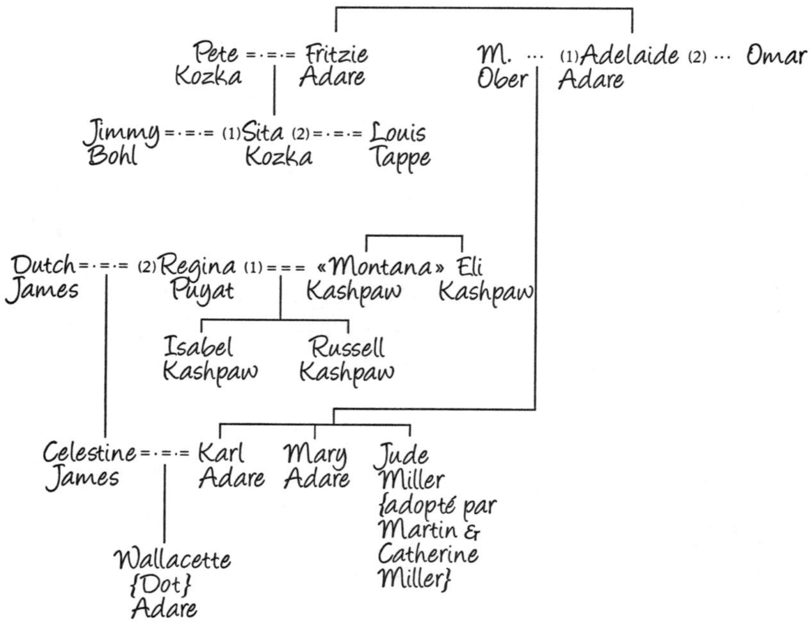

LÉGENDE

==== Mariage traditionnel ojibwé

···· Liaison

=·=·= Mariage civil ou religieux

La branche

Bien avant qu'on ne plante des betteraves à Argus et construise les autoroutes, il y avait une ligne de chemin de fer. Par les rails, qui franchissaient la frontière Dakota-Minnesota et s'étiraient jusqu'à Minneapolis, arrivait tout ce qui faisait la ville. Tout ce qui l'amoindrissait s'en allait aussi en empruntant la même voie. Par une froide matinée printanière de 1932, le train apporta à la fois une addition et une soustraction. Les enfants arrivèrent dans un wagon de marchandises. Lorsqu'ils atteignirent Argus, ils avaient les lèvres violettes et les pieds tellement gourds qu'en sautant du train ils trébuchèrent dans le mâchefer où ils s'égratignèrent paumes et genoux.

Le garçon était grand pour ses quatorze ans, voûté par sa brusque croissance et le teint très pâle. Il avait une bouche joliment incurvée et la peau délicate d'une jeune fille. Sa sœur n'avait que onze ans, pourtant elle était déjà si petite et quelconque qu'il était évident qu'elle le serait toute sa vie. Son prénom était aussi vieillot et fonctionnel que le reste de sa personne : Mary. Elle épousseta son manteau et se tint dans le vent saturé d'eau. Entre les bâtiments, il n'y avait pour elle rien d'autre à voir que davantage d'horizon vide, et de temps à autre des hommes qui le traversaient. Le blé était la grande culture à l'époque, et la couche arable si fraîchement labourée qu'elle ne s'était pas encore toute envolée, comme dans le Kansas. En fait, les temps étaient d'une manière générale bien meilleurs dans l'est du Dakota du Nord que presque partout ailleurs, voilà pourquoi Karl et Mary Adare y étaient venus par le train. Fritzie, la sœur de leur mère, vivait en lisière de la bourgade, à l'est. Elle et son mari tenaient une boucherie.

Les deux enfants plongèrent leurs mains dans leurs manches et se mirent en marche. Quand ils eurent commencé à bouger ils se réchauffèrent, alors qu'ils avaient voyagé toute la nuit et que le froid les avait pénétrés jusqu'aux os. Ils marchèrent vers l'est, sur la terre et les trottoirs en planches de la large rue principale, lurent les enseignes sur chaque magasin à fausse façade en bardeaux devant lequel ils passaient, lurent jusqu'aux lettres dorées dans la vitrine de la banque bâtie en briques. Aucun de ces lieux n'était une boucherie. Brusquement les magasins prirent fin et commença alors une enfilade de maisons, devenues grises à force d'intempéries, ou grises parce qu'elles s'écaillaient, avec des chiens attachés à la rambarde de leurs galeries.

De petits arbres étaient plantés dans les jardinets de quelques-unes de ces habitations, et l'un d'eux, sans vigueur, une éraflure de lumière contre le gris de tout le reste, se balançait, enveloppé d'un voile de fleurs. Mary avançait à pas lourds et y jeta à peine un coup d'œil, mais Karl s'arrêta. L'arbre l'attira par son parfum délicat. Ses joues rosirent, il tendit les bras tel un somnambule, et en un long mouvement fasciné flotta presque dans sa direction et plongea son visage dans les pétales blancs.

En se retournant pour voir où était Karl, Mary fut effrayée de le trouver si loin derrière et tellement immobile, le visage enfoui dans les fleurs. Elle cria, mais il ne parut pas l'entendre et resta simplement là, étrange et figé, parmi les branches. Il ne bougea pas, même quand le chien dans le petit jardin s'élança en tirant sur sa corde et aboya furieusement. Il ne vit rien lorsque la porte de la maison s'ouvrit et qu'une femme se précipita dehors. Elle aussi cria après Karl, mais il n'y fit pas attention, alors elle détacha son chien. Massif et bouillant d'impatience, l'animal se rua sur lui à grands bonds. Et, soit pour se protéger soit pour saisir les fleurs, Karl tendit la main et arracha une branche.

C'était une si grosse branche, d'un si petit arbre, que la maladie attaquerait la cicatrice à l'endroit de la cassure. Les feuilles tomberaient plus tard dans l'été et la sève redescendrait dans les racines. Au printemps suivant, quand Mary passerait devant en allant faire une course, elle verrait qu'il n'avait pas de fleurs et se souviendrait que, lorsque le chien avait sauté sur Karl, il l'avait frappé avec la branche et que les pétales étaient tombés en une neige soudaine autour du corps sauvage et déployé de l'animal. Karl avait alors hurlé : « Cours ! » et Mary avait filé vers l'est, vers tante Fritzie. Mais Karl, lui, était reparti ventre à terre vers le wagon de marchandises et le train.

PREMIÈRE PARTIE

CHAPITRE 1

Mary Adare, 1932

Et voilà comment je débarquai à Argus. J'étais la gamine en manteau raide. Après avoir couru à l'aveuglette et m'être arrêtée, stupéfaite de ne pas trouver Karl sur mes talons, je levai la tête pour le chercher des yeux et entendis le sifflet du train, long et strident. C'est alors que je compris qu'il avait probablement ressauté dans le même wagon de marchandises, et que, blotti dans la paille, il regardait par la porte ouverte. La seule différence devait être la branche parfumée qui s'épanouissait dans sa main. Je vis le train tiré sur l'horizon tel un collier de perles noires, comme je l'ai vu tant de fois depuis. Quand il eut disparu, je regardai fixement mes pieds. J'avais peur. Ce n'était pas que sans mon frère je n'avais plus personne pour me protéger, mais exactement le contraire. Sans personne à protéger et dont m'occuper, j'étais faible. Karl était plus grand que moi mais fluet, plus âgé, bien sûr, mais peureux. Il souffrait de fièvres qui le maintenaient dans un état de rêve hébété, était sensible aux sons violents, aux lumières crues. Ma mère disait de lui qu'il était fragile, mais moi j'étais l'opposé. À Minneapolis, où nous habitions l'hiver qui suivit la mort de mon père, j'étais celle qui à l'épicerie mendiait des pommes tavelées et volait du petit-lait sur les marches à l'arrière de la crèmerie.

C'est là que débute cette histoire, parce que avant, et sans l'année 1929, notre famille aurait probablement continué à vivre confortablement dans une maison blanche et isolée au bord de Prairie Lake.

Nous ne voyions presque jamais personne. Il n'y avait que nous trois : Karl et moi, et notre mère, Adelaide. Déjà à l'époque, nous étions un peu différents des autres. Notre unique visiteur était M. Ober, un homme de haute taille à la barbe noire bien taillée. Il possédait dans le Minnesota un comté tout entier de terres à blé. Deux à trois fois par semaine, il arrivait tard dans la soirée et garait sa voiture dans la grange.

Karl détestait les visites de M. Ober, mais je les attendais toujours avec impatience car à chaque fois ma mère s'animait. C'était comme un changement de climat sous notre toit. Je me souviens que le dernier soir où M. Ober passa nous voir, elle mit la robe en soie bleue et le collier aux pierres étincelantes dont nous savions qu'ils venaient de lui. Elle enroula en couronne sur sa tête sa natte couleur acajou et la fixa avec des pinces, puis donna à ma chevelure cent coups de brosse légers et réguliers. Les yeux fermés, je l'écoutai compter.

« Ce n'est pas de moi que tu les tiens », finit-elle par remarquer en laissant mes cheveux noirs et sans ressort tomber sur mes épaules.

Quand M. Ober arrivait, nous le recevions au salon. Karl prenait la pose sur le divan de crin et feignait d'être fasciné par les losanges rouges tissés dans le tapis. Comme toujours, j'étais celle que M. Ober choisissait de cajoler. Il me prenait sur ses genoux, m'appelait *Schatze*.

« Pour tes cheveux, petite demoiselle », disait-il en tirant un ruban de satin vert de la poche de son gilet. Sa voix était haut perchée, mais j'en aimais le son lorsqu'elle venait en contrepoint de celle de ma mère, ou la couvrait. Plus tard, quand Karl et moi avions été envoyés au lit, je restais éveillée et j'écoutais les voix des adultes monter et s'entremêler, puis retomber, d'abord dans le salon au rez-de-chaussée, puis, assourdies, dans la salle à manger. Je les entendais tous les deux gravir l'escalier. La grosse porte se refermait au fond du couloir. Je gardais les yeux ouverts. Il y avait l'obscurité, les craquements et les bruits sourds que fait une maison la nuit, le vent dans les branches, qui tapaient doucement. Le matin, M. Ober n'était plus là.

Le lendemain, Karl boudait jusqu'à ce que notre mère lui rende sa bonne humeur à force de câlins et de baisers. J'étais triste, moi aussi, mais avec moi elle se montrait agressive.

Karl lisait toujours avant nous les bandes dessinées du journal du dimanche, ce fut donc lui qui découvrit en première page la photo de M. Ober et de son épouse. Un accident s'était produit lors d'un chargement de céréales et M. Ober avait fini étouffé. On parlait aussi de suicide. M. Ober avait contracté de lourds emprunts gagés sur ses terres. Maman et moi étions en train de nettoyer les tiroirs de la cuisine, nous découpions du papier blanc pour les garnir, lorsque Karl apporta le journal pour nous le montrer. Je me souviens que les cheveux d'Adelaide étaient nattés en deux tresses rousses et sinueuses, et qu'elle tomba par terre de tout son long lorsqu'elle lut l'article. Karl et moi vînmes nous blottir contre elle, et lorsqu'elle ouvrit les yeux je l'aidai à s'asseoir sur une chaise.

Elle secoua la tête, refusa de parler, frémit comme une poupée brisée. Puis elle regarda Karl.

« Tu es content ! » s'écria-t-elle.

Karl détourna la tête, maussade.

« C'était votre père », lâcha-t-elle.

Voilà qui était dit.

Ma mère savait qu'elle perdrait tout, maintenant. Sur la photo, l'épouse de M. Ober était souriante. Notre grande maison blanche était au nom de M. Ober, comme tout le reste, excepté une voiture qu'Adelaide vendit le lendemain matin. Le jour des obsèques, nous prîmes le train de midi pour Minneapolis, chargés seulement de ce que nous étions capables de porter.

Ma mère pensait que là-bas, grâce à son allure et à sa beauté, elle trouverait du travail dans un magasin chic.

Mais elle ignorait alors qu'elle était enceinte. Elle ne connaissait pas le vrai prix des choses, ni les dures réalités de la Grande Dépression qui ravageait le pays. Au bout de six mois, l'argent vint à manquer. Nous étions aux abois.

J'ignorais à quel point nous étions fauchés jusqu'à ce que ma mère vole six grosses cuillères en argent à notre logeuse, qui était gentille, ou du moins n'avait rien contre nous, et que ma mère considérait comme une amie. Adelaide ne fournit pas d'explication pour les cuillères quand je les découvris dans sa poche. Quelques jours plus tard elles avaient disparu et Karl et moi portions de gros manteaux. Et puis notre étagère de cuisine se retrouva chargée de bananes vertes. Pendant plusieurs semaines, nous bûmes des litres de babeurre et mangeâmes des tartines beurrées couvertes d'une épaisse confiture. Et peu après, me semble-t-il, le bébé était sur le point de naître.

Un après-midi, ma mère nous expédia en bas chez la logeuse. Cette femme était corpulente et tellement quelconque que j'ai oublié son nom, alors que j'ai des souvenirs très précis de tout ce qui s'est passé à cette époque. C'était un après-midi glacial de fin d'hiver. Nous contemplions la vitrine où les gobelets en argent et les assiettes peintes étaient sous clé depuis le vol. Les contours de nos visages nous fixaient comme des spectres. De temps à autre, Karl et moi entendions quelqu'un gémir. À un moment, un objet lourd heurta le plancher juste au-dessus de nos têtes. Nous levâmes tous les deux les yeux vers le plafond, en tendant les bras comme pour le rattraper. Je ne sais pas ce qui passa par la tête de Karl, mais moi je crus que c'était le bébé, né lourd comme du plomb, qui tombait tout droit à travers les nuages et le corps de ma mère. J'avais une idée embrouillée du processus de la naissance. En tout cas, aucune raison à la portée de mon imagination n'expliquait le long hurlement qui déchira l'air, fit blêmir le visage de Karl et l'envoya s'affaler penché en avant sur sa chaise.

J'avais renoncé à le ranimer chaque fois qu'il s'évanouissait. J'avais fini par penser qu'il reviendrait à lui tout seul, ce qui était toujours le cas, l'air tendre, sidéré et, d'une certaine façon, revigoré. Au mieux, je lui soutenais la tête jusqu'à ce qu'il batte des paupières et ouvre les yeux.

« Il est né », dit-il lorsqu'il retrouva ses esprits.

Comme si j'avais déjà conscience que notre ruine s'était accomplie dans ce cri, je refusai de bouger. Karl argumenta et plaida pour que nous montions au moins en haut de l'escalier, à défaut de franchir la porte, mais je restai assise sans bouger jusqu'à ce que la logeuse redescende et nous annonce, primo que nous avions un petit frère, et secundo qu'elle avait trouvé une des cuillères en argent de sa grand-mère sous le matelas et ne demanderait pas comment elle était arrivée là mais que nous avions un mois pour partir.

Ce soir-là je m'endormis sur une chaise à côté du lit de maman, dans l'éclat de la lampe, le bébé au creux de mes bras, enveloppé dans une fine couverture de laine. Karl était roulé à ses pieds en une boule aux allures d'araignée, et elle dormait à poings fermés, ses cheveux flamboyants sauvagement épars sur les oreillers. Son visage était blanc, creusé, mais quand elle eut parlé, je n'eus plus de pitié.

« Je devrais le laisser mourir », marmonna-t-elle.

Ses lèvres étaient pâles, figées dans un rêve. Je l'aurais volontiers secouée pour la réveiller mais le bébé était fermement niché contre moi.

« Je pourrais l'enterrer dans le terrain derrière, là où c'est plein de mauvaises herbes, murmura-t-elle.

– Maman, réveille-toi, lançai-je, mais elle continua à parler.

– Je n'aurai pas une goutte de lait. Je suis trop maigre. »

Je baissai les yeux vers le bébé. Son visage était rond, bleu et meurtri, et ses paupières étaient gonflées au point d'être presque fermées. Il paraissait fluet, pourtant quand il remua je glissai mon petit doigt entre ses lèvres, comme j'avais vu des femmes le faire pour calmer leurs petits, et sa bouche était avide.

« Il a faim », dis-je.

Mais Adelaide roula sur elle-même et tourna son visage vers le mur.

Le lait vint à flots dans les seins d'Adelaide, plus que le nouveau-né ne pouvait en boire, au début. Elle fut obligée de le mettre à téter. Le lait s'échappait en taches sombres sur ses chemisiers écossais vert pâle. Elle allait et venait, désespérée, sous le poids de la douleur. Elle ne boudait pas tout à fait l'enfant, même si elle refusait de lui donner un nom. Elle découpa ses jupons pour lui faire des couches, lui confectionna une layette dans sa chemise de nuit, mais le laissait souvent brailler. Parfois il pleurait si longtemps que la logeuse arrivait en soufflant à l'étage pour s'informer de ce qui n'allait pas. Elle était tourmentée de nous voir dans une telle détresse et nous montait les restes des repas de ses pensionnaires. Malgré tout, elle ne revint pas sur sa décision. Quand le mois fut écoulé, nous dûmes quitter les lieux.

Les nuages printaniers flottaient haut dans le ciel et l'air était doux le jour où nous partîmes chercher un nouveau toit. Les vêtements simples que possédait maman avaient tous été découpés en morceaux pour le bébé, elle n'avait donc rien d'autre à se mettre que ses beaux habits, soie et dentelle, cashmere de bonne qualité. Elle portait un manteau noir, une robe noire garnie de dentelle crème, et de fins gants en résille. Ses cheveux étaient ramenés en arrière en un chignon sévère et brillant. Nous longeâmes les trottoirs de briques en cherchant des panneaux aux fenêtres pour les meublés les moins chers, des baraquements ou des hôtels. Nous ne trouvâmes rien et finîmes par nous asseoir pour nous reposer sur un banc près d'un magasin. En ce temps-là, les rues des villes étaient beaucoup plus accueillantes. Personne ne prêtait attention aux indigents qui reprenaient des forces, se délassaient, discutaient de leurs infortunes.

« On pourrait retourner chez Fritzie, dit maman. C'est ma sœur. Elle serait bien obligée de nous accueillir. »

Je compris au son de sa voix que c'était la dernière chose qu'elle avait envie de faire.

« Tu pourrais vendre tes bijoux », lui répondis-je.

Maman me lança un regard d'avertissement et porta la main à la broche qu'elle avait au cou. Elle était attachée aux cadeaux que M. Ober lui avait offerts au fil des ans. Quand nous la suppliions, elle les exhibait – le collier raffiné en grenats, la broche de deuil en onyx, les pendants d'oreilles en perles, le peigne espagnol et la bague ornée d'un vrai diamant jaune. Je me disais bien qu'elle ne les vendrait pas, même pas pour nous sauver. Nos difficultés l'avaient anéantie et elle était faible, pourtant dans sa faiblesse elle était également entêtée. Nous restâmes sur le banc pendant peut-être une demi-heure, puis Karl entendit de la musique flotter dans l'air.

« Maman, c'est une fête foraine ! » s'écria-t-il d'un ton suppliant.

Comme toujours avec Karl, elle commença par dire non, mais ce n'était qu'une formalité et ils le savaient tous les deux. En un rien de temps, à force de charme et de cajoleries, il l'avait convaincue d'y aller.

Le « pique-nique des orphelins », une kermesse organisée au profit des enfants sans toit de Saint-Jérôme, se déroulait à quelques rues de là sur le champ de foire municipal. Nous vîmes la banderole, qui resplendissait d'un rouge joyeux, tendue au-dessus de l'entrée et barrée de grandes lettres jaune vif dessinées à la main. Des stands en planches étaient montés dans l'herbe haute et brune de l'hiver passé. Des religieuses allaient et venaient, affairées, entre les comptoirs de scapulaires et de médailles saintes, ou se tenaient immobiles derrière des présentoirs de chapelets, des boîtes à chaussures pleines d'images pieuses, de minuscules statues de saints et des jouets ordinaires. Nous nous glissâmes au cœur de toute cette animation, jetâmes un coup d'œil à la pêche à la ligne, aux jeux de hasard, aux étals de bonbons et d'articles de piété. Devant un stand qui présentait de la quincaillerie tintinnabulante, maman s'arrêta et tira un billet d'un dollar de son sac à main.

« Je vais prendre ça », annonça-t-elle au vendeur en pointant le doigt. Il sortit de son étui un couteau de poche à manche de nacre et le tendit à Karl. Puis elle désigna un collier de perles, or et argent.

« Je n'en veux pas », lui dis-je.

Son visage s'empourpra, mais après une légère hésitation ma mère acheta quand même le collier. Puis elle demanda à Karl de le lui attacher autour du cou. Elle me mit le bébé dans les bras.

« Tiens, Mademoiselle Rabat-Joie », lança-t-elle.

Karl rit et la prit par la main. En flânant de stand en stand, nous arrivâmes enfin à la tribune et Karl entreprit aussitôt de tirer notre mère vers les sièges. Je dus les suivre en trébuchant. Des tickets jonchaient le sol. Des affiches étaient collées sur les troncs des arbres et sur les parois en planches raboteuses. Maman ramassa un des plus petits prospectus.

LE GRAND OMAR, y lisait-on, EXTRAORDINAIRE AÉRONAUTE. EN PISTE À MIDI. Sous ces mots il y avait la photo d'un homme, soigné, moustachu, son écharpe orange claquant au vent.

« S'il te plaît ! » dit Karl.

Et nous nous joignîmes à la foule, qui était bouche bée.

L'avion piqua, exécuta une série de tonneaux, vrombit, plana au-dessus de nous comme une sorte d'insecte. Je ne tendis pas le cou, je n'eus pas le souffle coupé, comme tous les autres, sous le coup du ravissement. Je penchai la tête vers le bébé et observai son visage. Il émergeait tout juste de l'interminable sommeil du nouveau-né et, de temps à autre, très concentré, il me regardait fixement. Je le regardai à mon tour. Dans son visage je retrouvai un différent agencement de moi-même – plus hardi, vif comme l'éclair, râleur. Il me considérait, les sourcils froncés, sans savoir qu'il était à notre merci, uniquement gêné par le fort vrombissement du biplan qui atterrissait et s'avançait vers nous en roulant sur le pré.

Quand j'y repense aujourd'hui, je n'arrive pas à croire que je n'aie eu aucune prémonition. Ce fut à peine si je jetai un coup d'œil au Grand Omar lorsqu'il sauta de son avion, et je n'applaudis pas ses profondes révérences ni ses déclarations. Ce fut à peine si j'écoutai lorsqu'il proposa un tour dans les airs à ceux qui en auraient l'audace. Je crois qu'il faisait payer ce privilège un ou deux dollars. Je ne remarquai rien. Je n'étais guère préparée à ce qui arriva ensuite.

« Ici ! » cria ma mère, qui brandit son sac à main dans le soleil.

Sans un regard en arrière, sans un mot, sans un avertissement ni une hésitation, elle joua des coudes pour se frayer un chemin dans la foule amassée au pied de la tribune, et s'avança dans l'espace dégagé autour du pilote. C'est alors que je regardai le Grand Omar pour la première fois. L'impression générale qu'il donnait était fringante, comme ses affiches. L'écharpe orange était nouée autour de son cou, et il avait certainement un genre de moustache. Je crois qu'il portait un pull blanc maculé de cambouis. Il était mince et brun, beaucoup plus petit par rapport à son avion que ne le montrait l'affiche, et plus âgé. Après avoir aidé ma mère à monter dans le cockpit passager et sauté derrière les commandes, il rabattit sur son visage une paire de lunettes protectrices vertes. Et puis il y eut un moment saisissant, interminable, quand ils se préparèrent à décoller. L'aéronaute échangea des signaux avec deux hommes qui l'avaient aidé à faire pivoter l'avion.

« Magnétos ON ! Magnétos OFF ! Contact !

– Personne devant ! » cria Omar, et les hommes s'écartèrent d'un bond.

L'hélice produisit un souffle. L'avion avança par à-coups, s'éleva au-dessus des petits arbres, prit de la hauteur. Le Grand Omar décrivit une courbe autour du pré en descendant en piqué à basse altitude, et je vis les longs cheveux roux et crêpelés de ma mère s'échapper brusquement de son chignon serré et flotter librement en un arc de cercle qui parut se déployer et s'emmêler autour de ses épaules.

Karl contemplait le ciel, fasciné, et ne dit rien alors que le Grand Omar entamait ses acrobaties et ses passages vrombissants. Je ne pouvais pas regarder. J'examinai le visage de mon petit frère et me crispai, en attendant que l'avion s'écrase.

La foule se dispersa. Les gens s'éloignèrent d'un pas nonchalant. Les bruits du moteur étaient plus difficiles à percevoir. Quand enfin j'osai lever les yeux vers le ciel, le Grand Omar s'envolait tranquillement avec ma mère loin du champ de foire. Bientôt l'avion ne fut plus qu'un point blanc, puis il se fondit dans le ciel pâle et disparut.

Je secouai le bras de Karl, mais il s'écarta et sauta d'un bond vers le bord de la tribune. « Emmenez-moi ! » hurla-t-il en se penchant par-dessus la rambarde. Il regardait fixement le ciel, immobile, comme s'il allait se jeter dedans.

De la satisfaction. Cela me surprit, mais voilà la première chose que je ressentis après qu'Adelaide se fut envolée. Pour une fois elle n'avait pas marqué de préférence entre Karl et moi, mais nous avait laissés tous les deux. Mon frère plongea sa tête dans ses mains et se mit à sangloter dans ses manches en gros lainage. Je détournai la tête.

Au pied de la tribune, la foule allait et venait en vagues désordonnées. Au-dessus de nous les nuages s'étendaient en une couche fine qui recouvrait le ciel comme de la mousseline. Nous regardâmes le crépuscule s'amasser aux quatre coins du pré. Les religieuses commencèrent à remballer leurs chapelets et leurs missels. Des ampoules de couleur s'allumèrent dans les petits stands de la fête foraine. Karl se frappa les bras, tapa des pieds, souffla sur ses doigts, mais moi je n'avais pas froid. Le bébé me tenait chaud.

Le nourrisson se réveilla, affamé, et je ne pus rien faire pour le soulager. Il tétait si fort que j'en avais le doigt blanc et tout fripé, et puis il hurla. Des gens se rassemblèrent autour de nous. Des femmes tendirent les bras, mais je serrai mon petit frère plus fort contre moi. Je n'avais pas confiance en elles. Je n'avais pas confiance non plus en l'homme qui s'assit à côté de moi et parla d'une voix douce. C'était un jeune homme au visage anguleux, triste et mal rasé. Ce dont je me souviens le mieux, c'est de sa tristesse. Il voulait amener le bébé à sa femme pour qu'elle le nourrisse. Elle avait elle-même un nouveau-né, disait-il, et assez de lait pour deux.

Je refusai de répondre.

« Elle reviendra quand, votre mère ? » demanda le jeune homme.

Il attendit. Karl était assis, silencieux, le regard perdu dans le ciel obscur. Tout autour, les personnes opulentes qui se mêlaient de ce qui ne les regardait pas me disaient quoi faire.

« Donne-lui le bébé, mon petit. »

« Ne sois pas têtue. »

« Laisse-le emmener le bébé chez lui. »

« Non », répondais-je à chaque ordre et chaque proposition.

J'allai jusqu'à donner un grand coup de pied quand une femme intrépide tenta de m'arracher mon frère des bras. Une par une elles se découragèrent et s'en allèrent. Le jeune homme fut le seul à rester.

Ce fut le bébé qui finit par me convaincre. Il n'arrêtait pas de crier. Plus il pleurait, plus l'homme triste restait assis à côté de moi, plus ma résistance faiblissait, jusqu'à ce que j'arrive à peine à retenir mes larmes.

« Je viens avec vous, alors, dis-je au jeune homme. Je ramènerai le bébé ici quand il sera nourri.

– Non, cria Karl, qui sortit tout à coup de son hébétude, tu ne peux pas me laisser tout seul ! »

Il me saisit le bras avec tant de fougue que le bébé glissa, et alors le jeune homme me rattrapa, comme pour m'aider, mais en fait il s'empara du bébé.

« Je prendrai bien soin de lui », promit-il, et il tourna les talons.

Je tentai d'échapper à l'étreinte de Karl mais, à l'exemple de ma mère, plus il avait peur plus il était obstiné, et je ne réussis pas à me dégager. L'homme s'enfonça dans l'obscurité. J'entendis décroître le vagissement du bébé. Je finis par m'asseoir à côté de Karl et laissai le froid m'envahir.

Une heure passa. Une autre encore. Quand les ampoules colorées s'éteignirent et que la lune monta, brouillée derrière les épaisseurs de nuages, je sus pour de bon que le jeune homme mentait. Et pourtant, parce qu'il avait l'air trop triste pour faire du mal à qui que ce soit, j'avais davantage peur pour Karl et moi. C'est nous qui étions bel et bien perdus. Je me levai. Karl se leva à son tour. Sans un mot, nous repartîmes par les rues vides jusqu'à notre ancien meublé. Nous n'avions pas de clé mais Karl fit preuve d'un talent imprévu. Il prit le couteau à lame fine qu'Adelaide lui avait offert et crocheta la serrure.

La pièce glaciale était remplie du léger parfum des fleurs séchées que maman éparpillait dans sa malle, de l'odeur suave de l'orange piquée de clous de girofle qu'elle suspendait dans le placard, et de l'essence de lavande dont elle se frictionnait la peau le soir. La douceur de son haleine semblait persister, le bruissement de son jupon de soie, le claquement rapide de ses talons. Notre nostalgie nous ensevelit. Nous tombâmes sur son lit, en larmes, enveloppés dans sa courtepointe, cramponnés l'un à l'autre. Quand ce fut terminé, pourtant, j'avais le cerveau comme de glace.

Je me lavai la figure dans la cuvette, puis je réveillai Karl et lui annonçai que nous partions chez tante Fritzie. Il hocha la tête, sans espoir. Nous dévorâmes tout ce qu'il y avait à manger dans la pièce, deux crêpes froides, et emballâmes nos affaires dans une petite valise en carton. Karl la prit. Et moi je pris la courtepointe. La dernière chose que je fis fut de glisser la main tout au fond du tiroir de ma mère et d'en tirer le petit coffret rond où elle rangeait ses souvenirs. Il était recouvert de velours bleu et fermé à double tour.

« Il va falloir qu'on vende ces trucs-là », dis-je à Karl.

Il hésita, mais ensuite, le regard dur, il prit le coffret.

Nous sortîmes discrètement avant le lever du jour pour nous rendre à pied à la gare. Dans les dépôts envahis de mauvaises herbes il y avait des hommes qui connaissaient la destination de chaque wagon de marchandises. Nous trouvâmes celui que nous cherchions et grimpâmes dedans. Nous étendîmes la courtepointe et nous nous roulâmes dedans tous les deux, étroitement blottis l'un contre l'autre, la tête sur la valise, le coffret en velours bleu de maman entre nous dans la poche de poitrine de Karl. Je m'accrochais à la pensée des trésors qu'il contenait, mais je n'avais aucun moyen de savoir que le cliquetis réconfortant que j'entendis lorsque le train se mit en branle, cet après-midi-là, n'était pas le riche cliquètement d'objets de famille qui pourraient nous sauver – le collier en grenats et le vrai diamant jaune – mais des épingles à chapeau, des boutons, et un silencieux ticket de retrait délivré par un bureau de prêteur sur gages de Minneapolis.

Nous restâmes toute la nuit dans ce train tandis qu'il passait sur des aiguillages, freinait et grondait en roulant vers Argus. Sans oser sauter à quai pour boire un peu d'eau ou faire les poubelles pour manger. La seule fois où nous tentâmes le coup, le train redémarra si vite que nous réussîmes tout juste à nous accrocher aux barreaux à l'extérieur. Nous perdîmes notre valise et la courtepointe parce que nous montâmes dans le mauvais wagon, plus loin derrière, et la nuit s'acheva sans dormir à cause du froid. Karl était même trop abattu pour se disputer avec moi quand je lui annonçai que c'était à mon tour de garder le coffret de maman. Je le glissai dans le haut de ma robe chasuble. Il ne me tint pas chaud, mais tout de même, quand je fermais les yeux, l'éclat du diamant, les motifs des grenats qui tourbillonnaient dans l'air obscur me donnèrent un petit quelque chose. Mon esprit se durcit, taillé à facettes et brillant comme une pierre magique, et je vis ma mère avec netteté.

Elle était toujours dans l'avion, volant près des étoiles palpitantes, quand soudain Omar remarquait que le niveau du carburant baissait. Il n'avait pas eu le coup de foudre pour Adelaide, et ne se souciait pas davantage de son sort. Il devait sauver sa peau. Il fallait coûte que coûte qu'il allège sa charge. Il réglait donc ses manettes. Il se mettait debout dans son cockpit. Puis d'un geste brusque il tirait ma mère hors de son siège et la jetait par-dessus bord.

Toute la nuit elle tombait dans le froid épouvantable. Son manteau s'ouvrait en claquant et sa robe vert pâle s'entortillait autour de ses jambes. Ses cheveux roux flottaient à la verticale comme une flamme. Elle était une bougie qui ne dégageait pas de chaleur. Mon cœur devint de glace. Je ne ressentais pas d'amour pour elle. Voilà pourquoi, le matin venu, je la laissai s'écraser au sol.

Quand le train s'arrêta à Argus, j'étais un bloc de froid maussade. Je me fis mal en sautant, j'écorchai mes genoux gelés et la paume de mes mains. La douleur raviva suffisamment mes sens pour que je lise les panneaux dans les vitrines et me creuse la tête pour me rappeler où était la boutique de tante Fritzie. Des années avaient passé depuis notre dernière visite.

Karl était plus âgé que moi et je ne devrais probablement pas me sentir responsable de l'avoir perdu lui aussi. Mais je ne lui vins pas en aide quand le chien se jeta sur lui. Je fonçai à l'autre bout de la ville. Je ne supportais pas la manière dont son visage resplendissait, rose et radieux, dans la lumière reflétée des fleurs, tellement semblable à sa façon de recevoir les caresses de la main de notre mère.

Quand je m'arrêtai de courir, des larmes brûlantes me montèrent subitement aux yeux et mes oreilles s'embrasèrent. Je mourais d'envie de pleurer, mais je savais que c'était inutile. Je me retournai, regardai avec attention tout ce qui m'entourait, et ce fut une chance, car j'aurais sinon dépassé la boucherie, et tout à coup elle était là, à l'écart de la rue, au bout d'une courte allée non goudronnée. Un cochon blanc était peint sur le côté, et à l'intérieur du cochon figurait l'inscription VIANDES KOZKA. Je m'avançai vers lui entre des rangs de sapins minuscules. Les lieux paraissaient tout à la fois encore en chantier et prospères, comme si Fritzie et Pete étaient trop occupés par leur clientèle pour se soucier des apparences. Je restai là sur les larges marches menant à la galerie, et notai tout ce que je pouvais, comme le ferait un mendiant. Au-dessus de ma tête étaient cloués des bois de cerf. Je passai en dessous.

Le hall d'entrée était sombre, et mon cœur battait fort. J'avais perdu tant de choses et si violemment souffert du chagrin et du froid que je suis sûre d'avoir vu quelque chose de tout à fait normal, et compréhensible, bien que ce ne fût pas réel.

Une fois de plus, le chien s'élança vers Karl et des fleurs tombèrent de sa branche. Sauf qu'elles tombèrent autour de moi dans l'entrée du magasin. Je sentis l'odeur des pétales fondant sur mon manteau, goûtai leur légère saveur sucrée dans ma bouche. Je n'eus pas le temps de me demander comment c'était possible, parce qu'elles disparurent aussi vite qu'elles étaient venues lorsque je dis mon nom à l'homme qui se tenait derrière le comptoir vitré.

Oncle Pete était grand et blond et portait une vieille casquette en jean, de la même couleur que ses yeux. Son sourire était lent à venir, doux pour un boucher, et plein d'optimisme. « Oui ? » demanda-t-il. Il ne me reconnut pas, même après que je lui eus dit qui j'étais. Finalement, il ouvrit des yeux ronds et appela Fritzie.

« La fille de ta sœur ! Elle est là », hurla-t-il dans le couloir.

Je lui expliquai que j'étais seule, que j'étais venue dans un wagon de marchandises, et il me souleva dans ses bras. Il m'emporta à la cuisine, où tante Fritzie avait fait cuire une saucisse pour ma cousine, la belle Sita, qui était attablée et me dévisagea pendant que je m'efforçais de raconter à Fritzie et Pete comment, exactement, sortie de nulle part, j'en étais arrivée à franchir leur porte.

Ils me considérèrent avec une méfiance affectueuse, persuadés que j'avais fait une fugue. Mais quand je leur parlai du Grand Omar, de maman qui avait levé son sac en l'air et d'Omar qui l'avait aidée à monter dans l'avion, leurs mines se rembrunirent.

« Sita, va astiquer la vitrine », ordonna tante Fritzie.

Ma cousine quitta sa chaise à contrecœur.

« Bon », dit Fritzie.

Oncle Pete s'assit lourdement et serra ses poings réunis sous son menton.

« Vas-y, raconte le reste », demanda-t-il.

Je racontai donc tout le reste, et quand j'eus terminé j'avais aussi bu un verre de lait et mangé une saucisse. Et j'étais alors si fatiguée que c'était tout juste si je tenais sur ma chaise. Oncle Pete me prit dans ses bras. Je me souviens de m'être affaissée contre lui, puis plus rien. Je dormis, ce jour-là et encore toute la nuit, et ne me réveillai pas avant le lendemain matin.

Je restai étendue sans bouger pendant ce qui me parut un long moment, en cherchant à reconnaître les objets de la pièce, jusqu'à ce que je me souvienne qu'ils appartenaient tous à Sita.

C'était là que je dormirais pour le restant de mes jours. Les boiseries étaient en pin teinté d'un ton chaud. Les rideaux étaient imprimés de motifs de danseuses et de notes de musique. La majeure partie du mur était occupée par une haute commode en chêne agrémentée de fioritures et pleine de tiroirs. Une lampe en bois, en forme de puits à souhaits, était posée dessus. Un miroir pour se regarder en pied était accroché derrière la porte. Par cette porte, alors que j'observais ce qui m'entourait, entra Sita en personne, grande et parfaite, avec une natte de cheveux blonds qui lui tombait jusqu'à la taille.

Elle s'assit sur le bord de mon lit gigogne et croisa les bras sur ses petits seins tout neufs. Elle avait un an de plus que moi, et deux de moins que Karl. Depuis la dernière fois que je l'avais vue elle avait brusquement grandi, mais sa croissance ne l'avait pas amaigrie et transformée en créature gauche et anguleuse. Sita sourit. Elle baissa les yeux vers moi, ses dents blanches et saines luisaient, et elle caressa la natte blonde qui pendait par-dessus l'une de ses épaules.

« Où est tantine Adelaide ? » demanda-t-elle.

Je ne répondis pas.

« Où est tantine Adelaide ? redemanda-t-elle, d'une voix chantante et furieuse. Comment se fait-il que tu sois ici ? Où est-ce qu'elle est partie ? Et où est Karl ?

– Je ne sais pas. »

Je devais m'imaginer que la détresse de ma réponse la ferait taire, mais ça, c'était avant que j'apprenne à la connaître.

« Comment se fait-il qu'elle t'ait abandonnée ? Où est Karl ? C'est quoi, ça ? »

Elle prit le coffret en velours bleu sur ma pile de vêtements et le secoua contre son oreille.

« Qu'est-ce qu'il y a dedans ? »

Je saisis le coffret d'un geste vif et furieux auquel elle ne s'attendait pas. Puis je roulai à bas du lit, pris mes vêtements en boule dans mes bras et sortis de la pièce. La seule porte ouverte dans le couloir donnait dans la salle de bains, une vaste pièce enfumée aux multiples usages qui devint bientôt mon refuge vu que c'était la seule porte que je pouvais verrouiller au nez de ma cousine.

Tous les jours, pendant les semaines qui suivirent mon arrivée à Argus, je me réveillai lentement en croyant que j'étais de retour à Prairie Lake et que rien de tout cela ne s'était passé. Ensuite j'apercevais les tourbillons sombres du pin devant la fenêtre, et le bras de Sita qui pendait hors du lit au-dessus de moi. La journée commençait. Je sentais l'air, rendu chaud et poivré par ceux qui fabriquaient les saucisses. J'entendais la plainte cadencée des scies à viande, des trancheuses, le battement ondulant des ventilateurs. À la salle de bains, tante Fritzie fumait ses Viceroy à l'odeur âcre. Dehors, oncle Pete donnait à manger au grand berger allemand albinos qu'on laissait la nuit au magasin pour garder les sacs en toile de la recette.

Je me levais, j'enfilais une des vieilles robes roses que Sita ne portait plus, et j'allais à la cuisine m'occuper d'oncle Pete. Je préparais le petit-déjeuner. Que je fasse des œufs au plat à onze ans et une bonne tasse de café était une source d'émerveillement pour ma tante et lui, et un scandale pour Sita. Voilà pourquoi je recommençai tous les matins, jusqu'à ce que l'habitude soit prise de m'avoir là.

Mon intention était de leur être indispensable à tous, vitale au point qu'ils ne pourraient jamais me renvoyer. Je le fis volontairement, parce que je m'aperçus bientôt que je n'avais rien d'autre à offrir. Le lendemain du jour où j'étais arrivée à Argus et où je m'étais réveillée au son des questions accusatrices de Sita, j'avais tenté d'offrir ce que je pensais être mon trésor – le coffret en velours bleu qui contenait les bijoux de maman.

Je le fis de façon aussi grandiose que possible, avec Sita pour témoin, et Pete et Fritzie assis à la table de la cuisine. Ce matin-là, j'y entrai les cheveux peignés à l'eau, et posai le coffret entre mon oncle et ma tante. Tout en parlant, je fis aller mon regard de Sita à Fritzie.

« Cela devrait payer mon écot. »

Fritzie avait les traits de ma mère en plus marqués et un peu moins beaux. Elle avait la peau rêche et décolorait ses cheveux courts et bouclés en blond platine.

Ses yeux étaient d'un ton de turquoise extravagant et trouble qui effarait les clients. Elle mangeait de bon appétit, mais fumer sans arrêt la gardait mince comme un fil et lui donnait le teint cireux.

« Tu n'as pas besoin de nous payer, assura Fritzie. Dis-le-lui, Pete. Elle n'a pas besoin de nous payer. Assieds-toi, tais-toi, et mange. »

Fritzie parlait comme ça, sur le ton de la plaisanterie et sans mâcher ses mots. Pete était plus lent.

« Viens. Assieds-toi et oublie cette histoire d'argent, lança-t-il. On ne sait jamais avec ta mère... », ajouta-t-il d'une voix sincère qui s'éteignit lentement.

Sous les yeux de Fritzie les choses avaient tendance à s'évaporer, à disparaître, à être aspirées dans l'ardeur bleue de son regard. Même Sita ne trouva rien à dire.

« Je veux vous donner ça. J'insiste.

– Elle insiste », s'écria tante Fritzie. Son sourire avait une petite fioriture canaille à cause d'une dent de devant ébréchée. « N'insiste pas. »

Mais je refusai de m'asseoir. Je pris un couteau dans le beurrier et commençai à forcer la serrure.

« Allez, allez, dit Fritzie. Pete, aide-la donc. »

Alors Pete se leva, prit un tournevis sur le dessus du frigo, s'assit et fourra la pointe sous la serrure.

« Laisse-la l'ouvrir », dit Fritzie quand la serrure sauta.

Pete poussa le petit coffret rond d'un bord à l'autre de la table.

« Je parie qu'il est vide », lança Sita.

Elle prit un gros risque en disant cela, mais qui s'avéra au fil des années merveilleusement payant entre elle et moi, parce qu'un instant plus tard je soulevai le couvercle et ce qu'elle avait dit était vrai. Il n'y avait rien de valeur dans le coffret.

Des épingles à chapeau. Quelques gros boutons métalliques provenant d'un manteau. Et un ticket décrivant une bague et le collier serti de grenats, mis en gage à Minneapolis pour une bouchée de pain.

Il y eut un silence. Même Fritzie était dépassée. Sita faillit bondir triomphalement de son siège mais tint sa langue, en attendant de chanter victoire un peu plus tard. Pete se posa une main sur la tête. Je restai debout sans rien dire, mes pensées tournaient en rond. Sans la présence de Sita, j'aurais peut-être craqué et laissé de nouveau couler mes larmes, comme à la pension de famille, mais à cause d'elle je ne mollis pas.

Je m'assis pour manger hors de portée du coude pointu de ma cousine. Mon esprit songeait à la revanche que je prendrais sur elle, qui déjà allait bien au-delà de lui rendre la pareille, car Sita ne me vit jamais clairement avant qu'il ne soit beaucoup trop tard. Ainsi, au fil des ans, je devins plus indispensable que n'importe quel collier ou n'importe quelle bague, tandis que Sita s'épanouissait en cette beauté frêle qui pouvait être arrachée à un arbre par un garçon qui passe puis jetée, abandonnée une fois le parfum dissipé.

Je posai la boîte à bijoux sur la commode que je partageais maintenant avec ma cousine, et ne regardai plus jamais à l'intérieur. Je ne m'autorisai pas à penser ni à me souvenir, mais continuai à vivre. Pourtant, il m'était impossible d'arrêter les rêves. La nuit ils apparaissaient, Karl, maman, mon petit frère, et M. Ober, la bouche pleine de blé. Ils cherchaient à me dire que tout cela rimait à quelque chose. Mais je me plaquais les mains sur les oreilles.

Je n'avais plus confiance dans le passé. Tous étaient inclus dans un motif décoloré et impossible à comprendre, et ils ne m'apportaient aucun réconfort.

La nuit de Karl

Lorsqu'il se rallongea dans le train de marchandises, ce matin-là, Karl décida de ne plus bouger jusqu'à ce que la mort vienne. Mais finalement le train ne poursuivit pas sa route comme il était censé le faire. À une petite quinzaine de kilomètres d'Argus, le wagon de Karl se sépara du reste du convoi et s'arrêta. Toute la journée le garçon sommeilla, puis il se réveilla et vit les deux mêmes silos à blé argentés au bout de la voie ferrée. À la fin de l'après-midi, il avait tellement soif, froid et faim, il était si fatigué d'attendre la mort, que lorsqu'un homme sauta d'un bond dans le wagon il se réjouit d'avoir un prétexte pour remettre ça à plus tard.

Karl s'était enfoui dans le foin échappé des bottes éventrées, et l'homme s'assit sans le voir à moins d'un mètre de lui. Karl l'observa avec attention. Il lui parut vieux, tout d'abord. Il avait le visage cuit, d'un fort ton de brun parcheminé. Ses yeux étaient presque perdus dans le plissement de ses paupières ; ses lèvres étaient minces. Il semblait dur comme du silex sous ses vêtements, les vestiges d'un vieil uniforme militaire, et quand il alluma un mégot, l'allumette refléta dans ses yeux deux flammes effilées. Il souffla un rond de fumée. Il avait les cheveux plutôt longs, couleur sable, et une barbe de plusieurs jours.

Karl regarda le type fumer sa cigarette consciencieusement jusqu'à l'extrémité du papier, puis il ouvrit la bouche.

« Hé ?

– Aaaah ! » L'inconnu bondit sur ses pieds et recula, chancelant, puis retrouva l'équilibre. « Mais bon sang…

– Je m'appelle Karl.

– Tu m'as foutu une sacrée trouille. » L'homme lança un regard furieux dans l'ombre qui environnait Karl, puis éclata brusquement de rire. « T'es qu'un môme, dit-il, et tu m'as l'air bougrement ridicule là-dedans. Viens par ici. »

Karl s'avança et se planta dans la large bande de lumière qui entrait par la porte. Le foin dans lequel il avait dormi s'était collé à son manteau et jaillissait de ses cheveux. Il observa l'homme de sous une tête pleine d'herbe et sa mine était si mélancolique que celui-ci s'adoucit.

« T'es une fille, hein ? dit-il. Pardon pour les gros mots.

– Je ne suis pas une fille. »

Mais la voix de Karl n'avait pas encore fini de muer et l'homme ne fut pas convaincu.

« Je ne suis pas une fille, répéta Karl.

– Comment t'as dit que tu t'appelais ?

– Karl Adare.

– Karla, dit le type.

– Je suis un garçon.

– Ouais. » L'homme se roula une autre cigarette. « Moi c'est Saint Ambrose. »

Karl hocha la tête, prudent.

« Sans blague. Mon nom de famille c'est Saint Ambrose. Mon prénom, c'est Giles. »

Karl s'assit sur la botte de foin à côté de Giles Saint Ambrose. La faim lui donnait le tournis. Il devait cligner des yeux pour y voir net. Pourtant, il remarqua que le type n'était pas aussi vieux qu'il l'avait cru. En fait, une fois assis près de lui, Karl vit que son visage était marqué par le soleil et le vent, et non par l'âge.

« Je suis de Prairie Lake, réussit à dire Karl. On avait une maison.

– Et vous l'avez perdue, dit Giles en le regardant à travers des volutes de fumée. C'est quand, la dernière fois que t'as mangé ? »

Au mot *manger* la mâchoire de Karl se bloqua, sa bouche se mit à saliver. Sans voix, il fixa Giles du regard.

« Tiens. » L'homme sortit de la poche de sa veste un carré enveloppé de papier journal. Il déballa le paquet. « C'est bon, c'est du jambon », dit-il.

Karl le saisit à deux mains et mangea si vite et avec tant de sauvagerie que Giles en oublia de tirer sur sa cigarette.

« Le spectacle en valait la peine, remarqua-t-il lorsque Karl eut terminé. J'allais te demander de m'en laisser un bout, mais je n'ai pas eu le cœur à le faire. »

Karl replia le journal et le rendit à Giles.

« Laisse donc. »

Giles écarta le papier d'un geste de la main. Il tendit le bras et ramassa la branche que Karl avait rapportée dans le wagon. Quelques fleurs grises et flétries s'accrochaient encore aux nœuds du bois.

« Ça ferait une bonne tapette à moustiques, déclara-t-il.

– C'est à moi, dit Karl.

– Ah ? fit Giles en fouettant l'air. Plus maintenant, non. Considère ça comme un échange. »

Ce qui arriva ensuite, Karl en aurait honte plus tard mais ce fut plus fort que lui. La branche lui rappela le chien qui bondissait, son museau qui grognait, Mary plantée là dans la rue, et lui-même qui tirait de toutes ses forces sur l'arbre et parvenait d'une torsion à arracher la branche et à frapper l'animal. Ses yeux s'emplirent de larmes, qui roulèrent sur ses joues.

« Je blaguais, c'est tout », dit Giles. Il secoua gentiment le bras de Karl. « Tu peux la récupérer. »

Giles enroula les doigts de Karl autour de la branche et le garçon s'y accrocha, mais sans pouvoir s'arrêter de pleurer. Il fondit à l'intérieur, déborda. Des sanglots jaillirent de sa poitrine.

« Calme-toi », dit Giles. Il passa un bras autour des épaules de Karl et le garçon s'effondra contre lui, il pleurait maintenant en longs gémissements irréguliers et déchirants. « Il va falloir que tu t'exerces. C'est pas un truc de garçon », dit Giles.

Mais Karl continua à pleurer jusqu'à ce que la violence de son chagrin soit épuisée.

Lorsqu'il se réveilla, plus tard, le jour tombait. Il y voyait à peine, et l'air était empli d'un grondement monotone et déroutant qui ressemblait à des torrents de pluie ou de grêle. Il tendit la main vers Giles, craignant qu'il ait disparu, mais il était là.

« Qu'est-ce que c'est ? » demanda Karl en passant ses mains sur la vareuse rêche de Giles. Il se laissa retomber dans le foin, rassuré, quand Giles marmonna :

« C'est le blé qu'on charge. Rendors-toi. »

Karl considéra, au-dessus de lui, le son excitant et obscur de l'avalanche. Il s'imagina Giles et lui voyageant dans le wagon de marchandises, dont ils sauteraient de temps à autre pour visiter une bourgade qui leur semblait plaisante, volant de quoi manger, trouvant peut-être une maison abandonnée où s'installer. Il les vit ensemble, confrontés à la menace des chiens ou des policiers, distançant à la course fermiers et commerçants. Il les vit faisant rôtir des poulets et dormant ensemble, étroitement pelotonnés l'un contre l'autre dans un wagon de marchandises cahotant, comme ils l'étaient maintenant.

« Giles, murmura-t-il.

– Quoi ? »

Karl attendit. Il avait déjà caressé d'autres garçons, mais c'était pour rire, dans les ruelles derrière la pension de famille. Là, c'était autre chose, et il n'était pas sûr d'oser, mais son corps s'emplit alors du bruit torrentiel. Il prit le risque, avança les mains, caressa le dos de Giles.

« Qu'est-ce que tu veux ? »

Karl passa les mains sous la veste de Giles, et l'homme se tourna vers lui.

« Est-ce que tu sais ce que tu fais ? » murmura-t-il.

Karl sentit l'haleine de Giles franchir ses lèvres et il tendit sa bouche pour l'embrasser. Il glissa de nouveau ses mains sous ses vêtements et s'approcha tout près. Giles roula sur lui et le cloua profondément dans le foin. Karl frissonna puis fut envahi par la chaleur, lorsque Giles commença.

« T'es pas une fille, ouais », marmonna-t-il dans les cheveux de Karl, puis il lui embrassa la gorge et se mit à le caresser d'une façon nouvelle, partout, avec rudesse mais aussi délicatesse, jusqu'à ce que le corps de Karl se raidisse de façon intolérable et puis s'abandonne, d'un coup, en une longue et obscure pulsation. Lorsqu'il retrouva ses esprits, Karl entoura Giles de ses bras et le serra fort, mais l'instant était passé. Giles se libéra avec douceur et se laissa rouler à côté de lui. Ils restèrent étendus sur le dos, côte à côte, leurs deux regards plongés dans le bruit du blé, et Karl fut certain de ce qu'il ressentait.

« Je t'aime », dit-il.

Giles ne répondit pas.

« Je t'aime, répéta Karl.

– Mais bon Dieu, c'était rien du tout, dit Giles, sans méchanceté. Ça arrive. Ne va pas perdre la tête pour autant, d'accord ? »

Puis il se détourna. Au bout d'un long moment, Karl se mit à genoux. « Giles, tu dors ? » demanda-t-il. Il n'y eut pas de réponse. Karl sentit le souffle de Giles ralentir, son corps se relâcher, ses jambes tressauter au moment où il sombrait dans un sommeil plus profond.

« Salaud… », murmura-t-il.

Giles ne se réveilla pas. Karl le redit, un peu plus fort. Giles dormait. Puis Karl fut pris d'une sombre agitation, d'une rêverie dans laquelle tout se mélangeait dans le temps, et où les cheveux d'Adelaide s'échappaient de nouveau de son chignon pour aller s'enrouler autour des épaules du svelte pilote. Il la vit s'envoler dans le ciel et puis se souvint du canif qu'elle lui avait offert. Il le sortit de sa poche, pour la première fois depuis Minneapolis, et en testa la pointe sur son doigt.

« C'est pointu », prévint-il. Il le planta une ou deux fois dans l'obscurité, l'abattit même assez près pour piquer le lainage déchiré de la veste de Giles. Mais

Giles ne se réveilla pas, et au bout d'un moment Karl replia le canif et le remit dans sa poche.

Le grondement s'arrêta d'un coup. Giles remua mais ne se réveilla pas. Entre les planches disjointes, Karl vit des lanternes décrire des arcs de cercle, se balancer, puis s'éloigner. Il y eut ensuite une brusque secousse, une autre, et encore une autre tout au long de la file de wagons, jusqu'à ce que le leur remue à son tour, dans un martèlement, et prenne petit à petit de la vitesse.

« Ça arrive, dit alors Karl en répétant les paroles de Giles. Ça arrive. »

Lorsqu'il le dit à haute voix, il eut l'impression que son cœur se fendait en deux. Même dans sa tempête de larmes, il n'avait pas touché le fond de sa perte. Maintenant elle l'engloutissait. Il y avait la branche, au parfum encore vaguement agréable. Il la ramassa puis se tint debout dans l'obscurité. Il ne voulait ni vomir ni hurler. Il ne voulait plus pleurer sur les genoux de personne. Alors il resta là, les sourcils froncés, à regarder attentivement le vide tandis que le train roulait, et puis, aussi léger et rapide qu'un cerf, il bondit en avant et fonça tout droit par la porte du wagon en marche.

CHAPITRE 2

Sita Kozka, 1932

Ma cousine Mary arriva un matin par le premier train de marchandises, sans rien d'autre qu'un vieux coffret bleu rempli d'épingles et de boutons sans valeur. Mon père la prit dans ses bras et la porta tout le long du couloir jusqu'à la cuisine. J'étais trop grande pour qu'on me porte. Il la fit asseoir, et puis ma mère dit :

« Va donc nettoyer les comptoirs, Sita. »

Je ne sais donc pas quels mensonges elle leur débita ensuite.

Plus tard ce matin-là, mes parents la couchèrent dans mon lit. Quand je protestai, en disant qu'elle pouvait bien dormir dans le lit gigogne, ma mère répondit :

« Bon sang de bonsoir, toi aussi tu peux y dormir, tu sais. »

Et voilà comment, cette nuit-là, je finis tassée dans le lit gigogne, qui est trop petit pour moi. Je dormis avec les jambes qui pendaient dans l'air froid. Je ne me sentais pas d'humeur à faire bon accueil à Mary, le lendemain matin, et qui pourrait me le reprocher ?

Et puis, le premier jour où elle se réveilla à Argus, il y eut les habits.

C'est une bonne chose qu'elle ait ouvert le coffret bleu au petit-déjeuner et y ait trouvé des petites cochonneries, comme je l'ai raconté, parce que si je n'avais pas eu pitié de ma cousine ce jour-là, je n'aurais pas toléré que ma mère et elle pillent mon placard et ma commode.

« Celui-là est parfait, déclara ma mère en brandissant un de mes corsages préférés, essaie-le ! »

Et c'est ce que fit Mary. Puis elle le mit dans son tiroir. Autre chose, encore. Pour elle, je dus vider deux tiroirs de ma commode.

« Maman, protestai-je, alors que ce manège durait depuis un moment et que je commençais à penser qu'il me faudrait porter les trois mêmes tenues pendant toute la prochaine année scolaire. Maman, maintenant ça suffit comme ça.

– Mais merde ! répondit ma mère, qui parle comme ça. Ta cousine n'a rien à se mettre sur le dos. »

Elle avait pourtant maintenant la moitié de mes affaires, une garde-robe plutôt bien fournie, et qui ne cessait d'augmenter au fur et à mesure que ma mère s'enthousiasmait à vêtir la pauvre orpheline. Pourtant, Mary avait beau jouer là-dessus pour s'attirer la compassion, elle n'était pas réellement orpheline. Sa mère était toujours en vie, même si elle l'avait abandonnée, ce dont je doutais. En fait, selon moi, ma cousine s'était sauvée de chez elle parce qu'elle ne pouvait pas apprécier la distinction d'Adelaide. Savoir comment utiliser au mieux sa beauté, ce n'est pas à la portée de tout le monde. Mais de ma tante Adelaide, oui. Elle avait toujours été ma préférée, et je mourais d'envie qu'elle nous rende visite. Ce qui n'arrivait pas souvent parce que ma mère n'avait pas idée non plus de ce que c'était d'avoir de la classe.

« Qui cherches-tu donc à impressionner ? » demandait-elle en s'esclaffant quand Adelaide venait dîner en robe à col de fourrure. Mon père virait au rouge pivoine et continuait à couper sa viande. Il ne disait pas grand-chose, mais je savais qu'il n'appréciait pas davantage Adelaide que ne le faisait sa sœur aînée. Ma mère racontait qu'elle l'avait toujours gâtée parce qu'elle était le bébé de la famille. Elle en disait autant de moi. Mais je ne crois pas avoir été gâtée, vraiment pas, parce que je devais travailler comme tout le monde à vider les gésiers.

Je détestais le mercredi parce que c'était le jour où on abattait les poulets. Le fermier les amenait entassés dans des cages en fines lattes de bois. Un par un, Canute, qui se chargeait de presque tout l'abattage, les tuait en leur plongeant dans le cou la lame de son long couteau. Une fois les poulets plumés et vidés, on me donnait les gésiers. Des boîtes et des boîtes à café remplies de gésiers. J'en rêve encore. Je devais les retourner l'un après l'autre et les laver à l'eau dans une cuvette. Tous les petits graviers et les graines dures tombaient au fond. Je trouvais parfois des petits bouts de métal et du verre brisé. Un jour, je trouvai un brillant. « Maman ! hurlai-je en le tendant au creux de ma paume, j'ai trouvé un diamant ! » Ils étaient tous tellement excités qu'ils s'agglutinèrent autour de moi. Et puis ma mère emporta la petite pierre scintillante à la fenêtre. Qui, bien sûr, ne raya pas du tout le verre, et je dus finir de nettoyer les gésiers. Mais pendant un court instant j'avais cru pour de bon que ma trouvaille avait fait de nous des gens riches, ce qui m'amène à un autre diamant. Un diamant de vache, mon héritage.

C'était une blague, en fait, cette histoire d'héritage, du moins c'en était une pour papa. Un diamant de vache, c'est le cristallin dur et arrondi que l'on trouve à l'intérieur d'un œil de vache, et qui brille, presque autant qu'une opale, lorsqu'on regarde la lumière à travers. Impossible d'en faire une bague ni de s'en servir pour quelque bijou que ce soit, parce qu'il risquerait de voler en éclats, et, évidemment, ça n'avait aucune valeur. Mon père le gardait sur lui avant tout comme porte-bonheur. Entre deux clients, il le lançait en l'air, et je le voyais parfois, pendant une partie de cartes, frotter ses doigts dessus. Je voulais ce diamant. Un jour, je lui demandai s'il voudrait bien un jour me le donner.

« Impossible. C'est mon talisman de boucher. Mais je peux te le léguer, qu'en dis-tu ? » répondit-il.

Je suppose que sous le coup de l'étonnement je dus rester bouche bée, car mon père me donnait toujours tout ce que je réclamais. Par exemple, dans la boutique nous avions un petit présentoir de bonbons, au-dessus des saucisses, et je pouvais en manger à ma guise. J'apportais des berlingots en classe pour les filles que j'aimais bien. Mais je ne mâchais jamais de chewing-gum, parce qu'un jour j'avais entendu tantine Adelaide, en colère, dire à ma mère qu'il n'y avait que les traînées pour mâcher du chewing-gum. C'était à l'époque où ma mère tentait d'arrêter de fumer, et elle en avait toujours un paquet dans la poche de son tablier. J'étais avec elles dans la cuisine lorsqu'elles se disputèrent.

« Les traînées ! Non mais c'est l'hôpital qui se moque de la charité ! » s'écria ma mère.

Et puis elle sortit le chewing-gum de sa bouche et le colla dans la longue chevelure ondulée d'Adelaide.

« Je vais te tuer ! » lança ma tante, en furie.

C'était quelque chose de voir des adultes se conduire ainsi, mais je ne reproche rien à tantine Adelaide. J'aurais eu la même réaction si j'avais dû, comme elle, découper une grosse boule de chewing-gum et avoir une mèche de cheveux plus courte que les autres. Je ne mâchais jamais de chewing-gum. Mais si je voulais quoi que ce soit d'autre dans la boutique, je le prenais. Ou je le demandais, et on me le donnait aussitôt. Vous voyez donc pourquoi le refus de mon père fut une surprise.

J'avais ma fierté, même étant encore une enfant, et je n'en reparlai jamais. Mais voici ce qu'il advint deux jours après l'arrivée de Mary Adare.

Ce soir-là, nous attendions qu'on vienne nous border. J'étais dans mon lit et elle dans le lit gigogne. Mary était assez petite pour y tenir sans que ses pieds dépassent. La dernière chose qu'elle fit avant de se coucher fut de poser le vieux coffret à souvenirs d'Adelaide sur ma commode. Je ne dis rien, mais c'était vraiment triste. J'imagine que papa pensait la même chose. J'imagine qu'il eut pitié d'elle. Ce soir-là, il entra dans la chambre, me borda, m'embrassa sur le front et dit : « Dors bien ! » Et puis il se pencha sur Mary et l'embrassa aussi. Mais à elle il dit : « Tiens, voilà un bijou. »

C'était le diamant de vache que je voulais, son talisman de boucher. Quand je regardai par-dessus le bord de mon lit et vis le cristallin pâle briller dans sa main, j'en aurais craché de dépit. Je fis semblant de dormir quand elle me demanda ce que c'était. Tu n'as qu'à trouver toute seule, songeai-je, et je ne répondis pas. Quelques semaines plus tard, quand elle sut se débrouiller en ville, elle l'emporta chez un bijoutier pour qu'il perce un trou à une extrémité du porte-bonheur. Ensuite, elle suspendit le diamant de vache autour de son cou au bout d'un cordon, comme si c'était un objet de valeur. Plus tard, elle acheta une chaîne en or.

D'abord ma chambre, ensuite mes vêtements, et puis le diamant de vache. Mais le pire était à encore venir, quand elle me vola Celestine.

Ma meilleure amie, Celestine, habitait à cinq kilomètres de la ville avec son demi-frère et sa demi-sœur beaucoup plus âgée, des Indiens Chippewas. Il n'y en avait pas tellement qui venaient s'installer hors de la réserve, mais la mère de Celestine l'avait fait. Elle s'appelait Regina Je-ne-sais-trop-quoi, et travaillait pour Dutch James. Elle avait tenu sa maison quand il était célibataire, et ensuite après leur mariage. J'avais entendu dire que Celestine était arrivée juste un mois après les noces, et que Regina avait fait venir les trois autres enfants dont Dutch James ne connaissait pas l'existence. Mais ça avait fonctionné. Ils avaient vécu tous ensemble jusqu'à la mort étrange de Dutch James. Qui avait littéralement gelé dans notre chambre froide. Mais ça, c'est un événement dont personne dans cette maison ne veut parler.

En tout cas, ceux-là n'avaient jamais été officiellement adoptés et leur patronyme était Kashpaw. Celestine était une James. Ses parents étant morts quand elle était petite, c'était l'influence de sa grande sœur qui comptait le plus pour elle. Elle parlait français et s'en servait parfois pour nous traiter de haut à l'école, mais le plus souvent elle se faisait taquiner à cause de sa taille et des étranges vêtements légers que sa sœur Isabel choisissait dans les magasins bon marché d'Argus.

Celestine était grande, mais pas disgracieuse. Plutôt sculpturale, comme disait ma mère. Personne ne commandait Celestine. Nous allions et venions, jouions où bon nous semblait. Ma mère ne m'aurait jamais laissée jouer dans un cimetière, par exemple, mais quand j'allais chez Celestine, c'était ce que nous faisions. Il y avait un cimetière sur l'exploitation de Dutch James, un endroit plein de tombes d'enfants morts au cours d'une épidémie de coqueluche ou de grippe. Tout le monde les avait oubliées, ces tombes, sauf nous. Leurs petites croix de bois ou de fer forgé étaient penchées. Nous les redressions, et sur celles qui étaient en bois nous allions même jusqu'à redessiner les noms à l'aide d'un couteau de cuisine. Nous déterrions des violettes dans le méandre de la rivière pour les y replanter. Le cimetière était notre domaine, du fait de ces activités. Nous aimions nous y asseoir, l'après-midi, par temps chaud. C'était tellement agréable. Le vent agitait les hautes herbes, les vers tamisaient la terre sous nos pieds, dans le ciel des hirondelles venues des rives envasées volaient en piqué deux par deux. C'était un bel endroit, vraiment, même pas tellement triste. Mais il fallut, bien sûr, que Mary gâche tout.

Je sous-estimais Mary Adare. Ou peut-être étais-je trop confiante, car ce fut moi qui proposai que nous allions voir Celestine, au début de l'été. Je commençai par prendre Mary sur le guidon de mon vélo, mais elle était si lourde que j'arrivais à peine à rouler droit.

« Tu vas pédaler », annonçai-je en m'arrêtant sur la route.

Elle tomba par terre, puis bondit sur ses pieds et redressa la bicyclette. Je suppose que j'étais lourde, moi aussi. Mais ses jambes étaient infatigables. Le demi-frère indien de Celestine, Russell Kashpaw, nous aborda en chemin.

« Qui est ton esclave, aujourd'hui ? me demanda-t-il. Tu ne seras jamais aussi mignonne qu'elle ! »

Je savais qu'il disait ce genre de trucs parce qu'il pensait tout le contraire, mais Mary ne s'en doutait pas. Je la sentis se gonfler d'orgueil dans ma vieille robe bain de soleil. Elle pédala jusque chez Celestine, et quand nous arrivâmes je sautai à terre et passai la porte à toute vitesse.

Celestine faisait de la pâtisserie, comme une grande personne. Sa sœur aînée lui laissait confectionner tout ce qu'elle voulait, même archisucré. Celestine et Mary préparèrent de la pâte à biscuits. Mary aussi aimait cuisiner. Moi non. Alors elles mesurèrent les quantités et mélangèrent les ingrédients, minutèrent la cuisson au four et sortirent les volettes pendant que moi, assise à la table devant un bout de papier paraffiné, j'étendais la pâte au rouleau et la découpais en formes fantaisie.

« Tu viens d'où ? demanda Celestine à Mary tandis que nous travaillions.

– Elle vient d'Hollywood », lançai-je.

Ce qui fit rire Celestine, mais quand elle vit que Mary ne trouvait pas ça drôle, elle s'arrêta.

« Pour de vrai, dit-elle.

– Du Minnesota, répondit Mary.

– Est-ce que ton père et ta mère sont toujours là-bas ? Est-ce qu'ils sont toujours vivants ? demanda Celestine.

– Ils sont morts », répondit aussitôt Mary.

J'en restai bouche bée, mais avant que je puisse glisser un mot de la vérité, Celestine dit :

« Les miens aussi, ils sont morts. »

Et puis je compris pourquoi Celestine avait posé ces questions alors qu'elle connaissait déjà par moi tous les détails de cette histoire. Mary et Celestine échangèrent un sourire. Je me rendis compte que c'était comme deux personnes qui se rencontrent dans une foule et qui se connaissent depuis très longtemps. Et ce qui était bizarre, aussi, c'était que brusquement elles se ressemblaient. Cela n'arrivait que lorsqu'elles étaient ensemble. Sinon, on ne le remarquait jamais. Les cheveux de Celestine était d'un ton acajou éteint. Sa peau était olivâtre, ses yeux d'un noir incandescent. Les yeux de Mary étaient marron clair et ses cheveux bruns, raides et ternes. Ensemble, comme je l'ai dit, elles se ressemblaient. Ce n'était même pas une question de carrure. Mary était petite et trapue, alors que Celestine était grande. C'était autre chose, soit dans leur façon d'agir soit dans leur façon de parler. C'était peut-être une sorte d'intensité commune.

Quand elles se remirent à mélanger et à mesurer les ingrédients, je m'aperçus aussi qu'elles étaient déjà plus proches. Elles se tenaient tout près l'une de l'autre, leurs épaules se touchaient, elles riaient et admiraient tout ce que faisait l'autre au point que cela finit par m'écœurer.

« Mary entrera à Sainte-Catherine, cet automne, lançai-je. Elle sera en bas avec les petites. »

Celestine et moi étions en cinquième, notre classe serait donc à l'étage supérieur, et à la chorale nous porterions un béret spécial en lainage bleu. Je tentai de rappeler à Celestine que Mary était trop jeune pour qu'on s'intéresse vraiment à elle, mais je commis l'erreur d'ignorer ce qui s'était passé la semaine d'avant, lorsque Mary s'était rendue à l'école pour que sœur Leopolda lui fasse passer des tests d'évaluation.

« Je serai dans votre classe, dit Mary.

– Comment ça ? Tu n'as que onze ans ! protestai-je.

– La sœur m'a fait sauter une classe et m'a mise dans la vôtre. »

Sous le choc, sans voix, je me penchai sur mon emporte-pièce. Mary était donc intelligente. Je savais déjà qu'elle était douée pour obtenir ce qu'elle voulait en suscitant la pitié. Mais à l'intelligence, je ne m'y attendais pas, ni à ce qu'elle saute une classe. J'enfonçai les petits emporte-pièce en forme de cœur, d'étoile, de garçon et de fille dans la pâte à biscuits. La fille me rappelait Mary, grosse et carrée.

« Mary, tu ne vas pas raconter à Celestine ce qu'il y avait dans le petit coffret bleu que tu as volé dans le placard de ta mère ? » demandai-je.

Mary me regarda bien en face.

« Rien du tout », répondit-elle.

Celestine me dévisagea comme si j'étais folle.

« Les bijoux, dis-je à Mary, les rubis et les diamants. »

Nous nous regardâmes droit dans les yeux, et puis Mary parut prendre une décision. Elle me fit un clin d'œil et plongea la main dans le devant de sa robe. Elle en sortit le diamant de vache au bout d'un cordon.

« C'est quoi ? »

Celestine manifesta aussitôt son intérêt.

Mary fit voir le miracle de la lumière qui passait à travers son trésor et tombait, fracassée et miroitante, sur sa paume. Toutes les deux, plantées à côté de la fenêtre, se repassaient le cristallin de vache et m'ignoraient. Assise à la table, je mangeais des biscuits. Je mangeais les pieds. Je grignotais les jambes. Je retirais les bras en deux coups de dents et puis j'arrachais la tête. Ce qui restait était un corps informe. Que je mangeais aussi. Sans cesser de regarder Celestine. Elle n'était pas jolie, mais ses cheveux étaient épais et pleins de reflets roux. Sa robe pendait trop bas derrière ses genoux, mais ses jambes étaient solides. Ses mains puissantes me plaisaient. Sa capacité à tenir tête aux garçons me plaisait. Mais plus que tout, Celestine me plaisait parce qu'elle était à moi. C'était à moi qu'elle appartenait, pas à Mary, qui m'avait déjà tant pris.

« Viens, on sort », lançai-je alors à Celestine.

Elle faisait toujours tout ce que je disais. Elle s'approcha, à contrecœur, pourtant, et laissa Mary devant la fenêtre.

« On va aller dans notre cimetière, lui murmurai-je. J'ai un truc à te montrer. »

Je craignais qu'elle ne m'accompagne pas, qu'elle choisisse séance tenante de rester avec Mary. Mais l'habitude de me suivre était trop ancrée pour qu'elle puisse s'en défaire. Elle passa la porte, laissant Mary sortir la dernière fournée de biscuits.

Nous partîmes par-derrière pour rejoindre le cimetière.

« Qu'est-ce que tu veux ? » demanda Celestine quand nous nous avançâmes dans les herbes hautes et secrètes. Des pruniers sauvages nous abritaient de la maison. Nous étions seules.

Nous restâmes plantées là dans le silence brûlant, à respirer un air lourd de poussière et du parfum des violettes blanches. Elle arracha un brin d'herbe, glissa l'extrémité tendre de la tige entre ses lèvres, puis elle me dévisagea.

Peut-être que si Celestine avait cessé de me dévisager, je n'aurais pas fait ce que j'ai fait. Mais elle était là dans sa robe trop longue, à mâchonner ce brin d'herbe, et elle laissa le soleil nous taper sur la tête jusqu'à ce que je sache quoi lui montrer. Mes seins étaient sensibles. Ils me faisaient mal tout le temps. Mais c'était quelque chose que Mary n'avait pas.

Un par un, je défis les boutons de mon corsage. Je le retirai. Mes épaules me semblaient pâles et fragiles, aussi raides que des ailes. J'ôtai mon caraco et pris mes seins au creux de mes mains.

J'avais les lèvres sèches. Le silence tomba.

Celestine rompit ce silence en mâchonnant de l'herbe, bruyamment, comme un lapin. Elle hésita un tout petit instant puis pivota sur ses talons. Elle me planta là, les seins à l'air, sans même jeter un coup d'œil en arrière. Je la regardai disparaître entre les buissons, et puis une brise descendit sur moi, m'effleura comme une main légère. Ce que le vent me poussa alors à faire fut presque effrayant. Il se passa quelque chose, je tournai lentement en rond. Je tendis les mains et les agitai. Je me balançai comme si j'entendais de la musique qui montait de sous la terre. Plus vite, et puis plus sauvagement, je levai les pieds. Je me mis à en marteler le sol, et voilà que je dansais sur leurs tombes.

Mary Adare

Pendant combien de temps Sita allait-elle se trémousser ainsi, me demandai-je, sans corsage, et alors que les nuages d'orage étaient de plus en plus bas ? J'entendis Celestine entrer dans la cuisine à l'étage en dessous et ouvrir bruyamment la porte du four, alors je redescendis. Je restai sur le seuil à la regarder décoller les biscuits de la feuille de papier cuisson un par un à l'aide d'une spatule. Elle n'en cassa pas un seul. Et ne releva pas la tête une seule fois. Mais elle savait que j'étais là, et elle savait que j'étais montée au premier pour observer Sita. Je le sais parce qu'elle leva à peine les yeux lorsque je pris la parole.

« Il fait sombre tout à coup, il y a de l'orage, dis-je.

– La mère de Sita va être furieuse », remarqua Celestine en faisant tomber la farine qu'elle avait sur les mains.

Nous partîmes chercher Sita, mais avant même que nous ayons atteint le milieu de la cour elle arriva, nous croisa, sauta sur son vélo et fila. C'est ainsi que je me retrouvai sous la pluie, cet après-midi-là. Elle tombait en rideau alors qu'il me restait encore un bon kilomètre à faire à pied. J'entrai à pas pesants par la porte de derrière et restai là, dégoulinante, sur le paillasson de chanvre.

Fritzie se jeta sur moi armée d'une grosse serviette et m'arracha quasiment la tête en la frictionnant pour la sécher.

« Sita ! Sors de là et demande pardon à ta cousine », brailla-t-elle.

Elle dut appeler sa fille deux fois avant qu'elle vienne.

Le premier jour de classe, à l'automne suivant, nous quittâmes la maison ensemble, équipées toutes les deux d'un gros bloc-notes crème et de crayons neufs dans des plumiers en bois identiques, toutes les deux vêtues de bleu. La robe de Sita était neuve et amidonnée, la mienne était souple à force d'avoir été lavée. Cela ne me dérangeait pas de porter ses vieux habits, parce que je savais que ça la dérangeait énormément de voir ces robes devenues trop petites, aux couleurs passées, mal ourlées par Fritzie, dévalorisées et portées par moi jusqu'à ce qu'elles tombent en loques, plutôt qu'être conservées précieusement comme elle l'aurait sans doute voulu.

Nous prîmes ensemble le chemin de terre et puis, dérobées au regard de Fritzie par les petits sapins, nous nous séparâmes. Ou plutôt, Sita aux longues jambes s'élança, en poussant des cris joyeux, vers un groupe de filles vêtues elles aussi d'étoffe raide et neuve, de bas blancs, et chaussées de souliers sans éraflures. Des rubans de couleur, noués et bouffants, pendaient dans leur dos. Moi, j'étais loin derrière. Cela ne m'embêtait pas de marcher toute seule.

Et pourtant, quand nous fûmes dans la cour gravillonnée de l'école, à tourner en rond par grappes, quand on nous rassembla pour nous mettre en rang, quand Celestine commença à me parler et que Sita raconta méchamment que j'étais arrivée par le train de marchandises, je devins tout à coup un objet de fascination. Populaire. J'étais nouvelle à Argus. Tout le monde recherchait mon amitié. Mais je n'avais d'yeux que pour Celestine. Je la trouvai et la pris par la main. Ses yeux d'un noir mat étaient abrités par des cils drus, aussi souples que des pinceaux. Ses cheveux qui avaient poussé étaient ramenés en queue de cheval. Elle était musclée. Elle avait des bras massifs à force de se bagarrer avec son frère, Russell, et semblait encore plus grande que le mois précédent. Elle avait une tête de plus que les garçons de quatrième, était presque de la même taille que sœur Leopolda, la plus grande des religieuses.

Nous gravîmes l'escalier en pierre reconstituée sur les talons de notre professeur, une jeune dominicaine au visage rond qui s'appelait sœur Hugo. Et puis, une fois nos places attribuées par ordre alphabétique, je me réjouis d'occuper le premier pupitre, devant Sita.

Elle changea bientôt de place, bien entendu. On la faisait toujours venir à l'avant parce qu'elle se portait volontaire pour taper les brosses à tableau, laver les tableaux noirs et copier des poèmes à la craie de couleur de son écriture parfaite. À son grand soulagement, je fus bientôt passée de mode. À la récréation les filles ne s'attroupaient plus autour de moi, mais s'asseyaient à côté d'elle, sur le tourniquet, pendant qu'elle racontait des potins, caressait sa longue natte et faisait rouler ses yeux bleus pour attirer l'attention des garçons de la classe supérieure.

Au milieu de l'année scolaire, pourtant, je reconquis le respect et l'admiration de mes camarades. Sans l'avoir prévu ni même avoir tenté de provoquer le miracle, il se produisit tout seul, par une journée glaciale à la fin de l'hiver.

Dans la nuit, ce mois de mars-là, la pluie qui tombait avait durci. Des rigoles gelées pavaient le sol et d'épaisses croûtes de glace se formaient sous les avant-toits, là où l'eau qui gouttait se solidifiait dans l'air. Nous avions glissé le long des rues vernissées menant à l'école, mais plus tard ce matin-là, avant que nous n'allions prendre nos bottes et nos manteaux dans le placard pour la récréation, sœur Hugo nous avertit que faire du toboggan était interdit. C'était dangereux. Pourtant, une fois dehors au pied de la longue glissière métallique, cela nous parut injuste, car le toboggan, sous une couche de verglas d'un seul tenant, était plus que jamais un toboggan. Les rampes et les marches étaient enrobées d'un éclat invisible. En bas s'ouvrait un éventail de verre immaculé, invitant celui qui descendait à arriver dessus les pieds devant et à fondre en piqué sur le centre de la cour, qui était gelée jusqu'au bord des trottoirs.

Je fus la première et la seule à faire la descente.

Je montai les marches, Celestine était derrière moi, plusieurs garçons étaient derrière elle, et Sita traînait à l'arrière avec ses amies, qui toutes portaient d'élégantes bottes en caoutchouc et des gants censés faire paraître plus adulte que les moufles. Les rampes décrivaient une boucle gracieuse au sommet, et les garçons et les plus audacieuses des filles s'en servaient pour prendre davantage d'élan, ou même exécuter un saut périlleux avant de s'élancer. Mais ce jour-là elles étaient traîtres, tellement glissantes que je n'osai pas me hisser de cette façon. Je préférai plutôt attraper les bords du toboggan. Et puis je compris que si jamais je descendais, il faudrait que ce soit la tête la première.

De là où je me tenais accroupie, la pente paraissait plus forte, plus glissante, plus dangereuse que je ne l'avais imaginé. Mais j'avais sur le dos le résultat du vol des cuillères par ma mère, un manteau d'hiver tellement épais que je me voyais filant d'un bout à l'autre de la cour comme sur un morceau de carton.

Je lâchai prise. Je descendis à une vitesse terrifiante. Mais au lieu d'atterrir sur mon ventre matelassé, je heurtai la glace de plein fouet, tête en avant.

Je m'évanouis un instant, puis je m'assis, sous le choc. Je vis des formes courir vers moi dans un brouillard de taches rouges et miroitantes. Sœur Hugo arriva la première, me saisit par les épaules, retira mon écharpe en laine, tâta les os de mon visage de ses doigts courts et solides. Elle souleva mes paupières, me tapota le genou pour voir si j'étais paralysée, me secoua les poignets.

« Tu m'entends ? cria-t-elle tout en m'essuyant la figure à l'aide de son grand mouchoir d'homme, qui vira au rouge vif. Si tu m'entends, cligne des paupières ! »

Je la regardai fixement, sans plus. Mon sang tachait le tissu. Le terrain de jeu tout entier était terriblement silencieux. Et puis je compris que ma tête était en un seul morceau et qu'on ne me regardait même pas. Ils étaient tous attroupés au bout du toboggan. Même sœur Hugo y était à présent, et me tournait le dos. Quand plusieurs élèves parmi les plus pieux tombèrent à genoux, je ne pus résister. Flageolante, je me relevai et m'approchai d'un pas vacillant. Je me débrouillai comme je pus pour me faufiler parmi cette foule, et puis je vis.

Au pied du toboggan, l'éventail de glace d'un gris immaculé avait volé en éclats sous l'impact de mon visage et présentait une vague et blanche ressemblance avec mon frère Karl.

Il me regardait droit dans les yeux. Il avait les joues creuses, ses yeux étaient des trous obscurs. Sa bouche était pincée en une ligne douloureuse, et sur son front les cheveux avaient formé des pointes mouillées, comme toujours lorsqu'il dormait ou qu'il avait de la fièvre.

Petit à petit, autour de moi les corps s'écartèrent, et avec beaucoup de douceur, sœur Hugo m'emmena.

Elle me fit monter l'escalier pour aller à l'infirmerie et m'aida à m'allonger sur un lit de camp.

Elle posa son regard sur moi. Ses joues étaient rougies par le froid, comme des pommes astiquées, et sous l'effet de la passion ses yeux bruns étaient perçants.

« Le père arrive », annonça-t-elle avant de s'éclipser.

Dès qu'elle fut partie, je sautai du lit et me précipitai à la fenêtre. Une foule plus grande encore s'était rassemblée au pied du toboggan, et maintenant sœur Leopolda installait un trépied et du matériel photographique. Il semblait invraisemblable que l'image de Karl justifie une telle agitation. Mais il avait toujours été comme ça. On le remarquait. Des inconnus lui donnaient de l'argent alors qu'on m'ignorait, exactement comme en ce moment, abandonnée là en dépit de mes blessures. J'entendis le grincement régulier du prêtre dans l'escalier, puis la démarche vive et élastique de sœur Hugo, et je bondis en arrière.

Le père ouvrit la porte du fond et laissa un instant sa magnificence s'y encadrer tandis qu'il me fixait de son regard le plus pénétrant. On n'appelait les prêtres que dans des cas exceptionnels, question de discipline ou mort, et j'ignorais s'il s'agissait de l'une ou de l'autre.

Il fit signe à sœur Hugo, qui s'esquiva.

Il tira une chaise sous sa masse et s'assit. J'étais allongée de tout mon long, comme pour passer son inspection, et un long silence embarrassé s'installa.

« Est-ce que tu pries pour voir Dieu ? finit-il par me demander.

– Oui !

– Tes prières ont été exaucées. »

Il réunit ses doigts en forme d'église et mordit violemment le clocher, ce qui accrut l'intensité de son regard.

« La Passion du Christ. Le visage du Christ s'est imprimé dans la glace aussi sûrement que sur le voile de Véronique. »

Je sus enfin de quoi il parlait et ne mentionnai donc pas Karl. À Sainte-Catherine, on ne connaissait évidemment pas l'existence de mon frère. Et l'image sur la glace était donc celle du Fils de Dieu.

Tant que celle-ci tint sur le terrain de jeu, je fus de nouveau une fille à part dans ma classe, recherchée par les amies de Sita, les professeurs, et même des garçons que la gloire de mes yeux au beurre noir et de mes contusions attiraient. Je restai pourtant fidèle à Celestine. Après ma glissade, nous fûmes plus amies que jamais. Un jour, le photographe du journal vint à l'école et je fis un esclandre parce que je refusais qu'on prenne ma photo sans qu'elle soit dessus. Nous étions debout côte à côte dans le vent glacial, au pied du toboggan.

L'ÉPREUVE D'UNE ENFANT, LA PREUVE DU MIRACLE, titra le *Sentinel* d'Argus.

Pendant quinze jours le visage resta protégé derrière un cordon de sécurité, et les fermiers venaient en voiture de très loin pour s'agenouiller près de la palissade qui encerclait l'école. Des rosaires étaient suspendus aux lattes rouges, des fleurs en papier, des petits rubans, et même un ou deux dollars.

Et puis un jour le soleil se montra et d'un coup il réchauffa la terre. Le visage de Karl, ou celui du Christ, se dispersa en petits ruisseaux qui coulèrent à travers la ville. Il se répétait en écho dans les rigoles, disparaissait, gonflait dans les caniveaux et s'accumulait dans les sous-sols, il fut incroyablement partout et nulle part à la fois, si bien que tout au long du printemps avant que la ville ne cuise à blanc, avant que la sécheresse ne démarre, je sentis sa présence dans les murmures et les soupirs des flots.

Celestine James

J'ai une vision de dos de Mary qui file à toute allure vers la terre le long du toboggan. Son gros manteau en drap gris tranche comme le ferait une cloche autour du battant blanc que forme sa culotte, mais le vent n'agite jamais son écharpe bleue. Elle est immobile dans sa vitesse, jusqu'au choc. Et soudain tout va vite, partout, en même temps. Mary roule deux fois sur elle-même. Du sang inonde son visage. Sœur Hugo se précipite vers elle, puis des cris s'élèvent. Sita, qui prise d'étourdissements à la vue du sang de sa cousine part en titubant vers le tourniquet, attire l'attention sur elle. Sainte torturée, peut-être même Catherine en personne, elle dispose son corps parmi les tiges en fer au centre de la roue et appelle au secours, d'une voix faible mais perçante.

Sita est cinq fois plus forte qu'elle ne le paraît et peut me battre quand on se bagarre, je ne vais donc pas la rejoindre. Maintenant sœur Hugo conduit Mary en haut de l'escalier, son mouchoir et l'écharpe bleue pressés sur son front. J'ai descendu à reculons les marches verglacées, comme par magie, et je fonce derrière elles.

Mais sœur Hugo m'interdit l'entrée lorsqu'elles arrivent à l'infirmerie.

« Redescends », dit-elle d'une voix tremblante. Ses yeux brillent étrangement sous sa cornette en lin amidonnée. « Il se peut que cela ne dure pas. File au couvent ! Dis à Leopolda de rappliquer tout de suite avec l'appareil photo ! »

Je suis déconcertée.

« La glace, le visage, dit sœur Hugo, frénétique. Allez, fiche-moi le camp ! »

Et donc je cours, tellement ébahie et excitée par la façon dont elle s'est exprimée, non pas comme un professeur mais comme un simple paysan, que je ne sonne pas à la porte du couvent mais bondis dans l'entrée et hurle dans l'escalier qui résonne. Je sais maintenant, parce que ça flotte dans l'air de la cour, qu'une sorte de miracle s'est produit à la suite de la chute de Mary.

Je crie donc : « UN MIRACLE ! », à pleins poumons. Faire ça dans un couvent, c'est comme crier au feu dans un cinéma bondé. Soudain tout le monde descend en trombe, une avalanche de drap noir. Leopolda arrive la toute dernière en bondissant avec une redoutable ardeur. La sangle d'un trépied passée sur l'épaule. Rideau, lampes et appareil photo s'empilent dans ses bras. On dirait qu'elle était juste derrière sa porte, armée de tout son matériel, à prier d'un bout à l'autre de l'année pour qu'arrive ce moment.

De retour dans la cour, c'est le chaos. Un attroupement s'est massé au pied du toboggan. Plus tard, ce visage que les gens contemplent paraîtra dans les manuels de catéchisme de tout le Midwest, sous l'appellation : « L'Apparition d'Argus », illustrée par une des photos de sœur Leopolda. Dans l'article, on dit de Mary qu'elle est une « enfant trouvée de la région », et le toboggan verglacé devient « une innocente trajectoire de gloire divine ». Ce sur quoi on n'a jamais rien écrit, c'est comment on retrouva sœur Leopolda quelques nuits après l'accident. Agenouillée au pied du toboggan, les bras nus, en train de se flageller les épaules à coups de chardons secs, jusqu'au sang. Ensuite, elle fut envoyée se rétablir quelque part.

Mais ce jour-là, au milieu de tout ce désordre, je retourne en douce dans l'école. Au moment où j'emprunte le couloir, le père franchit la porte de l'infirmerie. Plongé dans une profonde réflexion, il ne lève même pas la tête et ne me voit donc pas. Dès qu'il est au bout du couloir, je me glisse dans la salle, inquiète parce qu'un prêtre auprès d'une personne malade c'est toujours de mauvais augure.

Mais Mary a récupéré du choc qu'elle a reçu, me dis-je tout d'abord, parce qu'elle est assise.

« Tu l'as vu ! » s'écrie-t-elle aussitôt en s'agrippant à mon bras. Elle semble avoir le cerveau dérangé, soit par sa soudaine importance soit par la blessure. Sa tête est entourée de gaze, ce qui lui donnerait presque des airs de bonne sœur, sauf que ses orbites commencent à exhiber de bien peu honorables contusions noires et violettes.

« Il paraît que c'est un miracle », lui dis-je.

Je m'attends à ce qu'elle éclate de rire, mais elle se cramponne à ma main. Ses yeux se mettent à luire d'un éclat qui commence à me paraître suspect.

« C'était un signe, mais pas de ce qu'ils croient.

– Comment ça ?

– C'était Karl. »

Elle n'a encore jamais parlé de lui, mais par Sita je sais que c'est son frère qui s'est enfui dans un wagon de marchandises allant vers l'ouest.

« Recouche-toi. Tu as reçu un coup sur la tête, lui dis-je.

– Il faut toujours qu'il m'embête ! Il ne peut pas me laisser tranquille ! » lance-t-elle d'une voix forte.

Son visage se plisse. Elle est absorbée dans ses pensées, comme le prêtre, et a perdu toute notion de mon existence ou même de la sienne. Son regard furieux fixe l'horizon, clair et immobile, et je vois qu'elle est très agacée.

Après que sœur Hugo m'a renvoyée de l'infirmerie, je redescends l'escalier, je sors dans la journée froide et grise et me joins à la foule amassée autour du visage miraculeux. Sauf que pour moi il n'a rien de bien miraculeux. Je scrute les motifs de boue gelée, la glace fendillée, le gravier qui apparaît en dessous, la neige grise. D'autres personnes qui regardent depuis le même angle le voient. Pas moi, et pourtant je reste agenouillée jusqu'à en avoir les genoux engourdis.

Le visage, c'est tout ce dont Russell et ma grande sœur Isabel sont capables de parler, ce soir-là.

« Ta copine va nous rendre célèbres », remarque-t-elle.

Nous n'avons pas d'autre famille, et pour s'occuper de nous elle travaille dans des fermes, à la cuisine, et fait même parfois le battage aux côtés des hommes.

« Des filles ont été canonisées pour moins que ça », ajoute-t-elle.

Chaque année, Isabel porte la bannière dans la procession de sainte Catherine, elle a l'air énorme et triste, mais pure. Ma mère aussi était costaud. Il semble que j'aie hérité du teint de mon père mais que j'atteindrai très vite la taille de ma mère.

« Je parie que Sita est prête à assassiner cette petite Mary », dit Russell avec un rire brusque.

Sita s'est moquée de lui parce qu'il est indien, et il se réjouit toujours de la voir dégringoler d'un cran.

« Ils ont pris une photo de Mary pour les journaux », lui dis-je.

Isabel est impressionnée, mais pas Russell, qui joue au football et a été plein de fois dans le journal parce qu'il a marqué des essais. On dit par ici que c'est un Indien qui ne prendra pas la mauvaise pente mais qui réussira, et en un sens ce sera le cas, plus tard, selon comment on voit les choses.

Le lendemain matin, avant que l'école ne commence, il vient avec moi examiner la glace. Pendant la nuit quelqu'un a posé une clôture basse en lattes de bois et fil de fer barbelé autour de l'endroit sacré. Russell s'agenouille à côté et se signe. Il récite une sorte de prière et puis pousse son vélo sur la route verglacée jusqu'au lycée. Lui aussi, il l'a vu. Me voilà de nouveau au pied du toboggan, à genoux, en train de plisser les yeux, et même de loucher, pour essayer de faire apparaître le visage. Pendant tout ce temps les religieuses installent l'autel, au beau milieu de la cour d'école, pour une messe exceptionnelle. Je commence à regretter de ne pas avoir demandé à Russell de bien me montrer les traits afin qu'à mon tour je puisse voir le Christ. J'envisage même d'interroger les sœurs, mais en fin de compte le courage me manque et pendant toute la messe, debout parmi les cinquièmes, je regarde Mary, Sita, Fritzie et Pete, communier les premiers, et je fais semblant d'être émue par l'endroit défoncé, qui est tout ce que je vois.

Sauvetage

Dans une petite maison à charpente de bois de Minneapolis, une jeune femme était assise et lisait le journal, ses doigts froissant le papier passaient de page en page. Son mari, assis à l'autre bout de la pièce, la regardait lire. Il tenait leur fils dans ses bras.

« Encore une autre annonce, dit Catherine Miller.

– Pourquoi les cherches-tu donc ? » demanda Martin, son mari.

Elle abaissa le journal et le dévisagea calmement. Ses sourcils, épilés en arcs minces, donnaient de l'intelligence à ses yeux. Sa chevelure châtain clair était rassemblée en une houppe tourbillonnante.

« Tu le sais bien, répondit-elle en continuant à feuilleter le journal. La police, Martin. Le rapt est un délit puni par la loi. »

Ne trouvant rien à lui répondre, Martin baissa les yeux vers le bébé. Le regard de l'enfant se fit vague, sa bouche s'affaissa, et Martin le serra davantage contre lui, en prenant tant de plaisir dans la confiance du nourrisson endormi qu'il ne vit pas sa femme se crisper, retenir son souffle, parcourir rapidement un article, puis abaisser le journal.

Elle resta là, le journal sur les genoux, à observer Jude, son fils, le tout petit bébé à qui elle avait donné le nom du saint patron des causes perdues, des espoirs brisés, et des extrêmes recours. Elle se souvint de la première nuit après que leur autre fils, celui qui n'avait vécu que trois jours, avait été enterré.

Cette nuit-là était un lieu paisible en elle, où elle n'allait presque jamais. Maintenant, pourtant, elle y repensa. Que le monde avait été immobile ! Et le ciel, d'un bleu printanier tellement foncé ! Ses seins bandés étaient intolérablement douloureux. Cette perte faisait de son esprit un désert glacé, et pourtant chacun de ses nerfs palpitait. Elle n'arrivait pas à dormir.

De temps en temps, une douleur tellement aveugle l'envahissait qu'elle avait cru se noyer, ou perdre la tête. Elle avait même refusé les calmants. Elle ne voulait rien qui atténue la souffrance, pas de laudanum, pas même un verre de whisky. Mais Martin étant sorti, ce soir-là, elle décida brusquement qu'elle avait besoin d'un petit quelque chose. Elle alla donc d'un pas trébuchant jusqu'au meuble où était cachée la bouteille et se versa vite fait un grand verre à dents d'alcool de contrebande. Debout, seule dans la maison obscure et glacée, haute silhouette négligée vêtue d'une chemise de nuit en flanelle imprimée de roses, elle but. L'alcool brûlait d'un feu clair. Elle se versa un autre verre qu'elle avala plus lentement, en laissant sa chaleur l'envelopper. À sa grande surprise, le whisky l'aida. Du moins était-ce une distraction, et tandis qu'elle retournait se coucher d'une démarche flottante et sombrait aussitôt dans le sommeil, la souffrance, maintenant plus sourde et plus pesante, était tenue à bout de bras et non plus lovée en elle.

Détendue, mortellement épuisée, elle n'entendit pas rentrer Martin. Quand il pénétra dans la chambre et posa le bébé dans le berceau, elle l'entendit hurler, mais elle fuit mentalement ce son. Même dans son état de stupeur, elle était convaincue qu'il s'agissait là d'une sorte d'effroyable hallucination. Elle sentit les mains de Martin sur sa poitrine, qui dénouaient les bandes de tissu maintenant imbibées de son lait vaguement sucré, et elle tenta de le repousser. Il la calma, lui parla et chantonna d'une voix grave comme si elle était un animal apeuré, et quand elle fut de nouveau étendue immobile, il lui mit le bébé au sein.

Aussitôt, tout en sachant que c'était impossible, elle s'abandonna et nourrit l'enfant, comme du fond de son cœur. Malgré son esprit troublé, elle se rendit compte qu'il était différent, aussi petit que le premier, mais plus âgé, plus adroit.

Maintenant, alors qu'elle attendait que Martin lève les yeux et remarque l'expression de son visage, une vague de sentiments, qu'elle avait réprimés sans le savoir, déferla. Regarder le bébé, tout simplement, lui réchauffait le cœur. Quelle merveille – ces boucles acajou.

« Tu as la mine du chat qui a dévoré le canari, dit Martin avec un sourire.

– Je suis heureuse.

– Moi aussi, dit son mari d'un ton prudent. Il est à nous.

– Je sais. »

Et puis elle lut l'article à haute voix, celui qui accompagnait la petite annonce habituelle indiquant la récompense offerte pour tout renseignement qui permettrait de retrouver un petit garçon âgé d'un mois. L'article décrivait la mère, sa conduite inimaginable, et signalait qu'elle aussi était recherchée par la famille Kozka d'Argus.

Quand elle eut fini de lire l'article, Catherine Miller rangea soigneusement le journal dans un tiroir, à côté du minuscule bonnet bleu clair, de la grosse couverture composée de bouts de manteau et de la curieuse petite robe en tissu vert écossais que portait le bébé la nuit où il était venu à son secours.

CHAPITRE 3

Karl Adare, 1932

J'avais atterri dans l'herbe haute et sèche. Il faisait jour. La douleur dans mes jambes était atroce, et sous moi le sol était glacé. Au fil des heures la lumière se réchauffa, devint brûlante et passa violemment à travers mes vêtements. La douleur me fila en longs brins et me contracta en un nœud serré. Au moindre geste, elle redoublait, je restai donc étendu sans bouger.

Je pensais que Giles reviendrait quand il découvrirait ce que j'avais fait. Je le voyais se réveiller dans le wagon cahotant. Il attendrait que le train ralentisse, puis rebrousserait chemin et me prendrait dans ses bras. Puisque je n'étais pas mort, j'étais sûr que je serais sauvé.

Mon salut amena sur les rails un chariot chargé de planches récupérées. Il avait des roues de fer hurlant. Ce bruit s'arrêta juste au-dessus de moi. Elle, elle était gigantesque. Son ombre tombait d'en haut. J'ouvris ma gorge parcheminée mais pas un mot n'en sortit, puis une femme dégringola le petit talus. Elle avait la tête enroulée dans un foulard blanc qui resplendissait contre sa peau brune. Des miroirs en argent jumeaux pendaient à ses lobes d'oreilles, ils étincelèrent, me donnèrent le tournis. Elle s'accroupit au-dessus de moi, souleva mes paupières de ses doigts aussi solides et souples que des pinces. Puis elle m'ouvrit la mâchoire et me versa du whisky pur dans la gorge. Il me traversa telle une corde de feu, enchevêtra mes intestins, alluma un tout petit point de raison dans mon cerveau.

« Pieds », fis-je.

Elle se pencha plus près.

Mais je ne supportais pas qu'on les touche et je m'écartai en gigotant pour échapper à ses doigts inquisiteurs.

Bleue dans le crépuscule, une composition de foulards et de couvertures, elle disparut. Il y eut des cliquetis et des claquements hors de ma vue, et je dormis jusqu'à ce qu'elle revienne et me porte près du feu. De l'eau fumait dans une marmite suspendue à un crochet. J'aperçus un couteau, quelques paquets de farine, des haricots secs et des racines terreuses. Elle me déposa sur un monticule de roseaux.

« Qu'est-ce que vous allez faire ! »

Je me débattis dans ses bras.

Des jours passeraient avant que je comprenne que Fleur Pillager ne disait presque jamais rien, alors qu'elle en avait la capacité. Elle ne me révéla que son nom, mais je l'entendais chanter et parler toute seule.

Elle posa sur moi une couverture de cheval, puis fit encore couler du whisky entre mes lèvres, goutte à goutte, jusqu'à ce que ma toux l'en empêche. Elle découpa mes chaussures, dont elle trancha soigneusement le cuir, et ensuite mes chaussettes. Je la suppliai d'utiliser ce même couteau pour me couper les pieds, mais lorsque d'un mouvement ferme elle les posa sur ses genoux, je me cambrai et sombrai dans les ténèbres.

À la première pression de sa main, me raconta-t-elle plus tard, je m'évanouis.

Pendant que j'étais mort au monde, Fleur Pillager entreprit de malaxer, remodeler, et tapoter les esquilles flottantes de mes os en forme de chevilles, tâtant les siennes de temps à autre pour ne pas se tromper. Les paquets que j'avais pris pour de la farine étaient en réalité du plâtre de Paris. Elle en fit mes plâtres et les façonna à l'aide d'éclats taillés dans l'unique branche existant dans un rayon d'un kilomètre autour de la voie ferrée. La branche de pommier, arrachée à un arbre d'Argus, qu'elle trouva à côté de moi.

Elle m'emmitoufla dans des toiles cirées et encore d'autres couvertures et me soûla, mais cette nuit-là je ne pus pas dormir. Le ciel changea petit à petit, passa du noir au gris, du rouge au rose, puis le soleil apparut. Fleur avait tiré son chariot en bas du talus du chemin de fer, au bord d'un marécage envahi de roseaux presque assez profond pour être un lac. Les massettes étaient ce que l'on voyait de plus haut. Aussi loin que portait le regard, le monde était nu. Nous en étions l'unique détail. Fleur tisonna le feu, prépara du pain dans une casserole et réchauffa le café à l'eau du marécage. J'en bus à petites gorgées une tasse fétide et sucrée, et observai cette femme de mon mieux.

Son visage était jeune, large et brun, mais il avait un beau contour, délicat même. Sa bouche épaisse s'incurvait aux commissures, son nez était busqué comme celui d'une princesse de sang royal. C'était une Indienne, une Pillager, membre d'une bande errante qui ne s'était jamais vraiment établie. Elle gagnait sa vie en colportant tout ce qui lui tombait sous la main. Des casseroles étaient accrochées à son chariot, et des ballots qui contenaient des paquets d'aiguilles, de la ficelle de couleur. Des pièces de tissu, du calicot à robes, étaient empilées au sommet. Elle faisait commerce d'assiettes dépareillées, de tasses raccommodées et de fourchettes d'occasion. Elle achetait de la dentelle blanche faite main à l'école de la mission qu'elle troquait contre des baies écrasées et séchées en feuilles, des cadres en écorce de bouleau.

Je voulais lui dire qui j'étais, tout lui raconter. Mais à l'instant même où je me mis à parler, le ciel nous tomba sur la tête. La terre vint se coller tout contre, au point que je ne pus plus respirer.

« Il y a quelque chose qui ne va pas chez moi », dis-je d'une voix étranglée.

Fleur me martela la poitrine, posa son oreille sur mon cœur, puis se releva et se mit à jeter des affaires hors de son chariot. J'avais une pneumonie, un risque fréquent lorsqu'on dort dans des wagons de marchandises glacés. Presque tous les vagabonds de longue date en étaient atteints, ils en mouraient ou ils survivaient. Fleur mit des pierres à chauffer dans le feu, mais les roseaux fumaient trop. Elle fendit donc quelques traverses de chemin de fer et alimenta le brasier jusqu'à ce que les pierres rougeoient.

Le soleil se coucha. L'herbe froufroutait dans la petite brise, le son paraissait anormalement bruyant, tout comme les canards, qui marmonnaient dans leurs nids douillets, et les rats musqués. J'avais l'impression de les entendre gifler l'eau dans leur chasse aux insectes. Même les nuages qui s'amoncelaient semblaient produire un léger chuintement tandis qu'ils se rétractaient, se repliaient et prenaient des couleurs.

Fleur roula les pierres brûlantes, crépitantes, sur la vase au bord du marécage, puis elle les surmonta de la caisse du chariot. Dessus, elle posa une chaise qui avait été attachée au sommet de tout le reste. Elle me déshabilla entièrement en quelques gestes heurtés et m'enroula dans une couverture sèche. Elle me fit asseoir sur la chaise, comme sur un trône, puis me noua une corde autour de la taille. Par-dessus l'ensemble, jusqu'au sol, m'entourant comme une cape et solidement attachées à mes épaules, elle tendit ses couvertures.

Je me retrouvai alors scellé dans un cône étouffant. J'étais le point culminant du monde. J'étais complètement fou. Je faisais face à l'ouest et le soleil descendait dans un flamboiement féroce qui éclairait mon visage. Je brillais tel un phare sous ma peau transparente et m'imaginais que l'on pouvait m'apercevoir à la nuit tombante, aussi rouge qu'une lanterne, luisant tel un cœur enveloppé dans de crépitantes feuilles de papier. Le contour de mes os était bordé de noir. J'étais une balise. D'un bout à l'autre de la nuit je ne cessai de palpiter, rappelant à moi les uns ou les autres – Giles ou Mary, ma mère, et même le bébé qui avait détruit ma vie en la faisant fuir.

Des animaux encerclaient les limites de cette chaleur. Je vis les yeux des mouffettes, des billes rouges, j'entendis le babil des ratons laveurs, je regardai les butors se poser, plus noirs que le ciel noir, et des faucons endormis. Un ours se dressa entre le feu et les roseaux. Au beau milieu de la nuit, le plus gros animal de tous arriva dans un fracas de roues et d'étincelles.

Le jour n'était pas encore tout à fait levé lorsque Fleur me fit redescendre. J'étais avachi et trempé mais je respirais mieux. Ma fièvre était tombée pendant la nuit. Fleur m'enroula dans la dernière couche de couvertures encore sèches et me déposa de nouveau sur les roseaux. Elle en entassa d'autres sur moi. Et au sommet, elle s'allongea, un poids écrasant. D'abord j'eus de nouveau froid et je sentis mes poumons se contracter, mais ensuite, venue d'en haut, sa chaleur pesa sur moi.

Quand je me sentis mieux, nous repartîmes. Le chariot de Fleur avançait sur des roues spécialement rainurées, et elle le remorquait, la tête passée dans un collier de cheval. Nous avancions lentement, les oreilles bouchées avec du duvet de massette pour étouffer les chocs et le gémissement des roues. J'étais arrimé tout en haut, sur ma chaise, les jambes tendues et un parapluie fixé là pour me faire de l'ombre. Parce que nous avions tous les deux des bouchons dans les oreilles, je m'inquiétais de ne pas entendre les trains. Mais Fleur portait des souliers ferrés au bout desquels étaient clouées des boîtes de conserve aplaties. Ces lames métalliques vibraient pour signaler l'approche d'un convoi, et Fleur avait le temps de soulever le chariot et de le pousser sur le côté.

Je ne savais pas où nous allions, je ne m'en souciais pas. Nous passions devant des fermes, certaines près de la voie ferrée, d'autres loin, et chaque fois Fleur tirait le chariot hors des rails et le traînait à travers champs, ou le long d'une route, jusqu'à ce que nous arrivions dans la cour. On aurait pu croire qu'elle serait tourmentée par les chiens, que les fermiers auraient fermé leurs portes. Mais à l'extérieur de chaque cour les chiens s'empressaient de venir à notre rencontre. Puis c'étaient les enfants, des piécettes serrées dans leurs mains, pour jeter le premier coup d'œil. Ensuite apparaissaient les femmes, hésitantes, le visage empourpré par la vapeur, les mains abîmées par les lessives, les pieds douloureux. Fleur leur montrait des boutons en corne de bison, des oies jumelées dans une agate, une broche faite de griffes. Enfin arrivaient les hommes, pour les lames de hache et les rouleaux de ficelle. Les clients de Fleur étaient sur leurs gardes et l'approchaient avec un peu de crainte, comme si c'était une sorcière, ou peut-être une sainte condamnée à l'errance.

Et ils me regardaient, moi qui étais à tout point de vue son prisonnier, honteusement dépendant d'elle. J'ignore ce qu'ils voyaient. Un gringalet. Un pauvre idiot.

Parfois nous faisions halte dans une cabane à outils ou une grange, et un jour un type qui avait des bosses au cou aussi grosses que des œufs d'oie nous invita à dormir dans le petit salon de sa défunte femme. Nous ne restions jamais nulle part plus d'une nuit. À l'aube, Fleur chargeait le chariot pièce par pièce et me posait au sommet. Elle passait sa tête dans le collier et me tirait le long des rails.

Entre deux fermes, j'avais tout mon temps pour réfléchir, et parfois, les premiers jours, je sortis mon couteau à manche de nacre. En le tenant serré dans ma main, je pouvais voir ma mère qui balayait par terre à petits coups moroses ou ramenait ses cheveux sur sa tête. Quand elle le faisait, elle se regardait à peine dans la glace. Je voyais le dessous de ses bras d'un blanc laiteux, sa petite grimace pour tenir les épingles serrées dans sa bouche, ses doigts qui les plantaient avec précision. Elle me manquait terriblement et je laissais couler mes larmes, sous le parapluie de Fleur. Mais il ne fallut pas longtemps pour que je me lasse de pleurer et invente des scènes où figurait ma mère et qui me donnaient davantage de plaisir. Par exemple, sa douleur quand nous nous retrouvions enfin et que je lui battais froid, lui tendais une joue de marbre. Ou le choc qu'elle éprouvait lorsqu'elle cherchait à comprendre ma cruauté.

« Je ne te pardonnerai jamais », murmurais-je parfois, pour rajouter au frisson.

Mais à mesure que mes rêves devenaient plus brutaux, dans mes tableaux elle se mit à sangloter, à marteler son matelas de ses poings, à égratigner sa peau douce, et même à s'arracher les cheveux par poignées, jusqu'à ce que la violence de sa honte et de son chagrin finisse par m'effrayer. Je me mis alors à croire qu'en réalité elle ne m'avait pas abandonné. Il me vint tout naturellement à l'idée que l'aviateur au pull blanc, au casque de cuir et à l'écharpe d'un orange doré l'avait enlevée contre son gré.

Je le compris le jour où nous nous étions arrêtés pour laisser passer un train. Je songeai à la façon dont les lèvres de ma mère avaient effleuré les miennes avant qu'elle ne lève le bras en l'air pour proposer son argent en échange d'un tour en avion avec le maigre acteur ambulant. Ses lèvres étaient froides, malgré le beau soleil. Elle avait les mâchoires serrées. Elle n'était encore jamais montée dans un avion et devait avoir peur. Malgré l'audace de son geste, son sourire, au moment où elle tirait le billet de son sac, était trop éclatant, trop vide. Une aventure pour rompre l'ennui, c'était tout ce qu'elle avait désiré. Sa crainte et ce baiser sans chaleur le prouvaient. Évidemment, elle avait fait une forte impression à Omar, il était tombé amoureux d'elle lorsqu'elle lui avait tendu le billet, il avait prévu en son for intérieur de ne pas la ramener mais de continuer à voler sans se préoccuper de ses supplications ni de ses cris qui couvraient le fracas du moteur.

À cet instant encore, alors que j'étais avec Fleur dans le déplacement d'air des trains à l'approche, ma mère était prisonnière de cet homme.

Je la sauverais. Quand je pourrais marcher, je le pourchasserais. Un matin, je serais devant sa porte. Il apparaîtrait, essuyant le savon qu'il aurait sur la poitrine, et sans crier gare je frapperais. Je tuai le pilote un grand nombre de fois, et de bien des façons, tout au long de notre voyage. Toujours, à la fin de chaque épisode, ma mère passait sur son cadavre pour se précipiter vers moi. Elle me serrait fort dans ses bras, et quand elle m'embrassait ses lèvres étaient chaudes et insistantes.

Je suppose que c'était une semaine ou deux avant que nous n'arrivions sur la réserve indienne où vivait Fleur. Nous ne parcourions pas plus de deux à trois kilomètres par jour, parce que les fermes étaient éparpillées de façon régulière le long du trajet, ce qui exigeait que l'on fasse des détours. Pendant tout ce temps, le vent me brûlait le visage. La pluie me durcissait la peau. Si pendant la nuit il faisait froid ou s'il crachinait, Fleur m'enroulait dans une montagne de couvertures et de toiles cirées. Parfois, quand venait le matin, j'étais étroitement roulé en boule et bien au chaud à ses côtés, proche d'elle mais sans jamais toucher sa peau. Je crois que j'aurais pu continuer ainsi à vivre indéfiniment sous sa protection, mais soudain nous arrivâmes à destination.

Un jour, Fleur quitta les rails et nous nous mîmes à suivre deux ornières de char à bœufs pour laisser la zone des fermes et pénétrer dans la prairie. Il n'y eut plus aucune habitation pendant un bon bout de temps. Nous commençâmes à nous présenter devant des cabanes en rondins assemblés avec de la boue, habitées par des Chippewas ou des Indiens français à l'allure féroce portant de maigres barbes noires et de longues moustaches. Il y avait aussi des maisons bardées de planches, dotées de puits, de granges, et d'impeccables portes-moustiquaires qui à notre approche s'ouvraient en grinçant. Les femmes qui en sortaient étaient en tablier, elles avaient les cheveux courts, bouclés, et retenus dans des filets vaporeux. Elles n'étaient pas comme Fleur, mais c'étaient tout de même des Indiennes et elles se parlaient dans une langue fluide.

Au bout de quelques jours passés à parcourir les chemins et à nous enfoncer toujours plus loin dans les petites collines, nous arrivâmes dans un village. Pas bien grand. Quelques maisons en bois et deux bâtiments plus importants qui avaient l'air d'écoles ou de bureaux. Nous gravîmes une route en lacets pour atteindre une église. Fleur laissa son chariot au pied de la colline, me prit dans ses bras et me porta directement à la porte de derrière d'une maison blanchie à la chaux.

« Qu'est-ce que c'est que ça ! » s'écria la bonne sœur qui vint ouvrir.

Elle était grosse, douce et très propre. Je sentais si mauvais qu'elle se couvrit la bouche de sa main.

Fleur continua de me présenter comme une offrande. Sans un mot d'explication. Au bout d'un moment, la religieuse ouvrit plus grand la porte et nous fit signe d'entrer. Elle agita une petite sonnette près de l'entrée et plusieurs nonnes se rassemblèrent autour d'elle.

« Elle m'a ramassé, dis-je. Je suis tombé du train qui allait vers l'ouest. »

Elles me regardèrent, les yeux ronds, puis se détournèrent et tinrent une conférence pour savoir si je resterais ou non, si elles devraient aller chercher la mère supérieure ou le prêtre, si j'étais ou non indien, ou dangereux. En fait, leur discussion était inutile, car alors même qu'elles discutaient d'une voix sifflante et chuchotaient, Fleur se pencha, me déposa en tas sur leur linoléum ciré et ressortit.

On m'avait abandonné tant de fois que cela ne comptait même plus. Il me vint à l'esprit, alors que j'étais assis là par terre, qu'à cause des trois choses que j'avais faites tout seul ma vie était à chaque fois allée de mal en pis. D'abord être monté dans le train qui repartait d'Argus, puis Giles Saint Ambrose, et finalement avoir sauté du wagon de marchandises. J'avais fini complètement seul et sans soutien. Si bien que cette fois je restai assis sans bouger jusqu'à ce que quelqu'un d'autre se charge de moi. Je ne protestai pas lorsqu'il me fallut dormir sur un grabat dans le placard à balais chez le prêtre, puis trimer au cimetière, quand je fus enfin guéri. J'acceptai lorsque les religieuses trouvèrent l'argent pour me renvoyer à Minneapolis, où d'autres membres de leur congrégation vinrent me chercher au train et me ramenèrent à la case départ, sous la banderole rouge de Saint-Jérôme, au-delà des arbres qui avaient été pavoisés d'ampoules colorées pour le « pique-nique des orphelins », derrière la tribune, et plus loin encore, au grand orphelinat en briques plein de portes et de fenêtres où je passai l'année suivante avant d'entrer au séminaire.

J'avais beaucoup de talent pour l'obéissance. J'étais amoureux de mon image en soutane noire et étroite, et je trouvais que les pelouses vertes du séminaire et les briques blanches des chapelles me mettaient à mon avantage. Alors que je marchais dans les jardins, en lisant mes leçons du jour, j'étais exposé à de nombreux regards. Entre les lignes des textes sacrés, je rejoignais des clochards maigres et coriaces qui avaient dormi dans les buissons. Spectraux, baignant dans leur sueur fétide et couverts de la poussière du voyage, ils voyaient en moi une flamme d'un noir absolu. Ils ne pouvaient pas me résister. Je savais toujours que si je faisais scrupuleusement aller mon regard le long de la page imprimée, si je m'arrêtais dans les recoins les plus obscurs du paysage, si je fermais les paupières comme si je communiais avec un être supérieur, ils viendraient. Ils me forceraient à les vénérer tel un animal. Je tomberais. Je brûlerais, brûlerais, jusqu'à ce que par la grâce de Dieu je finisse dévoré par les flammes.

Vue aérienne d'Argus

Un jour, tante Fritzie invita Mary à venir dans son bureau, là où se trouvait le coffre-fort noir et or, où des livres de comptes occupaient six étagères et où la bobine blanche de la calculatrice s'enroulait par terre en spirale, comme des embruns. Les longues bandes s'emmêlèrent autour des chevilles de Mary lorsqu'elle s'assit près du bureau en acier gris. Fritzie fouilla dans les tiroirs et en sortit des trombones, du papier, d'autres bobines. Un cendrier sur pied était à portée de main à côté de son coude ; une radio bourdonnait dans le meuble en chêne au-dessus de sa tête. Les feuilles des plantes qui poussaient là étaient aussi plates que des billets de banque et n'avaient jamais besoin d'eau. Les lumières fluorescentes qu'elle allumait le soir grésillaient, faisaient des petits bruits secs et attiraient des papillons de nuit bruns et soyeux.

Cette pièce était la préférée de Mary. Elle avait déjà décidé que lorsqu'elle serait au lycée, elle apprendrait à tenir les livres de comptes comme tante Fritzie. Elle voulait être assise au milieu des plantes desséchées, par les nuits froides, et s'occuper de chiffres. À la fin de chaque mois, Fritzie passait une soirée à envoyer les factures, et Mary s'endormait alors au son apaisant du *tic, tic, vrrr* des doigts de sa tante sur les touches de la machine à calculer.

« Je suppose que tu as atteint l'âge pour réussir à comprendre ça toute seule », lui déclara Fritzie ce jour-là.

Elle avait trouvé ce qu'elle cherchait et lui tendit le rectangle de carton. C'était une carte postale. Mary examina l'image attentivement avant de la retourner. Au premier plan, un homme en costume élégant était photographié juché dans les branches d'un arbre. *Le plus gros chêne du monde est à Jacksonville, Floride*, était-il écrit en lettres vertes très ornées au pied de cet homme. Au dos de la carte, il y avait un court message.

C'est ici que j'habite. Je pense aux enfants tous les jours.
Comment vont-ils ? Adelaide.

Mary leva les yeux à temps pour voir la façon dont tante Fritzie soufflait la fumée de sa cigarette, en deux minces jets méprisants. Puis elle reporta son regard sur la carte. Fritzie attendait une réaction, mais Mary ne ressentait rien de spécial.

« Alors, demanda Fritzie, qu'est-ce que tu vas faire ? »

Dans la voix sonore de sa tante, Mary devina une conspiratrice. Après tout, Fritzie était l'unique sœur d'Adelaide. Elle l'avait abandonnée elle aussi.

« Je ne sais pas encore, répondit Mary.

– Bien sûr que non », dit Fritzie. Elle éteignit sa cigarette d'un geste sec. « Je la fouetterais volontiers. »

Mary arracha une feuille morte à la plante qui encombrait la fenêtre.

« Réponds-lui si tu veux, c'est ta mère. Moi, je me suis lavé les mains du cas d'Adelaide le jour où tu as passé notre porte. »

Mary jeta un coup d'œil furtif à l'expression de sa tante. Mais Fritzie surprit son regard et elle ne put s'y soustraire.

« Ne retourne pas auprès d'elle, c'est tout ce que je te demande. »

Quelque chose qui ressemblait à une lanière tendue se brisa net dans la poitrine de Mary, et elle éclata de rire, un braiment de profond soulagement, soudain et maladroit, qui l'embarrassa.

« Jamais de la vie ! Tu es davantage une mère pour moi », s'écria-t-elle.

Fritzie sortit gauchement une autre cigarette de son paquet. Sa peau jaune prit une teinte dorée et elle loucha sur son briquet.

« Pourquoi je n'arrête pas ? Ces trucs-là sont en train de me tuer.

– Et puis ça pue.

– On croirait entendre Sita. »

Mary éclata de rire.

« Après ce paquet, c'est fini, promit tante Fritzie.

– Après ce paquet », convint Mary.

Tante Fritzie prit un stylo vert portant l'inscription CHEZ KOZKA, LE MEILLEUR DE LA BOUCHERIE et se mit à parcourir son grand livre relié. Mary repoussa les boucles de papier enroulées autour de ses chevilles.

« Je l'emporte », dit-elle en brandissant la carte postale, et puis elle sortit de la pièce.

Mary ne repensa pas spécialement à la carte postale, mais elle était là dans un coin de sa tête tout au long des quelques semaines qui suivirent, et elle se retrouvait parfois adressant à Adelaide de longues lettres imaginaires, pleines de haine et de chagrin. Puis un jour elle répondit au courrier de sa mère par une carte qu'elle choisit presque sans y réfléchir sur le présentoir du drugstore du coin. *Vue aérienne d'Argus, Dakota du Nord*, lisait-on au recto. Les taches marron des immeubles de la ville, les rues vides et des houppes d'arbres verts étaient entourés d'un patchwork de champs d'un brun terne. Ce qu'elle écrivit au dos de la carte l'étonna autant que cela aurait étonné et ravi tante Fritzie, dont elle copia avec soin le nom et l'écriture.

Tes trois enfants sont morts de faim, écrivit-elle.

Elle inscrivit l'adresse et s'en fut à la poste, la carte à la main. Elle acheta un timbre, le lécha et le plaça dans l'angle supérieur droit. Quand ses doigts lâchèrent la carte dans la fente de la boîte aux lettres, elle songea qu'elle ne ressentait rien. Mais ce soir-là, le dernier du mois, comme elle s'endormait au son de la machine à calculer de tante Fritzie, elle imagina qu'elle voyait la carte se poser dans les mains de sa mère. Adelaide la scrutait et observait chaque détail de la photo, pourtant elle avait beau examiner les petites traces, elle ne voyait pas sa fille, trop petite pour qu'on l'aperçoive, mais regardait à travers elle, qui était non pas morte mais bien cachée dans la vue aérienne.

La carte postale de Mary, renvoyée à deux adresses, puis restée en attente plusieurs semaines chez l'imprésario qui s'occupait du Grand Omar, arriva dans les mains de celui-ci juste après l'accident. Il la glissa dans sa poche et l'aurait oubliée sauf que, à l'hôpital où il veillait Adelaide, il n'avait rien pour se distraire. De ses mains brûlées, il la sortit donc à grand-peine, la regarda plusieurs fois, puis la remit en place.

Omar s'efforçait de ne pas trop bouger et respirait à petits coups, il avait le teint blême à cause de la douleur de ses côtes bandées, de sa jambe brisée éclissée à partir de la hanche. Seuls ses yeux allaient et venaient, depuis la pointe des pieds d'Adelaide, sous le drap d'hôpital, jusqu'à la courbe de son poignet et à la surface strictement plane de sa pommette gauche, puis retour. Elle avait une petite fenêtre au-dessus de la tête, un pan du ciel indigo de Floride. La journée était étouffante. Derrière le rideau caoutchouté quelqu'un gémit, plus loin de l'eau ne cessait de couler à flots, au point qu'il se demanda s'il était possible qu'il en reste un peu. Il ouvrit la bouche, voulut parler, mais il savait rarement que dire à Adelaide lorsqu'elle était vivante, et maintenant qu'elle était si proche de la mort il se sentait encore moins sûr de lui.

Il ne pouvait même pas la toucher. Ses mains étaient des gourdins mous et bouffis, enveloppés de mètres de gaze. Durant l'accident, des étincelles avaient jailli des commandes, et pourtant il n'avait pas retiré ses mains. Il avait hurlé tout du long, mais pas Adelaide, autant qu'il s'en souvienne, et maintenant il pouvait l'imaginer assise à côté de lui, glacée, tandis qu'il cherchait à stopper leur chute.

Il les avait ramenés au sol, de façon remarquable, et avait évité qu'ils s'écrasent tout à fait, encore que ce qui s'était passé fût assez grave. Ils faisaient une démonstration dans une foire de comté, il y avait donc eu foule pour courir chercher des médecins, de la glace, des éclisses, des pansements, des brancards et des sels. Il se rappelait le vacarme et, passant par-dessus, les rugissements des gars qui luttaient avec un alligator, le scintillement minuscule de la mélodie d'une grande roue. Il avait crié le nom d'Adelaide, mais les yeux des inconnus qui le soutenaient étaient agrandis par l'émotion et ne lui apprenaient rien.

Il ne savait toujours pas si elle était grièvement blessée ou non, ni si elle se réveillerait saine d'esprit ou ne se réveillerait pas du tout. Il ne savait pas qu'en fait ses blessures s'avéreraient beaucoup moins graves qu'elles ne le paraissaient, ni qu'elle n'aurait qu'une seule cicatrice, à la base de la nuque, alors qu'il garderait toute sa vie des douleurs dans les genoux et une boiterie chaloupée. Il songeait que pour elle n'importe quel moment pourrait bien être le dernier, sans même qu'il le sache.

Une infirmière arriva à grandes enjambées, entrechoqua quelques récipients métalliques et se retira. De l'autre côté du rideau, les gémissements se muèrent en une imprécation sourde et monotone. La main d'Adelaide trembla. Omar faillit rappeler l'infirmière, puis se retint de le faire de crainte que le tremblement n'indique une aggravation très nette de son état. Il continua à la veiller. Il eut un choc lorsqu'elle parla.

« Il faut que j'envoie une machine à coudre à Mary », dit-elle.

Sa voix sortit de la zone invisible située au-delà de sa pommette et passa sur Omar, qu'elle attira. Il se pencha vers elle.

« Si Mary apprend à coudre, elle aura toujours un savoir-faire auquel se raccrocher. »

Ses lèvres pincées esquissaient la moue efficace qu'Omar lui voyait les soirs où elle comptait l'argent, la recette du jour, et décidait de la somme à consacrer à la chambre, s'ils mangeraient de bons petits plats ou non, et ce qu'ils mettraient de côté pour les réparations et le carburant. Elle était douée pour ça. Depuis qu'elle l'avait rejoint, ils réussissaient à avoir de quoi, et même un peu de rab, qu'elle gardait sur son compte de secours dans lequel elle lui interdisait de piocher.

Omar tendit la main vers Adelaide. Le coup de poignard qu'il reçut dans les côtes lui coupa le souffle, mais de toute façon elle ne parut pas remarquer sa présence.

« Regarde-moi », dit-il.

Les yeux bleu-gris d'Adelaide se posèrent sur le mur, ses sourcils ravissants se réunirent de façon impérieuse.

« Il y a assez d'argent mis de côté pour acheter une Singer », affirma-t-elle.

Puis elle ferma les paupières. C'était un vrai sommeil, cette fois. Elle fronça les sourcils comme pour défier quiconque de la réveiller. Omar s'écarta, inquiet et jaloux. Adelaide ne parlait pratiquement jamais de ses enfants ni de sa vie avant lui.

Des mouches se jetaient activement contre le bleu masqué par une toile métallique. L'air se refermait sur eux. Omar n'aimait pas penser que lorsqu'elle dormait c'était peut-être de Mary, ou de l'autre, un garçon, qu'Adelaide rêvait, plutôt que de lui. Il n'avait encore jamais douté d'elle. Il était fier qu'elle ait abandonné ses enfants et toute sa vie, dont il supposait qu'elle avait été confortable vu ses beaux vêtements et ses bijoux, pour un bootlegger qui ne possédait rien d'autre qu'une écharpe orange et un avion rafistolé avec des bouts de ficelle à botteler la paille.

À présent l'avion était repeint, dans l'atelier de réparation à l'heure qu'il était, on connaissait le nom d'Omar sur le circuit. Et il ne buvait pas.

Grâce à elle, se dit-il. La main d'Adelaide ne bougeait pas. Il l'observa pour y voir un signe de faiblesse, qui ne vint pas. Ses jointures rosirent, comme si elle avait frappé à une porte. Elle referma le poing et ne cessa de le serrer. Omar en eut la gorge nouée, même si elle ne pressait que de l'air.

Il resta auprès d'elle jusqu'à ce qu'il la sente vraiment hors de danger. Puis il se leva, sortit de sa poche la carte envoyée d'Argus, et la posa debout sur la table de nuit en bois, là où elle la verrait.

DEUXIÈME PARTIE

CHAPITRE 4

Mary Adare, 1941

Après les plaques de verglas miraculeuses vinrent les inondations, qui échouèrent des planches et de tortueux nœuds de débris haut dans les branches, laissèrent des sangsues brunes se dessécher comme des raisins secs sur les trottoirs quand l'eau redescendit, et l'odeur de la vase de la rivière, une pourriture suave, se mit à flotter dans les jardins derrière les maisons et dans les caniveaux. Longtemps encore au cours de la sécheresse on verrait des signes du niveau atteint par la rivière : des bizarreries comme des escargots dans la paille mouillée des enclos à bétail, et le cerne moisi à mi-hauteur dans le garage de Pete. Les eaux usées bouchèrent les conduites et refoulèrent tout l'été, exhalant une pénétrante odeur d'ammoniac qui causa de terribles maux de tête à Sita. Elle passa des journées entières couchée parfaitement immobile dans notre chambre assombrie, la tête couverte de glace.

Pendant un certain temps je fus encore la fille par qui le miracle était arrivé, une attraction pour les clients et les voisins, qui s'arrêtaient au magasin pour me toucher et tendaient leurs doigts comme si j'avais le corps chargé d'électricité divine. J'aurais bien aimé. J'aurais aimé que se produise un autre événement extraordinaire. Mais rien de particulier ne résulta de ce contact, ni chance aux cartes, ni guérison de dernière minute ou grâce fulgurante. Aucun de mes actes n'eut d'effets secondaires spectaculaires. On cessa donc de me toucher. Au fil des ans, je redevins une fille ordinaire, et peut-être même pire, aux yeux de la ville.

Je n'ai jamais été très jolie, ce que j'ai su tout de suite. Mon visage était large et pâle, pas ingrat mais simplement quelconque, excepté la couleur de mes yeux. C'était ce que j'aimais le plus chez moi. Mes yeux prirent une teinte marron clair presque jaune, et je n'avais pas de sourcils pour en détourner l'attention. Ils ne repoussèrent jamais après l'accident de toboggan. Mes cheveux restèrent clairsemés, aussi noirs que du goudron. J'avais beau les laver, comme Sita, avec de la bière et des œufs, je ne pouvais les porter que ternes et plats, ou attachés en deux maigres nattes. Des années durant j'héritai des vêtements de ma cousine, détendus au niveau des coutures et raccourcis. Ensuite je pus m'habiller à ma guise. Mais à cette époque-là cela m'était complètement égal. Quelle importance si je sentais le poivre blanc de la table à saucisses ? Quelle importance si j'avais un physique ordinaire ? Au moins, j'avais le magasin, Pete et Fritzie, Celestine, bien que parfois elle se lassât elle aussi de mes manières brusques.

Je disais les choses sans détour. J'étais entêtée, amère, lunatique, et j'avais des accès de colère excessifs. Ce que je disais sortait de travers, même si je réfléchissais avant. Pendant toutes mes années d'école, j'avais horreur que les enfants se détournent ou paraissent simplement choqués quand je parlais. Je ne cherche pas d'excuses, et en réalité il n'y en a pas, mais ce qui s'était passé dans la tribune de Minneapolis, dans le wagon de marchandises, puis sur le terrain de jeu à Argus m'avait ébranlée, placée au-dessus des autres en raison de ma différence. J'avais du recul. Parfois, avant de m'endormir, du haut de mon lit je regardais Argus comme sur la carte postale que j'avais envoyée à ma mère. La ville était petite, de simples hachures à la surface de la terre, rien qu'une période glaciaire, ou peut-être même une nouvelle grande inondation, ne puisse effacer.

À mesure qu'autour de moi la ville cessait de compter, pourtant, Celestine comptait davantage. Et Pete et Fritzie aussi, même Sita, bien que j'aie moins compté à ses yeux. En vérité, nous n'avons jamais eu d'affection l'une pour l'autre, nous sommes simplement devenues plus tolérantes, et nous nous sommes habituées à notre présence mutuelle, comme seuls peuvent y être habitués ceux qui dorment dans la même pièce. Nuit après nuit, nous nous confondions et nous nous bagarrions en rêve. Des vibrations quittaient nos esprits et restaient suspendues, frémissantes, autour de nous. Le matin venu, nos moi fantômes s'étaient réconciliés.

J'étais donc peut-être plus proche de Sita que je ne l'ai jamais été de Celestine, même si de jour je ne pouvais pas supporter la minceur soignée de ma cousine et sa voix travaillée, sa façon de se retourner, un sourcil levé, et d'essayer de me clouer le bec, sa bouche mince qu'elle fardait et tapotait ensuite à l'aide d'un mouchoir quand elle attendait les clients. Je ne la supportais pas. J'étais soulagée lorsque Celestine passait au magasin. Elle avait quitté l'école avant même d'être à mi-parcours, et avait trouvé du travail à la compagnie de téléphone. Cet emploi lui donnait l'air plus âgé, mais nous étions encore bien ensemble.

Celestine était belle à l'époque, grande et mince. Elle portait des tailleurs plutôt que des robes, et un sac en cuir à bandoulière. Lorsqu'elle entrait à grandes enjambées dans la cuisine, elle avait la beauté d'un homme. Sa voix était grave, pénétrante, et elle fumait des Viceroy, comme Fritzie. Assises là nous râlions contre son patron et lisions les lettres de la V-mail. Au moment de partir, elle allumait une dernière cigarette et la fumait à moitié avant de remonter dans la voiture de Russell. La cigarette pendait à ses lèvres lorsqu'elle démarrait.

Je gardais l'espoir d'avoir un peu de sa haute taille. Mais, toujours petite, je cessai de grandir à dix-huit ans. Pendant un moment je fus déprimée de savoir que tant que je tiendrais le magasin je devrais regarder les clients à travers, et non par-dessus, la vitrine éclairée.

Au magasin, j'étais parfaitement chez moi. Le bâtiment comptait un seul niveau. Les sols étaient coulés en béton et parcourus de tuyaux d'eau chaude pour le chauffage. Les murs épais étaient enduits de stuc, peints d'un blanc lisse et brillant. Parce que tant de portes étaient arrondies, on aurait cru une grotte creusée dans le flanc d'une colline. Une lumière verte et aqueuse tombait par d'épais pavés de verre, sauf dans la cuisine où la porte-moustiquaire laissait entrer une explosion de soleil. Les clients venaient là-derrière pour bavarder. Au-delà du jardin de Fritzie et de la vaste cour, ils pouvaient regarder vaches et moutons remuer dans la pénombre des enclos à bétail, à demi visibles entre les lourdes traverses de chemin de fer.

Pete leur apportait des chapelets de ses saucisses pour qu'ils les goûtent, et ils les mangeaient accompagnées de biscuits salés ou de pain blanc moelleux, comparaient la saucisse d'été, la *beerwurst* et la suédoise. C'étaient des gens massifs, des Allemands, des Polonais ou des Scandinaves qui avaient un avis sur tout et mordaient délicatement dans la nourriture, parce qu'ils avaient mal aux dents ou que leurs dentiers étaient mal ajustés. Sur leurs corps des poils grisonnants jaillissaient d'endroits surprenants. Leurs mains étaient difformes et calleuses. Leurs yeux clairs ne se détournaient pas, leur conversation ne cafouillait pas lorsqu'il arrivait qu'ils lèvent la tête, un jour d'abattage peut-être, et voient un cochon, parqué dans le toboggan, auquel on tranchait la gorge.

Parfois je servais les clients. Mais le plus souvent Fritzie et moi découpions la viande, la hachions ou l'assaisonnions dans la grande salle. Sita refusait de faire beaucoup plus que donner un petit coup de main lorsque les commandes en attente étaient urgentes. Le jour où tout changea, quand j'avais encore dix-huit ans, j'étais à la table doublée d'acier à couper de la viande en cubes pour les ragoûts, et Fritzie se tenait devant la grosse scie électrique. Peut-être entendis-je, sous la plainte stridente de la scie, un son émanant d'elle, ou peut-être le sentis-je simplement. En tout cas, je me retournai au moment où elle tombait à genoux. Rouge betterave et suffocante, elle martelait le sol pour reprendre haleine pendant que moi je lui martelais le dos, mais il n'entra pas assez d'air et elle s'effondra, inconsciente, ne prenant une respiration saccadée que de loin en loin pour nous faire savoir qu'elle était encore vivante.

Ce qui me frappa brusquement, alors que Pete l'emportait dehors vers l'ambulance qui lui sauva la vie, ce fut la fragilité de son corps lorsqu'elle n'était pas là pour le mouvoir. Elle était filiforme, maigre comme un personnage de caricature, et brisée, dans les bras de son mari. Plus tard ce soir-là, à l'hôpital, quand elle fut emprisonnée sous une tente à oxygène, et bien réveillée, je m'assis près d'elle et regardai ses doigts suivre l'ourlet du drap. Dans ce geste, je vis tout. Son émerveillement, la conscience qu'elle avait de la texture de l'étoffe mince, sa surprise de n'être pas morte, après tout.

Quand elle rentra à la maison, Fritzie s'arrêta de fumer pour de bon. Elle s'asseyait à la table de la cuisine, dans la lumière venant de la porte-moustiquaire, et mâchait du chewing-gum, suçait des bonbons acidulés, grignotait une tartine beurrée. Après quelques mois d'oisiveté sans tabac, son visage vira du jaune acide à un ton de pêche, puis au rose. Elle prit du poids et laissa ses cheveux décolorés redevenir châtains. Elle avait toujours été dure, la femme d'une seule idée, toujours quelqu'un avec qui il fallait compter, mais elle s'adoucit. Du jour au lendemain, elle devint une personne corpulente qui ne représentait plus une menace. Elle se mit à penser qu'elle avait négligé ses filles et recommença à crocheter des couvertures qu'elle avait commencées dans sa jeunesse. Les vieux carrés étaient défraîchis, la laine était terne, mais elle les entoura de couleurs très vives, puis dévia vers des efforts plus compliqués encore. Des piles de motifs s'amassaient à ses pieds.

« Mets ça dans ton trousseau, me dit-elle un après-midi.

– Je n'en ai pas. »

Sita eut donc les couvertures au crochet, mais cela m'était égal. Il me faudrait bien davantage. Déjà à l'époque, je savais que ma vie n'aurait rien d'un tunnel d'amour trouant les ténèbres, ni d'un champ ouvert.

Je ne choisis pas la solitude. Qui donc la choisirait ? Elle me vint comme une sorte de vocation, exigeant un effort que les femmes mariées ne peuvent imaginer. Parfois, même maintenant, je les regarde comme un chien sauvage regarderait par la fenêtre ses congénères domestiqués, enviant la régularité de leur existence tout en méprisant le plaisir vil qu'ils ressentent sous la main du maître. Je ne fus tentée qu'une seule fois, mais ce fut par l'histoire d'amour. Le mariage n'aurait pas été un réconfort avec Russell Kashpaw, pas même envisageable. Il n'était pas du genre à se marier, même pendant les années où il le pouvait.

Tout commença la seconde fois où il revint d'une guerre, celle de Corée, le soir où Celestine apprit que son frère avait été blessé au combat. Elle passa chez nous tard dans la nuit, frappa des petits coups à ma fenêtre jusqu'à ce que je me réveille. Sita ne fit pas de bruit, mais dans le noir je la sentis en proie à une rage insomniaque. Je fis donc signe à Celestine d'aller à la porte de la cuisine. Je lui ouvris, et quand elle me montra le message concernant Russell, je filai droit au placard. Je choisis les plus épais des petits verres à gnôle de Pete et nous versai un whisky. Nous bûmes le premier en vitesse, le suivant lentement, et puis nous sortîmes fumer sous les étoiles pâles et glacées. Le choc se dissipa au bout d'un moment, et elle redescendit sur terre.

Il se remettrait. Nous reçûmes la nouvelle peu après. J'envoyai une carte, là où il était à l'hôpital en Virginie, pour lui souhaiter un bon rétablissement. *À bientôt à Argus*, disait mon petit mot. Rien de personnel. J'attendais tout de même une réponse, ne fût-ce qu'un message relayé par Celestine. Mais le problème, avec Russell, c'était qu'il n'avait ni manières ni égards. Comme il avait passé ses années de lycée en star de l'équipe de football, puis décroché le gros lot avec la guerre, en société il était encore plus à la traîne que moi. Avant de le savoir, pourtant, je pensais qu'une fois revenu il ferait un saut au magasin. Mais rien, pas un mot, pas un bonjour ni un va te faire fiche, seulement la rumeur qu'il occupait un bon poste d'employé de banque, une place que l'Argus National Bank avait offerte à son héros rentré au pays, même s'il était indien.

La première fois où je vis Russell, après son retour, ce fut le jour d'été moite et étouffant où j'allai déposer la recette de la semaine. Je savais que je tomberais peut-être sur lui, mais je ne me l'étais pas encore représenté changé. Je continuais d'imaginer le même garçon à la poitrine de taureau, à la voix douce, aux yeux moqueurs, aux cheveux en bataille.

L'air était humide, le ciel bas, mais le hall de la banque était frais. Une procession de marbre veiné de vert, de cuivre et de cordons de velours menait à son guichet. Je m'arrêtai un instant avant de m'y engager et laissai les ventilateurs déverser des torrents d'air.

Il me reconnut lorsque je fus enfin arrivée devant lui.

« J'ai reçu ta carte, dit-il.

– C'est pas trop tôt ! » lui répondis-je.

Et ce fut tout. Il prit mon sac de transport d'argent en grosse toile, et puis je le regardai bien en face et la surprise me cloua sur place. Les cicatrices s'étiraient sur ses joues comme des traces de griffes, longues et rageuses, allaient même au-delà de ses tempes et séparaient ses cheveux en zigzag. Je vis qu'elles partaient aussi vers le bas, cartographiaient son corps au-dessous. Il compta mon argent. Je fus gênée de le voir, non pas parce qu'il était laid, mais précisément le contraire. Balafré, son visage prenait une noblesse sombre et troublante. Il était richement sculpté et fascinant dans ces horribles blessures. Je baissai les yeux. Mais je n'étais pas pour autant hors de danger. Les mains de Russell étaient fines et musclées, elles devenaient douces maintenant qu'elles n'étaient plus celles d'un mécanicien mais celles d'un banquier, et à un doigt il portait un capuchon de caoutchouc rose.

Il se servait de ce doigt encapuchonné pour soulever les billets et les compter rapidement. Je n'arrivais pas à en détacher mon regard.

« Voilà ton reçu », annonça-t-il, ce qui rompit le charme.

Je partis, médusée par ma réaction. Sans même un au revoir.

Très bien, me dis-je, je suis amoureuse du demi-frère de ma meilleure amie, Celestine. Ou du moins, je suis amoureuse de ses cicatrices et du capuchon de caoutchouc qu'il porte au doigt.

Je décidai donc de faire plus ample connaissance avec Russell.

Un jour, je demandai à Celestine de l'amener dîner à la maison.

« Mais pourquoi ? demanda-t-elle.

– C'est ton frère.

– Eh bien, il ne viendra pas.

– Qu'à cela ne tienne. »

Je ne comptais pas lui montrer que c'était important pour moi. Mais Celestine comprit tout de suite.

« J'essaierai de le convaincre », promit-elle.

Quand Russell vint dîner, ce fut tout juste s'il se montra poli. Il passa tout son temps à regarder par la porte, dans mon dos, les enclos à bétail et les lourds portails munis de barreaux. Les enclos étaient vides mais il les regardait quand même. Je me retournai malgré moi plusieurs fois, et jetai un coup d'œil dans la cour. Il semblait aussi mettre Pete mal à l'aise. Un silence pesant tomba autour de la table et mon oncle finit par s'en aller. Il retourna dans le débarras où on l'entendit bientôt bricoler et maudire ses moteurs cassés.

Les autres, Celestine, Sita, Fritzie, Russell et moi, nous sortîmes nous asseoir dans les fauteuils en cèdre et en lattes de bois fabriqués par Pete pour que Fritzie paresse au grand air avec ses visiteurs. Je préparai un pichet de whisky-citron avec des glaçons. Nous, les quatre femmes, bavardions de bon cœur, les doigts rafraîchis par nos verres, mais notre conversation était semblable à des vagues qui déferlaient et venaient se briser sur le silence de Russell. Il était assis là, raide comme un cadavre, tandis que les derniers rayons du soleil chauffaient les mauvaises herbes au-delà du fumoir à viande.

« Tu es une vraie boule d'énergie », lui dis-je, agacée.

Il me regarda pour la première fois, ce soir-là. À cette occasion, j'avais redessiné mes sourcils au crayon brun. J'avais soigneusement remonté mes nattes et je portais un foulard en mousseline de soie noire afin de mettre en valeur mon seul attrait remarquable, des yeux jaunes de chat qui s'efforçaient de l'enjôler. Mais la différence entre enjôler et se faire brouter le minou, connais pas.

Russell se détourna, insensible à mes charmes, et regarda Sita d'une façon que j'étais censée remarquer. Je compris que s'il devait penser à qui que ce soit de cette façon, ce serait à elle. Elle avait parlé plus que d'ordinaire et ses joues avaient une couleur peu habituelle. Ses cheveux lui tombaient dans le cou en une impeccable et éclatante cascade. Mais quand elle vit que Russell Kashpaw la dévisageait, elle pencha la tête de l'autre côté et ses lèvres rouges se pincèrent. Elle tira de sa manche un mouchoir blanc, traita Russell avec froideur, et lui fit savoir que Sita Kozka était inaccessible aux garçons de son espèce.

Je suppose que la plupart des filles ayant jeté leur dévolu sur un homme l'auraient méprisé s'il en avait lorgné une autre, mais j'étais différente. C'était Sita que j'avais envie de tuer.

« Je vais te dire la bonne aventure, annonçai-je en me penchant vers elle et en effleurant son bras pâle. Je vais chercher les cartes. »

Dire la bonne aventure était un passe-temps que Sita ne supportait pas d'adorer. Cela ne ratait jamais. Elle s'efforçait toujours de paraître écœurée, comme si prédire l'avenir était l'idée la plus vulgaire au monde, mais ensuite, envoûtée, elle se penchait vers les cartes au fur et à mesure qu'elles étaient disposées sur la table. Elle se mordait la lèvre mais ne pouvait refuser un petit aperçu du futur. Je retournai donc dans la maison prendre un jeu dans le tiroir de la cuisine. Puis je posai les cartes une à une sur le large accoudoir de son fauteuil.

« Voilà le valet de cœur, et puis un deux, signalai-je. Là, qu'est-ce que c'est ? »

Je marquai un temps d'arrêt. Elle avait tiré la reine de pique.

« Ça veut dire quoi ? »

Sita s'empourpra, désarmée et honteuse de sa curiosité. Assise bien droite dans mon fauteuil, je bus une longue gorgée de whisky-citron.

« Et alors ? demanda-t-elle.

– Et alors, fis-je d'un ton catégorique.

– *Allez !* » dit-elle.

J'hésitai, bus encore une gorgée, secouai la tête jusqu'à ce que Sita donne des signes d'impatience.

« J'espère que tu aimes les Buick, fut mon unique commentaire.

– Pour l'amour du ciel ! » Maintenant Sita était à deux doigts d'exploser. Celestine, qui avait horreur des disputes, se leva pour aller au magasin chercher davantage de glaçons. Russell tendit le cou pour voir les cartes. Sita se leva et me somma de m'expliquer.

« Quoi, tu es à court de miracles ?

– Rassieds-toi. Tu devras être assise quand tu entendras ça. » Elle s'assit. Je m'expliquai. « J'espère que tu aimes les Buick, parce que je vois que tu rouleras en Buick le jour où tu passeras l'arme à gauche. »

Sa bouche s'ouvrit. Sita fit un petit bruit rauque et furieux et envoya valser toutes les cartes au bout de son fauteuil.

« Sèche donc comme un vieux pruneau, hurla-t-elle.

– Vous, les filles, vous vous en faites tellement baver », remarqua Fritzie.

Elle avait l'air un peu ennuyée. Elle était habituée à nos prises de bec, mais Russell, non.

« Bon, dit-il. Sita roulera en Buick. Et moi, alors ? »

Il ramassa les cartes dans l'herbe et me les mit dans les mains. Il ne put s'empêcher de sourire quand, à présent très sérieuse, j'abattis les cartes sur l'accoudoir de son fauteuil. Lorsqu'elles furent toutes étalées, il les observa silencieusement en même temps que moi. Celestine ressortit, un grand saladier en plastique rouge plein de glaçons dans les mains.

« Qu'est-ce que j'ai raté ? demanda-t-elle.

– Des histoires de mort, répondit Fritzie.

– Tu racontes toujours aux gens qu'il vont mourir, finir estropiés ou bien divorcer. » Celestine s'installa à côté de Fritzie, alluma une Viceroy et souffla une épaisse fumée bleue. « Pourquoi tu ne prédis jamais quelque chose de bien ? Tiens par exemple, Russell, il est rentré chez nous sain et sauf. Pourquoi tu ne prédis jamais quelque chose d'agréable comme ça ?

– C'est quoi, là ? demanda Russell.

– Une femme, répondis-je en le regardant droit dans les yeux.

– Une seule ? » lança Celestine, qui se reprit en se souvenant, je suppose, à quel point j'avais tenu à ce que Russell vienne dîner.

Elle s'affaira, fit tomber des glaçons dans les verres des uns et des autres pour s'obliger à se taire.

« Quelle qu'elle soit, il y a un truc que je sais, affirma Russell.

– Quoi ? demandai-je.

– Je ne l'épouserai pas. »

Tout s'effondra l'espace d'un instant, mais je m'en remis. Je retrouvai mes esprits.

« Exact. Mais tu lui devras beaucoup d'argent.

– Ah bon ? »

Il sembla peiné.

« Tu vois ? » Celestine se rassit. « Pourquoi ne peux-tu donc jamais prédire quelque chose d'agréable ?

– Mais c'est agréable, ça, insistai-je en ramassant les cartes. Il paiera la peau des fesses. »

Russell se mit à rire. Le whisky-citron finissait par le détendre. Nous commencions tous, même Sita, à nous sentir bêtes. Nous éclations de rire pour un rien et remarquions à peine les moustiques qui grouillaient sur nous au soleil couchant.

« Allumez la bougie à la citronnelle ! » lança Fritzie à un moment.

Mais personne n'y prêta attention avant qu'elle ne le répète plus fort. Voilà pourquoi il devait y avoir un peu de lumière, assez pour qu'on y voie. Ce fut peut-être moi qui allumai les bougies jaunes dans leurs seaux ; je ne m'en souviens pas. Mais je n'ai pas oublié ce qui arriva ensuite, lorsque Russell releva largement sa chemise, sur un défi de Sita, et nous montra ses cicatrices cachées.

Je me levai et m'avançai pour les examiner de plus près. Je me penchai jusqu'à ce que je sente sa chaleur. Les blessures avaient été si profondes qu'il était strié à la manière d'un champ raviné. Sa poitrine avait été labourée comme par un tracteur détraqué. Je tendis la main. Il ne dit rien, alors je le touchai.

Puis tout le monde se tut, sous le coup d'un étonnement d'ivrognes.

« Ça alors, elle en a du culot ! » s'écria Sita, qui troubla le silence de sa voix stridente et désapprobatrice.

Sous mes mains Russell remua, et comme je ne les retirais toujours pas, il les écarta avec douceur et les réunit.

« Sois bénie, mon enfant », dit-il, et nous éclatâmes tous de rire.

Je secouai la tête pour m'éclaircir les idées, sans autre résultat que de grincer des dents. J'allai me coucher peu après et sombrai dans un sommeil abrutissant.

À mon réveil, j'étais épuisée, empâtée et gonflée de rêves inconnus, mais j'étais guérie, comme si une fièvre s'était consumée. Une pensée était claire. Jamais je ne me remettrais en frais pour une histoire d'amour. L'histoire d'amour devrait se mettre en frais pour moi.

Pete et Fritzie demandèrent par courrier les brochures des chambres de commerce de villes telles que Phoenix et El Paso. Le médecin affirmait que les poumons de Fritzie avaient besoin de chaleur sèche, d'un climat désertique, et qu'il était hors de question qu'elle endure un seul autre hiver dans le Dakota. Si bien que du jour au lendemain Pete échafauda des projets pour l'envoyer dans le Sud, mais ensuite, lorsqu'elle tapa du poing sur la table et refusa de partir seule, il s'y associa. Tout cela sans que soit jamais évoqué l'avenir du magasin, celui de Sita ou le mien.

Je m'assis donc un jour en compagnie de Fritzie. Elle bricolait quelque chose avec des bouts de laine couleur prune. À cause d'elle, je m'étais à mon tour mise à faire du crochet de temps à autre. Mais je ne trouvais pas cela reposant. Je tirais si fort sur le fil qu'il cassait, et tout se terminait en boules compactes et inutiles.

« J'ai quelque chose à te demander, dis-je, concernant le magasin. Allez-vous le vendre quand vous partirez dans le Sud ? »

Elle fut étonnée, assez pour sauter une maille.

« Nous pensions que tu le tiendrais.

– D'accord », lui répondis-je. Et la question fut réglée, même si les détails plus complexes du problème ne l'étaient pas. « Et Sita, alors, m'informai-je. Que fera-t-elle ? »

Les sourcils froncés, Fritzie considéra le réseau violet qu'elle agrandissait peu à peu.

« Sita pourrait tenir la partie épicerie. Elle pourrait t'aider si elle voulait. »

Nous savions toutes les deux que Sita ne s'intéressait pas au magasin. J'en savais plus encore. En réalité, elle le détestait et ne rêvait que de partir s'installer à Fargo, pour vivre seule dans un appartement moderne et devenir mannequin chez DeLendrecies. Elle se voyait aussi travailler au rayon chapellerie pour hommes. Elle y rencontrerait un jeune homme plein d'avenir exerçant une profession libérale. Ils se marieraient. Il lui achèterait une maison près du tribunal du comté, dans la rue où étaient bâtis les hôtels particuliers de la compagnie de chemin de fer, non loin d'Island Park. L'hiver, elle descendrait la colline à pied pour faire du patin à glace. Elle porterait des collants bleu pastel et une robe courte ornée de fourrure de lapin aux manches, au col, et tout autour d'un ourlet évasé qui se soulèverait lorsqu'elle ferait une pirouette. Je savais tout cela parce que, au cours d'une soirée de bonté, Sita m'avait raconté que c'était son rêve.

« Sita veut partir à Fargo et travailler dans un grand magasin », expliquai-je à Fritzie.

Elle hocha la tête et dit :

« Ce serait aussi bien pour elle. »

Ce fut donc ce qui arriva, cet automne-là. Sita échafauda des projets pour s'installer à Fargo. Fritzie et Pete remplirent pour le voyage toutes les valises et les malles qu'ils possédaient. Je ne fis rien de particulier. En fait, la seule façon dont je puisse expliquer la dernière soirée de Sita fut que ce jour-là j'accomplis la plus habituelle de nos tâches. Je nettoyai les tables en acier du laboratoire à l'aide du puissant solvant d'aspect laiteux que nous utilisions toujours. Mais peut-être s'agissait-il d'un lot bizarre qui m'attaqua les mains.

Quoi qu'il en soit, Sita fut contrariée par l'incident au point qu'elle n'en reparle jamais. Peut-être fait-elle semblant qu'il n'est jamais arrivé. Je ne sais rien des habitudes mentales de Sita, plus rien depuis qu'elle s'est installée à Blue Mound et a cessé de communiquer avec nous tous. Mais ce soir-là, nous allâmes nous coucher comme d'habitude dans nos lits jumeaux. Sita aimait que les rideaux soient bien fermés. Je les voulais ouverts pour profiter du clair de lune. Mais, comme toujours, puisque c'était sa chambre, elle l'emporta. La vieille chaudière au bout du couloir me réveilla au milieu de la nuit. Elle s'animait en poussant une plainte vibrante et furieuse que dans la journée personne ne remarquait. Souvent, elle réveillait également Sita. Je gardai les yeux fermés parce que je reconnaissais ce bruit, et m'efforçai de céder de nouveau au sommeil. Ce n'était pas l'habitude de Sita. Elle se réveillait et restait là, les dents serrées, les bras raidis, et priait pour que le sommeil la gagne, mais elle était en même temps trop exaspérée pour que ce soit possible. D'ordinaire, la sentant sur le qui-vive dans l'obscurité, je n'en dormais que mieux. Mais cette nuit-là je ne pus me rendormir, parce qu'elle parla.

« Oh là là, oh là là, dit-elle d'un petit ton pincé. Mary, je sais que tu es réveillée. »

J'entendis dans sa voix une nuance tendue, mais je soupirai, comme si je sombrais plus profondément dans mes rêves. Elle avait probablement entendu une souris derrière les murs, ou pensé à un cafouillage catastrophique qu'elle avait commis dans la façon de gérer ses petits amis à l'occasion de cet important changement de vie. Ou alors c'était peut-être ses cheveux. Elle s'était soudain rendu compte que la nouvelle ondulation serrée qu'elle s'était fait faire pour impressionner le gérant de DeLendrecies, la frange bouclée, la teinture légère mais tout de même audacieuse ne convenaient pas à la forme de son visage.

Mais ce n'était rien de tout ça.

« Mary, cria-t-elle d'une voix perçante, RÉVEILLE-TOI. »

Alors j'ouvris les yeux. La pièce était éclairée à demi. Je crus d'abord que Sita avait laissé les rideaux ouverts, mais la lumière émanait de moi, ou plus exactement de mes mains. Elles répandaient une sourde clarté bleue.

Je les levai en l'air, étonnée. La lumière se mit à baisser. Je les agitai, et pendant un moment elles jetèrent de vifs éclairs, comme s'il y avait eu un mauvais contact. Puis leur éclat faiblit quoi que je fasse, jusqu'à ce que la chambre redevienne d'un noir d'encre. Il fallut que leur lumière s'éteigne pour que Sita ose enfin sauter de son lit, aller à cloche-pied au bout de la chambre et actionner l'interrupteur. Ses dents claquaient de peur.

« Bon sang, je suis tellement contente de filer d'ici ! » murmura-t-elle.

Elle revint dans la pièce juste assez longtemps pour retirer les draps et les couvertures de son lit, et finit la nuit sur le canapé du séjour. Quant à moi, pour une fois j'attrapai son insomnie et restai là sans dormir.

Après un long moment, les fenêtres garnies d'épais rideaux virèrent au gris pâle et j'entendis Pete se lever pour éteindre la lampe de la cour et faire sortir les chiens. Bientôt, quand ils seraient partis en Arizona, je serais debout aux heures de Pete et ferais exactement ce qu'il faisait, les rondes pour vérifier que les congélateurs et les fumoirs étaient à la bonne température, que le coffre-fort était toujours verrouillé, que la porte de derrière était ouverte pour Canute, qui se mettait au travail à sept heures, et le café sur le feu pour les hommes qui arrivaient plus tard.

Je m'imaginais dans le rôle de Pete, seule dans le calme du matin, et de nouveau le soir lorsque le calme était bleu nuit. J'irais partout secouer chaque verrou de porte, baisser les stores de devant, contrôler le thermostat et les jauges. De jour, quand il s'agirait de tenir le magasin, je ferais aussi quelques trucs autrement, comme changer l'enseigne, passer de temps en temps une réclame dans le *Sentinel*, et mettre davantage de poivre dans le boudin noir. Je transformerais cette chambre, dormirais les rideaux ouverts si j'en avais envie, ou jetterais même ces fichues tentures. Au diable le miroir en pied et la lampe en forme de puits à souhaits ! Sita pouvait les prendre, comme elle avait déjà pris le coffret en velours bleu d'Adelaide. Je l'avais vue le cacher dans sa valise.

Après son départ, Sita me manqua davantage que je ne l'avais cru. Pendant des semaines je dormis par intermittence et me réveillai, troublée par l'absence de sa respiration régulière, souvent engloutie par mes propres rêves. Ils devenaient trop réels maintenant qu'il n'y avait plus personne pour distraire mon esprit endormi. Je passais certaines nuits perdue dans des tempêtes de neige, ou dans de surprenants vergers, ou encore à l'étroit dans les cages de petits animaux.

Il y eut un rêve, en particulier, que je fis pendant des mois. J'entrais dans une baraque en bois branlante, un endroit où je n'avais jamais habité mais que je connaissais. À l'intérieur il y avait de nombreuses petites pièces vides, certaines cachées tout au fond de la maison. J'errais à travers tout le bâtiment, jamais perdue mais jamais tout à fait sûre non plus de savoir où je me trouvais jusqu'à ce que je débouche dans la pièce que je reconnaissais, celle où je l'attendrais. C'était toujours la même. J'y entrais d'un pas prudent. Le plancher grinçait lorsque je franchissais le seuil et longeais le mur écaillé blanchi à la chaux. Cette pièce était austère et sans fenêtres, mais pleine de portes minces qui donnaient dans toutes les directions.

Toujours, lorsqu'il entrait, j'étais sûre que le plancher s'effondrerait sous lui. Les lattes ployaient tandis qu'il s'avançait vers moi, pourtant, même lorsqu'il s'approchait, à pas pesants, rien ne cassait. Ses lèvres étaient larges et incurvées. Ses yeux du même brun de beurre brûlé que son poil, et ses bois se ramifiaient comme ceux d'un jeune mâle.

Je languissais après lui, après sa façon de se pencher vers moi, le souffle précipité, après ses longues et douces cuisses, et après le bruit des portes, qui ne coïncidaient jamais bien avec leurs chambranles et battaient au rythme de nos mouvements.

Le pique-nique des orphelins

Karl franchit d'un pas rapide le portail en fer forgé ouvrant sur le champ de foire, puis s'arrêta en lisière de la foule. Il attendait qu'on le voie. Ils étaient tous là. Les pères Mullen et Bonaventure. Les sœurs Ivalo, Mary Thomas, Ursula et George. Comme toujours, chacun dirigeait un jeu, le cake-walk, une table de tricot ou de bibelots. Chacun était occupé à récupérer les tickets ou à rendre la monnaie tirée d'une boîte à cigares. Comme ils ne le reconnurent pas tout de suite, Karl acheta une limonade et s'assit bien en vue de tous.

Il paressa une bonne demi-heure, remua les pieds dans l'herbe printanière et sèche, fuma à la chaîne des cigarettes fortes dont il écrasait le mégot sur le châssis métallique de sa chaise. Sa chevelure noire luisait comme du cuir à chaussures et ses dents étaient très blanches. Il vendait tout ce qu'il voulait aux femmes, beaucoup et sans peine, et s'était ainsi élevé dans la société. Les vêtements neufs, pensait-il, et l'épaisse liasse de dollars mettraient les prêtres sur la mauvaise piste. La vérité, c'était qu'il avait encore plus mal tourné que dans leurs rêves les plus fous.

« Approchez ! Approchez ! Vous, là-bas, le gars en costume de gangster ! »

Quelqu'un rit. Karl se retourna. C'était un séminariste roux et rondelet qui tenait le stand le plus proche, la pêche à la ligne. D'un rapide coup d'œil, Karl l'élimina, le jugeant peu séduisant. Il connaissait ce genre-là : joyeusement pieux et suffisant, un amateur de loterie, un type qui cirait les chaussures des prêtres.

« Venez en aide aux orphelins », demanda le garçon avec un sourire.

Son cou d'un blanc crémeux gonflait dans le col serré de sa soutane. Il devait avoir dans les seize ans. Ses paupières étaient ourlées de longs cils, comme celles de Karl, mais ses yeux étaient d'un joli ton noisette foncé. Ses cheveux, acajou et frisés, rebiquaient en haut de son front d'une façon que Karl trouva soudain familière. Exactement comme ceux d'Adelaide. La coïncidence lui fit froncer les sourcils. Et ce n'était pas tout, lorsqu'il regarda bien. La peau de marbre. Les pommettes saillantes. La courbe des sourcils noirs du garçon était impeccable. Excepté les rondeurs enfantines, c'était un sosie. Il lui ressemblait presque trop.

Le visage de Karl se figea. Le souvenir de ces lieux l'ébranla. Il était assis à moins de six mètres de l'endroit d'où Adelaide s'était envolée, et il revit le ciel lumineux dans lequel l'avion d'Omar avait disparu. Il entendit les hurlements incessants de son tout petit frère.

Le jeune homme qui avait volé le bébé devait habiter le quartier. Il avait dû venir au « pique-nique » parce qu'il était catholique. Il devait aussi avoir élevé son fils dans la religion chrétienne, et le garçon avait probablement été externe à Saint-Jérôme.

Karl tira un dollar de son rouleau de billets et se leva.

Le sourire du garçon s'aviva lorsqu'il approcha, l'argent à la main.

« Une partie de pêche, monsieur ? Vingt-cinq cents les trois coups. »

Karl déposa le billet.

« Comment t'appelles-tu ? demanda-t-il.

– Jude Miller. Combien de coups ?

– Tu en as combien ? »

Jude fixa un panier à un hameçon et le lâcha au-dessus d'une paroi sur laquelle étaient peintes des vagues bleues.

« Petit poisson, petit poisson, viens vite mordre à mon hameçon, fredonna-t-il d'un ton monotone et bien au point.

– Arrête donc ça », dit Karl.

Jude fut troublé.

« Je dois signaler à la sœur quel lot vous remettre, monsieur, garçon ou fille. C'est dans la comptine. »

Il bondit pour remonter le panier qui contenait déjà le lot, une petite image du Sacré-Cœur à l'apparence juteuse.

« Rejette-le, il est trop petit », dit Karl.

Le garçon serra bêtement le panier dans sa main.

« Mais c'est une image pieuse.

– C'est de la merde. Je veux mieux pour mon argent.

À la mention de l'argent, Jude ferma le couvercle de sa boîte à cigares.

« Vous n'êtes donc pas catholique ? » demanda-t-il.

Karl baissa les yeux. Une chouette blanc crème veillait sur les billets et la petite monnaie. Les mains aux doigts longs de Jude, agiles et potelées, reposaient, protectrices, de part et d'autre. Karl décida qu'il détestait son frère tout aussi vivement qu'autrefois.

« Toi aussi tu es une merde ! » lança-t-il.

Jude Miller jeta des regards affolés autour de lui pour trouver de l'aide. Il était emprisonné sur le stand. « Approchez ! » cria-t-il à une femme et un enfant qui passaient par là. Il tendit le cou de côté, au-delà de Karl, pour les attirer, mais ils continuèrent vers les manèges et ne lui accordèrent qu'un bref regard souriant. Les prêtres et les religieuses ne firent pas non plus attention à lui. Il se retourna et frappa aux vagues.

« Ma sœur ? Pourriez-vous venir ?

– Il n'y a aucun doute là-dessus, dit Karl.

– Sur quoi ?

– Sur toi.

– Que se passe-t-il, Jude ? » dit une voix de femme à travers la paroi.

Karl se pencha tout contre le visage du garçon et demanda :

« Tu sais qui tu es ? »

Le visage de Jude était rouge et crispé. Il se mordit la lèvre, au bord des larmes. Dans sa panique, ses mains s'étaient refermées sur la boîte à cigares pleine d'argent.

« Je suis de la merde », murmura-t-il.

« Jude ? » répéta la voix.

Karl rit.

« Exactement comme ta mère. Et moi, maintenant, qui je suis ? »

Il laissa la lumière inonder son visage et jeta à Jude un regard impatient. Le garçon n'hésita pas une seconde.

« Vous êtes le diable », lança-t-il.

Karl se caressa la moustache et recommença à rire.

« C'est ce que disait le père Mullen. Signale-lui que Karl Adare est revenu leur donner le bonjour. »

CHAPITRE 5

Sita Kozka, 1950

Même si c'était l'hiver et que, dans mon appartement, de la neige filtrait par les fines moustiquaires noires de la galerie, j'aimais bien m'asseoir là pour regarder la rue. Broadway Street à Fargo, un peu au nord du centre-ville, grouillait toujours d'infirmières qui rejoignaient l'hôpital à pied, de religieuses sortant de la cathédrale d'une démarche légère, et de malades de longue durée titubant entre des membres de leur famille.

Je me débrouillais plutôt bien malgré le médecin marié qui m'avait menée en bateau pendant trois ans avant que je comprenne qu'il ne quitterait jamais sa femme, le truc classique. Je m'étais éloignée de lui, et puis était venu Jimmy, qui était entré en scène pour m'aider à me remettre de cette expérience. Je lui en fus reconnaissante, sur le moment, mais ensuite je ne parvins pas à m'en débarrasser. On aurait dit qu'il était devant ma porte, à m'attendre dans sa somptueuse automobile, un soir sur deux. Il arrivait d'Argus dès que je participais à un défilé de mode chez DeLendrecies. Il découpait et gardait les photos floues parues dans le journal où je posais en robe de bal, en manteau aux boutons grands comme des plateaux, et même en maillot de bain deux pièces. Jimmy était tenace, et je passais toujours de bons moments avec lui, mais il appartenait au monde d'Argus, où il était propriétaire d'un grill-room. L'homme qu'il me fallait ne s'était pas encore présenté.

Je redoublais de soin pour entretenir ma beauté. Certaines des filles avec qui je défilais avaient dix ans de moins que moi, et j'avais cessé d'être la plus demandée. Je devais m'interroger sur le temps qui me restait. J'étais marquée par les années, par l'usure naturelle. Je restais mince, gardais le tour de taille de 57 centimètres de Vivien Leigh, continuais à suivre les cours du soir de remise à niveau à l'École de Maintien Dorothy Ludlow. Ce que Dorothy m'a enseigné de plus important, c'est de m'asseoir le dos bien droit et de ne jamais, en aucun cas, froncer les sourcils. Un truc que j'ai appris, c'était que lorsque je dînais seule le soir, ou jouais aux cartes avec des amies, je devais me coller un bout de sparadrap bien tendu sur le front pour qu'il reste lisse. Les rides d'expression vieillissent une femme plus vite que ses mains. Je fis l'acquisition d'un petit broyeur en métal pour pulvériser les noyaux d'abricot, que je mélangeais à de la crème de beauté et m'appliquais sur la peau. Après mon bain, je me rafraîchissais le visage avec un bout de coton plongé dans du vinaigre d'alcool. Je portais des gants doublés de cuir de chevreau pour sortir en hiver.

De la détermination, voilà ce que c'était. Je gagnais bien ma vie et m'achetai une télévision. Mais j'avais trente ans. Il aurait dû s'être passé quelque chose de plus. On m'avait dit que j'aurais dû partir à Hollywood, et maintenant je devais l'admettre. Hollywood était une occasion manquée que j'aurais dû saisir tant que c'était possible. La seule chose qui me sauverait, à présent, serait de trouver le mari idéal. Alors je cherchais. J'ouvrais l'œil, mais le prince charmant refusait de montrer son nez et les mois passaient. Si je l'avais trouvé, si j'étais partie à Hollywood, ou même si l'on m'avait offert une belle promotion chez DeLendrecies, je n'aurais peut-être accordé aucune importance à la lettre lorsqu'elle arriva, et je l'aurais renvoyée à Mary au lieu de m'en servir de prétexte pour éconduire Jimmy.

J'étais assise sur la petite galerie dont j'ai parlé. C'était un samedi d'hiver ensoleillé et j'attendais qu'il vienne me chercher dans son coupé. Nous irions patiner, et l'idée qu'il tente un acte romantique me tracassait. Ce soir-là, quand nous serions assis à boire un chocolat chaud autour du brasero, peut-être qu'il me ferait brusquement sa demande en mariage, ou tirerait de sa grosse veste écossaise l'écrin renfermant un bijou. Je réfléchissais à des façons de le décourager, pas totalement, mais juste assez pour me laisser du temps. En tout état de cause, le facteur arriva avant lui.

Je descendis au rez-de-chaussée quand j'entendis l'enveloppe glisser dans la boîte. Je ne recevais pas beaucoup de courrier. C'était une lettre réexpédiée, et la nouvelle adresse était rédigée au crayon noir gras et de l'écriture pointue de Mary. Je lui disais toujours que son écriture ressemblait à celle d'une sorcière. La mienne frise la perfection, du moins de l'avis des religieuses. Le mot lui-même était rédigé d'une écriture inconnue et adressé à la famille Kozka. Comme papa et maman n'avaient toujours pas de résidence fixe, Mary m'avait envoyé la lettre.

Chère Madame Kozka,

J'ai conservé les petites annonces du journal depuis qu'il était bébé. Et maintenant j'ai dû avouer la vérité sur lui en confession, car j'ai posé la question au père Flo. Il m'a dit de vous écrire et de vous raconter toute l'affaire. Voilà, il se trouvait que j'avais perdu le mien et que je ne pouvais pas en avoir d'autres. Alors j'ai gardé Jude quand mon mari l'a ramené de la fête foraine. J'aurais toujours pu le rendre sauf que j'ai appris que la mère s'était envolée. Alors je l'ai élevé. Le cœur de mon mari a lâché il y a six ans. Mais maintenant ce bébé va recevoir l'ordination dans une semaine. Il sera diacre, et plus tard prêtre. Le 18 février, à la cathédrale de Saint Paul, c'est là qu'il recevra l'ordination. Jude ne sait pas qu'il a été adopté. C'est le moment de tout lui raconter, si vous voulez. Le père Flo dit que cette lettre c'est ça qu'il faut faire, alors je vous ai écrit. Vous pouvez me répondre.

Sa mère
Mme Catherine Miller

Je lus la lettre attentivement comme si c'était du charabia, et puis je la relus. J'étais sur le point de la relire une troisième fois quand la voiture de Jimmy s'arrêta dehors et qu'il klaxonna comme un enragé. J'avais beau faire, je n'arrivais pas à ce qu'il sonne à la porte, ni qu'il apprenne aucune des bonnes manières quand nous sortions. Il répondait toujours qu'il n'y avait pas d'espace assez grand où garer sa voiture dans ma petite rue, mais l'avenue était large, et par endroits sans le moindre trottoir. Il y avait toujours de la place.

Jimmy était simplement trop paresseux pour descendre, verrouiller sa portière, parcourir un demi-pâté de maisons et sonner à ma porte. Il était capable de danser, de jouer aux cartes toute la nuit et, sur ses patins à glace, d'exécuter le boucle piqué, des pas de valse et des figures de huit. Mais il était incapable de sortir de sa voiture pour venir sonner à ma porte. C'était agaçant. Si bien que ce jour-là, plus encore que d'habitude, nous démarrâmes du mauvais pied.

Je posai la lettre et me précipitai dehors pour mettre un terme à ce raffut. J'avais noué mes patins sur mon épaule et ils s'entrechoquaient. Les lames auraient pu me blesser si j'étais tombée. Jimmy tendit le bras par-dessus le siège et appuya sur la poignée. Encore autre chose. Il n'avait pas la courtoisie de venir ouvrir la portière à une fille. Dans les restaurants, il entrait le premier, tête baissée, et me laissait me débrouiller derrière lui. Mais je suppose qu'il valait mieux que mon médecin marié, malgré tout.

« Combien de fois t'ai-je demandé de te garer et de venir sonner ? »

Ce furent mes premiers mots avant même de me glisser sur le siège passager.

« Sita Cake ! »

Il cria, puis fit vrombir le moteur pour couvrir ma voix.

« Ne me parle pas des places où se garer, Jimmy ! hurlai-je. Et ne m'appelle pas Cake. »

Encore autre chose. Il me donnait le nom de ses desserts favoris. Tartelette. Muffin. Beignet au sucre. Pas étonnant qu'il grossisse. Qu'on m'appelle comme ça me donnait l'impression d'être gonflée, moi aussi, désagréablement sucrée et trop molle, comme de la pâte levée.

« Viens par ici », dit-il en tapotant la garniture intérieure à côté de lui.

Et tout à coup, bien que j'aie été énervée au point de vouloir le gifler, j'allai me caler tout contre lui. Voilà comment il parvenait toujours à me conquérir – à la dernière minute et alors que je savais que c'était une bêtise. Une fois là, pourtant, je me détendais et me trouvais bien. Je pouvais être moi-même avec Jimmy, ah oui. Comme il n'appréciait rien de ce que j'incarnais vraiment, et ne reconnaissait pas davantage les améliorations que j'avais opérées sur moi-même dans le domaine de la culture et du maintien, je redevenais Sita, la fille de Pete, le boucher. À un détail près. Je ne le laissais jamais oublier que j'étais mannequin et que j'avais payé de ma poche le chemin que j'avais parcouru dans la vie.

Nous partîmes du côté de Moorhead, pour essayer la patinoire. Quelqu'un avait monté une petite cabane où se réchauffer, et à l'intérieur, après l'éclat de la neige, l'air semblait aussi humide que dans un lagon. Les bancs étaient entaillés et creusés par les pointes de lame des enfants, gravés d'initiales et de cœurs percés de flèches. Nous laçâmes nos patins et rangeâmes nos bottes dans un coin, puis descendîmes à grand bruit la rampe hérissée d'échardes pour rejoindre la glace. Elle était d'un gris profond et transparent. J'apercevais les fissures qui s'enfonçaient à plusieurs dizaines de centimètres et les feuilles de chêne brunes flottant en suspension là où elles étaient tombées. Nous croisâmes les bras pour nous tenir par les mains et commençâmes à glisser. Nous tournâmes sans relâche autour de cette patinoire ovale et raboteuse.

« Sita », dit Jimmy au bout d'un moment. Il hésita. Puis il lâcha enfin : « Marions-nous. »

La panique me saisit. Je ne voulais pas avoir à répondre oui ou non. Ce fut peut-être un réflexe, l'instinct de conservation, qui me fit soudain comprendre le sens de la lettre qui était arrivée au courrier ce matin-là. Ce fut étrange, la façon dont sa signification jaillit dans ma tête à ce moment précis. Et pourtant ce fut ce qui arriva et qui me frappa de manière tellement inattendue que j'en eus le souffle coupé.

Jimmy s'arrêta et me regarda, abasourdi.

« C'est oui ? demanda-t-il.

– Je ne sais pas. Attends. Je viens de comprendre quelque chose. »

Il se maintenait en équilibre, agrippé à moi, absolument immobile.

« Tu sais, le petit frère de Mary ? Celui qu'ils ont perdu ? Non… tu ne sais pas. » D'un coup d'épaule, je rejetai ses mains et avançai sur mes patins. « Ne dis rien. Il faut que je réfléchisse. » La neige tout autour de la mare s'entassait en angles cassants. Il en était tombé une couche épaisse et très tassée. Les ombres étaient d'un bleu vaporeux.

« C'est ce bébé-là », dis-je tout haut. Je savais tout de lui, non par Mary, qui ne parlait jamais de sa vie avant son arrivée à Argus, mais par les conversations que maman avait eues à la cuisine et que j'avais entendues par hasard. Ses amies passaient la voir et boire un café très allongé. Elles fumaient les cigarettes les unes des autres et mâchaient du gâteau à la mélasse qui résistait sous la dent. Tandis qu'elles bavardaient, j'avais pour habitude de me tenir juste en retrait de la porte et de les écouter en douce. Elles parlaient à n'en plus finir de tante Adelaide, du père des enfants qui ne l'avait pas épousée, et de la raison pour laquelle elle les avait abandonnés. Elles s'interrogeaient sur ce qui avait pu arriver au bébé. Lorsque le jeune homme l'avait pris dans les bras de Mary et s'en était allé, cela avait-il été un bien ou un mal ? Avait-il vraiment eu une épouse ?

Et voilà qu'enfin il y avait des réponses à ces manques. Je détenais la lettre qui pouvait résoudre le mystère.

« Alors, assez réfléchi ? » demanda Jimmy, dans mon dos.

Il me toucha le bras.

« Je sais ce que je vais faire, déclarai-je en me tournant vers lui.

– Quoi ?

– Je vais partir à Minneapolis. Il va être ordonné cette semaine. »

Le visage de Jimmy valait le coup d'œil.

« Écoute, dis-je, il est arrivé quelque chose de vraiment grave. Il va falloir que je réfléchisse… (j'agitai la main pour montrer l'endroit où nous patinions lorsqu'il m'avait demandée en mariage)… à tout ça. Mais là, je dois faire mes bagages. »

Jimmy ne bouda pas. Il était trop contrarié et trop déconcerté. Je l'inquiétais peut-être avec ma brusque conviction et mes projets de départ bien arrêtés. Ça paraissait sans doute bizarre. En tout cas, il me déposa devant chez moi sans rien de plus qu'un petit baiser sur la joue. J'étais impatiente de relire la lettre encore une fois et de prendre les dispositions nécessaires pour organiser mon emploi du temps au travail. Je partirais par le train, emporterais un petit sac de voyage pour une nuit et descendrais à l'hôtel. Je ne téléphonerais pas d'ici à cette Catherine Miller et ne l'informerais pas davantage de ma venue. Je me glisserais simplement dans la foule à l'ordination de ce bébé, incognito, et quand j'aurais vu le frère perdu de Mary, je prendrais une décision, je choisirais le bon moment pour révéler qui j'étais. J'en ferais un moment théâtral.

Je préparai mon sac. Je pris mes dispositions et achetai mon billet. Le soir qui précéda mon départ, je restai au lit sans dormir, en proie à une grande excitation. Ce qui se passait était follement intéressant, comme une intrigue dans les romans policiers que je lisais pour me détendre. De tout ce qui s'était passé, de tous les événements qui avaient provoqué l'arrivée de ma cousine Mary par le train de marchandises aux premiers jours d'un lointain printemps, la lettre était maintenant le seul autre indice, excepté le coffret en velours bleu d'Adelaide. Que j'avais fourré dans mon sac de voyage, sans autre raison sinon que cela me paraissait judicieux. Je glissai dedans une photo d'Adelaide, au milieu des boutons perdus et du vieux ticket de prêteur sur gages. Si le garçon voulait savoir à quoi ressemblait sa mère, j'aurais son portrait. Je frissonnai à l'idée que la lettre était passée entre les mains de Mary, ses mains qui luisaient d'un éclat bleu dans le noir mais n'avaient pourtant détecté aucune vibration inhabituelle quant au contenu de l'enveloppe.

Minneapolis était une jolie ville en ce temps-là, bâtie par les grandes fortunes des céréales et du chemin de fer. Des trottoirs flambant neufs bordaient les larges artères et il y avait des arbres partout, pas comme à Fargo, qui garderait toujours cette allure pelée de vieille ville d'éleveurs de bétail même quand le sucre, les haricots et le blé feraient venir les gros sous. C'était une vraie métropole, dotée d'un gratte-ciel emblématique, la Foshay Tower, au milieu de kilomètres de quartiers chics. Dans ma chambre d'hôtel il y avait de beaux gros meubles, des tentures ornées de fougères et une superbe commode surmontée d'un long miroir rectangulaire.

Je n'avais pas dormi la nuit précédente, ce soir-là je fus donc sonnée. Je me réveillai par un petit matin de fin d'hiver, à l'instant même où les premières lueurs filtraient par les motifs des rideaux. Je savais exactement où j'étais, je savais ce que j'allais faire. Je boirais un café noir au bar de l'hôtel. Je prendrais un ascenseur pour monter au sommet de la Foshay Tower, et ensuite j'irais visiter un grand magasin. Après, j'aurais juste le temps de sauter dans un taxi pour me rendre à la cathédrale.

On me servit le café dans une tasse élégante posée sur un napperon en papier, mais je ne dépassai jamais les portes des ascenseurs de la tour. Le liftier demanda : « Vous montez, madame ? », et je me contentai de secouer la tête, soudain prise de vertige. Les grilles métalliques se déplièrent devant moi et se refermèrent. Les portes étaient gravées de plaques étincelantes qui représentaient le monument. Pour retrouver une vision nette, je fixai la reproduction qui, imposante, jaillissait d'armoiries en cuivre doré et dont la lourde pointe irradiait la lumière. La visite du grand magasin fut pire encore. J'aurais dû savoir combien je serais affligée à la seule vue, dans les vitrines, des mannequins à la taille de guêpe. Leurs yeux étaient noirs et profonds, peints au pinceau-brosse. Leurs bouches luisaient d'un éclat humide comme s'ils venaient de les plonger dans un verre. Ils portaient des chapeaux troués de petits motifs brodés et des sacs à main aux formes qui m'étaient inconnues. Pire, ils étaient vêtus de robes dont les boutons étaient décentrés et l'ourlet plus long, beaucoup plus long, que les modèles que notre magasin avait commandés.

« Comment cela a-t-il pu arriver ? lançai-je à voix haute. Qui l'a décrété ? »

J'entrai d'un pas énergique dans l'établissement pour vérifier sur les portants, et c'était vrai. Même les vendeuses étaient habillées dans ce style nouveau. Mes jambes me parurent longues, mises à nu, disgracieuses et démodées. J'ôtai mes gants pour toucher les robes. Je voulais la noire à rayures en incrustation.

« Puis-je vous aider ? »

On aurait dit que l'un des mannequins s'était animé, tant elle était parfaite. Sa chevelure était arrangée dans le genre de mise en plis sans bigoudis qu'il était impossible d'obtenir à Fargo. Et son ensemble ! J'aurais pu me rouler par terre.

« Je regarde. »

Ses yeux étaient mornes, superbement indifférents. Elle ne travaillait pas à la commission, j'en étais convaincue. Ou alors elle jouissait d'une fortune personnelle et ne vendait des vêtements que pour s'amuser. Je brandis la robe, sans un mot. Elle la prit et virevolta, s'attendant à ce que je la suive. Ce que je fis. Je passai la robe. Lorsque je sortis de la cabine d'essayage et regardai dans le miroir à trois faces, je fus aux anges. Mais alors elle apparut derrière moi et je ne fus que sa pâle imitation.

« Êtes-vous de passage à Minneapolis ?

– Non », répondis-je.

Avant qu'elle ait le temps de rajouter quoi que ce soit, je fis tournoyer la jupe et lançai :

« Je la prends. »

Elle ne sourit pas. Elle ne me fit pas le moindre compliment. Ensuite, de retour dans le salon d'essayage, j'ôtai la robe et la suspendis avec soin. L'étiquette se trouvait sous une manche et je découvris que je n'avais pas assez d'argent sur moi. J'aurais pu signer une traite sur mon compte bancaire, mais le montant était tout simplement trop élevé. C'était vraiment inconvenant. Je restai plantée là, en combinaison, tellement troublée que j'arrivais à peine à aligner deux pensées. Je lus et relus les chiffres, comme si je pouvais les changer par la simple force de ma volonté. Mais ils restèrent identiques, inscrits d'une fine fioriture noire. Je me rhabillai lentement et ressortis, en espérant que la vendeuse serait partie faire sa pause-café. Mais elle attendait au comptoir.

« Désirez-vous que je vous l'emballe, mademoiselle ? demanda-t-elle, d'une voix morne et pleine d'ennui.

– J'ai changé d'avis.

– Ah.

– Je cherche quelque chose de plus habillé.

– Évidemment. »

Elle se détourna pour s'occuper d'une autre cliente et je pris la fuite.

La cathédrale était ravissante sous la neige, et déjà des voitures s'étaient garées le long des trottoirs, à des pâtés de maisons de là. Je gravis les marches de pierre en compagnie d'autres personnes, familles et amis de ceux qui allaient entrer dans les ordres. La porte se referma derrière nous dans un grand fracas qui résonna, et le plafond jaillit vers le ciel, plus haut que haut, gigantesque. Des roues de lumière bleue, verte, jaune, tombaient des rosaces. En bas la nef était déjà pleine, je montai donc les marches du fond menant à la tribune d'orgue. Il restait quelques places, des chaises pliantes rajoutées à côté des bancs. Je fis une génuflexion et m'assis dans un rai de lumière dorée qui sembla me réchauffer, bien que dans l'église il ne fît pas très chaud. Bientôt j'entendis la plainte des soufflets alors qu'une vieille religieuse tirait et poussait sur des boutons et activait la respiration de l'orgue tout près de moi.

Elle se mit à jouer. Ses petits pieds cambrés filaient tout le long du registre grave. La musique s'enfla. Je pris un missel et l'ouvris à l'instant même où ces jeunes hommes prêts à recevoir l'ordination entraient les uns derrière les autres, vêtus d'aubes blanches, chacun portant un long cierge allumé et une étole. Je cherchai à les voir mais ils étaient trop loin. Je n'y avais pas pensé. Je n'avais pas réfléchi à la façon dont je reconnaîtrais Jude Miller. Ils formèrent un demi-cercle autour du faldistoire de l'évêque. Puis celui-ci entra, s'agenouilla et pria. L'église débordait de chrysanthèmes blancs, de glaïeuls blancs, d'œillets blancs. L'assistance sentait la naphtaline, la lotion capillaire et le parfum. De gros nœuds en satin blanc étaient drapés aux pieds des saints, et les cierges de couleur piqués dans les porte-cierges brillaient en rangs vacillants.

L'évêque rejoignit son siège et endossa son habit sacerdotal avec des gestes lents et étudiés. J'observai chaque jeune homme à tour de rôle. Jude Miller devait être âgé de dix-huit ans, petit, peut-être, comme Mary, peut-être roux, peut-être une belle version d'Adelaide.

Mais il pouvait aussi ressembler à son père. Je n'avais jamais vu de photo de cet homme ni même entendu une description de lui, à part qu'il était marié.

Et puis, quand le service commença et que l'évêque prit la parole, je compris que ma visite pouvait être davantage que théâtrale. Elle pouvait être dangereuse. Je compris que je risquais de gâcher l'avenir de Jude Miller.

Grand et magnifique dans son habit de cérémonie et coiffé de sa mitre, l'évêque s'adressa en latin à l'assemblée. Nous suivîmes dans nos missels vert foncé.

Reverendissimus in Christo Pater, et Dominus, Dominus, Dei.

Je lus en même temps que lui sur la page d'en face.

> LE RÉVÉRENDISSIME DANS LE CHRIST, PAR LA GRÂCE DE DIEU ET LA FAVEUR DE L'ÉVÊCHÉ APOSTOLIQUE, ORDONNE ET EXIGE, SOUS PEINE D'EXCOMMUNICATION, QUE PARMI TOUS ICI PRÉSENTS POUR RECEVOIR L'ORDINATION, IL N'EN SOIT AUCUN DE POTENTIELLEMENT IRRÉGULIER OU EXCOMMUNIÉ PAR LES CHANOINES OU PAR SES SUPÉRIEURS, SOUS LE COUP D'UNE INTERDICTION, OU TEMPORAIREMENT EXCLU, ILLÉGITIME, ABJECT OU AUTREMENT EXCLU PAR LES CHANOINES, OU QUI SOIT D'UN AUTRE DIOCÈSE…

Il continua à énumérer ceux qui ne devraient pas oser s'avancer pour recevoir l'ordination. Mais moi je ne voyais que le mot *illégitime.* Les postulants s'étendirent face contre terre tandis que commençait la litanie des saints. Je suivis le texte par habitude et demandai d'être délivrée de l'esprit de fornication, de la foudre et de la tempête, du fléau des tremblements de terre, de la peste, de la famine, de la guerre, et de la mort éternelle.

Puis ceux qui deviendraient diacres se relevèrent, s'avancèrent, et s'agenouillèrent en demi-cercle auprès de l'évêque. J'avais beau me concentrer, je ne les voyais toujours pas assez bien pour décider lequel était le frère de Mary. L'évêque posa ses mains sur leur tête, tour à tour. Mais il ne prononça pas leurs noms. Il les laissa toucher les Évangiles, puis pria, et ce fut terminé. Ils revinrent à leur place en file indienne. Après avoir fait tout ce chemin, j'aurais au moins voulu résoudre ce mystère pour moi, mais ils me paraissaient tous absolument normaux, sans rien de particulier ni de familier. Je me faufilai donc parmi la foule, sortis de la cathédrale et débouchai sur les larges marches baignées de soleil.

L'air était léger, froid, et rempli de sons ordinaires. Derrière moi, la musique était assourdie et majestueuse. Je tirai le coffret bleu de mon sac et l'ouvris. J'avais peut-être besoin de me rafraîchir la mémoire. Je verrais peut-être un trait du visage qui désignerait l'un des jeunes hommes. Mais Adelaide ne ressemblait à personne. Elle avait un regard effronté sur sa photo au format médaillon, les cheveux torsadés, les sourcils arqués comme des ailes. D'un doigt, je repoussai les boutons. Je dépliai le ticket du prêteur sur gages.

C'était un bout de papier jaune et froissé portant une simple adresse, des chiffres et une description tracée avec soin d'une écriture script minuscule.

Bague en diamant jaune comportant une imperfection serti or. Bon état. Collier style victorien maille filigrane orné de grenats avec montures séparées.

J'imaginai le vieux collier, la bague, d'abord au doigt d'Adelaide et puis au mien. Je n'avais pas de beaux bijoux, à part un rang de perles de culture.

Je m'approchai du bord du trottoir et levai la main lorsqu'un taxi apparut. Je n'étais pas sûre de ma destination jusqu'au moment où j'y montai. Comme si telle avait toujours été mon intention, je lus au chauffeur l'adresse inscrite sur le ticket du prêteur sur gages. Puis je me réinstallai sur le cuir craquelé.

Nous roulâmes pendant des kilomètres. Les rues devinrent miteuses, une neige grise s'entassait de chaque côté en murs gelés. Je commençai à me demander si je n'étais pas folle de faire tout ce trajet. Mais la boutique était toujours là. C'était un trou rempli de bric-à-brac jusqu'aux vitrines. Je descendis sans payer toute la course et demandai au chauffeur d'attendre, puis j'entrai dans le magasin. JOHN'S, annonçait l'enseigne.

Je restai sur le seuil, dans la pénombre envahissante, et attendis que mes yeux s'y adaptent. L'endroit était froid et plein d'odeurs aigres, jonché de pièces d'appareils photo et d'instruments de musique cassés. Un énorme jeune homme portant plusieurs pardessus passa entre deux rideaux et posa ses mains sur le comptoir.

« C'est pour acheter ou pour vendre ?

– Je suis venue chercher cette bague et ce collier », dis-je en lui tendant le ticket.

Il fit la moue.

« Mil neuf cent trente-deux. » Il rit à la vue de l'écriture. « C'est John Senior qui l'a enregistré, dit-il. John Senior est mort. »

Il me tendit le ticket, mais je ne le repris pas.

« Oh, s'il vous plaît, suppliai-je. Je suis sûre qu'en cherchant bien vous pourriez trouver. C'est tellement important pour moi. »

Il se frotta la barbe. Impossible de dire non.

« Une petite minute, fit-il en soupirant. Il me reste encore une caisse pleine de bricoles que je n'ai jamais triées. »

Il tira une boîte métallique plate de sous une pile de journaux et la posa sur le comptoir. À l'intérieur, elle était divisée en compartiments minuscules, chacun contenant un petit quelque chose. Bijoux, médailles militaires, montres cassées, pinces à cravate.

Il sépara les bagues du reste. Aucune d'elles n'était un diamant, de près ou de loin. Mais il farfouilla ensuite dans le reste du tas, et poussa de côté un enchevêtrement noirci de maillons fragiles qu'il étala du bout des doigts sur le comptoir.

« Ça pourrait être ça, je suppose, dit-il en grattant une monture du bout d'un ongle sale.

– Ça ? » J'étais déçue.

« Il y a eu un incendie et tout a été recouvert de graisse et de suie. Ce sont bien des pierres rouges. Peut-être qu'en l'astiquant ça se verrait. »

Le collier était presque trop sale pour qu'on le touche, j'ouvris donc le coffret bleu et confiai au jeune homme le soin de le laisser tomber dedans. Je rédigeai une traite de banque, en remerciant le ciel de ne pas avoir acheté la nouvelle robe noire. Je glissai le coffret au fond de mon sac et ressortis.

De retour à Fargo, j'apportai le collier chez un bijoutier. Il le nettoya, répara quelques-unes des montures et me le rendit. Lorsque je le vis étalé sur un bout de cotonnade blanche, je n'en crus pas mes yeux. Les pierres brillaient comme des rubis. Il était digne d'une reine. Je le mis à mon cou, me tournai et me retournai devant la glace de ma salle de bains. Les pierres précieuses me donnaient de la distinction. Une robe décolletée en dentelle crème les mettrait parfaitement en valeur. Je gardai le bijou toute la soirée pendant que je préparais mon dîner et regardais la télévision. Mais quand je le dégrafai et le glissai dans mon tiroir, je tombai sur la lettre de Mme Miller, à laquelle je n'avais toujours pas répondu. Je m'assis à ma table devant une feuille de mon plus beau papier à lettres, et j'écrivis.

19 février 1950

Chère Madame,

En réponse à votre lettre, qui m'a été réexpédiée d'Argus, en ce qui me concerne c'est à vous de décider ce que vous direz à votre garçon. Il serait donc mon cousin, et il a aussi une sœur. Il avait également un frère, mais personne ne sait ce qu'il est devenu. Pour ma part, je suis devenue un grand mannequin de mode et je travaille comme vendeuse chez DeLendrecies, ici à Fargo. Mes parents sont propriétaires d'un commerce de viande prospère dans le quartier est d'Argus, Dakota du Nord. Il n'y a rien d'autre à ajouter, il ne me reste plus qu'à signer.

Je vous prie d'agréer l'expression de mes respectueuses salutations.

Sita Kozka

J'inscrivis l'adresse sur l'enveloppe, glissai la lettre à l'intérieur puis la cachetai, et y collai même un timbre. Mais peut-être aurais-je dû sortir aussitôt, même s'il était minuit, et la poster, parce que dès le lendemain matin je commençai à hésiter. J'avais déjà bien assez de sujets de réflexion.

Des jours durant, cette lettre resta sur la commode. Et puis un soir, alors que Jimmy allait passer pour m'emmener dîner, j'étais en train de ranger ce qui encombrait les meubles, je m'affairais autour des abat-jour et des lampes. Je retombai sur la lettre et la fourrai sous un napperon en lin crocheté. J'avais besoin que rien ne change.

Le mariage de Sita

Leurs voix couvertes par la musique de polka tonitruante des Six Fat Dutchmen, le frère et les cousins de Jimmy Bohl se serraient les uns contre les autres dans le box du Pavillon de l'American Legion et discutaient de la façon dont ils enlèveraient la mariée, pendant le bal de la noce, et de l'endroit où ils déposeraient Sita pour que Jimmy la retrouve. Bourrés comme ils l'étaient au gin à la prunelle et au schnaps, ils tombèrent d'accord sur tout et sur rien. Tout ce qu'ils étaient capables de faire, c'était de rire, le visage rouge brique, et d'exploser, les yeux exorbités, lorsqu'ils pensaient à Jimmy hurlant : « OÙ EST SITA ? » Ils s'étranglaient presque à l'idée de sa fureur lorsqu'il sauterait dans sa Lincoln parée de papier hygiénique et de mousse à raser, ferait vrombir le moteur, filerait à la recherche de Sita dans une nuit glaciale de mars, et sentirait soudain l'horrible odeur que dégageait le chauffage.

« Du limburger » fut tout ce qu'eut à dire un cousin pour que les autres se retrouvent pliés en deux de rire et s'effondrent sur les flancs en bois du pick-up.

« Le voilà », dit le frère de Jimmy en désignant de la tête la piste de danse.

Jimmy, un homme grand et grassouillet, tout juste sauvé de la calvitie totale par sa courte banane ondulée et sa barbiche bien taillée, virevoltait. Danseur de salon chevronné, il avait le pied léger. Sita, projetée de-ci de-là sur la piste, arborait une triste mine de capitulation.

« Et les Kozka ? Vous croyez qu'ils seront en rogne ? » demanda le frère de Jimmy.

Les cousins examinèrent avec attention Pete et Fritzie, mais ces deux-là, qui sirotaient de la bière et au passage saluaient les danseurs, semblaient tellement sereins sous leur nouveau bronzage et leurs kilos en plus que la possibilité d'une colère paraissait bien mince. Les mariés valsaient, à présent. Des pierres rouges étincelaient au cou de Sita. De faux diamants scintillaient sur le diadème qui retenait son voile. Sa robe était particulière, une jupe énorme composée de plusieurs épaisseurs, et un corsage rebrodé de perles nacrées. Il semblait aux hommes serrés les uns contre les autres qu'une douce lumière nimbait son visage, une brume de beauté, mais ce n'était que l'effet de son voile léger, et de leur ivresse, car en réalité Sita avait un sourire pâle et, par-dessus l'épaule de Jimmy, un regard que l'épuisement nerveux rendait acéré.

En la regardant, un des cousins s'étrangla de rire.

« C'est une belle plante, tout de même », dit-il.

Son ton était malveillant. Le frère de Jimmy se voûta et pinça les lèvres.

« Avant, elle se trouvait trop bien. Elle a mené Jimmy par le bout du nez jusqu'à ce qu'elle comprenne qu'elle ne trouverait pas mieux. » Il fit un clin d'œil las, à personne en particulier. « Ce soir, on se venge, mon ange. »

Quand la danse fut terminée, Sita fila le long d'un couloir pour gagner les toilettes des dames, son voile jeté sur le bras. Voyant cela, d'un commun accord et sans réfléchir, les cousins se levèrent tous ensemble. L'impétueux frère de Jimmy menait la troupe, tandis que les uns derrière les autres ils se faufilaient en titubant parmi les danseurs vers ce même couloir où Sita avait disparu et qui, au-delà, donnait sur le parking en terre battue.

Et voilà ce qui arriva. Personne n'assista à l'enlèvement de Sita lorsqu'elle ressortit des toilettes. Le temps que Jimmy ait fini de danser avec toutes les serveuses et parte à sa recherche, sa jeune épousée était déjà loin vers le nord sur la Highway 30, coincée sur la banquette arrière de la voiture de son frère, entre deux de ses cousins, dont les plaisanteries salaces et les vestons de location trempés de sueur provoquèrent chez elle une telle répulsion qu'elle en perdit la voix.

Ils ne lui parlaient pas, de toute façon. La route droite semblait glissante sous la lueur glacée des étoiles, et la bouteille qu'ils se passaient s'évapora bien vite. L'odeur sucrée de leur haleine chargée de schnaps était plus que Sita ne pouvait supporter et elle tenta, une fois, de dire qu'elle avait mal au cœur et qu'ils devaient la laisser descendre. Mais ses mots sortirent en un croassement rauque, et lorsqu'elle se pencha par-dessus la solide bedaine d'un cousin pour saisir la poignée de la portière arrière, tous remarquèrent soudain sa présence.

« Hou là !

– Attrape-la.

– De justesse ! »

Leurs voix la plaquèrent de nouveau contre les coussins de la banquette et leurs mains maladroites la retinrent. Elle sombra en elle-même, les haïssant tellement qu'un violent courant électrique la parcourut par le milieu. Elle les foudroya du regard l'un après l'autre. Elle aurait voulu que ses yeux fassent fondre la chair sur leurs os.

« Où c'est qu'on l'emmène ? » finit par se demander le frère de Jimmy. Il conduisait.

« J'en sais rien ! » dit un cousin, ce qui fit s'esclaffer les autres avant de les laisser pantelants. Ensuite ils se calmèrent, momentanément songeurs.

« Allons pêcher sur la glace, cet hiver », proposa l'un d'eux.

Pendant une demi-heure ils discutèrent pour savoir sur quel lac, et la maison de qui ils transporteraient là-bas. Sita somnolait, persuadée qu'ils allaient faire demi-tour et la ramener. Mais au moment même où ils semblaient avoir satisfait leur désir de rouler dans la nuit et l'avaient peut-être même oubliée, écrasée entre eux, ils arrivèrent sur les terres d'une réserve indienne, non clôturées, en jachère, désertes à l'exception de la petite lampe d'une cour.

Le frère de Jimmy avança dans le rond de lumière et arrêta la voiture devant une construction en bois affaissée, qui ne portait pas de nom mais que tout homme pouvait reconnaître.

« Eh ben dis donc ! » cria un cousin, pour saluer le génie du frère de Jimmy.

« Laissez-la sortir, maintenant », ordonna celui-ci aux cousins de la banquette arrière. Et toi, donne-lui ta veste ; il fait sacrément froid dehors ! »

D'un bond le cousin jaillit de l'auto, fit descendre Sita et se laissa retomber à l'intérieur. Soudain effrayée, elle se blottit dans la carapace du veston. Mais la chaleur du cousin disparut avant même que le frère de Jimmy n'ait klaxonné, fait un appel de phares et redémarré. Le vent déchira le voile de Sita comme des dents. Le froid remonta dans sa jupe, descendit le long de ses bras.

Elle essaya de hurler.

« Crétin ! » murmura-t-elle.

Les feux arrière disparurent. Le vent était cinglant, presque un blizzard, et Sita dut se battre contre lui alors qu'elle avançait d'un pas trébuchant entre les voitures garées sur le parking et venait frapper un coup léger à la simple porte en bois. Personne ne répondit. Elle resta là un moment, puis le vent souleva brusquement sa robe par-derrière, la retroussa, la rabattit par-dessus sa tête comme un parapluie, et la projeta à l'intérieur.

L'endroit où elle pénétra était un petit bar indien, fréquenté en cette nuit glaciale par sept vieillards qui buvaient en silence, deux femmes braillardes, et Russell Kashpaw, qui passait la soirée avec les deux à la fois. Ce que ces dix personnes et le barman virent venir à eux par la porte fut une brusque éruption de tulle blanc, une boule de tissu jetée parmi eux par des vents glacés. Deux jambes nues terminées par des talons aiguilles décrivaient des ciseaux à l'intérieur, taillant des arcs meurtriers, déchirant la veste d'un vieil homme avant qu'il ne recule, pris de peur. Et cette boule blanche était vraiment effrayante, car tandis que le vent la poussait devant lui et que les clients esquivaient le danger, il ne cessait d'en sortir un croassement étouffé et inhumain. Mais alors, quand enfin la porte se referma en claquant, la robe s'immobilisa petit à petit, des bras apparurent et la lissèrent frénétiquement, épaisseur après épaisseur, jusqu'à ce qu'au milieu du tulle en lambeaux un visage finisse par se détacher.

« C'est une putain de reine ! s'écria l'une des femmes dans le silence né de la stupéfaction.

– Ferme-la ! dit l'autre, agrippée au bras de Russell. C'est une mariée. »

Et c'en était vraiment une, tout le monde le voyait à présent. Elle se releva, échevelée mais en tout point normale, sauf que son visage était défait, furieux, déformé, et qu'il se contractait en silence d'une manière atroce.

CHAPITRE 6

Karl Adare, 1952

Mesdames et messieurs du Congrès de l'agriculture et des animaux d'élevage, je suis venu vous dévoiler un miracle.

C'est ainsi que je commence mon boniment.

Chacun de nous a survécu au Dust Bowl, à ces nuages de poussière qui soufflaient en tempête. La précieuse terre arable livrée aux caprices du vent ! Eh bien, mesdames et messieurs, c'est le labourage qui a provoqué cela, c'est la faute au hersage, et pour stopper ce processus infernal il suffit de ne pas labourer.

Mais…

Je marque un silence théâtral.

Il faut bien que je laboure pour planter, *me direz-vous. Allons donc, plus maintenant ! Sous cette bâche, j'ai la réponse aux prières de la Nature. Messieurs…*

Je tire sur la ficelle et fais tomber la toile.

LE SEMOIR À AIR !

Ensuite je commence à expliquer le mécanisme. Je désigne les tubes minces par lesquels les graines descendent du coffre vers la surface. J'explique comment, aidée par une bouffée d'air envoyée par les soufflets motorisés, chaque semence est poussée doucement dans la terre. Le Semoir à air ne chamboule pas le sol, leur dis-je, et en préserve ainsi l'humidité, réduit la déperdition en surface.

Viennent alors les questions habituelles, le scepticisme d'usage. Je captai l'attention du gars, un regard réservé mais ardent, au moment où je répondais à ces questions, distribuais des brochures et décrivais de mon mieux le processus.

Nous étions tous les deux au congrès de Minneapolis. C'était un homme mince à l'épaisse chevelure blonde, aux grands yeux gris et à l'allure décontractée. Il posa des questions sur le processus et sa durabilité. L'idée lui plaisait, me dit-il. L'innovation, c'était sa partie.

« Je m'appelle Wallace Pfef. Je spécule, là-bas à Argus, précisa-t-il. Je voudrais faire davantage de travail promotionnel, bâtir la notoriété de la ville, stimuler l'agriculture. Voilà pourquoi, poursuivit-il, votre semoir m'intéresse. »

Je lui expliquai que cette machine ferait bientôt fureur, lui montrai des tableaux et des rapports d'exploitations agricoles, mais tout du long je pensais : « Pourquoi Argus ? » On aurait dit que cette ville de rien du tout surgissait dès que j'avais le dos tourné. Des habitants d'Argus venaient toujours me serrer la main. Ou bien les journaux regorgeaient d'accidents bizarres, de catastrophes, de naissances multiples à l'hôpital Saint-Adalbert. Je me demandais si je lirais un jour le nom de ma sœur dans ces articles, et je savais que dans ce cas cela n'aurait aucune importance. Je ne téléphonerais pas, je n'irais pas la voir, je n'écrirais même pas une lettre. Trop de temps avait passé, voilà tout. Je faisais pourtant preuve d'une fascination, d'une curiosité qui attiraient les coïncidences, ce qui me poussa sans doute à proposer à Pfef de venir prendre un verre.

Il faut dire aussi qu'un représentant se fait des amis là où il peut. Il n'était pas mon genre, mais il n'était pas plus moche qu'un autre.

Nous quittâmes la salle et traversâmes le hall pour entrer dans le bar faiblement éclairé de l'hôtel.

« C'est ma tournée », annonçai-je en sortant un billet de cinq dollars lorsque nos boissons arrivèrent.

La serveuse préleva la somme exacte et laissa la monnaie sur la table. Je n'y touchai pas.

Pfef me remercia, but une gorgée lentement, et ne dit rien de plus, ce que je commençai par trouver déconcertant, mais ensuite, lorsqu'à mon tour j'attendis délibérément sans remplir l'espace qu'il avait ouvert, il fut clair que nous avions laissé ce verre changer les choses entre nous.

« Vous êtes de Minneapolis ? » me demanda-t-il.

D'une certaine façon, la discussion semblait prendre un tour plus personnel qu'au moment où nous avions évoqué le fait qu'il était d'Argus.

« D'ici... et d'ailleurs, lui répondis-je.

– Où ça, ailleurs ? »

Je marquai un temps, à la fois saisi par mon ancien malaise face aux questions touchant à mon passé et désirant en révéler juste assez pour alimenter son intérêt.

« Saint-Jérôme. C'est une institution catholique pour les bâtards. »

De toute évidence, il ne s'était pas attendu à cela.

« Je suis désolé. C'est vraiment triste », remarqua-t-il.

J'écartai le sujet d'un geste.

Il n'eut pas grand-chose à raconter ensuite, mais garda cet air d'attendre quelque chose et, bien que d'habitude je ne parle pas de moi, que je m'efforce de garder mes distances, j'ajoutai ce que je n'avais encore jamais révélé à personne.

« J'ai une sœur. Qui habite votre ville. »

Il parut attendre la suite. De toute évidence il connaissait tout le monde à Argus, et je compris que j'avais été trop loin. Il irait raconter à Mary qu'il m'avait rencontré, si je lui disais son nom, ce sur quoi il comptait, manifestement. J'avais envisagé de lui donner ma carte de visite, mais il faudrait maintenant que je me montre plus prudent.

« Seulement, je ne sais pas qui c'est, dis-je, faisant marche arrière. Il se pourrait que ce soit une simple rumeur. Ce genre de choses arrive tout le temps dans un orphelinat. D'autres gamins prétendent avoir vu vos dossiers, ou les religieuses inventent des histoires...

– Mais vous le croyez », ajouta-t-il en me regardant bien en face, d'un air convaincu.

À ce moment-là, l'espace diminua considérablement entre nous, comme toujours lorsqu'une personne reconnaît en avoir observé une autre de très près et croise son regard. C'était à mon tour de dire quelque chose qui pénétrerait plus profondément encore. Je tentai ma chance.

« Allons dîner dans ma chambre », proposai-je.

Son regard se fit étonné. Nous avions alors vidé trois verres vite fait, et le billet de cinq dollars qu'il avait tenu à poser sur la table était cassé lui aussi. Trois verres, c'était ce qu'il me fallait pour commencer à me sentir détendu, et lorsque je le regardai se mettre debout, je sus que c'était aussi son cas.

« Oh non ! s'exclama-t-il en fouillant sous son siège. J'ai fait tomber mes brochures. »

Il avait de belles hanches minces, remarquai-je, mais il n'était ni fort ni musclé. Il y avait bien davantage à admirer chez moi. Je faisais de la musculation, des longueurs à la piscine, ou courais de temps en temps un bon kilomètre même quand j'étais sur les routes. Et puis je soignais mon équilibre mental. J'avais essuyé assez de revers avec les gens, et peut-être qu'à cause d'eux je ne laissais jamais rien aller suffisamment loin pour m'attirer des ennuis.

« Vous venez ? » demandai-je.

Il avait récupéré ses papiers. Il se releva, un sourire bref et nerveux sur le visage, et ensemble nous prîmes le couloir, gravîmes deux étages et entrâmes dans ma chambre. C'était une chambre individuelle, dominée par un lit recouvert d'un jeté orange vif. Pfef se débrouilla pour éviter de regarder le lit. Il fila droit sur la fenêtre et admira la vue. Qui était celle du parking.

Il y avait bien des menus dans le tiroir du bureau, et j'avais vraiment faim. Je découvris, quand nous fûmes seuls, que ce qui se passerait, ou non, ne m'importait guère. Ce n'était pas que Pfef manquât de charme, c'était sa brusque nervosité qui me rasait, le faux-semblant maladroit alors que c'était lui qui avait avancé la main, afin d'arrêter la mienne, lorsque j'avais sorti un autre billet pour lui offrir à boire.

Je m'assis sur le lit et ouvris le menu. Je savais ce qui me mettait en appétit, mais ce n'était pas marqué là.

« Du coquelet rôti, dis-je en coupant la poire en deux, même s'il arrivera ici dur et desséché. »

Il se détendit, s'assit sur le petit fauteuil à côté du lit et prit un menu.

« Pour moi, ce sera l'entrecôte.

– Voilà qui est réglé. »

J'appelai la réception. En attendant l'arrivée de la table roulante, je lui versai une rasade du whisky que j'avais dans ma valise.

« C'est votre seul verre ? demanda-t-il, poliment, avant de le porter à ses lèvres.

– Je ne fais pas de manières, dis-je en buvant une gorgée à la bouteille, pas comme vous. »

C'était lui qui, au rez-de-chaussée, avait énoncé des jugements mordants et perspicaces, mais quand je l'eus catalogué, il rougit et resta silencieux, fit tourner l'alcool dans son verre, puis eut de nouveau sur le visage cet air d'attendre quelque chose.

Alors, sans un mot, je lui retirai simplement le verre de la main.

« Le dîner », dit-il d'une voix faible.

Mais il se pencha tout de même en avant, et je le pris par les épaules, l'attirai vers moi. Puis nous nous allongeâmes sur l'ahurissant jeté de lit.

Le temps que le groom frappe à la porte nous étions revenus à notre point de départ, habillés, la seule différence étant que nous partagions maintenant le verre. À vrai dire, j'aimais bien boire dans un verre.

Le garçon se contenta de pousser la table roulante à l'intérieur, tendit la main pour recevoir son pourboire et nous laissa. Il crut peut-être que nous étions des gangsters en train de comploter, ou bien il connaissait la vérité. Pfef mangea en vitesse, avec avidité et un soulagement visible. Il coupa sa viande en petits cubes qu'il se fourra dans la bouche. Cela n'avait pas été aussi pénible qu'il l'avait cru, supposai-je, ou alors, maintenant que c'était terminé, il pouvait oublier, feindre que ce n'était jamais arrivé, rentrer tranquillement à Argus, raconter à sa femme que le congrès s'était très bien passé et se fendre pour elle d'un souvenir de Minneapolis, de façon à huiler la petite charnière grinçante de sa culpabilité.

« Je n'avais jamais fait ça », avoua-t-il.

Je me contentai de me retourner et de découper la volaille minuscule, en repensant à sa réserve ardente, à son regard qui attendait. Il était certainement marié, du moins le supposai-je. Il portait une sorte d'alliance et paraissait être quelqu'un dont on prend soin – repassé, ciré, et amidonné.

« Et comment va la petite dame ? » Ce fut plus fort que moi. Je posai la question d'un air méprisant.

Il leva la tête, sans comprendre, et s'essuya le menton. Je lui tapotai la main.

« Oh ! fit-il. J'ai été fiancé, il y a longtemps.

– Ça ne m'étonne pas ! »

Puis il inversa les rôles, ou tenta de le faire.

« Et vous ? demanda-t-il.

– Quoi, moi ?

– Vous savez bien.

– Vous voulez dire, les femmes ? »

Il hocha la tête. Je lui répondis que j'en avais connu des tripotées, et de très près, bien qu'en vérité j'aie toujours trouvé leur contact insupportable, générateur d'une indéfinissable panique.

« Mais ni amour ni mariage pour moi », lui dis-je.

Il était fasciné.

« Et pourquoi ne me laisseriez-vous pas tenter de retrouver votre sœur pour vous ? » demanda-t-il.

Cette proposition arriva à brûle-pourpoint, de façon inattendue, et lorsqu'il posa sur moi ses yeux clairs et tristes, j'eus soudain cette impression qui m'avait toujours effrayé d'obscurité, du sol qui cède sous mes pieds, de chute dans l'inconnu. C'était peut-être vrai en ce qui le concernait, la maladresse, l'absence d'expérience, la possibilité épouvantable qu'il désire faire ma connaissance.

« J'ai fini », déclarai-je.

J'écartai mon assiette et, simplement pour m'occuper, simplement pour faire cesser cette impression, je poussai fébrilement la table roulante dans le couloir. Je revins dans la chambre et sautai sur le lit. Il fallait que j'évite de tomber, donc je sautai. Je me sentais idiot et léger, en train de rebondir dans les airs. Je me sentais comme un enfant qui allait esquinter les ressorts du sommier.

« Vous devriez arrêter, dit Pfef, choqué, en laissant tomber un bout de viande de sa fourchette. La direction…

– Qu'elle aille se faire foutre, la direction ! » Je ris de voir son visage de jeune fille. « J'ai un tour que je vais vous montrer. » En fait, je n'avais rien en tête, mais alors que je rebondissais, et venais presque me cogner au plafond, j'eus une soudaine inspiration. J'avais tellement bien observé des garçons aux muscles durs sur les plongeoirs, en ville. Ils sautaient, tournoyaient, s'élançaient en l'air avec précision dans un saut périlleux, et fendaient brutalement l'eau du bout de leurs orteils. J'allais les imiter. Je fis un grand bond. Puis je me repliai, tournoyai, tourbillonnai, et je continue à croire que sans le cri soudain de Pfef j'aurais parfaitement atterri sur mes pieds. Mais le cri d'alarme me déstabilisa. Je restai trop longtemps en position repliée et heurtai le sol au pied du lit, dans un espace si petit qu'il semblait impossible que j'aie pu y effectuer un atterrissage parfait. C'est pourtant ce que je fis, et par la même occasion je me démis le dos.

Je sus que c'était grave à l'instant où je touchai terre. Je ne perdis pas connaissance.

« Pfef, dis-je, lorsqu'il se pencha, ne me touchez pas. »

Il eut le bon sens de ne pas s'y risquer, le bon sens d'appeler l'hôpital, le bon sens de s'asseoir à côté de moi sans souffler mot et d'empêcher les infirmiers de me déplacer jusqu'à ce que le médecin fasse monter une planche. Le truc idiot auquel je ne cessais de penser pendant tout ce temps, aussi, n'avait rien à voir avec mon cou ni avec le fait que j'aurais pu rester paralysé à vie. Pour une raison ou pour une autre, cela ne me faisait pas peur. Je n'avais peur de rien. Je considérai Pfef, et à sa façon de me regarder, tout simplement accablé, les yeux écarquillés, je sus que si je voulais je pourrais l'avoir pour la vie. Mais je n'y songeais même pas. C'était à ma sœur que je repensais.

« Elle s'appelle Mary, dis-je tout haut. Mary Adare. »

Et puis la piqûre fit son effet, la chaleur noire. Je compris que l'endroit où j'avais atterri n'était qu'un rebord fragile et qu'il n'y avait rien d'autre pour m'arrêter si je tombais.

La nuit de Wallace

Des engoulevents plongeaient dans l'éclat de ses phares, petites ombres triangulaires, leurs becs frangés grands ouverts aux insectes. L'air qui montait des fossés sentait l'humidité, et il apercevait parfois le scintillement de l'eau s'étirant comme un miroir entre les sillons noirs interminables. Loin de la grande route entre Minneapolis et Argus, des lumières isolées lançaient des signaux, tels des bateaux mouillant au large. Le premier aperçu que Wallace eut d'Argus fut, en fait, le petit fanal rouge et terne qui brillait au sommet du château d'eau.

Il quitta la route et s'engagea sur un petit chemin de terre bien connu pour servir de refuge aux jeunes amoureux. Son ami, l'agent de police Ronald Lovchik, subissait la pression de certains parents qui insistaient pour que le week-end il fasse une patrouille de nuit dans ce coin. Ce samedi soir, le chemin était désert. Il n'aperçut aucun reflet ; personne ne fit d'appels de phares, plus loin dans l'ornière zigzagante et creusée de nids-de-poule. Il laissa sa voiture s'arrêter en douceur dans un cahot, et coupa le moteur.

Tout autour de lui s'éleva alors une musique nocturne. Des grillons ronflaient. Le blé nouveau bruissait.

Dans leurs rêves, les oiseaux qui nichaient dans les fossés et les brise-vent poussaient de petits cris perçants. Wallace s'enfonça dans son siège et respira le vent léger et doux. Le volant s'incurvait tel un os poli sur lequel il posa ses doigts. Au-dessus de lui, le ciel sans lune était tout entier parsemé de planètes et d'étoiles.

Il n'avait pas encore envie de retourner dans sa maison à moitié terminée, et vide, mais il n'avait pas envie non plus de penser de façon trop précise à ce qui lui était arrivé à Minneapolis. Il ferma les yeux, sans pour autant réussir à somnoler. Il était trop éveillé, trop conscient. Il tenta de s'occuper l'esprit avec n'importe quoi, sauf Karl.

Il y avait le problème de la piscine qu'il gérait en même temps que ses autres boulots. La piscine avait été un projet de la WPA*, un projet compliqué, bien trop vaste et trop extravagant pour Argus. Maintenant la plomberie était fichue et des fissures étaient apparues dans le grand bain. Le système de filtration ne valait rien et les précieuses frises peintes à la main qui ornaient les murs du vestiaire s'écaillaient. Des vandales avaient découpé la clôture.

La piscine était un trop gros souci. Il songea à la First National Bank. Il siégeait au conseil d'administration qui avait donné son accord pour l'investissement. Il s'efforça de concentrer son attention sur le dernier portefeuille de titres qu'il avait vu, mais la brise apportait une odeur de pluie imminente. Il se mit à rêvasser. Il vit les mains de Karl, ses cheveux noirs, le visage aux

* Work Projects Administration : cet organisme, créé dans le cadre du New Deal, avait pour objectif de fournir des emplois et des revenus aux chômeurs victimes de la Grande Dépression. (*N.d.T.*)

traits tirés entre les draps d'hôpital aseptisés impeccablement repassés. Quand les phares s'allumèrent soudain derrière lui, Wallace fut aveuglé.

Une portière claqua. Cet éclat éblouissant inondait sa banquette avant. Quelqu'un se pencha par sa vitre.

« Wally Pfef !

– Ron !

– Qu'est-ce que tu fiches ici ?

– Je... (du reste, que faisait-il donc là ?)... réfléchissais. »

Lovchik se redressa. Wallace chercha à tâtons sur la banquette et attrapa une pile de brochures qu'il avait rapportées du congrès. Il les pressa contre sa poitrine et sortit d'un bond de sa voiture.

« Regarde-moi ça », dit-il en lui en tendant une.

Ron Lovchik parut désarçonné. Il décrocha de son ceinturon une lampe torche qu'il pointa sur le document.

« Ça dit, là : " La betterave à sucre".

– Exact ! s'écria Wallace en étendant un bras vers la nuit vide, les champs vastes et silencieux.

– Ces champs, tout ce que tu vois, eh bien c'est de la terre à betteraves, Ron. »

Il saisit le bras de Lovchik, tapota de l'index le prospectus sur papier glacé.

« Écoute. Le sucre de table est une denrée de base au menu dans le monde entier. Tu aimes le sucre. J'aime ça aussi. Le sucre doit bien venir de quelque part, et autant que ce soit d'ici. Pour Argus, cela pourrait être l'occasion de faire peau neuve ! De l'argent dans les coffres. Une nouvelle voiture de patrouille. Une radio émetteur-récepteur ! »

L'agent Lovchik passa d'un pied sur l'autre et scruta les petites lettres, la photo de betteraves.

« N'est-ce pas là une vision charmante ? » demanda Wallace. Sa voix s'éleva. « Une bonne grosse racine blanche qui n'attend que d'être transformée en $C_{12}H_{22}O_{11}$. C'est le sucre. Imagine un peu, Ron. Tous les champs alentour cultivés. Une raffinerie. L'argent afflue. Ta prison s'équipe de fenêtres neuves. Argus construit deux nouvelles piscines. Quand le vent balaie les tas de betteraves les gens se bouchent le nez, mais ils sourient, Ron. Ils savent ce qui leur met du beurre dans les épinards. »

Les idées commencèrent à déferler dans le cerveau de Wallace.

L'agent Lovchik secoua la tête, jeta un autre coup d'œil à la brochure, la fit sauter dans sa main. Il donna une petite bourrade sur l'épaule de Wallace.

« Tu ne baisses jamais les bras, Wally. Tu as même des projets pour le "chemin des amoureux". »

Wallace sauta dans sa voiture, mit le contact et fit vrombir le moteur avec enthousiasme.

« Quel coup de théâtre ! hurla-t-il en s'enfonçant dans la nuit. Ce chemin deviendra une rocade importante ! »

Devant lui, tel le pays d'Oz, les cheminées imaginaires inondées de lumière de la raffinerie projetaient droit dans le ciel, en deux colonnes blanches, une fumée nauséabonde.

CHAPITRE 7

Celestine James, 1953

« Toute la nuit je me suis colletée avec des robots tueurs », se raconte Mary à haute voix, alors que je suis en train de travailler à côté d'elle.

C'est une bonne dizaine d'années avant que le président ne soit abattu et que le monde perde la boule, mais Mary est en avance sur son temps. L'idée des robots, qu'on voit beaucoup dans les magazines, a pris racine dans sa tête parmi d'autres choses. Armes atomiques. Voyages interplanétaires. Ginseng. Elle pense que le sucre de betterave, dont cette ville est devenue dingue, est mauvais pour la santé. Elle s'est mise à parler d'élever des abeilles. Mais son sujet favori reste celui des êtres mécaniques.

« Les robots n'auraient pas de sentiments, remarque-t-elle à présent d'un air sombre. On ne pourrait pas implorer leur pitié. »

Je lui dis :

« Depuis quand est-il possible d'implorer la pitié du simple soldat ? On les force à éliminer ce qu'ils ont de pitié dès le camp d'entraînement. »

Aux dires de Russell, qui est bien placé pour le savoir. Il est sorti guéri du Veterans Hospital où il séjournait depuis son retour de sa dernière guerre, celle de Corée. Il est enfin revenu à la maison et ne sera plus jamais soldat. Mais il est criblé d'encore plus de blessures qu'avant, au point qu'il est maintenant question d'en faire le héros le plus décoré du Dakota du Nord. Je trouve ça ridicule, qu'avoir été mis en pièces à coups de fusil soit ce pour quoi il a toujours vécu. Il doit maintenant attendre qu'un fonctionnaire du gouvernement évalue les autres anciens combattants, additionne leurs blessures sur un calepin et calcule qui a donné le plus de chair et de sang.

Il a été dans l'armée tellement longtemps qu'il a l'habitude d'attendre. Et puis nous apprenons la mauvaise nouvelle concernant notre sœur Isabel, qui est entrée dans une famille sioux par mariage et partie vivre dans le Dakota du Sud. Nous entendons dire qu'elle est morte après avoir été battue, ou dans un accident de la route, une mort violente. Mais rien d'autre. Nous ne recevons aucune nouvelle de son mari, et si elle a eu des enfants ils ne nous font jamais signe. Russell descend dans le Sud ce week-end-là, mais les obsèques sont passées depuis longtemps. En rentrant, il m'explique qu'on dirait qu'elle a disparu de la surface de la Terre. Il n'y a plus aucune trace d'elle, pas un mot.

Russell traîne toute la nuit dans les bars ou se morfond dans la maison en trimballant sa boîte à outils, jusqu'à ce que Mary en ait vent et l'engage pour bricoler la camionnette de livraison et le système de refroidissement à moteur. Maintenant il va et vient toute la journée, en clopinant, plissé de la tête aux pieds par de nouvelles cicatrices et balafres genre bannière étoilée qui ressemblent presque aux taches d'un animal. Il travaille de si longues heures sur les congélateurs qu'il a les mains pleines d'engelures, à vif, mais il semble aller un peu mieux, moralement, et trouver un peu d'intérêt à la vie.

À mesure que l'état de Russell s'améliore, la situation de Sita se dégrade. Non pas qu'elle nous tienne directement au courant, ce sont plutôt des rumeurs que les clients apportent avec eux au magasin, et de petites choses que nous observons. On l'a entendue, dans la cuisine du restaurant La Dunette, critiquer la façon dont son mari fait frire les aliments. Tout ce que sert La Dunette est d'abord plongé dans une pâte à beignets, puis dans un bain de friture. Les plats que Jimmy prépare, ce sont ceux que les gens d'ici apprécient. Mais Sita veut faire de La Dunette un restaurant de première classe, un *quatre-étoiles*, l'ont entendue hurler nos clients. Ils ont vu Jimmy, le visage cramoisi, débouler comme un ouragan en frappant le sol de ses petits pieds aux orteils pointus. Il s'assoit tout au bout du comptoir, devant une assiette remplie de brioches glacées au sucre et parfumées à la cannelle, et s'en empare délicatement sans cesser de faire la tête. Il a tellement grossi, à force de sucreries consommées sous le coup de la colère, que c'est tout juste s'il peut encore entrer dans un box.

Sita, toutefois, reste aussi fine qu'un cure-dent et pleine d'aigreur. Pour rester belle, elle doit se donner plus de mal que jamais. Elle gaspille son temps chez les coiffeurs, son argent en traitements pour la peau, et se retrouve avec l'air d'un animal empaillé.

Donc, Russell souffre de la dépression du soldat. Sita baigne dans son jus. Et Mary a un million d'idées qui rebondissent contre les murs. L'armée de robots tueurs dont j'ai parlé habitait ses rêves, la nuit dernière.

« Ils s'avançaient vers moi en lançant du bout de leurs doigts des rayons mortels », dit-elle avec ardeur.

Nous sommes assises sur des chaises en plastique à l'arrière de sa cuisine, sur la dalle en ciment de sa véranda. C'est un jardin somptueux et inextricable où poussent d'humides plantes grimpantes. Je pense que son idée est complètement à côté de la plaque, et je le lui dis.

« Bien sûr, riposte-t-elle, il faut un esprit hors du commun.

– Tu es hors du commun. Je suis sûre que rien ne pourrait te faire plus plaisir », lui dis-je.

Si elle l'entend ou n'y prête pas attention, je n'en sais rien. Elle semble être devenue plus lourde ces dernières années, pas plus corpulente, simplement plus inébranlable en actions et en paroles. Ce qui ne lui plaît pas, elle ne l'entend pas. Maintenant elle va et vient au milieu de la profusion de pots et de châssis froids où elle met en pratique ses idées sur la culture des plantes.

Dans de vieux pneus, la terre est finement mélangée à du marc de café et à des coquilles d'œuf brisées. Ses roses poussent, rouge sombre et électriques, nourries d'os broyés. Les toutes petites têtes de laitue se raidissent dans des jarretières. Les pieds de tomates s'affaissent sur d'épaisses tiges protégées par un paillage de sang séché et de feuilles de chêne. L'asparagus et la ciboulette volettent comme des cheveux. Mary se sert de tout ce qu'elle trouve. Elle se penche, attache ses tomates sur de fines tiges métalliques dont je pense qu'elle les a volées sur un chantier.

Nous nous sommes arrêtées pour déjeuner, mais maintenant Adrian, le garçon qui donne un coup de main partout où on a besoin de lui et qui est censé être un de mes cousins, crie qu'il y a des clients.

« Ne te laisse pas trop entraîner dans tout ça, dis-je à Mary en passant la porte, la saucisse de foie nous attend. » Le mélange est préparé dans un énorme bac en acier, mais l'une de nous doit nettoyer les boyaux de bœuf, faire jaillir la mixture par l'entonnoir de la machine, puis nouer le long tube en anneaux.

« Je sais, je sais », répond-elle, mais est-ce qu'elle me répond ou réconforte simplement ses tomates, je n'en sais rien. Je m'engage dans le couloir pour gagner le comptoir, et le client que je vois planté là est notre ancien camarade de classe, Wallace Pfef, maintenant directeur de la chambre de commerce et toujours célibataire. Il observe nos steaks avec beaucoup d'attention à travers la vitre épaisse, comme s'ils risquaient soudain de se libérer de leurs volants de papier vert. Les lumières de la vitrine éclairent vivement le bas de son visage et projettent des ombres violettes sous ses yeux et son nez.

« Qu'est-ce que ce sera pour toi, aujourd'hui ? »

D'habitude Wallace est un bon client, mais cela fait des semaines qu'il n'est pas venu.

« Bonjour, Celestine. J'espérais trouver Mary », dit-il.

Il regarde dans mon dos, mais on ne la voit ni au bout du couloir ni par la fenêtre qui donne sur son bureau.

« Elle est derrière, elle attache ses pieds de tomates. »

Il semble à la fois soulagé et déçu.

« Tant pis, je lui parlerai la prochaine fois », dit-il.

Je demande si c'est important, mais il se contente de sourire de son petit sourire d'homme d'affaires et de l'ongle tapote la vitre.

« Est-ce que je pourrais voir celui-ci ? » demande-t-il.

Il faut montrer de près sa viande à Pfef, comme un bijou sorti d'un écrin. Je présente le steak rouge sur une feuille de papier paraffiné, et il l'examine avant d'accepter d'un hochement de tête.

« Emballe-le, dit-il, et je prendrai aussi cent vingt-cinq grammes de cheddar de Longhorn. »

Je coupe le fromage, enveloppe ses deux achats dans du papier blanc. Et puis, parce que son intérêt pour Mary a piqué ma curiosité, je lui demande s'il ne veut vraiment pas que j'aille la chercher.

« Non (il écarte ma proposition d'un geste de la main), non, je t'en prie, c'est inutile. Ce n'était que ça. »

Il me montre *The Sentinel.* C'est une annonce. Une page entière. GRANDE INAUGURATION, est-il écrit, CHEZ SITA, PATRIE DE LA CREVETTE FLAMBÉE. La réclame se poursuit et parle de « plaisir d'un dîner », d'« atmosphère subtile », de « plats présentés de façon exquise ». Il y a un menu.

« Ça a l'air délicieux, non ? remarque Wallace. Tu sais, le restaurant de Sita est une adjonction prestigieuse à notre ville. »

Sa voix s'est élevée sous le coup d'un tel enthousiasme que Mary, qui longe le couloir, sa pelote de ficelle à la main, l'entend.

« Qu'est-ce que c'est ? demande-t-elle.

– Mary ! » s'écrie Wallace. Il sourit et lui tend une petite enveloppe blanchâtre tirée de la poche de son veston. Il explique : « Il y en a pour tous les commerces de la ville, mais ta cousine Sita m'a demandé de bien m'assurer que tu l'avais reçue.

– M'étonne pas », dit Mary.

Elle a ouvert l'enveloppe et je vois que c'est une invitation. Imprimée en relief. Elle me la tend. Je lis que nous sommes cordialement invitées à la grande inauguration du restaurant, ce soir en huit. Il y a un mot en bas, de la petite écriture serrée de Sita, nous signalant que veste et cravate sont exigées pour les hommes, et aussi que les dames doivent porter une tenue appropriée. C'est sa façon de nous dire qu'en réalité elle ne veut pas que nous venions, nous, ses anciennes amies et parentes de la classe populaire. Elle nous envoie l'invitation simplement pour nous fourrer le nez dans l'ambiance délicate de sa très florissante nouvelle existence.

Pendant que je regarde d'un air songeur la petite carte crème, Mary lit la réclame du journal.

« Chez Sita ». Elle prononce *Chez* rimant avec *Pez*. Elle ne paraît impressionnée ni par le menu ni par l'annonce publicitaire. Et je découvre, dès que Wallace nous a laissées, qu'une cliente lui a déjà raconté l'histoire qui se cache derrière ce restaurant. Nous sommes à notre comptoir et Mary me la rapporte. Sita et Jimmy ont finalement divorcé, dit-elle. Tout ça était tenu secret, maintenant c'est définitif. Ils vivent séparés. Jimmy a gardé l'agence immobilière, la casse automobile, le garde-meubles et même Le Trampoline, un bar qu'il a conçu pour attirer une clientèle plus jeune ; et aussi son terrain de golf miniature. Sita a gardé la maison et le restaurant. Elle a fermé La Dunette, remanié l'intérieur et engagé une équipe toute nouvelle, jusqu'au chef, dit Mary, *qui vient de Minneapolis, rien que ça !* Ce dernier détail la met clairement en colère, et quand elle m'en fait part son visage s'assombrit.

« C'est cher, dis-je en consultant le menu. Qui, d'après toi, ira manger là-bas ? »

Mary ne saurait le dire, elle ne voit vraiment pas. Mais l'histoire du client nous éclaire sur ce que j'ai observé ces dernières semaines concernant la transformation extérieure de La Dunette.

J'ai regardé les ouvriers arracher de son mât les banderoles colorées, descendre la chaloupe, et enfin recouvrir toutes les finitions nautiques en bleu et blanc d'une peinture bordeaux foncé. Pourtant, impossible de camoufler la forme de coque du bâtiment, les hublots, le mât qui probablement ne peut être coupé sans causer des dégâts structurels à la construction en dessous. Maintenant, quand on approche du restaurant depuis la lisière de la ville, ce n'est pas un bateau qu'on voit, échoué là gaiement comme avant, mais un navire si sombre qu'il en est presque effrayant. C'est le vaisseau noir de Sita, désamarré dans les petits ifs qui s'agitent, prêt à prendre la mer comme s'il collectait des âmes.

C'est une idée bizarre, mais j'étais en route avec Mary quand nous avons vu les changements pour la première fois, et elle a soutenu que cet endroit ressemblait au navire des morts.

À présent, elle jette l'invitation aux ordures et se dirige vers la table à préparer la saucisse de foie. Elle n'a pas l'intention de se rendre à la grande inauguration de Sita, ça crève les yeux, mais je la suis et ressors la carte de la poubelle.

« Tu n'as pas envie de savoir comment c'est à l'intérieur ?

– Comment c'est quoi ? »

Mary met de l'ordre dans la bassine de boyaux, démêle les longs cordons opaques, les prépare à être remplis.

« L'établissement de Sita.

– Pourquoi gaspiller de l'argent ? »

Je ne réponds pas, histoire de voir si elle va ou non poursuivre.

« Cet endroit me donne la chair de poule, dit-elle.

– C'est l'effet que les boucheries font à certains. »

Je me détourne, agacée par sa façon de ne pas comprendre ce à quoi elle refuse de penser. J'ôte le couvercle de la machine à saucisses, et à l'aide d'une truelle je commence à bourrer le bac de mélange au foie. Mary adapte l'extrémité du boyau à l'entonnoir et puis s'essuie les mains sur son tablier.

« De toute façon, moi j'y vais, lui dis-je. Avec ou sans toi. »

Environ une semaine plus tard, le jour même de la grande inauguration, Mary change d'avis et me demande à quelle heure je pars.

« Pour le dîner.

– Alors prenons l'estafette du magasin. »

Je préférerais ne pas débarquer sur le parking de Sita dans la camionnette bordeaux, basse sur pattes, marquée sur chaque flanc de l'inscription bien lisible LA MAISON DES VIANDES, mais ça ne vaut pas la peine de se disputer pour autant. Donc on se retrouve ce soir-là, vêtues de nos plus belles tenues d'été. Russell vient aussi et se glisse derrière le volant. Mary s'installe côté passager. Je dois ramper à l'arrière et m'accroupir derrière eux, en prenant garde de ne pas esquinter mes bas.

Russell porte le costume gris tout neuf que je lui ai acheté parce que le musée du comté a demandé ses deux uniformes de parade. Ils sont maintenant chacun sur un mannequin de couturière, disposés dans une vitrine à côté d'une liste des médailles de Russell et de sa photo. Ce portrait le montre tel qu'il était lorsqu'il est revenu d'Allemagne, avant la Corée, quand ses cicatrices étaient plus séduisantes qu'aujourd'hui. Mary a tordu en chignon ses cheveux poivre et sel, et elle est vêtue de bleu turquoise électrique. Sa robe est en taffetas brillant et retenue aux épaules par des nœuds en strass. La couleur de cette robe ne lui va pas, son style non plus, avec ce haut moulant et cette énorme jupe froncée. C'est le genre d'horreur que les boutiques pour dames vendent à bas prix au moment des soldes de fin d'année, et c'est probablement là où Mary l'a achetée. Pour ma part, on m'a toujours conseillé, étant donné ma taille et mon ossature solide, de m'habiller dans un style souple mais ajusté. Je porte un chemisier rose à jabot, une veste de tailleur marron et une jupe plissée en lainage léger. À part Mary, je pense que nous sommes présentables. Courbée en deux, elle astique le dessus de ses chaussures à l'aide d'un bout de papier journal, et puis elle grommelle dans la boîte à gants. Elle n'aime pas que Russell conduise, mais je l'ai convaincue de lui céder la place, je ne sais pas trop pourquoi, sauf que je tiens aux apparences et qu'il est de coutume que l'homme soit au volant. J'aurais vraiment préféré que nous n'ayons pas à sortir la camionnette. Je n'ai pas envie qu'on nous remarque dans ce cadre élégant.

« Mais bon sang, où sont mes baguettes d'achillée ! » lance Mary, qui nous scrute pendant qu'une main continue à tâtonner parmi les cartes routières, les lunettes de soleil et les bordereaux de livraison.

Ces baguettes sont censées prédire ce qui va se passer à court terme. Mais je doute qu'elles aient pu prédire grand-chose sur la soirée. Dernièrement, Mary a commandé des livres sur la projection mentale. Elle prétend que petite elle avait des dons de voyance et avait fait apparaître le visage du Christ à l'endroit où elle avait heurté le sol, sous le toboggan de l'école. Cette histoire est tellement vieille qu'ici plus personne ne s'en souvient. Quant à moi, n'ayant jamais rien vu malgré tous mes efforts, je ne marche pas. Je dis à Mary qu'elle a fini par croire à ses vieilles coupures de journaux, mais rien ne semble ébranler sa foi profonde.

« Nous y voilà », dis-je.

Je suis comme aveuglée par le tissu éblouissant de sa robe. Russell descend de la camionnette. Je suis habituée à son visage tout recousu, mais mon frère surprend souvent les gens. En ce qui me concerne, je ne jurerais de rien. Je domine. J'ai un visage trop large. Mes dents paraissent sauvages quand je souris, un trait que j'ai hérité du côté de ma mère. Je sais pourtant que toute préoccupation en rapport avec l'impression que nous produisons sur autrui est absolument inutile de ma part, je me résigne donc.

Quand j'entre dans le restaurant, pas question que je me ratatine ou me faufile. J'adopte ma longue démarche habituelle et annonce à la petite hôtesse bouffie, affublée de sa robe de bal de fin d'année, que j'ai réservé.

« James ? dit-elle en minaudant, le nez dans son livre d'or à couverture en cuir. Je crains que non.

– Adare, lance Mary, qui se met à épeler.

– Ah oui, dit l'hôtesse. Votre table vous attend, madame. Par ici, je vous prie. »

Elle nous fait passer les portes qui ont été matelassées comme les parois d'une cellule de fou, et nous conduit ensuite dans une obscurité élégante.

« Qu'est-ce que je t'avais dit. C'est inquiétant », remarque Mary.

Je tends le bras pour stopper son commentaire, mais je rencontre le vide. J'ai l'impression de voir jaillir de sa robe un éclat de lumière fantomatique, mais la salle est tellement trompeuse, si grande et peuplée d'ombres. En avançant, nous nous attrapons par la manche. Russell, devant nous, a pris le bras de notre hôtesse qui, dans cette atmosphère, a le pied sûr d'un guide dans une grotte. Sur chaque table devant laquelle nous passons, une bougie danse dans un bol, et je vois que beaucoup de ces tables sont occupées. Les gens sont venus, attirés comme nous par la nouveauté, ou peut-être même par le désir légitime de connaître le plaisir d'un dîner. Je commence par croire qu'ils plissent les yeux face à d'énormes albums photos, mais quand nous nous asseyons et qu'on nous tend les nôtres, je vois évidemment que ce sont des menus.

« Notre propriétaire, Mme Sita Bohl, va passer vous souhaiter personnellement la bienvenue, annonce l'hôtesse.

– Dites-lui de ne pas se donner cette peine », répond Mary avant que je ne lui lance un coup de pied.

L'hôtesse hausse les sourcils puis disparaît dans la pénombre entre les tables. Un serveur arrive. Nous commandons tous des whiskys à l'eau. Mais il fait vraiment trop sombre, d'ailleurs Sita a dû boucher les hublots, ce qui est vraiment dommage car même la lueur d'une étoile nous aurait aidés à déchiffrer nos menus. Et puis dans son bol notre bougie est particulièrement falote. Elle ne donne pas assez de clarté pour lire. Heureusement que Russell fume, ou peut-être pas si heureusement que ça, car le hasard veut qu'en approchant son briquet des pages, pour voir les mots, il mette le feu à son menu. D'abord, il ne remarque rien. Aucun de nous ne le remarque, sauf qu'à notre table la lueur augmente. J'en profite pour faire mon choix en vitesse. Puis voilà Russell qui tape sur la flamme pour l'éteindre avec sa serviette, une toile de lin fortement amidonnée qui était pliée en couronne. La serviette absorbe le feu, l'étouffe.

« La fête est terminée ! » assure Russell au serveur qui se tient dignement derrière nous, une carafe d'eau pleine de glaçons à la main. Un petit nuage de fumée flotte maintenant dans l'air sombre au-dessus de notre table. Nous avons provoqué une agitation qui, je le sais, attirera inévitablement Sita. Et comme on pouvait s'y attendre, elle apparaît soudain parmi nous, en fourreau noir et collier de perles. Elle se penche par-dessus la table en s'efforçant de ne pas faire de scène, et siffle entre ses dents un truc impossible à comprendre. La lumière qui vient d'en bas déforme son visage, en fait un masque d'Halloween aux traits de sorcière repoussants. Je mets un moment avant de me rendre compte qu'elle ne pleurniche pas à cause du papier carbonisé, du nuage de fumée, du désordre que nous avons causé, mais d'un dilemme personnel.

« Venez derrière, dit-elle. Suivez-moi. »

Mais Mary demande d'une voix forte :

« Et pourquoi donc ? »

Sita tente de la faire taire mais Mary reste inflexible.

« On ne bougera pas d'ici ! » lance-t-elle du fond de son siège.

Sita est obligée de la supplier, pourtant rien de ce qu'elle murmure ne convainc Mary, qui hurle carrément :

« T'as des ennuis, ou quoi ?

– Arrête ! » Je commence à trouver ce suspense insupportable. « Allons avec Sita. » Je pousse Russell sur ses pieds, si bien que Mary est forcée de nous suivre ou de rester seule à table. Sita passe devant. Mais dans sa robe noire elle se fond dans l'obscurité et nous tâtonnons, nous nous cognons aux tables des autres, avant de finir par repérer une porte qui mène dans l'espace brillamment éclairé de la cuisine. Là, nous voyons, en clignant des paupières, que Sita s'est transformée. Elle porte un tablier, se tient devant un gril, et derrière elle deux longues tables sont couvertes d'un fatras de livres de cuisine ouverts et de casseroles vides.

D'un bond, un serveur passe la porte.

« Quelque chose ! hurle-t-il. Ils mâchonnent leurs fourchettes !

– Oh là là ! s'écrie Sita, qui d'une main remue la soupe dans une casserole et de l'autre vérifie la cuisson d'un morceau de viande, fais-les patienter ! Offre à tout le monde une boisson gratuite !

– Ils sont déjà fin soûls !

– Mon chef, dit Sita d'une voix haletante en nous expliquant l'affaire par-dessus son épaule, a attrapé une intoxication alimentaire. Tous les aides cuisiniers aussi. À cause des crevettes farcies au crabe. »

C'était ce que j'allais commander.

« Pas de chance », dit Mary.

Dans sa voix j'entends une note de triomphe et j'ai un peu honte, parce que Sita est à bout. Elle a les traits tirés par le stress. Les cheveux dressés sur la tête. Ses gestes sont saccadés et ahuris, comme les robots dans le rêve de Mary. Même après tout ce que Sita a fait pour que nous nous sentions indignes d'elle, je ne peux me réjouir de ce spectacle. Mais pour ce qui est de Sita, Mary a autrement plus de raisons de se plaindre, et je marque un temps avec le sentiment que c'est à elle de décider ce qu'il faut faire.

« D'accord, dit-elle. Allez, au boulot. »

Sita s'affaisse comme si le fil de fer qui la soutenait était coupé, puis elle dénoue son tablier. Elle le suspend à un crochet, lisse ses cheveux et sort.

« Enfilez ça, ordonne Mary en nous tendant, à Russell et à moi, des blouses blanches et de grands tabliers descendus d'une étagère. Et toi, là, lance-t-elle au serveur qui vient de passer la tête par l'entrebâillement de la porte, va dire aux clients que les plats d'accompagnement sont offerts par la maison et qu'ils bénéficieront d'une ristourne de vingt pour cent sur tout le repas. Ça leur clouera le bec. »

Le serveur file. Sur le plan de travail, il y a une haute pile de commandes. Je commence à les lire. Par chance, les rénovateurs ont laissé une des grandes friteuses de La Dunette. Je tourne les boutons à fond. Mary trouve dans le congélateur des sacs plastique remplis de grosses crevettes panées. Quand l'huile bouillonne, elle en fait frire un lot, puis un autre, et Russell en envoie une assiettée, de douze ou quinze, à chaque table. « La Patrie de la crevette flambée », déclarait l'annonce de Sita. Dans presque toutes les commandes il y avait des crevettes.

Je m'évertue à lire des livres de cuisine, pendant ce temps-là, et à comprendre comment on poche des cuisses de grenouille, fait des *Boulettes de Foie Gras*, prépare un *Velouté de Volaille Froid*, sans parler des plats principaux : *Poulet Sauté d'Artois, Filet de Bœuf Saint-Florentin, Huîtres à la Mornay*, et, bien entendu, le quasi mortel plat de crevettes farcies au crabe. Mais celui-ci n'est pas disponible pour le moment.

« Je suis incapable de faire ça », dis-je, désespérée, à Russell.

Il a râpé des pommes de terre, après en avoir terminé avec les crevettes. Il est en train de faire frire une énorme quantité de croquettes dorées.

« Calme-toi ! » dit-il, tout sourire sous sa toque de chef. Il a l'air de prendre plaisir à la situation. « Personne là-bas n'a compris le menu. Au cas où tu ne l'aurais pas remarqué, ce foutu truc était en français. »

Je ne pige pas où il veut en venir.

« Ils n'auront pas idée de ce qu'est censé être leur plat, ajoute-t-il, cuisine donc comme à la maison. »

Il a raison, et c'est ce que je fais.

Nous préparons du poulet frit, du rôti de bœuf, des tourtes aux huîtres. Mary bricole en vitesse la fameuse soupe polonaise aux nouilles de Pete. Russell trouve quelques boîtes de délicates gaufrettes françaises et les enrobe de chocolat, de glaçage aux fruits rouges, de sorbet et de crème glacée. Nous tirons parti de tout ce que nous dénichons dans la cuisine. Sita vient faire un tour de temps en temps. Sa mine, tandis que les serveurs passent devant elle chargés d'assiettes de poulet frit, est à la fois vaincue et très soulagée.

Il est largement plus de onze heures lorsque nous avons le temps de souffler. On a fait jurer aux employés, fils et filles de nos clients, de ne rien dire sur l'état de santé du chef et notre contribution. Mais, évidemment, je vois à leurs yeux qu'il n'est pas possible qu'ils gardent le silence sur ce qui s'est passé.

Et puis la nourriture était bonne. Les clients sont partis contents, repus, prêts à revenir, en constatant que la méthode de friture française coûte cher mais qu'elle est délicieuse et qu'on en a pour son argent. Presque tous s'en vont en emportant un sachet blanc doublé d'alu sur lequel on lit « *pour le chien** ». Tous les trois nous nous asseyons enfin dans les décombres de la cuisine.

L'hôtesse a roulé ses bas sur ses chevilles et laissé tomber les bretelles de sa robe. Elle est assise avec nous, les pieds posés sur une chaise. Petit à petit, serveurs et serveuses entrent, épuisés et affamés. Les lave-vaisselle tournent toujours. Tout le monde se met à manger une bouchée de ceci, un peu de cela, des restes des plats de Russell et des croquettes de pommes de terre.

« Vous avez sauvé la soirée, affirme le serveur qui s'était tenu derrière nous avec sa carafe d'eau pleine de glaçons. Elle est encore là-bas à compter la recette. »

Elle, bien entendu, c'est Sita, qui finit par arriver.

« Bon, dit-elle en se massant les tempes. Je suppose que je devrais vous remercier.

– Ce n'est rien, répond Russell.

– Une minute, dit Mary en soutenant le regard de sa cousine. Si tu veux remercier quelque chose, vas-y, remercie la soupe aux nouilles de ton père. »

Sita fait un petit signe de tête, mais c'est tout ce à quoi elle se résigne. Au bout d'un moment, elle tourne les talons et s'en va.

* En français dans le texte. (*N.d.T.*)

Après son départ, l'atmosphère se détend.

« Un petit verre ? » nous demande l'hôtesse d'une voix amicale. Nous acceptons. Il y a plein de vin débouché, que nous sifflons, et même du champagne. L'hôtesse s'avachit un peu plus sur sa chaise, son maquillage a coulé et elle laisse Russell lui frictionner le dos.

L'aube est presque là quand on nous fait enfin sortir, Mary, Russell et moi, par la porte qui s'ouvre sous la proue sombre du bateau. L'air est léger et gris. Le ciel scintille et, grâce à la rosée, tout sent le frais, même le gravier du parking. Russell se laisse aller un moment contre le flanc de la camionnette, allume une cigarette entre ses paumes. La lueur au creux de ses mains se reflète sur son visage. Mary miroite, elle aussi. Sa robe, qui traverse en flottant le terrain plat, est spectrale. Elle fouille dans son sac à la recherche des clés, oubliant que Russell les a. Avant qu'il ait eu le temps de les lui rendre, sa main tombe sur quelque chose.

« Mes baguettes ! s'exclame-t-elle en sortant une mince poignée de paille à balai, dirait-on.

– Jette-les là, sur le capot de la voiture. Voyons un peu l'avenir », suggère Russell.

Alors Mary psalmodie à voix basse et lance ses baguettes d'achillée conformément au mode d'emploi d'un quelconque achat par correspondance. Elles atterrissent dans tous les sens, en vrac, mais elle les observe d'un œil perçant comme si leur motif exaltant était évident. Nous avons beau la harceler, elle ne révélera rien de ce qu'elle voit et laisse simplement les baguettes en tas sur le capot lorsque Russell lui tend les clés de contact. Nous montons en voiture et Mary démarre. À mesure que nous avançons, les baguettes tombent du capot l'une après l'autre, et à chaque fois nous rions comme si nous faisions fi de toute prudence.

Peu après la soirée où nous avons sauvé Sita du désastre garanti de la grande inauguration, d'autres rumeurs commencent à courir sur elle. Une cliente entre au magasin et raconte que l'inspecteur de l'action sanitaire, dépêché de Bismarck pour enquêter sur « Chez Sita » après les fuites qu'il y a eu à propos de l'intoxication alimentaire, a fait de nombreux allers-retours. Il ne porte pas toujours son insigne ni sa serviette, et personne ne sait s'il rend des visites de courtoisie ou s'il y a encore davantage à craindre de cette nourriture insolite. L'hôtesse et la plupart des serveurs sont licenciés, apprenons-nous. « Chez Sita » est généralement vide. Ce qui ne paraît pourtant pas inquiéter sa propriétaire.

Un jour, en venant chercher des tonneaux de sel à l'entrepôt de Fargo, je la vois casser la queue d'un haricot vert, puis le renifler pour vérifier sa fraîcheur. Un homme l'accompagne. Il est grand et discret, il a des lunettes grises à monture d'acier et des cheveux gris. Sita lui met la queue du haricot vert sous le nez et il fronce les sourcils. Elle sourit et paraît presque redevenue une jeune fille. Ses cheveux sont ébouriffés. Je me détourne avant qu'elle ne me voie là, en train de l'observer. L'homme qui est avec elle ressemble au genre d'experts qu'on voit dans les publicités à la télévision, ceux dont la voix grave et calme nous conseille sur la façon de soulager la douleur. Je pense que ce doit être l'inspecteur de l'action sanitaire et, au sourire de Sita, je me dis que ses visites ne sont probablement plus très officielles. Cet homme semble un moyen d'échapper au commerce de la restauration, une occasion pour

Sita de prendre un nouveau départ dans la vie. Je suis soulagée pour elle, je me réjouis de sa bonne humeur.

Mais en rapportant du grand marché les tonneaux de sel pour la salaison, je repense au visage de Sita et revois le haricot croquant qu'elle tenait dans ses doigts. Et je me pose des questions sur moi. Est-ce qu'un jour je sourirai, rougirai, tendrai à quelqu'un une petite bricole à manger ? Ces choses que ressent Sita, ces plaisirs dont parlent les livres que j'ai lus, sont-ils le genre de sentiments que je pourrais éprouver un jour ? Ce n'est encore jamais arrivé, bien que j'aie connu des hommes. Peut-être, me dis-je, que je leur ressemble trop, que je suis trop solide ou imposante quand je redresse les épaules, trop pressée de tout prendre en main.

Je roule un bon moment entre les champs plats et tranquilles, mais les grands paysages de cultures ne me calment pas, ni les nuages, simples éraflures là-haut dans l'atmosphère, ni les poteaux tendus de fils qui passent et tournent à perte de vue. Je ne suis pas calme, même lorsque j'arrive au magasin. Je trouve le mot de Mary me prévenant qu'elle est partie et que je devrais fermer pour la nuit. Peut-être parce que je suis dans cet état d'esprit – bizarre, perturbé, complètement solitaire –, peut-être parce que, de façon imprévue, Mary n'est pas là, je ne suis pas au mieux de ma forme quand l'homme passe la porte.

Il est finement charpenté, beau, agréable, et sapé pour faire un malheur dans son costume noir élégant, avec son gilet lie-de-vin et sa cravate marron. Ses cheveux sont brillantinés. Ses lèvres sont fiévreuses et rouges comme deux fleurs en bouton. Il reste là un long moment, à m'observer, avant d'ouvrir la bouche.

« Tu n'es pas jolie » sont les premiers mots qu'il prononce.

Et moi qui n'ai jamais mâché mes mots, même face à un client, je me surprends à garder un silence blessé, alors que je ne me regarde pas dans la glace par plaisir mais uniquement pour constater les ravages de la nuit.

Je suis perchée sur un tabouret, occupée à changer les prix que chaque semaine j'inscris à la craie sur une ardoise au-dessus du comptoir. Boudin noir. Saucisse suédoise. Côtes de porc dans le filet. Bifteck. Je continue d'écrire et ne lui fais pas le plaisir de lui répondre. Il reste là en dessous, à attendre. Il a la patience d'un chat avec les femmes. Quand j'ai fini, il ne me reste plus qu'à descendre.

« Mais jolie, ce n'est pas tout », poursuit le type d'un ton doucereux, comme si entre-temps il n'y avait pas eu tout mon silence.

Je lui coupe la parole.

« Dites-moi ce que vous voulez. Je ferme.

– Je parie que tu n'as jamais cru que je reviendrais. »

Il s'approche du comptoir vitré rempli de viande. J'aperçois, à travers l'éblouissante lumière artificielle du présentoir, son torse d'haltérophile. Ses grosses mains anguleuses. Même par-dessus le poivre blanc et la sciure du magasin, je sens la brillantine, le tabac, la pastille de menthe forte.

« Je ne vous ai jamais vu. Je ferme.

– Écoute, Mary…

– Je ne suis pas Mary.

– Oh, ça alors ! *Sita ?*

– Sita est partie. Elle habite la plus grande maison de Blue Mound. C'est la ville d'après. »

Il se raidit, passe sa main à l'arrière de son crâne, se tapote les cheveux d'un air songeur pour les remettre en place.

« Mais alors, qui êtes-vous ?

– Celestine. Comme si c'était vos oignons. »

Je dois fermer le tiroir-caisse, verrouiller les portes, brancher l'alarme du coffre avant de pouvoir rentrer à pied chez moi. Vers cette heure du début de la soirée, la lumière pénètre à flots par les fenêtres en épaisses briques de verre, une lumière dorée qui adoucit les rayonnages et les tonneaux. Le crépuscule est toujours mon moment, cet air particulier aux formes changeantes, et il me vient à l'idée que même si ce type soutient que je ne suis pas jolie, peut-être qu'au crépuscule il est impossible de me résister. Peut-être que j'ai quelque chose, comme il dit.

« Adare. Karl Adare. »

Il se présente sans que je lui aie rien demandé. Il croise les bras sur le comptoir, se penche en avant et sourit délibérément face à ma réaction. Ses dents sont petites, luisantes, nacrées.

« Ça alors ! Le frère de Mary.

– Elle parle de moi, des fois ?

– Non, me faut-il répondre, et en ce moment elle est partie en livraison. Elle ne rentrera pas avant deux bonnes heures.

– Mais vous êtes là. »

J'en ai les coins de la bouche qui tombent un peu, je suppose. Que je sache qui il est ne l'a pratiquement pas détourné de ce qui semble être ses fermes intentions, qui sont quoi ? Je n'arrive pas à deviner ce qu'il a en tête. Je lui tourne le dos pour m'occuper de la caisse, mais je suis maladroite. Je pense à Sita examinant des légumes. Maintenant on dirait bien qu'il m'arrive quelque chose. Je pivote sur mes talons pour regarder Karl. Ses yeux sont des trous brûlants et il s'efforce autant que possible de voir à travers moi. En fait, c'est ainsi que les hommes se comportent dans le monde des romans à l'eau de rose. Sauf que lui il est un peu plus petit que moi, et aussi le frère de Mary. Et puis il y a son refrain énervant.

« Jolie, ce n'est pas tout, me répète-t-il. Vous êtes bâtie... »

Il s'arrête, tente de cacher son trouble. Mais son cou rougit et je me dis que dans ce domaine il n'a peut-être pas plus d'expérience que moi.

« Si au moins vous faisiez rebiquer les pointes, suggère-t-il, en cherchant à se ressaisir, si vous vous coupiez les cheveux. Ou peut-être que c'est le tablier. »

Je porte toujours un long tablier blanc de boucher, amidonné et retenu entortillé autour de ma taille par de larges sangles. Je l'enlève séance tenante, le secoue autour de moi et le jette sur le radiateur. Je décide que je vais battre ce type à son propre jeu, comme je me le suis enseigné en privé, comme j'y ai réfléchi.

« D'accord, dis-je en passant de l'autre côté du comptoir, me voilà. »

À cause de la sortie au marché, je suis en robe bleu marine gansée de blanc. J'ai un nœud à la ceinture, des souliers noirs et un collier en argent. J'ai toujours pensé que j'étais impressionnante dans cette tenue, pas à prendre à la légère. D'ailleurs, ses yeux s'arrondissent. Il a l'air chamboulé, brusquement hésitant, et je vois que c'est maintenant à moi de prendre les devants.

« Venez, dis-je, je vais mettre du café à chauffer sur la cuisinière. »

C'est la cuisinière de Mary, bien entendu, mais elle ne sera pas de retour avant quelques heures. Il ne vient pas tout de suite, allume d'abord une cigarette. Il fume du tabac fort, ce n'est plus la marque que j'achète. La fumée s'échappe en volutes de ses lèvres.

« Z'êtes mariée ?

– Non. »

Il lâche sa cigarette par terre, l'écrase avec le pied, et puis la ramasse et demande :

« Où puis-je mettre ça ? »

Je lui montre un cendrier dans le couloir et il y laisse tomber le mégot. Et puis, au moment où nous repartons, je vois qu'il tient à la main une valise noire que je n'avais pas encore remarquée. Nous sommes à la porte de la cuisine. Elle est plongée dans le noir. Ma main est posée sur l'interrupteur et je vais pour allumer l'anneau au néon quand Karl s'avance dans mon dos, pose ses mains sur mes épaules et m'embrasse dans la nuque.

« Bas les pattes », dis-je, ne m'attendant pas à cela aussi vite.

D'abord il faut les regards furtifs, l'adoration, tout un tas de conversations.

« Comment ça ? C'est ce que vous voulez. »

Sa voix tremble. Aucun de nous deux ne maîtrise la situation. Je repousse ses mains d'un coup d'épaules.

« Ce que je veux. »

Je répète ces mots bêtement. C'est toujours là que se terminent les romans d'amour. Je n'ai jamais eu de mère pour m'expliquer ce qui vient après. Karl s'avance face à moi et me serre contre lui, abaisse mon visage vers le sien. Je suis censée goûter sur ses lèvres une douceur ardente, mais sa bouche est dure comme du fer.

Je me jette en avant pour échapper à son étreinte, mais il suit le mouvement. Je perds l'équilibre. Il se bat avec moi pour avoir le dessus, m'entraîne de toutes ses forces vers le sol, pourtant je vaux largement ses bras d'haltérophile et ses jambes qui s'agitent furieusement. Je pourrais l'éjecter sur le côté, je le sais, mais la curiosité me prend. Il y a l'odeur de bouillie de maïs, quelque chose que Mary a fait tomber ce matin. C'est ce que je remarque, même au moment où ça arrive et où nous sommes réunis, roulant l'un sur l'autre, enlacés, nous cognant dans les pieds de la table. Je remue à l'instinct, titubant sous lui, mon esprit levé comme un verre dans lequel je vois mon visage, amusé, gêné, et soulagé. Ce n'est pas aussi compliqué, ni même aussi douloureux que je le craignais, et cela ne dure pas longtemps non plus. Il soupire quand c'est fini, son souffle brûlant et caverneux à mon oreille.

« Je n'arrive pas à croire que c'est arrivé », se dit-il à lui-même.

C'est, curieusement, le moment où je me débats contre sa présence. Il est si lourd, je me dis que pour un peu je lui hurlerais au nez. Je repousse sa poitrine, un poids mort, puis je le soulève, le rejette sur le côté, il s'affale dans le noir loin de moi et j'arrive à respirer. Nous lissons nos vêtements et nos cheveux avec tant de soin, dans le noir, que lorsque nous finissons par allumer la lumière et par regarder, les paupières plissées, l'endroit où nous nous trouvons, c'est comme si rien ne s'était passé.

Nous sommes debout, le regard posé n'importe où sauf sur l'autre.

« Et alors, ce café ? » demande-t-il.

Je me tourne vers la cuisinière.

Et puis, quand je fais volte-face la cafetière à la main, je vois qu'il est en train d'ouvrir une série d'attaches en cuivre qui déploient sa valise en un grand présentoir vertical. Il est concentré, absorbé par une seule chose, pas très différent de ce qu'il était par terre. La valise est doublée de velours cramoisi. Des couteaux miroitent dans la peluche. Chacun d'eux repose dans un compartiment ajusté, la pointe encapuchonnée pour ne pas percer le tissu, le manche en os retenu par une fine lanière en peau de porc.

Je m'assois. Je lui demande ce qu'il fait mais il ne répond pas, se contente de se tourner vers moi et de me jeter un regard lourd de sens. Il sort un couteau et un petit rectangle de bois sombre.

« On peut trancher, commence-t-il, dans du bois, et même dans du plâtre, avec notre lame dentée. Ou – et il extrait de sa poche un petit pain blafard – le pain le plus moelleux. »

Il entreprend de faire la démonstration, scie sans grande difficulté l'extrémité du bloc de balsa, puis remue délicatement le couteau dans le petit pain qui s'effondre en ovales parfaits et transparents.

Et je m'entends dire :

« Ça serait impossible à beurrer, ce truc-là. Ça tomberait en miettes.

– Il est tout aussi efficace avec les légumes à peau fine, affirme-t-il dans le vide. Les fruits. Les filets de poisson. »

Il tâte le fil du couteau.

« Touchez », dit-il en me tendant la lame.

Je ne fais pas attention à lui. Les couteaux, ça me connaît, et les siens sont de mauvaise qualité, ils ne valent pas la moitié du prix de la jolie valise. Il continue sa démonstration, coupe des morceaux de tissu, une tomate très mûre et une boîte de crème glacée sortie du congélateur de Mary. Il montre tous ses couteaux, l'un après l'autre, explique leur utilité. Il me montre l'aiguisoir, et aiguise sur ses molettes tous les couteaux de Mary. En dernier, il sort une paire de ciseaux de ménage. Tout en parlant, il fait claquer ses lames.

« Z'avez un penny ? » demande-t-il.

Mary garde sa petite monnaie dans un bocal sur l'appui de la fenêtre. Je sors une pièce, la pose sur la table. Et, dans la lumière éclatante de la cuisine, Karl prend ses ciseaux et la découpe en spirale.

Alors comme ça, me dis-je, voilà ce qui arrive après le baiser enflammé, quand la musique se déchaîne. Imaginez. Les amants sont prisonniers d'un manoir désert. Les lèvres de l'homme s'abaissent lentement. La femme effleure ses muscles splendides.

« Ça coupe n'importe quoi », assure-t-il en déposant la spirale à côté de ma main. Il en commence une autre. J'observe la tension dans ses doigts, ses sourcils qui sous l'effet du plaisir se froncent lentement. Il pose une autre spirale parfaite à côté de la première. Et puis, comme il a l'air de vouloir continuer, de vouloir découper toute la petite monnaie du bocal, je décide que ça y est, j'ai vu ce que c'est que l'amour.

« Remballez ça et allez-vous-en », lui dis-je.

Mais il se contente de sourire et de se mordre la lèvre, en se concentrant sur la pièce qui déroule sa volute dans ses mains. Il ne bougera pas de là. Je peux rester assise à regarder ce type et ses couteaux, ou appeler la police. Pourtant aucune de ces solutions ne me paraît une fin appropriée.

« Je le prends », dis-je en désignant le couteau le plus petit.

D'un geste, il détache un épluche-légumes de sa niche en velours et le pose entre nous. Je flanque sur la table un dollar en pièces d'un penny tirées du bocal des mises au poker. Karl referme la valise d'un coup sec. Je tripote mon couteau. Il est affûté comme un rasoir, bon pour ôter les yeux des pommes de terre. Mais le temps que j'aie une autre idée, Karl est déjà parti.

Dans les romans que je lis, ils reviennent, évidemment. Karl, c'est pareil. Il y a quelque chose chez moi qu'il a besoin de suivre. Il ne sait pas ce que c'est et je ne peux pas le lui dire non plus, mais il ne se passe pas quinze jours avant qu'il repasse ici en coup de vent, toujours sans avoir revu sa sœur. Un matin, Russell jette un coup d'œil dehors et aperçoit Adare planté là, jambes écartées, dans l'allée pavée qui mène chez nous.

« V'là un abruti », annonce Russell.

Je regarde par la fenêtre, par-dessus son épaule, et j'aperçois Karl.

« J'ai affaire avec lui.

– Alors va ouvrir la porte. Moi, je me tire. »

Il sort avec ses outils par la porte de derrière.

On sonne deux fois. J'ouvre la porte d'entrée et me penche au-dehors.

« Je n'ai besoin de rien », dis-je.

Le sourire déserte son visage. Pendant un instant il est perdu, et puis comme secoué. Je vois qu'il est venu chez moi par hasard. Peut-être qu'il pensait ne jamais me revoir. C'est en voyant sa tête que je décide qu'il s'est fourré le doigt dans l'œil. Je suis là, enveloppée de voiles vaporeux, un marteau à la main. Je vois bien que ça le met mal à l'aise quand je lui propose d'entrer, mais il est tellement vaniteux qu'il ne peut pas reculer. J'avance une chaise, le marteau toujours suspendu au bout de mon bras, et il s'assoit. J'entre dans la cuisine pour lui chercher un verre de la citronnade pour laquelle je pilais de la glace. Je m'attends plus ou moins à ce qu'il s'éclipse, mais quand je reviens il est encore là, la valise modestement posée à ses pieds, un chapeau mou noir et graisseux sur les genoux.

« Bon, alors », dis-je en tirant une chaise à côté de lui.

Il n'a pas de réponse à ça. Pourtant, au fur et à mesure qu'il boit sa citronnade, il regarde autour de lui et paraît lentement retrouver son assurance de représentant de commerce.

« Il tient bon, le couteau à légumes ? » demande-t-il.

J'éclate de rire.

« La lame s'est cassée au ras du manche. Vos couteaux, c'est pour les gogos. »

Il garde son sang-froid, d'une certaine manière, et promène lentement son regard sur la salle de séjour. Quand il a fait le compte de mes bibelots en céramique, de mes livres, de ma machine à écrire, de mes coussins et de mes cendriers, il se tourne vers sa valise en plissant les yeux.

« Vous vivez là toute seule ?

– Avec mon frère.

– Ah. »

Je remplis de nouveau son verre de citronnade. C'est maintenant le moment, pour Karl, de craquer et d'avouer que je suis un détonateur à combustion lente au creux de ses reins. De l'explosif. Que je suis un nom qu'il ne peut faire taire. Un rêve qui ne meurt jamais.

« Ah ben…, fait-il.

– Ce qui veut dire ?

– Rien. »

Nous restons là un bon moment à prendre racine jusqu'à ce que le silence et l'absence de Russell finissent par devenir franchement évidents. Et puis, ayant posé nos verres, nous montons l'escalier. À la porte de ma chambre, je lui prends son chapeau des mains, je le suspends à la poignée et lui fais signe d'entrer. Et cette fois, je ne suis plus une novice. J'ai eu deux semaines pour piger ce qui manque dans les livres. Karl est choqué par ce que j'ai appris. On dirait que son esprit s'obscurcit. Là où avant il y avait des mouvements désordonnés et du silence, maintenant il y a des cris. Là où avant nous étions cachés, maintenant la lumière est crue et aveuglante. Je relève les stores. Ce que nous faisons vaut bien qu'on y regarde à deux fois, même si dans les érables argentés il n'y a que les écureuils. À un moment donné, Karl tombe carrément du lit et toute la maison tremble. Et lorsqu'il se relève il est à bout de forces, il souffre de son dos endolori. Il gît là sans bouger.

« Vous pourriez rester dîner, dis-je finalement, parce qu'il n'a pas l'air prêt à s'en aller.

– D'accord. »

Et puis le voilà qui me regarde différemment, comme s'il n'arrivait pas à se faire de moi une idée générale. Comme si je dépassais ce qu'il est capable de comprendre. Ce qui me met mal à l'aise.

« Je vais préparer une soupe.

– Ne partez pas. »

Sa main est posée sur mon bras, les ongles polis s'agrippent. Je ne peux pas m'empêcher de baisser les yeux et de la comparer aux miennes. J'ai les mains d'une femme qui a tenu trop de couteaux, pleines d'entailles et de rides, endurcies par les épices et la saumure, creusées, auxquelles il manque même le bout d'un doigt et un ongle.

« J'irai si je veux. J'habite ici, non ? »

Et je me lève, en jetant sur mes épaules une robe d'intérieur et un pull. Je descends et mets le repas en route. Un peu plus tard, je l'entends qui descend, je le sens derrière moi sur le pas de la porte, ces yeux noirs dans une peau aussi blanche que du veau.

« Prenez donc une chaise », dis-je.

Il se laisse tomber dessus et avale d'un trait le whisky à l'eau que je lui donne. Quand je suis aux fourneaux, ce qui va dans ma soupe c'est ce que j'ai sous la main. Attendez-vous à l'inattendu, dit toujours Russell. Des haricots beurre et de l'orge. Un bol de riz sauté. Des queues de bœuf congelées. Tout ça finit dans ma marmite.

« Bon sang de bois, dit Russell en passant la porte. Vous êtes encore là, vous ? »

Il ne fait jamais aucun doute que Russell est mon frère. Nous avons les mêmes yeux en amande et la même grande bouche, le même visage long et les mêmes dents blanches et brillantes. Nous pourrions être jumeaux, à part ses cicatrices et le fait que je suis une autre version de lui mais au teint plus clair.

« Adare, dit le représentant de commerce en tendant sa main parfaite. Karl Adare. Représentant multicarte.

– C'est quoi, ça ? »

Russell ignore la main tendue et fouille sous l'évier pour y trouver une bière. Il la fabrique lui-même d'après une recette qu'il a apprise à l'armée. Dès qu'il ouvre ce placard je me tiens à l'écart, parce qu'il arrive que la mixture explose au contact de l'air. Notre cave aussi est bourrée de bière. En plein été, quand les nuits sont chaudes et sans un souffle d'air, il nous arrive d'entendre les bouteilles se fracasser sur le sol en terre battue.

« Alors, dit Russell, c'est vous qui avez vendu à Celestine ce couteau minable.

– Exact, répond Karl, qui avale une gorgée en vitesse.

– Vous en fourguez beaucoup ?

– Non.

– Pas étonnant. »

Karl me regarde, cherche à évaluer ce que j'ai raconté. Mais comme en ce qui me concerne il ne pige rien à rien, il fait chou blanc. Il n'y a rien à déchiffrer sur ma figure. Je verse des louches de soupe dans son assiette et m'assois de l'autre côté de la table. Je dis à Russell :

« Il en a une pleine valise.

– Voyons un peu. »

Ça plaît toujours à Russell de regarder des outils. Alors la valise réapparaît et se déploie en présentoir. Pendant que nous mangeons, Russell poursuit un examen minutieux de chaque détail que peut receler un couteau. Il les essaie sur des bouts de papier, sur son pantalon et sur ses doigts. Et pendant tout ce temps, dès que Karl réussit à croiser mon regard, il me fait des yeux tristes et implorants, comme si c'était moi qui imposais cette séance avec les couteaux. Comme si la pomme entre les doigts de Russell était son cœur que l'on pelait. C'est désagréable. Dans la presse sentimentale, quand la passion exerce son emprise, les hommes ne tombent pas par terre, ne roulent pas sur le sol et ne restent pas étendus là comme morts. C'est pourtant ce que fait Karl. Le soir même, d'ailleurs, un peu après le dîner, quand je lui dis qu'il faut qu'il parte, il s'écroule d'un coup comme une statue renversée.

« Ben quoi ? »

Je bondis sur mes pieds, agrippée au bras de Russell. Nous sommes encore à la cuisine. Comme il a bu plusieurs bouteilles dans la douceur du crépuscule, mon frère n'a pas les idées claires. Karl a bu encore davantage. Nous regardons par terre. Il est affalé sous la table, là où il est tombé, ivre mort, si pâle et immobile que j'applique un miroir contre ses fines moustaches et ne suis pas satisfaite tant que sa respiration n'y laisse pas un petit nuage argenté.

Le lendemain matin, le matin suivant, et encore celui d'après, Karl est à la maison. Il prétend d'abord qu'il est tombé malade, et la première nuit il se glisse tout contre moi pour échapper aux frissons mortels. Pareil la nuit suivante, et encore la nuit d'après, jusqu'à ce que les choses commencent à devenir trop prévisibles à mon goût.

Rester assis à table en caleçon et en maillot de corps, c'est ce que Karl se met à faire dès qu'il se sent chez lui. Il ne se rend jamais utile. Il ne vend jamais un seul couteau. Chaque jour quand je pars travailler, la dernière chose que je vois c'est Karl qui tue le temps et parle tout seul comme les feuilles dans les arbres. Chaque soir quand je rentre, il est là, à prendre de la place comme un meuble de plus. Sauf qu'à cette heure-là, il s'est habillé. Dès que je passe la porte il se lève tel un somnambule et s'avance pour me prendre dans ses bras et m'emmener au premier.

« Je n'aime pas trop ce qui se passe ici, dit Russell, après deux semaines où il est resté en marge de cette liaison. Je prends le large jusqu'à ce que tu te lasses de l'abruti. »

Et Russell s'en va. Dès que ça chauffe à la maison, il s'installe sur la réserve, chez Eli, son demi-frère, dans une vieille baraque tapissée de calendriers pleins de femmes nues. Ils pêchent le crapet calicot, ou piègent le rat musqué, et passent leurs samedis soir à moitié soûls à feuilleter les longues années placardées sur le mur. Je n'aime pas trop qu'il monte là-haut, mais je ne suis pas prête à dire adieu à Karl.

La routine s'installe avec Karl et je ne lève pas le nez pendant deux mois. Mary me dit que ce que je fais avec son frère ne concerne que moi, mais je la surprends qui m'observe, de son regard d'un jaune acide. Je ne lui en veux pas. Karl n'est allé chez elle qu'une seule fois pour dîner. C'était censé être leurs grandes retrouvailles, mais c'est tombé à plat. Ils se sont fait des reproches. Ils se sont disputés. Mary l'a frappé avec une boîte de conserve. Elle la lui a lancée dans le dos et y a laissé un œuf d'oie, du moins c'est que prétend Karl. Mary ne me raconte pas sa version, mais après ce soir-là, au boulot les choses changent. Elle ne me parle pas directement, elle me fait transmettre ses messages par d'autres. J'apprends même, par un des gars, qu'elle prétend que je me suis montée contre elle.

Pendant ce temps-là, l'amour m'use à petit feu. Mary ou pas Mary, j'en ai assez de rentrer à la maison pour trouver la bruyante respiration de Karl, et même ses caresses commencent à m'oppresser.

« On devrait peut-être arrêter les frais tant qu'on est encore amoureux », lui dis-je un matin.

Il me regarde, c'est tout.

« Tu veux que je te fasse ma demande ?

– Non.

– Mais si », dit-il en se faufilant autour de la table.

Je quitte la maison. Le lendemain matin, quand je lui répète de s'en aller, il me parle mariage. Mais cette fois, j'ai une menace toute prête.

« Je téléphone à l'asile, dis-je. Tu délires. »

Il se penche en avant et fait tourner son doigt autour de son oreille.

« Vas-y, fais-moi interner. Je suis fou amoureux. »

Quelque chose, dans toute cette histoire, m'a permis de comprendre que Karl a lu autant de bouquins que moi et que ses fantasmes s'arrêtent toujours avant que la femme ne rentre du boulot, épuisée d'avoir débité des quartiers de bœuf à la scie électrique.

« Ce n'est pas seulement toi, lui dis-je. Je ne veux pas me marier. Avec toi ici, je ne dors pas. Je suis tout le temps fatiguée. Toute la journée je rends la monnaie de travers et je ne rêve plus. Je suis quelqu'un qui aime rêver. Maintenant je suis obligée de te voir tous les matins quand je me réveille, et j'oublie si j'ai rêvé, ou même si j'ai pu dormir un peu, parce que aussitôt tu es sur moi avec ton souffle brûlant. »

Il se lève et projette sa poitrine, violemment, contre la mienne, passe ses mains dans mon dos et pose sa bouche sur la mienne. Je n'ai pas le moindre truc à ma portée pour me défendre. Je le pousse brutalement sur la chaise et m'assois, avec fougue, sur ses genoux. Mais pendant tout ce temps, je sais que je vis les derniers moments de Karl.

Et je pense : C'est moi qu'on pourrait tout autant embarquer dans un drap mouillé.

« Je suis comme une sorte d'animal, dis-je, quand c'est fini.

– Quelle sorte ? » demande-t-il, paresseusement.

Nous sommes couchés par terre dans la cuisine.

« Une imbécile de grosse génisse. »

Mais il ne m'entend pas. Je me relève. Je défroisse mes vêtements, pars en voiture au magasin. Et toute la journée, pendant que je sers les clients, que j'entretiens le feu dans le fumoir, que je passe les commandes aux fournisseurs, tranche le fromage de tête et déplace les pions sur le plateau de cribbage, je prends la ferme résolution de régler le problème.

« Je rentre à la maison, dis-je à Mary quand le travail est terminé, et je me débarrasse de lui. »

Nous sommes seules, dans l'entrée de derrière ; tous les gars sont partis. Je sais qu'elle va dire quelque chose de bizarre.

« J'ai eu une prémonition, annonce-t-elle. Si tu fais ça, il va se suicider. »

Je regarde la chaudière, dans le coin, pas Mary, et je pense que sa voix sonne faux.

« Mais non, il ne va pas se suicider. Ce n'est pas son genre. Et toi (je suis furieuse, à présent) tu ne sais pas ce que tu veux. Tu es en même temps jalouse de Karl et de moi, et tu ne veux pas qu'on se sépare. Ce n'est pas clair dans ta tête. »

Elle retire son tablier et le suspend à un crochet. Si elle n'était pas si orgueilleuse, si douée pour s'endurcir le cœur, elle aurait pu raconter le mauvais moment qu'elle a passé, toute seule comme ça. Elle aurait pu dire que toute cette histoire la blesse parce que autrefois elle a fait des avances à Russell, et qu'il a résisté.

Mais elle se détourne et serre les dents.

« Appelle-moi quand ce sera fini, lance-t-elle, et on ira en voiture au Brunch Bar. »

C'est un petit restaurant où nous aimons bien aller les soirs où nous avons beaucoup de boulot et pas le temps de cuisiner. Je sais ce qu'il lui en a coûté de me le proposer, et je suis désolée.

« Donne-moi une heure, et je te téléphone. »

Comme d'habitude, quand j'arrive à la maison Karl est assis à la table de la cuisine. La première chose que je fais, c'est d'aller chercher sa valise d'échantillons sur le canapé, là où il la laisse, à portée de main pour quand les clients arriveront en masse. Je l'apporte à la cuisine, la pose par terre, et d'un coup de pied je la fais glisser sur le lino. Le cuir crisse mais au creux du velours les couteaux ne font aucun bruit.

« Qu'est-ce que tu crois que j'essaie de te dire ? »

Il est assis devant la vaisselle sale de la journée, des cendriers à moitié pleins et des miettes de pain. Il a mis son pantalon de costume, le gilet rouge foncé et une chemise de Russell. Si j'ai encore quelques doutes, la chemise les dissipe.

« Va-t'en », dis-je.

Mais il hausse les épaules et sourit, c'est tout.

« Je ne peux pas m'en aller maintenant. C'est l'heure de notre petite séance. »

Je m'approche, pas assez près pour qu'il puisse m'attraper, simplement là où il n'y a pas de risque qu'il échappe à mon regard. Il se penche en avant. Il craque une allumette sur sa semelle et se met à souffler dans l'air une fumée âpre. Mon esprit tremble sous l'effet de la tension, mais mon expression reste ferme. Ce n'est qu'une fois qu'il a fumé sa Lucky jusqu'au bout et qu'il parle, que je faiblis.

« Ne me plaque pas. Je suis le père », dit-il.

Je garde les yeux braqués sur son front, sans avoir vraiment entendu ni compris ce qu'il vient de raconter. Il éclate de rire. Il lève les mains en l'air comme un employé de banque victime d'un hold-up, et puis je le jauge d'un seul coup d'œil, je l'observe comme s'il était un inconnu. Il est plus gâté par la nature que moi, avec ses yeux noirs, ses lèvres carmin et son teint clair d'acteur de cinéma. Ça ne se voit pas qu'il picole, et pas non plus qu'il fume. Ses dents sont toujours blanches et nacrées, alors que ses doigts sont tachés d'orange couleur caoutchouc par les volutes de fumée.

« Je laisse tomber ! Tu es la femme la plus bête que j'aie jamais rencontrée. » Il baisse les bras, allume une autre cigarette à la première. « Tu es là, en cloque, lance-t-il soudain, et tu ne le sais même pas. »

Je suppose que j'ai l'air idiot, en comprenant sur le coup qu'il dit vrai.

« Tu vas avoir mon bébé, poursuit-il d'une voix plus calme avant que je n'arrive à me ressaisir.

– T'en sais rien. »

J'attrape sa valise et la balance derrière lui à travers la porte-moustiquaire. Elle passe droit à travers le treillis métallique pourri et atterrit avec un bruit sourd sur la galerie. Il reste silencieux un long moment, laissant mon geste faire son chemin.

« Tu ne m'aimes pas », dit-il.

Et je réponds :

« Je ne t'aime pas.

– Et mon bébé, alors ?

– Il n'y en a pas, de bébé. »

Et maintenant Karl se met en branle. Il s'éloigne de moi et recule vers la porte, mais il ne peut pas la passer.

« Allez, en route, dis-je.

– Attends. »

Sa voix est désespérée.

« Quoi encore ?

– Un souvenir. Je n'ai rien pour me souvenir de toi. »

S'il pleure, je sais que je vais m'effondrer, alors j'attrape l'objet le plus proche, un livre qui traîne là sur le frigo. Je l'ai gagné je ne sais où et ne l'ai jamais ouvert. Je le lui tends.

« Tiens. »

Il prend le livre, et puis il n'y a plus d'autre excuse. Il descend les marches tout doucement et finit par traverser la pelouse à petits pas, par s'engager sur la route. Je reste sur le seuil un bon moment, à le regarder, avant qu'il ne rapetisse au loin et disparaisse. Et puis, quand je suis sûre qu'il a parcouru tout le chemin jusqu'à Argus, sauté dans un car, peut-être, ou fait du stop vers le sud sur la Highway 30, je pose la tête sur la table et laisse aller mes pensées.

La première chose que je fais quand je me sens mieux, c'est composer le numéro de Mary.

« Je me suis débarrassée de lui, dis-je au téléphone.

– Donne-moi dix minutes. Je passe te chercher.

– Une petite seconde. Il me faut des congés.

– Pour quoi faire ?

– Je me suis fait mettre en cloque. »

Elle ne dit rien. J'écoute le silence au bout du fil avant d'entendre Mary qui détache le combiné de son oreille, et raccroche.

Dans les romans à l'eau de rose il n'y a jamais de bébé qui ressort de tout ça, alors une fois de plus je ne suis pas préparée. Je ne m'attends pas à la faiblesse de mes jambes, ni aux chevilles qui enflent. Les histoires de passion amoureuse ne racontent jamais comment je me retrouve au lit sans pouvoir dormir, seule dans la chaleur d'une nuit d'août, paniquée. Je sais que l'enfant me sent penser. Il se tourne et se retourne, avec tant de rage que je sais qu'il doit être entortillé dans son cordon. J'ai peur qu'il ne lui soit arrivé quelque chose. La tête déraille, comme chez son père. Ou bien il ressemblera au mouton malade que j'ai dû assommer à coups de gourdin. Un million de choses probables et atroces vont arriver. Et puis, alors que je suis couchée dans le noir à me faire du mouron, des bouteilles se mettent à péter sous la maison. La mixture de Russell explose, et toute la nuit, avec ce bébé qui s'agite, je n'arrête pas de rêver et de me réveiller au son du verre qui passe en volant à travers la terre.

La nuit de Mary

Après avoir raccroché le téléphone au nez de Celestine, Mary prit le pied-de-biche posé sur le réfrigérateur, là où Pete le mettait lui aussi, et retourna dans son débarras ouvrir la caisse venue de Floride qu'on lui avait livrée le mois précédent.

La boîte était restée si longtemps au même endroit que des mèches de perceuse, des pinces à linge et des ampoules grillées s'étaient amassées dessus. Mary emporta le fourbi sur un rebord de fenêtre et se mit à arracher les clous des planches en sapin raboteuses. Dehors le crépuscule commençait tout juste à descendre, mais elle avait suffisamment de lumière pour y voir et ne s'arrêta pas avant d'avoir retiré deux côtés de la boîte en bois. Elle contenait un meuble à tiroirs. Mary alluma les lampes, qui flamboyèrent.

Le meuble était petit, élégant, taillé dans un bois teinté de couleur foncée, il avait des pieds en fer forgé ouvragé et des poignées de tiroir. Chacun de ces tiroirs était agrémenté d'un motif ondulant en bois couleur d'ambre. Des charnières retenaient le dessus. Mary l'ouvrit, ôta l'emballage et sortit la machine à coudre. Puis elle recula et la contempla. Elle ressemblait à un petit dragon métallique noir doté d'un seul croc, affairé et meurtrier. Après un moment, elle reposa la machine et laissa le couvercle retomber dessus. Puis elle éteignit la lumière, retourna à la cuisine et décrocha le téléphone.

Ce fut le numéro de Sita qu'elle composa, une ligne interurbaine parce que Sita venait de vendre le restaurant et d'emménager à Blue Mound avec son scientifique de mari.

« Qu'est-ce que tu veux ? demanda Sita lorsqu'elle entendit la voix de Mary.

– Rien de toi. En revanche, j'ai quelque chose qui t'appartient. »

Sita se taisait, s'efforçant de réfléchir à ce que cela pouvait bien être. Elle dut finir par poser la question.

« Une machine à coudre, dit Mary.

– J'en ai déjà une.

– Je sais. Ta tante t'en envoie une autre. »

Sita eut besoin de réfléchir un instant, puis elle se souvint d'Adelaide et se rappela combien elle avait aimé coudre. Elle repensa aux cols en fourrure, aux nœuds retournés, aux retouches à la mode sur des robes un peu vieillottes.

« Je vais envoyer Louis pour la prendre, dit-elle.

– Elle est dans l'arrière-boutique », précisa Mary.

Puis elle raccrocha et rangea le pied-de-biche sur le réfrigérateur. Elle se tint dans la clarté et le bourdonnement léger de l'anneau au néon.

Rien ne lui parvenait du calme extérieur sinon le cliquetis lointain et agité que produisait la chaîne du chien, et la senteur acide des tiges de tomates qu'il avait cassées en déterrant des os le long du mur. À cette heure tardive, d'habitude Mary faisait rentrer les chiens et s'endormait sur un livre. Mais ce soir-là regorgeait de signification. Ce soir-là était plein de signes cachés.

Elle songea à son jeu de tarot, qu'elle gardait sous son matelas pour absorber les vibrations de son rêve, selon les recommandations gitanes. Elle avait un ouija. Une cliente lui avait montré comment casser un œuf dans un bocal plein d'eau et lire le jaune. Mais aucune de ces méthodes n'arrivait de près ou de loin à reproduire la splendeur du jour où elle s'était écrasé le visage sur la glace et avait vu son frère comme dans un miroir magique. Debout sur son linoléum propre, réfléchissant à l'avenir, elle priait pour qu'un signe survienne.

Un bœuf gémit dans les enclos à bestiaux. Une légère brise fit s'élever un bruissement dans les broussailles de roses compactes et dépenaillées de la cour. Des papillons de nuit se cognaient à la porte-moustiquaire.

Mary éteignit la lumière et sortit. Elle se mit à marcher. Au-delà de ses clôtures, les jardins à l'arrière étaient un labyrinthe d'enclos, de remises, de vieux wagons de marchandises et de poulaillers pleins de matériel rouillé. Dans sa vie, oncle Pete avait mis la main sur un tas de trucs. Une grande baignoire en fer, servant à échauder les cochons, traînait dans les mauvaises herbes, recueillait une eau de pluie ferrugineuse, donnait naissance à des moucherons. Au-delà du bric-à-brac, il y avait le brise-vent de Fritzie, un mélange de mûriers, de conifères, de pruniers sauvages et de cèdres. Autour des arbres, l'herbe, en strates, était fraîche, intensément verte. Mary resta là à humer le parfum des aiguilles de sapin et des feuilles, et elle pensa à Karl.

De nouveau, elle le vit porter la branche, ses fleurs blanches et son parfum invisible, à son visage, il y avait si longtemps. Elle le vit fermer les yeux, saisi d'une délicate convoitise. Il entrouvrit les lèvres. Et puis elle vit aussi Celestine, sa bouche creuse, ses bras écartés et tenaces, son corps plus solide que l'arbre qu'avait enlacé Karl avant de disparaître.

La lumière de la cour jetait une vague lueur dans son dos. Les conifères semblaient d'une noirceur impénétrable, et même effrayante. Mary songea aux vagabonds, aux hiboux, aux mouffettes et aux souris enragées que le brise-vent abritait peut-être. Elle s'avança pourtant dans l'herbe haute. Avec ce premier pas, elle sentit la pesanteur s'accumuler dans ses jambes. Au suivant, ses yeux avaient hâte de se fermer. Elle plongea tout de même en avant, parmi les branches entrecroisées.

La terre était humide, fraîche, et Mary s'enfonça dans l'herbe. Elle eut l'impression, dans sa transe, que beaucoup de temps passait. Les prunes étaient vertes et dures lorsqu'elle s'était allongée, les graines des mûres invisibles, l'herbe verte et souple. Puis la lune monta dans le ciel, les étoiles tournoyèrent en motifs pailletés, des oiseaux s'envolèrent. La saison déclina et le bébé de Celestine devint aussi grand que le jour.

C'était une fille, bien plus grande que le petit frère perdu de Mary, mais tout aussi vigoureuse, et qui avait une tête de boucles acajou et flamboyantes.

Elle regarda Mary, ses yeux, du gris-bleu de ceux des nouveau-nés, perdus dans le vague mais déjà pleins de détermination, et animés d'une intensité obstinée que Mary reconnut comme étant la sienne. Puis l'obscurité s'épaissit et la nuit devint d'une douceur exquise. Couchée dans l'herbe, Mary entendit les prunes sauvages mûrir. Elles s'arrondissaient au bout de leurs queues minces et tombaient, arrachées par le vent. Dans son sommeil, elle les entendait choir dans l'herbe haute et cassante et s'amonceler tout autour d'elle en un somptueux gâchis.

CHAPITRE 8

Sita Kozka, 1953

Quelques semaines seulement après le désastre de l'intoxication alimentaire dans mon restaurant, j'épousai discrètement Louis, qui démissionna de son poste d'inspecteur de l'action sanitaire pour occuper un emploi du comté grâce auquel nous resterions l'un près de l'autre pour toujours. Il vendit sa maison de Bismarck et emporta tout son matériel scientifique à Blue Mound, où nous vivions dans la grande demeure à un étage, avec ses ornements coloniaux et ses volets, que Jimmy avait bâtie comme une sorte de modèle du genre. Et là, alors qu'il n'y avait que deux mois que nous étions mariés, c'était comme si nous avions passé toute notre vie ensemble. Peut-être parce qu'il devait prendre soin de moi. Entre l'effervescence causée par le déménagement et un commerce en faillite, mes nerfs étaient réduits à rien par la pression. Heureusement il y a un immense jardin derrière notre maison, et tout en me remettant de mes ennuis nerveux je m'occupais en cultivant des arbustes d'ornement, des azalées et des plantes grimpantes.

À cause du divorce, j'avais cessé de fréquenter l'église. Louis s'efforça d'abord de me convaincre qu'il n'y avait rien de plus facile, mais je n'étais pas tout à fait heureuse de la quitter. Pendant de longues années Sainte-Catherine avait beaucoup compté dans ma vie, et la religion gardait une forte emprise sur moi. Entre autres, l'idée de ne dépendre que de Louis et de moi-même pour obtenir réponses et soutien moral était nouvelle. Je n'était pas sûre de la trouver à mon goût. Mais j'essayais d'être forte, ouverte à l'imprévu, et c'est peut-être pour cette raison que je ne fus pas désarçonnée le matin où je trouvai mon cousin endormi, trempé jusqu'aux os, dans ma clématite palissée. Je ne le reconnus pas à l'instant même où je le découvris. Je ne l'avais pas vu depuis vingt-cinq ans. Il avait un bras passé autour d'une grosse valise et tenait un petit livre à la main.

Il ouvrit les yeux.

« Hé, salut Sita », fit-il, toujours couché par terre. Il était entré dans mon jardin en roulant sous la clôture. « Je suppose que tu ne me reconnais pas, poursuivit-il en se mettant debout avec peine puis en s'extrayant délicatement des feuilles, je suis ton cousin Karl. »

Vagabond et représentant de commerce, voilà ce qu'il était devenu, avais-je entendu dire. Il paraissait bien amoché par les hasards de l'existence. Il était effrangé au col et aux poignets. Ne portait pas de chapeau. Son visage avait une beauté excessivement aimable, perturbante, mais ses lèvres étaient trop rouges, comme s'il avait la gueule de bois. Il avait les yeux tombants, à demi fermés, bouffis, et las. Ses cheveux noirs et brillantinés pendaient en mèches molles autour de ses oreilles.

Il avait l'air suspect, et même dangereux, dans ses vêtements miteux. Pourtant j'étais curieuse. Je savais que s'il m'attaquait je n'avais qu'une chose à faire, hurler. Louis était dans le garage, à quelques pas, en train de nourrir ses spécimens entomologiques. Je serrais mon déplantoir dans mon poing comme une arme pendant que Karl parlait, en me disant que s'il se précipitait sur moi, je lui fendrais le crâne. Mes gants de toile blanche dissimuleraient les empreintes digitales. Louis et moi pourrions l'enterrer avec l'arme du crime sous les dahlias. Ces dernières semaines, j'avais dévoré des caisses de romans policiers pour me calmer les nerfs.

« Karl Adare, répéta-t-il, je suis ton cousin, tu te rappelles ? J'étais en route pour une réunion commerciale. Je suis arrivé tôt et je ne voulais pas te réveiller. »

Je supposais que c'était flatteur d'avoir la visite d'un cousin perdu de vue depuis longtemps, même s'il entrait chez moi en rampant à travers une plate-bande. Voilà qui aurait fait du bruit à Blue Mound, tout de suite après les histoires de mon divorce et de mon remariage précipité. Avec mes nerfs fragiles, et le restaurant, pour couronner le tout, j'avais apparemment alimenté en commérages Blue Mound et Argus pendant tout un mois. Cette pensée me donna la migraine. Je posai mon déplantoir.

« Quelle joie de te voir, après tout ce temps, m'écriai-je en me souvenant d'être polie. Tu restes déjeuner avec nous, j'espère ? »

Il acquiesça, soulagé, et jeta un coup d'œil au jardin.

« Pas mal », fit-il.

À la façon dont sa voix s'étrangla, je compris qu'il était envieux de mes parterres de fleurs exubérantes, du patio dallé, de la maison que j'avais entendu qualifier de manoir par certains, la plus grande maison de Blue Mound. Louis avait hérité de bonnes terres agricoles, qu'il louait. Même s'il avait fermé le restaurant, nous avions de quoi entretenir les lieux.

« Parle-moi un peu de toi », demandai-je en désignant sa valise et le petit volume épais qu'il avait dans les mains. Le livre me paraissait familier, noir orné de losanges rougeâtres sur la couverture, et quand il l'eut ouvert en détachant le papier collé dedans, je sus pourquoi. C'était une bible, une édition bon marché relativement courante du Nouveau Testament.

« Il y a de la place pour noter les événements familiaux, signala-t-il en regardant l'intérieur de la couverture. Naissances, décès, mariages. »

Il semblait parler tout seul, je m'abstins donc de commentaire. Je ne tenais pas à ce qu'il cherche à me vendre cet ouvrage.

« Asseyons-nous », proposai-je.

Il parut pourtant avoir lu dans mes pensées, car il ne referma pas le livre d'un coup sec, pas plus qu'il ne me suivit, mais continua à regarder d'un air morose les pages de garde.

Il prépare son boniment, songeai-je, et je le pris par le bras.

« Tu dois être fatigué, dis-je, d'être si souvent sur les routes.

– Oui, reconnut-il en me considérant avec insistance et gratitude. Je suis absolument ravi de te voir, Sita, ça fait si longtemps.

– Trop longtemps », dis-je d'une voix chaleureuse, alors qu'à la vérité il ne m'avait jamais manqué, que je n'avais pratiquement jamais pensé à lui pendant toutes ces années, et que je commençais à soupçonner, vaguement, sans qu'il y ait vraiment quelque chose sur quoi je puisse mettre le doigt, qu'il était passé me voir dans l'espoir d'une vente facile.

À ce moment précis, Louis sortit dans le jardin. Il scrutait toujours les gens avec beaucoup d'attention, mais semblait ne jamais se souvenir de rien une fois qu'ils étaient partis. À présent, il jetait à Karl un regard pénétrant. Ce dernier lui sourit, d'un air hésitant.

« Je suis le cousin de Sita, lui cria-t-il. Ça fait un bail ! »

Mais Louis fit semblant de ne pas le voir et s'approcha du tas de compost pour ramasser quelques spécimens supplémentaires.

« Qu'est-ce qu'il fabrique ? demanda Karl.

– Il cherche des vers.

– Pour quoi faire ?

– Pour voir comment ils décomposent la matière organique. »

Louis me tenait au courant de toutes ses réflexions. Pour son nouveau poste d'agent de vulgarisation, il rassemblait maintenant des informations sur les insectes nuisibles de la région et les auxiliaires locaux. Les vers de terre étaient des auxiliaires et Louis menait des expériences sur leur habitat. Que mettre dans le sol pour s'attirer leur concours.

« Ils fabriquent l'humus », signalai-je à Karl d'une voix sévère, car son attention s'était égarée. Il s'intéressait de nouveau aux détails de notre domicile, à mon mobilier de jardin blanc en fonte, aux arbustes taillés et fleuris. Il ne tarda pas à m'inclure dans son recensement et me lança un regard lourd, effronté. J'avais déjà été plus mince, mais d'après Louis le bonheur me seyait davantage et je savais que j'avais un joli teint.

« J'ai beaucoup changé ? » demandai-je, et puis, gênée par la note de fausse modestie dans ma voix, je répondis moi-même à ma question. « Évidemment que j'ai changé. Qui ne changerait pas ?

– Toujours aussi belle », dit Karl.

Je me détournai. Louis me faisait rarement des compliments. Mais voilà, il était souvent plongé dans ses réflexions abstraites. Ce que me disait Karl comptait plus que cela n'aurait dû, il me fut donc impossible de retenir ma langue.

« Des cheveux gris, quelques rides par-ci par-là. Les années laissent des traces.

– Oh non, protesta Karl, tu es plus jolie maintenant. La maturité te va bien.

– Vraiment ? »

Je réagissais aussi bêtement qu'un paon.

« Oui. »

Un long moment de silence s'installa entre nous, presque intime, et puis d'autres mots jaillirent de ma bouche.

« Toute chair est comme l'herbe », fis-je en croyant à peine à ma propre voix ; d'ailleurs, en raison de cette étrangeté, l'expression parut tout à fait nouvelle à mes oreilles.

Nous étions là, debout, gênés, à regarder fixement la pelouse, et je remarquai que le jardin tout entier était envahi du même genre d'herbe qui pousse dans les cimetières – une herbe fine, coupée ras, d'un vert brillant.

« Je vais à la cuisine chercher le déjeuner », annonçai-je, pour interrompre mon bavardage.

Je laissai mon cousin occupé à observer Louis qui sortait des vers du paillis, et j'entrai dans la maison pour nous préparer une assiette de sandwiches. Au jambon en salade. J'ai un hachoir qui se fixe à mon évier. Je mélangeais le jambon haché à des câpres et de la mayonnaise au moment où Karl s'approcha de la porte-moustiquaire et y frappa doucement.

« Je peux utiliser tes toilettes ?

– Bien sûr. »

Je le fis entrer. Il laissa sa valise à côté de la porte et au passage posa son livre sur le plan de travail. Avec tant de naturel que je me dis qu'il l'avait fait exprès, pour éveiller mon intérêt. Alors, pendant que Karl était à l'étage, je pris le volume en main. J'observai les losanges d'un rouge terne de la couverture. En plus d'être un Nouveau Testament, ce livre continuait à me rappeler quelque chose. Il me fallut quelques instants de concentration pour retrouver où je l'avais vu. Et puis je le sus. Un an plus tôt, à la tombola du patronage de Sainte-Catherine, nous avions fait cadeau d'un Nouveau Testament comme celui-ci, et Celestine James l'avait gagné.

« Il s'agit peut-être d'une coïncidence, dis-je à Karl quand il redescendit, mais une de mes anciennes amies avait exactement le même. »

Il prit le livre, le soupesa et me le fourra dans les mains.

« Tu peux le garder. Remplis-le. »

Puis il souleva péniblement sa valise et alla s'asseoir en compagnie de Louis sur les chaises de jardin. Je fus un peu intriguée par ses paroles, jusqu'à ce que je me souvienne de l'espace réservé aux événements familiaux. J'ouvris le livre.

« Patronage de Sainte-Catherine » était tamponné à l'intérieur de la couverture, puis la date. 4 mai 1952, et le nom Celestine James.

« Ah ah ! » fis-je, tout à fait comme un inspecteur de police dans une mauvaise pièce de théâtre. Puis, obscurément honteuse de ma découverte, je rabattis la couverture d'un coup sec et continuai à mélanger mes ingrédients dans le saladier en opaline. J'avais perdu le contact avec Celestine James, et je ne savais pas trop quoi faire de cette bible, de toute façon. Il y avait des années qu'elle et moi n'avions pas été en lien. J'étalai mon mélange sur des tranches de pain de mie, découpai les sandwiches en triangles et ressortis. Karl avait de toute évidence prévenu mon mari de l'arrivée du déjeuner, car Louis s'était lavé au tuyau d'arrosage et à présent les deux hommes étaient juchés sur les petites chaises en fer forgé. La table ne leur montait pas plus haut que les genoux. C'était comique à voir. Mais j'avais appris à ne pas rire de tout ce qui semblait absurde. Le rire avait été un symptôme de mon affaiblissement nerveux.

« N'est-ce pas délicieux, dis-je, le soleil est si doux. »

Je posai le plateau, avec tout dessus sauf la carafe et les verres, que je retournai chercher. Quand je ressortis, je vis qu'ils avaient commencé à manger, ce qui m'irrita.

« Ce que vous êtes mal élevés, vous deux ! m'écriai-je.

– Tu as raison », dit Louis, qui posa son sandwich et me passa l'assiette. Mon cousin, en revanche, continua à se nourrir. Je le regardai prendre un sandwich et le porter à ses lèvres, puis planter dedans ses dents blanches. Une ! Deux ! Et le sandwich fut happé et avalé. Je dévisageai Karl en me demandant s'il avait fait quelque chose à Celestine, l'avait menacée, qui sait, pour obtenir ce livre. Ou peut-être l'avait-il assommée. Et puis il y avait la valise. Avait-il d'autres affaires à elle cachées là-dedans ?

Louis s'éclaircit la gorge et parla du ton conciliant que je lui connaissais.

« Sita, tu le tiens vraiment à l'œil, notre invité, non ? »

Je piquai du nez dans mon assiette. C'était plus fort que moi. Je murmurai :

« Mon cousin a une façon de manger très menaçante.

– Mais non, assura Louis, qui regarda autour de lui en quête d'un autre sujet de conversation. Les colibris sont attirés par le bignonia de Sita », remarqua-t-il.

Je souris à Karl, mais il mangeait plus vite que jamais. Je supposai qu'il n'avait pas entendu ma remarque à mi-voix.

« Oui, poursuivis-je, ils voltigent au-dessus, le bec plongé dans le… comment déjà…

– L'ovaire.

– … l'ovaire de la fleur. »

Karl engloutit une dernière bouchée et nous fit un vague signe de tête. Je remarquai soudain, alors que cela devait se produire depuis le début, que les pieds métalliques pointus de sa chaise s'enfonçaient dans la pelouse humide. Sous lui le sol était manifestement très mou, peut-être à cause de l'activité de tous les vers de terre, et Karl s'affaissait peu à peu. La table passait à présent largement au-dessus de ses genoux. Pourtant il ne semblait pas le remarquer et me lança un sourire crispé.

Je lui souris à mon tour, mais alors que sans un mot nous mordions dans nos sandwiches, je compris pourquoi Karl était là.

Il avait cambriolé Celestine et c'était maintenant notre tour. Pourquoi se serait-il caché dans la clématite, à nous espionner, à s'informer de nos habitudes, si ce n'était pour nous dépouiller en toute tranquillité ? Et autre chose. Il n'était pas monté à l'étage pour aller aux toilettes, mais pour dévaliser mon coffret à bijoux. Il me semblait même l'avoir vu à l'œuvre de mes propres yeux. Je le vis faire sauter la serrure minuscule, saisir mon épingle à chapeau en argent, mon médaillon en diamant, récupérer mon collier en grenats anciens. Je le vis laisser tomber mes trésors dans sa poche. Mes broches, mes bagues, mon améthyste.

« Je retourne à l'intérieur, les amis », annonçai-je d'un ton léger, et je me levai.

Louis parut pressentir quelque chose. Il regarda l'épaisse dentelle de la table, les sourcils froncés. Mais à présent j'étais convaincue de la culpabilité de Karl et j'entrai dans la maison pour téléphoner.

« Le plus gros colibri, entendis-je Louis déclarer tandis que je m'éloignais, atteint la taille monstrueuse de vingt-deux centimètres. Il vit en Amérique du Sud. »

Je savais que Louis s'employait à amuser mon cousin grâce à je ne sais quelle merveille, et en effet, quand j'eus donné le coup de fil approprié à la situation et que je fus de retour, je vis que Karl était à ce point enchanté qu'il s'était enfoncé bien plus profondément. La table lui montait maintenant à hauteur de poitrine. Il se tenait les bras croisés.

« C'est triste, dis-je en le regardant fixement, de voir que certains sont incapables de ne pas toucher à ce qui appartient à autrui.

– C'est vrai, répondit mon mari d'un ton sérieux, te souviens-tu quand tous les petits ciseaux disparaissaient des trousses de dissection ?

– Louis était enseignant, signalai-je à mon cousin. Professeur dans un lycée.

– Et vous savez où ils allaient, ces ciseaux ? » demanda Louis.

Les yeux de Karl s'arrondirent et il haussa les épaules. Il avait la bouche pleine, il ne pouvait donc pas répondre.

« Des filles les volaient pour se faire une manucure ! » dit mon mari.

Au même instant, le shérif Pausch s'engagea sur les dalles du patio. C'était un petit homme avec une tête de chien aux traits anguleux et une surprenante voix grave qui, telle la voix divine, sortait en grondant de son mégaphone pendant les alertes aux tornades. Avant de devenir shérif, il avait enseigné la botanique, Louis et lui avaient donc beaucoup de choses en commun. Ils étaient membres de la Société mycologique de Blue Mound, qui avait déjà tenu sa première réunion dans notre sous-sol. C'était étrange de l'avoir là pour une affaire officielle, dans son uniforme beige, un papier à la main plutôt que des sachets à pain remplis de champignons séchés.

Les yeux de Karl s'arrondirent encore davantage quand il l'aperçut. Son affolement finit de me convaincre de sa culpabilité. Il tendit la main et dit :

« Je vous en prie, prenez ma chaise.

– Non merci, répondit le shérif d'un ton ferme en lui faisant signe de rester assis. Nous avons reçu une plainte. »

Le visage de Karl, tourné vers le ciel depuis son siège à ras de terre, prit une expression enfantine, une expression affligée.

« Je vais chercher les preuves, marmonnai-je en me levant.

– Reste ici, dit Louis. Qu'est-ce que c'est que toute cette histoire ?

– Votre femme m'a téléphoné, dit le shérif Pausch, l'air étonné, en baissant le ton. Elle a parlé d'un vol. »

Je désignai Karl du doigt et lui lançai un regard glacial.

« Il a volé le Nouveau Testament de Celestine James, déclarai-je, et puis il a fouillé dans mon coffret à bijoux. Il a pris des colliers, des épingles à chapeau, tout ce sur quoi il a pu mettre la main. Les a fourrés dans sa poche. Fouillez-le ! lançai-je aux deux hommes. Voyez vous-mêmes !

– Les mains en l'air ! » ordonna le shérif de sa grosse voix. Il passa derrière mon cousin et le palpa rapidement de la tête aux pieds. « Veuillez m'excuser, dit-il en revenant pour faire face à Karl, devenu blanc comme un linge. Vous pouvez baisser les mains, ajouta-t-il en rougissant jusque dans le col ouvert de sa chemise. Apparemment, c'est une erreur. »

Il y eut un long moment de tension. Je dévisageai attentivement chacun des hommes. Ils me dévisagèrent à leur tour.

« C'est la vérité, finis-je par dire. Attendez, je vais chercher le livre.

– Je crois que c'est une erreur », répéta le shérif Pausch, et tout à coup, à cause de la douceur prudente de sa voix, je compris que j'avais fait quelque chose de très mal. Pis encore, je compris que quelque chose de bien plus grave allait arriver. Je baissai les yeux vers Karl. Les pieds de sa chaise s'étaient encore enfoncés.

« Arrête... ça, ordonnai-je avec lenteur.

– Sita, assieds-toi, je t'en prie », demanda Louis.

Mais j'étais bloquée en position debout par le regard sombre et tendu de Karl. Je n'arrivais pas à détourner les yeux, même s'il me fallait me pencher par-dessus la table pour bien le voir, tant il s'était enfoncé. L'air était parfaitement immobile. Les oiseaux minuscules, aussi légers que des papillons de nuit, voltigeaient dans le bignonia. Une note résonna. Je voulus demander à Louis s'il l'avait entendue lui aussi. Mais au même moment mon cousin se pencha sur le côté et tira sur ses genoux la grosse valise, celle qu'il avait traînée par-dessous la clématite. Il resta assis là, la valise serrée dans ses bras, peut-être avec l'intention de l'ouvrir, peut-être avec l'intention de s'en aller. Au lieu de cela, il se passa quelque chose.

La valise était si lourde, posée sur ses cuisses et ses genoux, que ses pieds commencèrent à s'enfouir dans la terre et que très rapidement la pelouse lui monta jusqu'aux genoux. Je ne dis rien. J'étais paralysée par la peur. Je l'avais trahi, et maintenant je ne pouvais qu'observer l'homme et la chaise qui continuaient à sombrer petit à petit. La valise s'immergea. La pelouse grimpa petit à petit le long de sa chemise rouge sang. L'herbe effleura son menton. Et pourtant il continua à descendre.

Il est trop tard, songeai-je en le regardant, à moins qu'il ne prononce les mots qui apaisent.

« *Mea culpa*, soufflai-je. *Mea maxima culpa.* »

Mais déjà de la terre lui scellait la bouche. Ses oreilles étaient bouchées. Son regard doux et triste était recouvert, et puis il ne resta plus que la bande pâle de son front. La terre s'arrêta un instant avant de l'engloutir, et puis, brusquement, le reste de sa personne disparut. La dernière chose que je vis fut la croix blanche bâclée qui séparait ses cheveux brillantinés. Le sol trembla un peu pour le recouvrir et il n'y eut plus rien là où il s'était trouvé.

Je scrutai l'herbe terne et tranquille pendant un bon moment, puis relevai la tête. Louis et le shérif m'observaient. On aurait cru qu'ils attendaient que je leur explique la signification de toute cette histoire.

« Nous nous réveillons au moment de notre mort. Nous sommes tous jugés », dis-je.

Puis je descendis vers l'arbre où étaient suspendus mes colifichets en argent. Bracelets, bagues et vieilles pièces de ce métal. Je tendis les mains. Les feuilles s'agitèrent au-dessus de moi, brillantes et plus nettes, les bords ternis. Elles tombèrent en monceaux. L'air était une pluie sèche et scintillante. Pendant que j'étais là en bas, je dis un tas de choses. Louis nota tout sur un bloc.

Je décrivis l'arbre en détail. Il portait les feuilles de ma trahison. Les racines s'étendaient en dessous de toute chose. Partout où je marchais, je devais fouler les morts qui gisaient entremêlés, lovés au creux de la terre, attendant la trompette, la voix dans le mégaphone, attendant que s'ouvre le petit livre qui contenait un million de noms.

« Tu n'es pas dans le livre, déclarai-je à Louis. Tu es là-dessous avec tes spécimens. »

La nuit de Russell

Au cours de l'été, Russell se bâtit peu à peu une cabane de pêche, puis, à l'automne, il la traîna à travers deux champs et la laissa sur la berge à l'endroit où la rivière ralentissait et se creusait avant qu'un méandre ne l'écarte d'Argus. Lorsqu'elle gela et se transforma en un biseau de fer noir, il poussa son abri sur la glace, dans laquelle il perça un trou avec sa vrille, et commença à y venir souvent.

En se laissant glisser au pied de la berge pentue, par un après-midi de décembre glacial, il accrocha son épuisette dans un nid de vieux débris de crue et plongea dans une toile d'araignée composée d'épaisses plantes grimpantes mortes qui le retinrent. Il se débattit un bon moment, puis abandonna la partie. La toile était étrangement confortable, un hamac qui épousait à la perfection la forme de son corps, quand il se fut détendu. Il chercha à tâtons la flasque de Four Roses remisée dans la doublure en grosse couverture de sa veste longue en jean, puis avala une gorgée de whisky.

Il souffla dans ses doigts et remit la bouteille dans sa poche. Peu importait le froid, il ne portait plus jamais de gants, préférant que ses mains s'endurcissent maintenant qu'il n'avait plus à compter ni billets ni petite monnaie. Il les lui fallait calleuses pour serrer des boulons, toucher des bouchons de radiateur brûlants, réussir à dévisser des écrous de roue et, le week-end, vider du poisson. Il leva les yeux vers les nuages bas et inclina sa flasque. Il neigerait peut-être. Le vent était assez chaud. Voilà bien ce qui lui plaisait dans le fait de ne pas avoir d'emploi fixe. Il pouvait rester couché là tout l'après-midi si bon lui semblait, et se soûler tranquillement. Mais n'étant pas un grand buveur, au bout d'un moment il se dépêtra et descendit vers sa cabane.

Il mettait un cadenas sur la porte depuis que Celestine avait trouvé son refuge. Des semaines plus tôt, il était entré et avait découvert qu'on avait touché à tout, pas énormément, mais juste assez pour qu'il sache qu'elle était venue. Il était convaincu que c'était elle, même si elle n'avait laissé aucune preuve tangible. Les lieux donnaient une impression décalée de quelque chose de vaguement faussé, puis il comprit que tout avait été rangé, pas davantage. C'était la manie de Celestine, chez eux, lorsqu'elle était agitée. Les boîtes à café de Russell, pleines de matériel de pêche, avaient été soigneusement alignées. Un des sacs de sable dont il se servait pour lester la maison et l'empêcher de s'envoler était rafistolé avec du ruban adhésif toilé, là où du sable s'en était échappé. Il gardait toujours ce ruban adhésif dans sa boîte à pêche. Elle l'y avait remis. Russell remarqua qu'un bidon de gel combustible Sterno avait été percé, utilisé, puis replacé sur son étagère à côté des autres. Son petit réchaud métallique était de nouveau suspendu à son crochet, son bidon d'eau et sa cafetière étaient propres, comme il les laissait toujours. Pourtant, il n'aimait pas que Celestine passe ici. Il savait qu'elle revenait sans cesse parce qu'elle voulait lui parler, mais lui voulait l'éviter encore un peu.

Cette fois, comme le cadenas était sur la porte, il savait qu'elle n'était pas entrée, même si ses empreintes parsemaient la neige.

Il sortit sa clé et fit sauter le cadenas, puis il pénétra dans l'air doux et vert imprégné d'odeur de poisson. Ce jour-là, il semblait faire chaud à l'intérieur, même sans chauffage. La chaleur était emprisonnée dans les parois en papier goudronné. Au centre de la maison, noir au milieu du sol gelé, le trou qu'il avait découpé deux jours plus tôt était toujours ouvert. Il écopa la glace fondue, qu'il jeta à côté de la porte au moyen d'une boîte à café. Puis il amorça un hameçon et un grand leurre pendant, martelé et poli comme une boucle d'oreille de femme en argent. Il déplia le fauteuil de jardin en bandes de nylon tressées qu'il gardait posé contre un mur de la cabane, s'assit et se mit à pêcher. Ses yeux s'étaient maintenant complètement habitués à la pénombre, et la lumière grise tombant de la petite fenêtre, une lucarne qu'il avait récupérée dans un poulailler en ruine, répandait sur les murs en planches un éclat faible, calme et diffus.

Sa jambe, celle qui avait la vieille fracture en spirale et les blessures causées par des éclats d'obus, sa jambe gauche boiteuse, était endolorie par la chute qu'il avait faite en descendant la berge. D'une main il se frictionna lentement la cuisse et garda l'autre sur la canne qu'il avait coincée entre deux bandes de son fauteuil. Il surveilla la ligne, le flotteur rouge et blanc, sans penser à rien. Chaque fois que Celestine lui venait à l'esprit, il l'en délogeait. Il n'était pas rentré à la maison et ne lui avait pas parlé, sauf le jour où il avait constaté l'évidence.

En juillet, Russell avait entendu dire que le petit ami de Celestine était parti, mais il n'avait pas été pressé de quitter la réserve. Puis un soir, tard, il avait trouvé quelqu'un qui l'avait emmené à Argus en voiture et il avait regagné furtivement son lit pendant que Celestine dormait. Il comptait la surprendre en lui préparant le petit-déjeuner, mais elle était déjà réveillée et debout lorsqu'il sortit de sa chambre et passa dans l'étroit couloir.

Il avait marmonné, tête baissée, honteux d'être surpris vêtu d'un caleçon long avachi aux couleurs du drapeau américain. Celestine, pourtant, ne portait rien d'autre que sa combinaison et son profil proéminent se voyait nettement.

Avant de reconnaître son frère, affolée, elle poussa un cri, et puis elle rougit, baissa les yeux et sourit à l'idée de la nouvelle qu'elle avait à lui annoncer.

« Je n'allais pas te le dire comme ça, mais tu es oncle. »

Russell passa devant elle sans un mot et entra dans la salle de bains. Il poussa le loquet à fond. Une fois à l'intérieur, il considéra le linoléum moucheté tirant sur le brun jusqu'à ce qu'il se sente brusquement et curieusement pris de vertige. Pour s'éclaircir les idées, il s'ébroua comme un chien, puis se lava la figure. Celestine frappa à grands coups à la porte.

« Pas la peine d'être comme ça. Je suis mariée, dit-elle.

– Ça, c'est ton problème », répondit-il.

C'étaient les dernières paroles qu'ils avaient échangées.

Quand il eut fini, il descendit et passa rapidement en revue les clayettes du réfrigérateur, en espérant que ni Celestine ni le représentant de commerce n'entreraient dans la cuisine avant qu'il n'ait emballé de quoi déjeuner et filé.

Même quand Mary lui apprit que Karl était parti depuis belle lurette, il ne put se résoudre à revenir. Quelque chose le retenait.

Maintenant la canne faisait des bonds dans sa main, entraînant le flotteur vers le fond. Il attrapa la ligne entre ses doigts, attendit quelques secondes, puis tira doucement dessus pour la ramener, en espérant réussir à accrocher l'hameçon dans la mâchoire du poisson. La ligne lui brûla le pouce. Il y était arrivé. La prise devait être grosse, songea-t-il, un brochet à moitié mort de faim peut-être, avec lequel il devrait ruser pour le ramener à terre. Il joua du moulinet, fatigua peu à peu le poisson jusqu'à ce qu'il finisse par le sortir de l'eau, pas si gros qu'il l'avait imaginé quand il apparut, et tellement exténué qu'il gigota à peine dans l'épuisette. C'était un brochet long et mince, bardé de dents, aux marbrures d'un beau vert sombre, superbe, sauvagement froid, et trop jeune. Après lui avoir délicatement retiré son hameçon de la gueule, puis s'être mouillé les mains pour le relâcher sous la glace, Russell réamorça sa ligne et se rassit dans son fauteuil. La chaleur de son corps et la lumière blafarde avaient réchauffé la maison. Il fléchit ses mains sur ses genoux pour se réchauffer les doigts, et espéra ne pas attraper deux fois le même poisson. Assis là à attendre, l'image de Celestine, en combinaison, environnée d'ombre dans l'étroit couloir, pleine et renflée comme la proue d'un bateau, lui vint à l'esprit. Cette fois, il la laissa rester.

Celestine était là lorsqu'il sentit la première contraction dans sa poitrine.

Celle-ci se mua bientôt en un lent picotement, un nerf palpitant dans son bras et une sensation de grosse fatigue ailleurs. Il n'y avait pas de douleur. Rien qu'un brusque jaillissement, comme si le whisky s'était dilaté, avait inondé son cerveau. Il regarda autour de lui, étonné. Tout comme le jour où il était arrivé ici, des semaines auparavant, et avait découvert qu'on avait touché à ses affaires, tout paraissait vaguement déformé. On aurait dit que la lumière elle-même avait été dérangée. Elle flottait en pans vacillants. Puis la douleur déferla. Elle s'enroula et se déroula à la façon d'un gros ressort en acier, vers l'extérieur et vers l'intérieur, jusqu'à ce qu'elle finisse soudain par rapetisser et s'affaisser, qu'elle ne soit plus qu'un bouton noir.

Vers cinq heures, cet après-midi-là, Celestine descendit la berge, tomba exactement au même endroit que Russell, mais ressortit de là aussitôt et récupéra sa lampe torche dans la neige. Une fois sur la glace, elle faillit rebrousser chemin. Le crépuscule approchait et son frère aurait eu besoin de lumière. La cabane était obscure. Mais alors, dans le va-et-vient du rayon de sa lampe, elle aperçut le cadenas ouvert.

Elle s'avança sur la neige tassée de la rivière et poussa la porte. Sa lampe torche repéra la forme avachie de Russell dans le fauteuil de jardin, et elle songea tout d'abord, bêtement, qu'il s'était endormi, la canne à pêche calée entre les mains. Puis elle remarqua que la ligne avait cassé. Elle entra, lui toucha le dos et prononça son nom. Lorsqu'il prit une respiration qui l'ébranla de la tête aux pieds, elle lui passa un bras autour de la poitrine et le hissa hors de son fauteuil, le tira vers les sacs de sable et l'allongea. Au bout d'un moment, il ouvrit les yeux.

« Je vais chercher du secours », murmura-t-elle. Sa voix résonna dans la cabane, et puis autour d'elle tout alla au ralenti comme dans un cauchemar. Des choses tentaient de la retenir alors qu'elle se mettait à courir. La glace. La neige. Les broussailles enchevêtrées. Les champs. Même l'air. Il lui sembla que des heures s'étaient écoulées avant qu'elle ne rejoigne enfin sa voiture.

CHAPITRE 9

Wallace Pfef, 1954

Je ne me suis jamais marié, pourtant j'ai une petite amie que les habitants d'Argus appellent « feue la pauvre chérie de Pfeff ». C'est un long visage gris derrière du verre. Sa photo, dans son cadre en cuivre astiqué, surveille ma salle de séjour d'un œil discret. Mes visiteurs me posent des questions sur ma collection de figurines Hummel en porcelaine, sur les cuillères-souvenirs dans leur râtelier, sur les clochettes en cristal que je collectionne. Mais ils ne demandent rien sur feue ma pauvre chérie, même si, lorsqu'ils examinent mes objets, ils s'arrêtent devant son portrait comme pour lui présenter leurs hommages.

À dire vrai, je ne connais pas la femme de la photo.

Je l'ai achetée il y bien des années, dans une de ces tristes ventes aux enchères des fermes du Minnesota. Elle était là parmi les bocaux à conserve vides, les pelotes à épingles, les beurriers et les vases ébréchés, dans une caisse que j'obtins pour cinq dollars. Qui qu'elle soit, avec sa mâchoire proéminente, sa jeune bouche lasse et ses cheveux soigneusement crantés, elle appartient maintenant à la légende de la ville. Au fil de mon inspiration, j'ai inventé des petits détails à son sujet : elle souffrait d'encéphalite. Fréquente à l'époque, si l'on vivait parmi les chevaux. Elle était tombée en catalepsie et ne s'était jamais réveillée. Ses pieds étaient longs et minces, pour s'accorder à sa mâchoire, et elle était grande.

À cause de feue la pauvre chérie, je n'ai jamais eu à me marier. J'ai servi de cavalier à des femmes et je me suis mis à la disposition de certaines veuves d'Argus, comme une sorte d'agence pour dîners en ville à moi tout seul. Des maris ont même laissé entendre à leur épouse qu'ils étaient jaloux de mes attentions. Mais on a cessé depuis longtemps de croire que je pourrais un jour abandonner la photo de ma salle de séjour.

« Son ascendant sur lui est trop fort. Il ne peut pas l'oublier », disent les gens.

Je vis dans la vallée plate et sans arbres où poussent les betteraves à sucre. C'est rude ici, un climat de violents extrêmes. J'aime bien les tempêtes, pourtant, et tous les styles de mauvais temps. Car j'ai alors un prétexte pour rester au lit à lire des romans policiers ou des romans d'espionnage, m'assoupissant de temps à autre et écoutant le vent, une grande main qui gifle ma maison. *Flic ! Flac !* Les poutres et les clous qu'on ne voit pas grincent et vibrent. Je n'ai jamais regretté d'avoir construit si loin de la ville, sur la route qui sort d'Argus et part vers le nord, même si elle est rarement empruntée par d'autres que ceux qui ne peuvent faire autrement. C'est beau ici. Ma vue est un morne horizon de gris et de bruns. J'ai construit ici pour tenter de donner l'exemple, pourtant mes seuls voisins sont là depuis toujours. Celestine et son bébé sont maintenant les plus proches, rien qu'elles depuis la fâcheuse crise cardiaque de son frère.

Mais d'abord, que je me présente.

Je m'appelle Wallace Pfef. Chambre de commerce, Union des Promoteurs de la Betterave à Sucre, Optimist International, Ordre des Chevaliers de Colomb, conseil d'administration du parc municipal et autres associations trop nombreuses pour qu'on les cite. En plus de soutenir le Club de Piano Si Bémol et de gérer la piscine municipale, je suis celui qui fait venir les betteraves dans cette vallée, une culture à laquelle il manque encore de ne pas réussir quelque part, les betteraves qui produiront du sucre blanc raffiné tout aussi américain que les épis de maïs.

Ma proposition a rencontré des résistances, et pourquoi pas ? Les agronomes sont attachés aux régularités cycliques. Ils se méfient des innovations et mon travail consiste à flirter avec le changement. Pour leur faire la cour, je suis devenu l'ami de coopératives agricoles et j'ai rendu visite à tous les agriculteurs de la région, les uns après les autres. J'ai bu du gin de prunelle, du schnaps et des breuvages sans nom concoctés à la cave. En ville, j'ai adhéré avec détermination, car je sais que le pouvoir réside dans les organisations confraternelles. Eagles, Moose, Kiwanis, Elk. Il faut que j'en sois. J'ai gagné une centaine de paires d'oreilles, j'ai serré des mains, échangé des mots de passe secrets avec mes frères. Je leur ai expliqué que les betteraves sont bien davantage qu'une simple culture. Elles sont l'union parfaite entre la nature et la technologie. Comme le pétrole brut, la betterave a besoin d'être raffinée, et qui dit raffinage dit raffinerie. Et donc une industrie locale. Tout le monde en profite.

J'ai été convaincu de l'intérêt de la betterave au congrès « Maison, Cultures et Animaux d'Élevage » qui s'est tenu en 1952 à Minneapolis. Beaucoup de ceux qui m'entouraient dans le public étaient représentants de commerce, mais aucun n'était aussi fort que Karl Adare.

Je n'en avais jamais rien su, je l'avais probablement enfouie profondément en moi, mais j'ai trouvé cette attirance simple comme bonjour. Et c'est arrivé. J'étais là, moi, un membre des Kiwanis, en train de manger une entrecôte et d'accepter de la fourchette d'un autre homme les bons morceaux d'un coquelet. Pure folie. J'étais pourtant stupéfait, comme si les nuages s'étaient dispersés, comme si les os dénudés étaient enfin visibles. J'étais homo.

Je ne sais pas non plus pourquoi, sauf que les Pfef ont toujours été insatisfaits. Venus de la grande vallée de la Ruhr, nous portions peut-être déjà dans nos gènes une mémoire de la betterave blanche à l'état brut. En Amérique, nous avons déménagé souvent, parce qu'à notre goût rien n'allait jamais tout à fait comme il fallait. Peut-être, au bout du compte, était-ce nous, les projets ratés de mon père, et mes sœurs, qui sont devenues des épouses de fermiers souffreteuses et alcooliques. Jusqu'à Minneapolis, j'étais la stabilité, la surprise de la famille.

Ce fut un choc lorsque Karl sauta sur le lit et commença à rebondir. J'avais cherché un sujet d'intérêt commun, et touché un point sensible au moment où je m'étais informé de sa sœur. Je ne lui avais pas jeté la pierre quand il avait fini par me dire son nom. J'avais connu Mary à l'école communale. Elle était sans pitié. J'avais vu son lent travail sur Sita Kozka. Mary avait tiré sur ses nerfs comme sur les brins de laine d'une couverture jusqu'à ce que son esprit, une étoffe au tissage lâche, s'effiloche. Il y avait eu une, puis deux dépressions nerveuses à l'époque. D'ailleurs, Mary était habile. Elle avait la réputation d'obtenir et de garder ce qu'elle voulait, alors que j'avais déjà une certaine perception de ce qui échappait à Karl.

Mais tandis qu'il s'élevait, redescendait, puis frappait le plafond de la paume de sa main, je n'y songeais pas. Je craignais qu'il ne cause des dégâts. Au lit, pas à lui-même. Je craignais qu'il ne brise les ressorts du matelas, ou que les montants ne s'effondrent. Je vois encore clairement la scène, comme sur un instantané : Karl, le dos rond, vêtu de son pantalon noir moulant, la cravate tourbillonnante qui se dénouait, une silhouette contre les motifs du plafond en métal embouti.

Puis il était tombé.

J'ai de la ressource quand quelqu'un se trouve dans une situation critique, et je n'ai pas paniqué. Le dos était touché. *Immobilisation*, ai-je pensé. J'ai veillé à ce qu'on fasse bien les choses. Lorsqu'il est revenu à lui en traction, plâtré, aux prises avec une souffrance qui devait être inimaginable, il a esquissé un sourire rêveur tout en serrant les dents et a roulé des yeux.

« Je suis toujours là, a-t-il remarqué.

– Bien sûr. »

Je n'étais pas autorisé à toucher, seulement à regarder, et je me suis efforcé de tout faire passer ainsi. Une erreur. Ma compassion a paru le dégoûter. Puis les médicaments l'ont réexpédié d'où il était venu, et je suis resté là. Je l'ai veillé des heures. Il était minuit passé lorsque je suis retourné dans ma chambre. Et j'ai encore fait exploser la facture de téléphone en cherchant dans tout Minneapolis et Saint Paul un fleuriste qui livrerait à cette heure de la nuit.

Dans les jours qui suivirent l'accident, Karl fredonnait des airs ou fixait le plafond du matin au soir, vivant dans sa tête sans se soucier le moins du monde de moi ni de l'hôpital. Il me parlait à peine ; pourtant, je m'étais fait des amis. Aujourd'hui encore, je corresponds avec son infirmière du matin. Elle pensait que Karl était déséquilibré, tant il appréciait son confinement.

« Au revoir », ai-je dit un matin en arrivant. Il occupait une chambre individuelle depuis une semaine et n'avait pas eu un seul visiteur, sinon moi. J'avais mon chapeau à la main. Mon manteau léger était jeté sur mon bras. « Il faut que je file. Tout le monde à Argus va se demander ce que je suis devenu. »

Il avait l'air en forme, déjà rasé, la peau rafraîchie, les cheveux peignés. On aurait cru qu'il avait mis ce plâtre pour rire.

« Bon voyage », a-t-il lancé en français, et il a tourné la page de son magazine.

Je suis parti, furieux contre moi-même d'être un imbécile. Je pensais ne jamais le revoir.

J'avais ma maison à moitié terminée à finir, et je vivais au sous-sol pendant que l'on construisait le haut. Je prenais mon temps pour que ce soit bien fait. Les travaux avançaient lentement, mais quand la maison a enfin été habitable, elle était parfaite. Les murs étaient enduits de vrai plâtre. J'avais une baie vitrée isolée, des étagères intégrées et des éclairages encastrés pour mettre en valeur mes collections. J'ai emménagé avant que la moquette ne soit posée, avant que les appareils électroménagers ne soient branchés, avant que les placards ne soient poncés. La première chose que j'ai apportée a été la photo de feue ma pauvre chérie, plus jeune et plus sérieuse que lorsque je l'avais achetée. Je l'ai posée sur l'étagère de ma salle de séjour. Elle contemplait la pièce d'un blanc cru, les murs passés à l'apprêt, le fauteuil sous sa housse en plastique, et la baie vitrée.

« En théorie, lui ai-je annoncé, tout ceci t'appartient. » J'ai bu un jus de légumes à sa santé et poursuivi mon travail.

Je suis doué pour me protéger en me dissimulant certains faits, doué pour oublier. J'oubliais donc Karl la plupart du temps. Il y avait pourtant des jours, lorsque j'entrais dans le magasin de sa sœur pour acheter ma côtelette habituelle ou de la viande à braiser, où je le découvrais désagréablement sur le bout de ma langue. Je voulais parler de lui à Mary. Je voulais démolir sa suffisance. Mais j'avais peur de son air sévère, de son œil glacial, et j'étais incapable d'aller au-delà de la patience impersonnelle qu'elle jugeait devoir à ses clients. Je ne continuais d'aller là-bas que parce que la Maison des Viandes vendait le steak le plus frais de la ville, et je préférais être servi par Celestine. Malgré sa taille menaçante et sa façon de se tenir, les mains repliées sur les hanches, défiant chaque client, elle se rappelait les noms, les problèmes, les préférences et les achats d'une semaine sur l'autre. Elle demandait si j'avais aimé leurs dernières *sauerbraten* maison, ou pourquoi je n'achetais plus de harengs. Je prenais plaisir à nos petites conversations. Jamais je n'aurais pu deviner l'issue de cette histoire.

Je rentrais tout juste de la boucherie, un soir de printemps, à la tombée de la nuit, quand j'ai reçu l'appel.

« Comment va Argus ? » a demandé la voix.

Bien, ai-je répondu, à part que comme d'habitude il aurait fallu de l'eau aux agriculteurs. J'ai attendu que la voix dise son nom, alors que dès le premier mot j'avais su que c'était Karl.

« Je travaille dans la coutellerie maintenant », m'a-t-il expliqué. Qualité supérieure. Je passe dans le coin demain matin et j'envisageais de m'arrêter. Peut-être faire un saut chez toi, chez Mary. Tu lui as parlé de moi ?

– Non, jamais. »

J'étais tellement abasourdi que j'ai bégayé et me suis étranglé en donnant les explications pour arriver à Argus. Et cette nuit-là, je suis resté debout jusqu'à point d'heure à faire le ménage.

Il a débarqué le soir suivant, très tard. À la fois soulagé et déçu, j'avais renoncé et éteint la lampe de ma galerie. J'avais enfilé un pyjama, une veste d'intérieur en soie matelassée, des pantoufles à glands. Quand il a sonné, j'ai jeté un coup d'œil par la fenêtre du premier. Je savais qu'il vaudrait mieux que mon visiteur soit n'importe qui d'autre.

La silhouette sombre était impossible à distinguer. Mais quand je l'ai inondée de lumière, je l'ai vu là, qui clignait des paupières.

« Bon, a-t-il fini par dire, ça fait plaisir de te voir. Je reste planté là ou bien tu m'ouvres ?

– Entre », ai-je répondu. Et il est entré.

Je ne sais pas comment il est arrivé chez moi. Il n'y avait pas de voiture. Les jours ont passé. Il semblait ne pas avoir d'intentions arrêtées, à part ses couteaux, et il se contentait de me jeter un regard calme et clair quand je lui demandais pour quelle société il travaillait. Je ne m'en souciais guère. Il me suffisait qu'il soit là, qu'il porte mes vêtements et utilise mes serviettes, se fasse griller du pain, donne enfin un sens à mon lit. Je n'avais jamais su quoi demander à la vie, maintenant je savais.

Ce que je souhaitais et ce que j'attendais étaient pourtant deux avenirs différents. Je n'ai donc pas été étonné, deux semaines plus tard, quand il est parti un après-midi sans même laisser un mot, sans prévenir.

J'ai pensé qu'il était enfin allé rendre visite à Mary, mais quand je suis passé au magasin chercher de quoi préparer mon dîner, il n'y avait pas trace de lui. J'ai poursuivi mes préparatifs du soir. Il avait paru apprécier mon pain de viande, un mélange inhabituel de veau, de porc et de bœuf hachés, de crème et de persil, le tout décoré de croisillons de poitrine fumée et cuit à four doux. J'ai préparé de la purée, mis à égoutter de la courge et fait fondre un peu de fromage pour les pommes de terre. Bien mélanger à la cuillère sans cesser de vérifier la cuisson m'a aidé à passer le temps. Et puis l'air du crépuscule était chaud. Cette chaleur m'incommodait. Ce qui a aidé à détourner mon attention, mais la nuit est venue tout de même.

Pour finir, j'ai couvert le tout de papier alu. J'avais une grande porte vitrée dans la cuisine, et au-delà un patio en briques avec deux chaises longues pliantes en épais blocs de séquoia. Je comptais y installer une tonnelle habillée de vigne de table, de lilas et de roses. J'ai sorti une fine couverture au crochet pour le confort, je me suis emmitouflé dedans et allongé sur la chaise longue, puis j'ai laissé la nuit me submerger. Ma pelouse s'étendait sur une dizaine de mètres vers l'ouest, puis le champ commençait. C'étaient des betteraves à sucre, bien sûr, une culture basse de feuilles épaisses et abrasives. La lune était suspendue au-dessus, une grosse cloche dans le vide.

Ce qui m'a étonné, ce qui m'a causé le plus grand choc, c'est de savoir où il était allé.

Une semaine s'est écoulée et il ne restait plus du pain de viande qu'une entame sèche et noire. Je l'ai donnée à la chienne, un animal errant grincheux, au poil blanc loqueteux et à la queue frisée et maigre comme celle d'un rat. Elle vivait en lisière du jardin, apparaissait hors des hautes broussailles et des betteraves, puis disparaissait, chassait le lapin. Parfois elle venait droit à la porte vitrée et je sentais sur moi son regard morne et froid. Je me retournais juste à temps pour voir virevolter son arrière-train famélique. Puis elle s'évaporait, ayant mangé ce que j'avais déposé dehors.

Je pense parfois que cette chienne était une sorte de collabo, à cause de la façon qu'elle a eue de surgir, et finalement de me guider vers la maison. Je n'y serais jamais allé de moi-même, mais un soir, vers la tombée de la nuit, je rentrais chez moi en voiture quand mes phares l'ont surprise sur la route menant chez les James. Elle trottinait tout au bord de la route et j'ai eu peur que quelqu'un ne la percute. Je me suis arrêté un peu plus loin, j'ai tenté de la faire monter dans la voiture, mais en vain, bien sûr. Alors je l'ai suivie, au ralenti, tout droit jusque chez Celestine. Elle a remonté le chemin de terre et disparu à l'arrière. J'étais inquiet. Elle agissait de façon si furtive, j'ai pensé qu'elle avait eu des chiots. J'ai éteint mes phares, je suis descendu de voiture et je l'ai suivie derrière la maison. Je suis entré sans autorisation dans cette propriété. Russell m'avait un jour parlé de son fusil, chargé de grenaille, suspendu juste au-dessus de la porte de derrière. J'ai senti la piqûre cuisante de ces plombs imaginaires alors qu'à pas de loup je contournais les fondations, pile sous le carré de lumière jaune tombant des fenêtres à l'arrière. J'ai entendu des voix. D'abord rien que des marmonnements, ensuite le volume a augmenté, et puis Karl.

Quand j'ai reconnu sa voix, mon cerveau s'est arrêté.

« C'est une sacrément bonne chose », a-t-il crié à l'intérieur de la maison. J'ai entendu un grincement de pas. Il s'est approché de la porte pour jeter une cigarette dans l'herbe. Une mince écharpe de fumée a flotté hors de la pièce, au-delà de la porte-moustiquaire, lente dans l'air humide. Karl a descendu les marches et, accroupi, les coudes posés sur ses genoux, a allumé une autre cigarette. Si j'avais tendu la main, j'aurais pu le toucher. Sa silhouette était imprécise, mais je voyais qu'il était en sous-vêtements, les miens, très vraisemblablement, puisque je lui avais donné libre accès à mon placard.

La porte a claqué. C'était Celestine. Elle était debout derrière lui sur les marches, grande, presque monumentale depuis l'endroit où je me trouvais, et seulement vêtue d'un soutien-gorge blanc et d'un jupon. Le tissu fin miroitait. Son soutien-gorge était raide et pointu. Elle a tendu la main. Elle tenait une petite paire de ciseaux. Elle s'est assise à côté de Karl et lui a pris les doigts. Il a serré sa cigarette entre ses dents lorsqu'elle s'est mise à lui couper les ongles.

« Pourquoi cette manucure ? a-t-il demandé.

– Tu m'as griffée, la nuit passée », a-t-elle répondu.

Karl a brusquement éclaté de rire et a fourré son visage contre l'épaule de Celestine, sous ses cheveux.

« Attention. »

Elle a retiré les ciseaux qui étaient entre eux et les a posés sur les marches.

Je ne pouvais détourner les yeux des lames acérées.

« Reviens à l'intérieur, a-t-elle dit à Karl au bout d'un moment, il y a des moustiques.

– Ils n'aiment pas la fumée », a-t-il répondu en allumant une autre cigarette tirée du paquet qu'il avait posé à côté de lui sur les marches.

C'était vrai. Et pour ne rien arranger, il les chassait tous vers ma cachette. D'abord, j'ai cru que je pourrais supporter le piaulement strident. Il m'emplissait les oreilles, puis il s'est enflé abominablement à mesure que descendaient davantage d'insectes, un vrai nuage. Certains se sont posés, d'autres encore, et puis le festin de sang a commencé. Je n'ai pas osé les chasser d'un revers de la main, de peur de faire bruire les hautes herbes sèches.

« Je crois que tu as raison, a reconnu Celestine, qui s'est assise à côté de lui sur les marches.

– Tiens », a dit Karl en lui donnant une cigarette allumée.

D'autres moustiques encore se sont écartés de leur nuage de tabac et, du coup, m'ont trouvé.

« C'est quoi, ça ? a demandé Celestine.

– C'est quoi, quoi ? a dit Karl en soufflant des ronds de fumée.

– Tais-toi. »

Je contractais mon visage, pour tenter de me débarrasser des insectes. Ils étaient partout, collés à mes paupières, à mes tempes, en couche épaisse sur mon cou, sirotant le bas de mon dos.

« Non… arrête…, a dit Celestine en repoussant la main de Karl. Il y a quelque chose, là-bas. Je l'entends. »

J'ai jeté un coup d'œil, piteux, plein de haine, tout en grinçant des dents. La main de Karl était toujours cachée. Celestine a tapé à l'endroit où, sous sa combinaison, elle devait se trouver.

Je me suis tapé sur le visage, sans y penser, au même moment.

« T'entends ? » Elle s'est levée. « Comme un écho.

– Allons, a dit Karl. Tu vas les attirer. »

Il a allumé une autre cigarette qu'il lui a fourrée dans la main. Elle s'est assise. Je souffrais le martyre, presque inconscient de leur présence, absorbé par ma détresse, quand la chienne s'est glissée furtivement le long des broussailles à l'autre bout du jardin.

« Hé ! s'est écriée Celestine, voilà encore cette chienne. »

Elle a descendu les marches de la galerie et traversé la pelouse, en appelant à voix basse, bien décidée à attirer l'animal. Parfaitement coordonné avec Celestine, je me suis levé et avancé dans les mauvaises herbes, et puis j'ai filé en passant devant Karl, que mon apparition a laissé interloqué.

Le paysage était vaste, le ciel un réconfort. La vue de ma fenêtre, mon seul refuge. Au cours de ces premières semaines, le temps a passé lentement, ou pas du tout. Les jours se répétaient, semblables de tant de façons, mais il y avait de petites différences qui m'ont sauvé. Un jour la chienne est revenue, toujours squelettique, et je lui ai donné à manger une boîte de saumon fumé. Elle allait et venait autour de moi en prenant moins de précautions, et un jour où je remblayais et paillais le pied d'un érable argenté dans l'espoir qu'il reprenne, elle s'est approchée et a collé sa tête contre ma jambe.

Elle m'a laissé la caresser. Elle avait un pelage sec et soyeux, étonnamment propre, et quand je l'ai touchée j'ai senti, de façon assez soudaine, toute ma tristesse s'envoler. J'ai enfoui mon visage dans son cou. Elle sentait l'herbe, la poussière, la pluie, et vaguement la mouffette. Dans sa vie de chienne, elle avait, très certainement, supporté des choses bien pires que moi. Pourtant elle était là, tranquille, et ne s'est pas éloignée.

Des mois après ce que j'avais vu dans le jardin de Celestine, j'ai entendu dire qu'elle était enceinte et que personne ne savait de qui. Évidemment, on se perdait en conjectures, très probablement d'un client, disait-on, ou de quelqu'un qui, comme moi, n'habitait pas loin. Apparemment, j'étais le seul à savoir que Karl s'était mis avec elle.

Parfois je l'apercevais de loin. Elle n'était pas facile à éviter puisqu'elle passait en voiture devant ma maison pour se rendre au travail. Je n'apercevais que le côté de son visage, un profil sévère qui dans ma tête devenait plus anguleux après son passage. Une seule fois nous nous sommes retrouvés face à face. C'était en ville, peu avant Noël. Elle était grande, enveloppée dans un vêtement de lainage écossais, et si énorme qu'on aurait dit que le bébé allait naître d'un jour à l'autre.

Après Noël, l'hiver est devenu mauvais et le baromètre est descendu jusqu'à ce qu'en janvier une tempête de neige menace. J'étais couché, je somnolais, lisais, griffonnais des notes dans mon almanach. J'ai remarqué que le vent forcissait, j'ai entendu le grésil frapper les fenêtres et j'ai ramené encore un peu plus les couvertures autour de moi. La chienne dormait au pied de mon lit maintenant, ce qui était une chance, car sans ses gémissements et ses aboiements inquiets, impossible de dire quel aurait été le sort de Celestine, qui avait profité d'une accalmie, au moment où la tempête prenait de l'ampleur, pour partir à l'hôpital.

Le travail avait commencé pour de vrai, mais l'accalmie était fausse. La neige tourbillonnait et sa Buick avait heurté un talus de neige. Les lampes de ma galerie étaient tout juste visibles dans les rafales de neige, et elle s'est mise à marcher dans ma direction. Les champs autour de la maison étaient presque déblayés par le vent violent, une chance. Le bébé aurait pu naître là, s'il n'avait pas été aussi facile pour sa mère de marcher sur la fine croûte gelée. Celestine a rencontré les congères les plus hautes lorsqu'elle a atteint la clôture qui entoure mon jardin. Elle raconte qu'elle s'est déchiré les poumons en appelant au secours sous ma fenêtre. Mais pensez donc ! Le vacarme était tel que je ne l'ai pas entendue, ou bien que j'ai pris ses cris pour le bruit du vent. Depuis ce jour, pendant les tempêtes de neige je vais régulièrement à la fenêtre, je regarde partout et tends l'oreille. Celestine et le bébé auraient pu mourir sous ma fenêtre pendant que je lisais un livre d'histoire. Le lendemain matin, j'aurais trouvé la mère et l'enfant blottis tout contre ma barrière à neige rouge, comme ces imbéciles de faisans que j'y trouve parfois, sortis de la neige, leurs plumes brillant d'un éclat si chaud et irisé qu'il paraît impossible qu'ils soient gelés, comme si ces couleurs ardentes devaient leur tenir chaud.

Mais la chienne, qui arpentait la pièce et refermait ses dents sur le vide, m'a réveillé, et au bout d'un moment, par acquit de conscience, je suis allé à la porte. Et là je n'ai pas davantage aperçu Celestine, je n'ai vu que la neige. J'ai failli refermer ma porte quand

Celestine s'est alors avancée à grand-peine, je l'ai attrapée et d'un pas trébuchant nous avons franchi le seuil et sommes entrés dans la salle de séjour en faisant au passage résonner mon étagère de clochettes en cristal. Fraîchement refaite, avec son tapis bleu à poils longs et ses murs coquille d'œuf foncé, la pièce faisait ma fierté et ma joie. Mon canapé en panne de velours bleu marine venait d'arriver et il était encore recouvert de plastique. Celestine a retrouvé son équilibre et s'est relevée, gigantesque dans son manteau écossais et son pantalon de cultivateur. Elle a aussitôt choisi le canapé. Un sac de couchage en coton matelassé était noué autour de sa taille. Jusqu'à ce qu'elle s'allonge, le dénoue et l'ouvre comme un nid, je ne me suis pas rappelé qu'elle était enceinte. Et puis j'ai vu son ventre, recouvert d'un tissu de robe d'intérieur à fleurs, qui formait une butte.

« Ôte-moi mon pantalon imperméable », a-t-elle ordonné.

Ensuite elle a fermé les yeux et commencé à lancer un hululement doux et rapide, pareil à celui des butors du parc lorsqu'ils s'envolent au-dessus de l'étang. Il a fallu que son expression concentrée quitte son visage et qu'elle ouvre les yeux, tellement vidés de leur couleur, pour que je voie qu'elle souffrait.

« Elles sont rapprochées, a-t-elle remarqué. Encore une autre. » Puis elle a refait les mêmes sons. Quand elle a redémarré, cette fois, j'ai enlevé mes pantoufles mouillées et j'ai filé au premier chercher de grosses chaussettes en laine sèches pour nos pieds à tous les deux. Je suis redescendu et j'ai vu qu'elle avait refermé les yeux. Son visage était devenu gris, un masque de concentration. Elle avait retiré son pantalon, et elle était allongée sans rien d'autre sur elle que son peignoir.

« Va chercher des draps », a-t-elle dit avant la contraction suivante.

Je me suis précipité hors de la pièce et j'ai rassemblé des serviettes de toilette propres, une poche de glace, une trousse de premiers secours. J'ai sorti de leur emballage des draps flambant neufs et je lui ai rapporté le tout, que j'ai mis à côté du canapé. Elle a fait un petit signe de tête. Alors, encouragé, j'ai continué à réunir des affaires. J'ai fait bouillir de l'eau, stérilisé ma meilleure paire de grands ciseaux. J'ai préparé un lit pour le bébé dans un panier à linge. J'ai fait chauffer des gants de toilette et essoré des serviettes chaudes pour essuyer le visage de Celestine. Pendant tout ce temps elle se contractait, se balançait, parfois à genoux à côté du canapé et parfois dessus. Le vent était effrayant. Il soufflait si fort que les poutres en tremblaient. Nous avions de l'électricité, mais les lignes téléphoniques étaient coupées.

Je repêchais un gant de toilette chaud au fond d'une casserole lorsque Celestine a poussé un grand gémissement.

« Ooooh ! Ooooh ! Ooooh ! »

Trois fois, comme quelqu'un qui serait en proie aux affres de l'amour, ou qui renoncerait à son âme. Je me suis précipité dans la salle de séjour et remis d'aplomb une fois parvenu à ses côtés.

« J'ai senti la tête ! Rien qu'une minute. Elle est repartie », a-t-elle soufflé.

Quelque chose en cet instant m'a alors apaisé. Peut-être la stupéfaction peinte sur son visage, si semblable à l'étonnement sur celui de Karl, dans cette chambre d'hôtel, lorsqu'il s'était brusquement retrouvé au sol, et pourtant tellement plus grande. Il y avait quelque chose dans son expression qui m'a donné des forces, aussi. Je me suis mis à genoux à l'autre bout du canapé et j'ai saisi ses jambes.

Elle a fermé les yeux et, au lieu du hululement, elle a laissé échapper une sorte de gémissement grave. Je n'avais pourtant pas l'impression que c'était sous l'effet de la douleur, mais plutôt de l'effort. Elle a hurlé au moment où la tête est sortie. Puis elle s'est remise à pousser et s'est entourée de ses bras, elle a continué à pousser, pendant longtemps. Un son plus grave, de profond soulagement, est sorti de sa gorge, et le bébé a glissé entre mes mains.

Bleu argile, hébétée, les yeux grands ouverts, déjà, la petite est sortie terriblement vivante et parfaite. Tout à fait présente au monde. Il ne m'est pas venu à l'idée de lui taper dans le dos parce qu'elle semblait tellement prête, tellement redoutable. Elle s'est mise à respirer et a viré immédiatement au rose, puis au rouge au moment même où je la donnais à Celestine, posais une pince à linge sur le cordon entre elles deux, et le coupais.

Plus tard, cette nuit-là, quand j'ai enfin réussi à passer un coup de téléphone et que nous attendions la jeep des secours qui n'arriverait pas avant le matin, Celestine m'a tendu sa fille.

« Prends-la, a-t-elle demandé, et écoute-moi. Je dois lui donner ton nom. »

Abasourdi, j'ai amené le bébé vers moi. La petite s'était retirée dans un profond sommeil hypnotique, mais son visage calme et minuscule semblait plein d'une détermination têtue. J'ai étudié de près le dessin de sa large bouche, le menton pointu et tout petit ; j'étais épris d'elle, totalement, et éperdu de bonheur à la pensée invraisemblable qu'elle porte mon nom.

« C'est quoi ton deuxième prénom ? » a demandé Celestine.

Je le lui ai dit, mais il était pire que Wallace. Horst.

« Rends-la-moi, a dit Celestine. Il va falloir que je réfléchisse. »

Après le passage des chasse-neige, le lendemain matin, une ambulance a été envoyée pour emmener Celestine et le bébé à Saint-Adalbert. Je suis parti aussi, pour aider à remplir les formulaires et les installer dans leur chambre de la maternité déserte. Puis j'ai repris ma voiture pour rentrer, j'ai mangé un sandwich et je me suis assis dans la salle de séjour. La chienne s'est mise en boule dans le fauteuil face à moi et a somnolé de cette manière satisfaite qu'elle avait adoptée. Comme je ne voulais pas que diminue la dimension profonde de tout ce qui venait d'arriver, je n'ai pas allumé la télévision, pas ouvert de livre, ni rien fait pour me distraire.

Le téléphone m'a réveillé. J'ai titubé jusqu'à la petite niche où je l'avais fait installer et j'ai porté le combiné à mon oreille. Il y a eu la voix de Celestine sur la ligne crachotante et alourdie de glace, et puis un silence bref et sec.

« Wallacette », c'est tout ce qu'elle a dit.

Mais Wallacette Darlene n'était pas destinée à être bien longtemps mon homonyme. Dès le début, Mary lui a trouvé un surnom. Dot. Lorsque nous avons amené le bébé à Sainte-Catherine pour le baptême, Celestine l'appelait déjà Dot, elle aussi. Je n'ai rien dit. Mais pour moi cette enfant serait toujours Wallacette. Dans mon rôle de parrain, j'ai été heureux de donner son nom complet pour les archives de la paroisse, et sa date de naissance. Mais quand il s'est agi du nom de ses parents, j'ai marqué un temps. J'ai dû me ressaisir avant de les prononcer sans tremblement dans la voix.

Peu après la naissance de Wallacette, Celestine avait épousé Karl à Rapid City. Je lui avais tiré les vers du nez pour connaître ses horaires d'autocar et j'avais découvert qu'elle avait passé la nuit dans un hôtel. Lune de miel ? Je n'avais jamais osé me poser la question. Pas plus que je n'avais demandé s'il reviendrait. Leur photo paraîtrait prochainement dans la page des annonces de mariage du *Sentinel*, et pour le moment leur union semblait se limiter à cela.

La sacristie se trouvait à l'arrière de l'église, près des portes et des vitraux mal isolés, tout cela pour dire qu'elle était humide et affreusement froide.

« Il n'est pas nécessaire que nous retirions nos manteaux, a dit le prêtre, qui est entré à grandes enjambées.

– Ne démaillotez pas non plus le bébé. Nous ne voulons pas que notre petite fille prenne froid. »

Il a souri et ôté le couvercle des fonts baptismaux. D'une chiquenaude, il a fissuré la pellicule de glace qui s'était formée à la surface de l'eau.

« Dites donc, a lancé Mary. Vous ne pouvez pas verser de l'eau gelée sur la tête d'un bébé ! »

Elle a plongé un regard agressif dans les yeux du prêtre.

« Bien sûr que non. » Il a sorti de sa veste une petite carafe d'eau en verre. « Nous allons simplement utiliser quelques gouttes de celle-ci. Elle est bénite. Ensuite nous lui essuierons la tête et la couvrirons de nouveau. »

Mary a hoché la tête, satisfaite, et les questions ont commencé. Le prêtre a tenu le ballot oblong, notre bébé, et s'est informé de ce qu'elle demandait à l'Église de Dieu. Mary et moi avions appris par cœur la réponse de l'enfant.

« La foi, avons-nous répondu.

– Que t'apporte la foi ? a demandé le prêtre.

– La vie éternelle. »

Puis il a prié et posé l'étole sur la petite. Tous ensemble nous avons récité le Symbole des Apôtres et le Notre Père. Le prêtre a légèrement déplacé Wallacette qu'il tenait dans ses bras. Elle s'est réveillée et nous a regardés fixement de sous un petit béret en laine verte.

« Wallacette Darlene, a-t-il demandé, renonces-tu à Satan ?

– J'y renonce », avons-nous répondu, Mary et moi. Nos voix ont résonné, sonores et solennelles. Nos réponses se sont unies dans l'air froid et ont empli la petite niche. Je ne pouvais m'empêcher de voir Karl, sa fine moustache noire, sa taille mince, ses jets de fumée bleue.

« À ses pompes ? a demandé le prêtre.

– J'y renonce. » Ma voix montait. J'ai senti Mary qui me regardait, agacée.

« Et à ses œuvres ?

– J'y renonce. »

Mary m'a devancé, cette fois. Ma voix était à peine un murmure, puis le silence. Celestine a tendu la main pour saisir le petit pull en laine que le prêtre tenait entre ses doigts. Il les a plongés dans le saint chrême et a tracé des croix sur la poitrine de Wallacette et entre ses omoplates. Il a demandé en quoi elle croyait, et nous avons répondu. Et puis, parce que Celestine avait insisté, le prêtre m'a tendu l'enfant. Je l'ai prise dans mes bras.

« Wallacette Darlene, a-t-il demandé, veux-tu être baptisée ? »

J'ai répondu que oui.

Quand le prêtre lui a versé sur la tête l'eau de la première petite croix, elle a eu l'air perplexe. Les gouttes suivantes sont tombées. L'indignation a violemment fripé son visage. Elle a ouvert la bouche alors que le prêtre lui présentait le vêtement blanc de la pureté, et s'est concentrée dans un long cri au moment où il allumait les cierges que tenait Mary.

Il a récité une autre prière. Mary a éteint les cierges en soufflant dessus. Wallacette a continué à hurler, encore et encore, comme si elle ne devait jamais s'arrêter.

La nuit de Celestine

Le premier été, Celestine vint au travail avec son bébé, et toute la journée l'enfant dormait, se suçait les doigts, se réveillait pour la regarder du fond d'un vieux caddie tapissé de couvertures. Parfois Celestine se retournait et croisait le regard direct de sa fille, un regard si pénétrant qu'elle en avait le souffle coupé. Elle laissait alors tomber l'épice, la ficelle, le couteau dont elle se servait, et prenait la petite dans ses bras, prête à l'entendre parler, comme si un sortilège avait soudain été rompu.

Quand le bébé arquait son corps tout entier et luttait pour se dégager, Celestine la posait. Peu importait l'état d'épuisement dans lequel elle se trouvait, peu importait qu'elle n'ait presque pas dormi, une fièvre habitait chaque heure. Objets et événements banals paraissaient un peu étranges, comme si elle tombait dessus dans la clarté d'un rêve pénétrant. C'était la présence de Dot, sa douceur lourde, le lait du propre corps de Celestine dans son haleine, l'odeur suave de ses cheveux, son extraordinaire opulence de peau rose et lavande qui transformaient le style de l'univers quotidien de Celestine.

Parfois, lorsqu'elle regardait la petite endormie, ou tendait la main vers elle dans le noir, c'était de la passion qu'elle ressentait, plus forte encore qu'avec Karl. Elle volait du temps pour le passer avec Dot comme avec un amant. Le jour, c'était des demi-heures de tétée dans l'arrière-boutique, la rude odeur du sang imprégnant quelquefois ses mains. Le soir, à la maison, elle avait le bébé tout à elle. Elle lisait un de ses romans, bavardait au téléphone, cuisinait ou restait assise, et Dot, qui respirait par saccades, dormait tout près d'elle dans un panier à linge.

Durant ces jours et ces nuits, l'esprit de Celestine était submergé, vert comme le jade. Son amour pour l'enfant flottait autour d'elle en pans clairs et ondulants.

Une nuit, Dot dormit au-delà de l'heure de sa tétée et Celestine se réveilla dans le clair-obscur de l'aube, les seins gonflés. La petite se suspendit tel un paresseux, alourdie de sommeil, et tenaillée par la faim elle se cramponna, sans se réveiller. Elle tirait le lait sans bruit en une longue inspiration. Celestine remarqua alors, dans la fine bourre de soie de ses cheveux qu'éclairait la lune, une toute petite araignée blanche occupée à faire son nid.

C'était une créature délicate, presque transparente, aux longues pattes extrafines. Elle se déplaçait si vite qu'elle paraissait vibrer, lançait d'invisibles fils et les rattrapait, tissait son propre brin élastique. Celestine observa ce qui commençait à se passer. Une toile était en train de se former, une maison compliquée qu'elle ne pouvait se résoudre à détruire.

TROISIÈME PARTIE

CHAPITRE 10

Mary Adare, 1960

Pendant les trois hivers rigoureux qui suivirent la naissance de Dot, la couche de neige tassée fut si épaisse que des cerfs affamés s'écartèrent peu à peu des champs pour s'approcher de mes enclos à bétail et sautèrent à l'intérieur. On ne put leur faire remonter la rampe de chargement. La seule autre sortie était le toboggan d'abattage. Mais ils étaient lamentables, infestés de strongles pulmonaires, toutes côtes saillantes ; même leur peau n'était pas plus épaisse qu'un mouchoir en papier. Mes arbres fruitiers souffrirent. Il y avait tellement de neige que les lapins rongeaient les troncs et les branches hautes, les écorçant complètement, si bien que même le printemps, quand auraient dû apparaître les nouveaux bourgeons, fut une période de mort. Dans les haies d'arbres destinées à protéger les plaines du vent, je découvris encore d'autres frêles carcasses de cerf, et les berges de la rivière empestaient la carpe décolorée. On trouva un vieil homme qui pendant des années avait vécu seul. Il était pelotonné au creux d'une grosse congère, sous son fil à linge, les bras chargés de serviettes.

Comme pour réparer cette triste besogne, le temps se mit alors à la douceur et en janvier nous eûmes une vague de pluies fines. Ce fut pendant cette période, cinq ans après sa naissance hivernale, que je commençai à me demander comment j'avais pu garder mes distances vis-à-vis de Dot.

D'abord, il y avait le prénom. Si Celestine devait lui donner celui de quelqu'un, c'était bien le mien. J'avais horreur de Wallacette et je savais que ce nom attirerait des ennuis à la petite pour le restant de ses jours. J'inventai alors le diminutif de Darlene. Dot. Une syllabe ronde, tellement plus facile à prononcer.

Évidemment, Celestine refusa toujours d'admettre que le vrai nom était moche. Quand je lui dis que Wallacette était affreux, elle se contenta de hausser les épaules en me toisant de toute sa hauteur et répondit que c'était distingué. Parce que avoir Dot et lui donner ce prénom était la première chose que Celestine ait jamais faite qui sorte de l'ordinaire, elle se montrait mesquine. Elle ne voulait pas céder face à un autre avis, ni sur le nom ni sur d'autres points. Nourrir, habiller et faire faire le rot, c'était son rayon. Elle était la seule à changer les couches, à donner le bain, à couper les petits ongles mous, et même à installer l'enfant dans la voiture et à l'en sortir. Je devais rester là à la regarder faire. Je devais patienter et attendre mon heure, et j'y suis parvenue, même si je devais me battre, car chaque fois que je regardais cette petite j'étais taraudée par l'émotion. Dot et moi avions un lien spirituel, j'en étais convaincue. Je comprenais des choses sur elle que sa mère ne pouvait accepter.

Par exemple, elle n'avait jamais été censée être un bébé.

Dot était aussi impatiente que moi à l'égard de la petite enfance. Elle tenta aussitôt d'en sortir. Celestine ne s'en aperçut jamais, parce qu'elle, et elle seule, prenait plaisir à la douceur impuissante de Dot. Seule Celestine s'attristait des progrès farouches de sa fille. Jour après jour, Dot devenait plus forte. Dans son caddie-poussette, elle s'entraînait jusqu'à l'épuisement, sautait pendant des heures pour développer les muscles de ses jambes. Elle détestait rester allongée sur le dos et, lorsqu'on la couchait, d'un bond elle se retournait aussitôt pour adopter la posture accroupie du catcheur. Le sommeil, auquel elle résistait, ne l'envahissait pas petit à petit mais la terrassait dans d'étranges positions. Étalée sur le flanc du caddie ou tassée dans un coin, elle semblait être tombée au combat. Mais ce n'était qu'une reddition momentanée. Elle s'éveillait, réclamant à manger, et une fois libérée se déchaînait en une reptation d'une rapidité stupéfiante qui en quelques secondes l'emmenait d'un bout à l'autre de la pièce.

Celestine eut le cafard lorsque son bébé cessa de se nourrir au sein, mais je m'en réjouis secrètement. Un pas de plus vers l'indépendance. Dot fit ses dents. Elles sortirent toutes en même temps, de petits bourgeons plats séparés en haut, entre les deux dents de devant, par un large espace passionné. Elle souriait, s'arquait, se dressait fermement sur ses jambes, et dut bientôt être attachée dans un coin sûr pendant que nous travaillions, de peur qu'elle ne fasse tomber les couteaux et ne se faufile à l'intérieur des machines. Elle défaisait les nœuds et, d'une démarche trébuchante, s'avançait éperdument vers le danger, vers les cuves bouillonnantes ou les congélateurs. La Maison des Viandes, anciennement les Viandes Kozka rebaptisées par mes soins, n'était pas un endroit pour un enfant. Je craignais qu'un quartier de porc se décroche et l'écrase, qu'elle se coule dans les enclos à bétail et glisse sous les sabots d'une génisse obtuse. Mais, contrairement à son père qui l'attirait, Dot repoussait l'adversité. Des boîtes de conserve qui dégringolaient passaient devant elle en rebondissant, et elle enjambait sans les voir des canalisations à ciel ouvert.

Je pense maintenant que le considérable volume sonore de sa voix effrayait peut-être la malchance. Quand elle eut découvert ce dont elle disposait, elle devint un tyran, une gamine exigeante, impossible à satisfaire. Dans notre for intérieur, au fil du temps nous sûmes que nous fabriquions une fillette égoïste dont le premier mot prononcé clairement fut : ENCORE. Elle était gourmande, et elle devint boulotte, parce que nous étions trop compatissantes. Enfants, nous avions souffert de la faim, et nous étions donc incapables de lui refuser la moindre bouchée. Celestine s'efforça de la discipliner, de lui apprendre à dire *s'il te plaît*. Mais elle ne parvint pas à le lui faire dire correctement. Dot grognait : « STEPLAÎT ENCORE », les yeux aussi durs que des boutons.

Nous lui donnions ce qu'elle voulait. Elle sifflait tout son lait, hurlait, jetait son biberon par terre dans un accès de colère, mordait Celestine, arrachait les barrettes en plastique qu'elle avait sur la tête, et ses cheveux avec. Puis elle nous offrait la touffe qu'elle tenait dans sa main. Apparemment, la douleur n'était rien pour elle, parce que pour nous, c'était toujours pire. Bien davantage qu'elle, nous faisions toute une histoire du crâne dégarni par endroits, des genoux écorchés, des bosses violettes sur son front. Nous vivions systématiquement à travers elle, c'était notre enfance que nous revivions.

Quand Celestine autorisa Dot à entrer au CP, elle était aussi grande que la plupart des enfants deux fois plus âgés qu'elle, une fillette robuste et gâtée. Ses courtes boucles étaient d'un roux sombre et brillant, et son visage était carré, la mine extrêmement maussade. Je voyais mon frère dans la moue de Dot, dans les yeux creux et dans les sourcils si fins et rectilignes qu'ils semblaient tracés à l'aide d'un niveau et d'un crayon brun clair. Elle avait les cheveux de ma mère. Autrement, elle me ressemblait vraiment. Pâle, large et solide. Je ne crois pas que ce soit une invention de ma part, quoique la seule fois où je l'aie fait remarquer à Celestine elle se soit gonflée d'indignation dans son tablier blanc et raide, avant de lancer : « Tu es sa tante et rien d'autre. Sa mère, c'est moi », définissant ainsi à mon intention le second rôle qu'elle me voyait jouer. À savoir, être celle qui offrait des cadeaux d'anniversaire, toujours une jupe ou un corsage. Celle qui assistait aux remises de diplôme, aux récitals et aux pièces de théâtre scolaires. Celle qui servait de baby-sitter au cas où, mais certainement pas quelqu'un à qui ressembler. Ni physiquement, ni moralement. Surtout pas moralement.

Mais pour Celestine c'était sans espoir. Je me reconnaissais dans l'esprit obsessionnel et les poings serrés de Dot. Je gâtais cette enfant royalement, je serais la première à le reconnaître.

Je me joignis à elles pour le premier jour d'école. Dot avait sauté la maternelle et tous les autres élèves se connaissaient déjà. Elle pénétra dans la salle de classe, accompagnée de sa mère, pendant que j'observais la scène dans le rôle de la tante. Je restai sur le pas de la porte. J'apercevais les pots de colle, la boîte de ciseaux à bouts ronds, les piles de papier de couleur, les petites chaises solides. Je sentais l'aigre et sèche odeur d'école, la poussière de craie et la cire, la poudre rose que le gardien répandait sur le sol dans les cabinets. L'institutrice, Mme Shumway, agita ses bras maigres et deux garçons se levèrent pour distribuer les briques de lait à l'emballage rouge et blanc. Celestine avait apporté une boîte de biscuits achetée à la pâtisserie, un cadeau qu'elle offrit à l'institutrice pour garantir que l'on fasse bon accueil à sa fille parmi les autres enfants. Mais je compris que ces biscuits ne serviraient à rien, ce jour-là ni jamais. Car Dot était comme un loup prêt à faire une descente dans le parc à moutons. Il ne serait pas question de lui résister. Je le voyais de l'endroit où je me tenais. Même Mme Shumway, une femme jeune mais ratatinée, attentive, serait incapable de la contrôler. Je savais qu'une surprise attendait l'institutrice lorsqu'elle entoura de son bras les épaules de Dot et la présenta ainsi : « Notre petite nouvelle. » À ces mots, Dot s'enfla. Ses yeux étincelèrent. Elle pointa le menton en avant. Voyant cela, les garçons se turent et l'échine des petites filles se raidit comme une ficelle sur laquelle on tire. Les enfants ont un sens très aiguisé les uns des autres. Ils voyaient tous ce que Celestine ou même la tenace petite Mme Shumway étaient incapables de discerner. Ils étaient les moineaux. Dot était le faucon qui tournoyait, impatient. Pendant sept ans, jusqu'au lycée, où tout changerait, chacun de ces enfants serait soumis à ses caprices.

Et ils le furent dès le début, car Dot entreprit aussitôt de les poursuivre avec férocité. Elle ne voulait pas leur faire de mal, elle recherchait simplement leur affection. Mais c'était difficile à expliquer dans la mesure où ses moyens pour gagner leur amour prirent des formes extrêmement violentes.

Un jour, à peu près à l'heure où dans un tintamarre de sonnette Dot rentrait en passant par le magasin, Celestine posa son couteau et m'annonça qu'elle attendait un mot de Mme Shumway.

« Et pourquoi ? dis-je, intriguée, bien trop, d'ailleurs, au goût de Celestine.

– T'inquiète, marmonna-t-elle, juste une dispute de rien du tout entre Dot et une autre fille. La mère de la petite a téléphoné. »

Celestine commença à dénouer son tablier tout en contournant le plan de travail. Je la suivis jusqu'à la porte. Dehors, nous vîmes Dot remonter lentement l'allée de mâchefer, en traînant ses grosses chaussures d'un air tragique. Elle avait laissé ses cheveux s'échapper de ses barrettes en forme de cygne et cacher son visage. Même ainsi, et de loin, je voyais bien qu'elle avait les yeux ternis par l'inquiétude. J'imaginais que sa bouche ferme tremblait.

« J'y vais, proposai-je. Parfois cela vaut mieux. »

Celestine se tourna vers moi. La chair même de son visage semblait se durcir lorsqu'elle était irritée, et ses yeux devenaient sombres et opaques comme si elle les avait tamponnés.

« Comment ça, lança-t-elle, “parfois cela vaut mieux” ?

– Que la tante y aille.

– “Que la *tante* y aille” », répéta-t-elle.

Elle me fourra son tablier roulé en boule dans les bras et franchit la porte d'un pas énergique, avec une brusquerie censée me décourager. Mais je la suivis quand même, incapable de résister, même si je restai légèrement en retrait lorsqu'elle fit face à sa fille.

« Donne-moi ce mot », ordonna-t-elle d'une voix ferme.

Elle tendit une main comme doit le faire un parent, ouverte et sévère. Dot fourra les siennes dans ses poches. Son cou s'empourpra et elle refusa de croiser le regard de sa mère.

« Je ne l'ai pas encore, finit-elle par répondre.

– As-tu donné le mien à Mme Shumway ? lui demanda Celestine.

– Oui.

– Mais non ! Tu ne l'as pas donné ! Jeune fille, tu viens de me mentir. »

Dot leva les yeux vers sa mère et je crus y voir une triste supplication. Ses joues me parurent s'embraser sous le coup du chagrin, mais c'était peut-être du défi. Elle en avait perdu la parole, je pris donc sa défense. Pour moi c'était insupportable. Je passai vivement devant Celestine, saisis ma nièce par le poignet et l'attirai en sécurité près de moi.

« Allons nous asseoir dans l'arrière-boutique, proposai-je. Nous discuterons. Ça ne peut pas être bien grave.

– Oh que si, ça l'est, dit Celestine qui, furieuse, remontait l'allée à grands pas à côté de nous. Hier, d'un coup de poing ta petite chérie a fait tomber une dent d'une enfant du CP.

– Je l'ai *arrachée*, corrigea Dot. Elle branlait déjà.

– La mère de la petite m'a téléphoné hier soir. La dent n'était pas sur le point de tomber, reprit Celestine.

– Mais si, assura Dot. Elle m'a demandé de la retirer. La petite souris lui apporte une pièce de vingt-cinq cents.

– Tu n'avais pas besoin de prendre une pierre. Une *pierre* ! hurla Celestine. Et ensuite, le mot ! Tu étais censée donner ce mot à Mme Shumway pour t'excuser de ton comportement. »

Celestine s'arrêta net, nous bloquant le passage, à cause d'une idée saisissante qui lui était venue.

« S'est-il passé autre chose aujourd'hui, quelque chose de grave ? demanda-t-elle d'un air sévère.

– Non », répondit Dot, avec ce qui parut, même à mes yeux, une rapidité suspecte. Mais Celestine, lassée, n'alla pas plus loin.

« Il vaudrait mieux, en effet. » Elle prit son tablier au creux de mes bras et le renoua autour de sa taille. « Maintenant, allez, va goûter ; moi je vais nettoyer là-derrière et puis nous rentrerons à la maison et nous approfondirons cette histoire. »

J'accompagnai Dot à la cuisine pour lui préparer un sandwich, lui donner un biscuit et parler sans témoin. C'est ainsi que j'appris la première ce qui s'était vraiment passé ce jour-là dans la « boîte à vilains ». Voilà aussi comment j'en vins à causer du tort à Mme Shumway, qui le méritait sans doute, même si Dot mentait effrontément, et même si la « boîte à vilains » n'était pas tout à fait l'instrument de torture que je m'étais imaginé. De toute façon, depuis j'ai regretté cet épisode et je sais que j'aurais dû me montrer plus méfiante envers Dot lorsqu'elle me raconta, après que je lui eus servi un verre de lait et que j'eus posé quelques biscuits au son devant elle, qu'elle avait passé la journée entière dans la boîte à vilains où il faisait tout noir.

« La boîte à vilains, dis-je en m'asseyant avec elle, troublée par l'image de son obscure détention. C'est une vraie boîte ? »

Mais Dot, la bouche pleine, laissa ses yeux en exprimer les volumes à sa place. Ils luisaient de larmes de honte refoulées. Elle ne pleurait jamais que pour avoir gain de cause, mais cet après-midi-là des larmes recouvraient ses yeux noisette d'une pellicule qui semblait plus noble et émouvante que des sanglots. Elle mâcha avec voracité, but son lait d'un trait, et reprit la parole pour décrire la boîte.

« C'est une boîte rouge au fond de la classe, sous la pendule. Mme Shumway peut y mettre plein d'enfants. Elle te pousse dedans et vlan ! elle rabat le couvercle. Elle est grande. Elle est en bois. C'est tout plein d'échardes. »

Dot se tut, horrifiée, ce souvenir n'étant que trop net, ou du moins ce fut ce que je crus comprendre.

« Et dedans il fait très, très noir », murmura-t-elle.

Son regard était morne et lointain. Elle se fourra un biscuit entier dans la bouche pour se réconforter, et tout en le mâchant tendit la main pour en prendre un autre. Mais je n'ai jamais été très forte pour corriger les mauvaises manières de Dot. En fait, j'avais recours à toutes les ruses pour éviter d'avoir à lui dire non. Ce mot, qui était pour elle l'équivalent d'une décharge électrique, la gonflait d'une rage fulgurante. « Non » faisait monter la tension jusqu'à ce que le courant jaillisse d'elle et nous envoie une secousse. Je la laissai enfourner un autre biscuit. Je pensai à Shumway. Les méthodes de l'institutrice précipitèrent un frisson le long de ma nuque, comme si je lisais un recueil de contes.

« Shumway… cette Shumway… c'est une sorcière ! » Je me mis debout en chancelant. « Elle ne s'en tirera pas comme ça ! »

Je baissai les yeux vers Dot, et elle leva les siens vers moi. Dans son regard je crus voir de l'adoration, une confiance naïve. J'étais sa marraine de conte de fées, sa protectrice.

« Finis ton goûter, lui dis-je en lui tapotant l'épaule avec une autorité d'adulte. Moi, je me charge de Shumway. »

Le sourire de Dot brilla de tous ses feux, il était enthousiaste et éblouissant. Je sortis en furie, environnée de son éclat, montai dans la camionnette et tirai sur le démarreur. Je ne pris même pas le temps de mettre mon chapeau ni d'enrouler une écharpe autour de mon cou. Je fonçai comme une folle à l'école pour attraper Shumway avant qu'elle ne file en douce dans sa maison mitoyenne, là où les institutrices de CP filent lorsqu'elles ont vidé leur boîte à vilains et taillé leurs crayons rouges pour qu'ils soient aussi pointus que des aiguilles.

L'école était mon école, Sainte-Catherine, où il y avait bien longtemps j'avais accompli un grand miracle. Maintenant elle s'était agrandie pour notre population croissante, et elle était aussi moins religieuse : il y avait des enseignantes laïques dans beaucoup de niveaux et pas de messe obligatoire les jours de semaine. Pleine d'assurance, je franchis néanmoins à grand bruit les doubles portes neuves en verre isolant. Je longeai le couloir désert jusqu'à la classe de Shumway. Une fois là, la rage m'avait obscurci l'esprit. Je brûlais de lui mettre la main dessus. Et j'eus de la chance. Car elle était là, exactement comme je l'espérais, en train de se préparer à rentrer chez elle. Elle enfonçait un béret bleu vif sur son crâne en se regardant dans la glace du placard réservé à l'institutrice. Je l'observai un instant avant de tourner mon regard vers le fond de la salle. Ce que je vis redoubla ma colère, que je ne pus réprimer davantage.

Sous la pendule, pile à l'endroit que Dot avait décrit, il y avait une boîte vernissée peinte d'un rouge sinistre et brillant. Elle était aussi longue qu'un cercueil et deux fois plus large. Je passai devant Mme Shumway, qui tourna la tête, d'un coup, tel un pic effarouché, et je soulevai brutalement le couvercle. Je m'attendais presque à y trouver des enfants blêmes pelotonnés. Mais la boîte était remplie de jouets.

« La remplissez-vous chaque soir ? »

Je me retournai, accusant Shumway.

« Quoi ? »

Je montrai la boîte du doigt, puis la soulevai par un bout et déversai les jouets par terre. Des cubes, des camions de pompiers, des meubles de poupée en plastique et des anneaux en caoutchouc aux couleurs vives s'éparpillèrent sur le sol. Je laissai retomber la boîte dans un grand bruit vide.

« Madame Shumway, venez ici », lançai-je.

Elle s'avança vers moi, non pas docilement mais avec la mine menaçante d'un fox terrier nerveux.

« Qu'est-ce que c'est que cette histoire ! cria-t-elle. Qui êtes-vous ? »

Son chapeau bleu parut se soulever sous l'effet de la surprise et sa voix vibra d'appréhension. Elle me fixa du regard, s'avança à petits pas. Son visage était anguleux et plein de facettes, le genre de visage maigre qui se ride vite. Elle ne devait pas avoir plus de vingt-six ans mais elle avait déjà les yeux bordés de rouge d'une très vieille femme. Elle avait une drôle de coupe de cheveux, genre elfe.

Je mis les mains sur mes hanches, des hanches de bouchère habituée à remuer de lourdes charges et à pousser des jambons sur les rails du fumoir.

« Votre petit jeu est terminé, Madame Shumway », lançai-je.

Elle toussa de surprise.

« De quoi parlez-vous donc ? » piailla-t-elle.

Elle recula, eut un rire hésitant. Je suppose, quand j'y repense maintenant, qu'elle crut simplement que j'étais une folle inoffensive, pourtant, à ce moment-là je pris son rire nerveux pour un aveu de culpabilité. Je tendis les bras et l'attrapai par les épaules de son manteau en poil de chameau. Je la tirai vers la boîte rouge.

D'abord, elle fut tellement choquée que ses genoux cédèrent sous elle et que ses talons traînèrent sur le sol, mais lorsque nous arrivâmes à la boîte et que je tentai de l'y faire entrer de force en la poussant et en repliant ses membres comme ceux d'une poupée, elle retrouva soudain son calme et s'immobilisa. Elle était étonnamment agile, et très forte, si bien que j'eus plus de mal que prévu à la fourrer dans la boîte et à comprimer bras et jambes sur les côtés pour qu'ils tiennent dedans. Et puis, elle avait sa fierté. Car elle ne fit pas de raffut avant de se retrouver piégée et d'avoir perdu la partie. Alors, quand je fus assise sur la boîte rouge, le souffle court, retrouvant peu à peu mon calme, Mme Shumway se mit à marteler le bois et à hurler.

« C'est inutile, lui criai-je, excessivement satisfaite, vous êtes dans la boîte à vilains ! Vous ne pourrez pas en sortir avant d'avoir promis d'être gentille. »

Il y eut un silence, un moment de réflexion pour Mme Shumway qui, même sous le choc, prit garde au sens de mes paroles.

« Ce n'est pas ici, la boîte à vilains, dit-elle, sous moi, d'une voix assourdie. C'est au tableau. »

Mais le tableau à l'avant de la salle était propre, et même pas noir mais d'un vert terne et apaisant.

« Madame Shumway, lançai-je, je ne suis pas une gamine de cinq ans que vous pouvez embobiner. »

De nouveau, le silence.

« Laissez-moi sortir, dit-elle après un long moment, ou je vous ferai arrêter par la police.

– Ça m'étonnerait, madame Shumway, répondis-je, après y avoir un peu réfléchi. Je leur parlerai de la boîte à vilains et vous n'aurez plus le droit d'enseigner.

– La boîte à vilains n'a rien de mal. C'est sur le tableau », répondit-elle.

Mais je n'écoutais pas ses excuses. Je parcourus la salle du regard à la recherche de quelque chose d'assez lourd pour peser sur le couvercle. Il y avait de longues tables en bois, des chaises, des extincteurs et des corbeilles à papier en tôle grise. Il y avait aussi le bureau de Shumway, que je pourrais déplacer et même soulever, me semblait-il, si seulement elle se tenait tranquille assez longtemps. Mais je me rendais compte que dans la mesure où il était impossible de la retenir de force à l'intérieur, je devrais l'intimider pour qu'elle ne bouge pas. Je ramassai un long cube violet dont je me servis pour taper sur le couvercle.

« Je vous frapperai avec ça si vous sortez de là ! » lui lançai-je, de façon convaincante, espérais-je, mais lorsque j'eus quitté la boîte et commencé à pousser son bureau à travers la pièce, elle en surgit malgré tout.

Elle rabattit bruyamment le couvercle rouge et s'échappa d'un bond, toujours impeccable dans son manteau beige et ses chaussures noires pointues, son béret bleu juste un peu aplati. Elle attrapa par terre un cube semblable au mien et le brandit tout en se dirigeant lentement, à reculons, vers la porte. Je fis le tour du bureau et ramassai celui que j'avais laissé tomber. Puis, petit à petit, nous nous glissâmes toutes les deux au même rythme dans le couloir, où nous poursuivîmes alors notre insolite et prudente progression au-delà des portes d'entrée jusque sur le terrain de jeu, où je la perdis. Elle profita de la présence des quelques enfants qui s'étaient attardés pour jouer après la classe, se faufila parmi eux et se lança dans une conversation désespérée. Je battis en retraite. Mais avec la solide conviction que j'avais vengé Dot, que j'avais donné une leçon inoubliable à Shumway, et fait ainsi quelque chose pour tous les enfants d'Argus qui dans leur vie seraient contraints à passer toute une année scolaire entre ses mains.

Je ne réfléchis pas à grand-chose d'autre, et certainement pas à la menace de Shumway de me faire arrêter, mais il s'avéra qu'elle alla au poste de police raconter toute l'affaire et présenter une liste des enfants mal élevés dont elle soupçonnait que je pourrais être la mère.

Voilà pourquoi l'agent Ronald Lovchik passa au magasin le lendemain. C'était un homme grand et triste, aux épaules rondes, qui avait horreur d'affronter les malfaiteurs. Les années qui avaient suivi l'arrivée de la betterave chez nous avaient été dures pour lui. Les ouvriers qui construisaient la raffinerie faisaient la bringue dans les bars, et les transporteurs d'asphalte dressaient des camps sauvages en lisière de la ville, là où arrivait la bretelle d'autoroute. Il ne manquait plus à Lovchik, en ce temps-là, qu'une prise de bec à l'école primaire. Et puis, il n'aimait pas du tout entrer dans les pièces situées à l'arrière du magasin. Il avait toujours eu un béguin sans espoir pour Sita, jusqu'à ce qu'il la perde au profit de Jimmy. Se trouver là où elle avait habité autrefois suffisait à l'attrister. À l'époque, il lui écrivait des lettres et lui envoyait des petites boîtes jaunes de chocolats Whitman, que nous mangions à chaque fois, Fritzie et moi, pour préserver la silhouette de Sita. La présence de Lovchik me rappela ces chocolats et me donna envie d'en croquer un. Mais il était là pour une affaire sérieuse. Il décrivait à présent l'incident avec Shumway, les sourcils froncés, comme s'il était incapable de regarder Celestine de peur qu'elle pense que peut-être il portait une accusation.

« Et donc… (il déglutit, mettant un terme à son histoire), en gros, l'idée c'est qu'il faut que je sache où tu étais hier après-midi.

– Attends un peu que je réfléchisse », commenta Celestine, avec une déférence mesurée. Je voyais bien qu'elle était impressionnée à l'idée d'être suspectée d'un acte qu'elle n'avait pas commis et qu'elle se réjouissait qu'on lui pose cette question dramatique. Je savais que dans sa tête elle élaborait une réponse compliquée, mais avant qu'elle ait le plaisir de formuler son alibi, je résolus l'affaire de Lovchik.

« C'est moi qui ai fait ça, Ron, admis-je d'une voix forte, sans honte. Et j'avais une bonne raison.

– Ah ? » Il ne fut surpris qu'un court instant, puis se résigna. « Je regrette de l'apprendre. »

Il s'affaissa, consterné par la conviction qu'il percevait dans ma voix. Le découragement lui embua les yeux, et il demanda si nous pouvions aller dans un endroit à l'écart pour discuter de l'accusation.

« Mais je t'en prie. »

Je lui fis signe d'emprunter le couloir jusqu'à la cuisine. Celestine, absolument bouche bée, nous suivit. Nous prîmes place tous les trois autour de la table, puis Lovchik sortit de sa poche de chemise un calepin à spirale et détacha un stylo bille de sa cravate.

« Très bien, quelle est ta version ? demanda-t-il.

– C'était mon devoir de citoyenne. Mme Shumway a fait preuve de cruauté envers les enfants.

– Comment cela ? » s'enquit Lovchik, qui griffonnait à toute vitesse. Je me mis à lui parler de la boîte à vilains, que je lui décrivis par le menu. Tandis que je parlais, il haussait les sourcils, secouait la tête et chantonnait à mi-voix d'un ton désapprobateur.

« Une petite minute, dit Celestine, interrompant ma description des échardes qui se fichaient dans les mains des enfants. Tu parles de la boîte à vilains ?

– Toi aussi tu es au courant ? »

Je la regardai, éberluée qu'elle l'ait su et n'en ait jamais parlé.

« Bien sûr que je suis au courant… Mary, dit-elle avec un étrange regard, ce n'est pas une vraie boîte, c'est un coin du tableau où le nom des enfants est inscrit quand ils font les malins. »

Je m'arrêtai, déconcertée.

« Tu es sûre ?

– Je l'ai vu de mes propres yeux. »

L'agent Lovchik posa son stylo.

« Un moment, que j'essaie de mettre ça au clair », demanda-t-il, mais il parut alors désespérer d'y arriver et resta simplement à regarder le dos de ses mains, sourcils froncés, en attendant que l'une de nous deux prenne la parole.

« D'accord, finit-il par dire, alors tout cela n'était qu'une sorte de grosse méprise ? »

Après en avoir profité pour faire le rapprochement, je dus reconnaître que oui.

« Bon… je vais essayer de m'arranger pour que les poursuites soient abandonnées », soupira-t-il.

Puis il se leva, l'air malheureux, reprit le couloir et sortit.

« Dis-moi simplement, demanda Celestine lorsque la sonnette du magasin eut retenti dans le dos de Lovchik. Est-ce que Dot t'a menti ? Est-ce qu'elle a tout inventé ? »

Je fus incapable de répondre, en songeant à la passion peinte sur le visage de ma nièce, à sa supplication muette, aux larmes de honte qu'elle avait retenues – je m'étais laissé tromper par tout cela.

« C'est elle tout craché, remarqua Celestine. J'essaie de lui apprendre la différence entre un mensonge et la vérité.

– Ça paraît plutôt simple. » Je m'affairais à mettre la dose de café moulu dans le filtre de la cafetière. Je ne connaissais peut-être pas moi-même la différence, ou du moins la signification de cet événement. Il n'est pas facile de remonter à l'origine de ces histoires-là, mais je crois vraiment que l'incident de la boîte à vilains de Mme Shumway marqua la première fois où Celestine et moi prîmes des directions opposées à l'égard de Dot, et tout cela parce que je m'étais fait rouler.

« Tu ne facilites pas les choses, remarqua-t-elle en suivant du bout du doigt le motif de la nappe au crochet de Fritzie. En fait, tu les aggraves. »

Je continuai à verser le café, cuillerée par cuillerée, et préparai un breuvage corsé. Je ne voulais pas me retourner parce que je ne pouvais rien dire pour me défendre, ni quoi que ce soit qui rime à quelque chose, pas après avoir fourré Mme Shumway dans sa boîte à jouets. Plantée là, la cuillère à la main, je l'imaginai soudain racontant cette histoire à la police, son visage maigre agité de tics, son respectable béret bleu et plat comme une crêpe posé sur ses cheveux d'elfe.

« Tu aurais dû la voir », dis-je, puis je me mis à rire, ce qui n'était franchement pas la chose à faire avec Celestine, car lorsque je me retournai elle avait disparu. Tout la journée du lendemain, et pendant une bonne partie de l'été, elle refusa de me parler, ne me répondit que par oui ou par non, si bien que les vacances arrivèrent avant que l'incident ne soit oublié.

Cet été-là, Karl envoya à Dot un très joli fauteuil roulant électrique qu'il avait gagné à la loterie d'une présentation de matériel médical. Le fauteuil fut livré en pièces détachées, que Celestine réussit à assembler pendant les deux premiers jours de sa semaine de vacances.

Je passai là-bas parce que le premier juin elle avait recommencé à me parler et qu'à ce moment-là j'étais tout aussi soulagée qu'elle de bavarder. Je savais qu'elle s'était fixé précisément jusqu'à cette date pour s'en tenir à de strictes relations par monosyllabes. Quand arriva le mois de juin, elle me téléphona et débita toutes les histoires sur Dot qu'elle avait gardées pour elle, ses considérations et les comportements intéressants qu'elle avait eus. J'étais la seule en ville à écouter Celestine sans tourner le bouton. Les gens ont bonne mémoire, à Argus. Ils continuaient à trouver Celestine bizarre, et même peu recommandable, d'avoir eu un bébé si tard, et d'un mari volage qui ne l'avait épousée qu'après la naissance de l'enfant. Le postier et la postière, mari et femme, qui examinaient de près toutes les lettres et avaient fini par être pris sur le fait en train d'ouvrir, à la vapeur et sur instructions, certains relevés de banque, racontaient à qui voulait l'entendre que Karl écrivait très rarement et qu'il expédiait à Dot des paquets fort peu habituels.

Des pochettes d'allumettes. Des porte-dessous de verre. Des serviettes et des gants de toilette d'hôtel. Il lui envoyait des échantillons de ce qu'il vendait sur le moment. Des brosses Fuller. Des antennes de radio. Des bombes de laque ou des produits ménagers miracle pour les sols. Ces articles arrivaient tous les deux ou trois mois par colis postal. S'il écrivait, c'était sur une carte prise dans le tiroir d'une chambre modeste. Il gardait aussi le papier à lettres des hôtels, par rames entières, qu'il envoyait dès qu'elles s'accumulaient.

Ce fauteuil roulant, quoi qu'il en soit, sortait davantage de l'ordinaire. Au moins le papier, les brosses, les stylos publicitaires et les bombes de laque, on pouvait s'en servir.

« Il a des manettes pour la marche avant et arrière, nous fit remarquer Celestine. Il est vraiment très bien. »

Nous étions toutes les trois réunies dans l'allée autour de l'engin. Celestine fixait les dernières vis chromées. Elle était penchée en avant, concentrée sur les instructions de montage compliquées, tandis que Dot et moi étions assises l'une à côté de l'autre sur les marches de la galerie. Pendant mon bannissement, Celestine avait mis fin à tous les goûters après l'école et aux sorties entre amies et, en vérité, à l'âge de Dot c'était « loin des yeux, loin du cœur ». Elle m'avait manqué davantage que je ne lui avais manqué. Je me sentais à moitié vivante sans elle, la tête ailleurs, distraite et cafardeuse. Maintenant j'étais si heureuse que tout soit redevenu comme avant l'incident de la boîte à vilains que je ne lui en voulais pas. Pendant que Celestine marmonnait en examinant les pièces aux formes étranges, Dot et moi discutions de l'attitude de Shumway qui s'était bien améliorée, et avancions des hypothèses concernant sœur Seraphica, qu'elle aurait pour institutrice l'année suivante, la grande religieuse rêveuse qui jouait de l'orgue et dirigeait la chorale. Dot supposait qu'il y aurait un groupe de percussions et brûlait d'impatience de frotter l'un contre l'autre deux blocs à poncer.

« Je t'apprendrai aussi à jouer des instruments à vent », dis-je en soufflant sur un brin de chiendent.

Mais Celestine avait terminé et Dot passa à autre chose. Elle sauta sur le siège du fauteuil roulant et se mit à manœuvrer d'un bout à l'autre de l'allée de mâchefer. Celestine s'approcha des marches pour venir s'asseoir à côté de moi.

« D'une certaine façon…, commença-t-elle à dire, avant de renoncer.

– Quoi ?

– Je ne crois pas que ce soit le plus judicieux des cadeaux qu'il ait envoyés jusqu'ici. »

Je m'étais mise à défendre mon frère, non parce qu'il s'en serait soucié ni qu'il me rendrait jamais la pareille, mais tout simplement à cause des liens du sang. Peut-être lui étais-je reconnaissante de m'avoir, même sans le vouloir, offert une parenté. Avec Dot.

« Je trouve ça inventif. Différent, oui, mais regarde comme elle joue bien avec ! » protestai-je.

En effet, Dot avait rapidement maîtrisé les manettes et maintenant elle filait à fond de train et cahotait en cercles fous, s'inclinait à demi d'un côté, se rattrapait au dernier moment. Elle s'amusait, mais pour Celestine cette vision était un rappel désagréable, ou peut-être une sorte de mauvais présage.

« Ça me fait… (elle chercha le mot dans son vocabulaire de romans à l'eau de rose)… frémir. Oui, frémir. On ne va pas garder ce truc-là.

– Quoi ! » hurla Dot. Elle avait l'ouïe fine.

« Nous allons le donner à quelqu'un qui en a vraiment besoin, reprit Celestine. Il vaut beaucoup trop cher pour servir de jouet. »

Dot revint en roulant et fit stopper l'engin dans une série de cahots.

« Ça vient de mon père. Il est à moi ! » Les sourcils baissés, elle nous lança un regard haineux, impressionnant.

Mais c'était un de ces jours où Celestine était d'humeur résolue.

« Oui, répéta-t-elle, nous allons le donner à quelqu'un.

– Qui ça, quelqu'un ? » demandai-je.

Je trouvais qu'elle aurait pu le laisser à Dot.

Celestine resta silencieuse un moment, elle se concentrait. Puis elle se tourna vers moi et me lança un long regard de reproche, comme si j'avais loupé quelque chose, comme si j'aurais dû le savoir.

« Réfléchis, dit-elle. C'est évident. »

D'un bond, Dot quitta le fauteuil et le poussa jusqu'à la pente dans le jardin derrière la maison. Elle s'assit, desserra le frein et s'offrit une brève course folle.

« Ne me fais pas languir, dis-je, agacée.

– Russell », répondit-elle.

Elle avait raison. Je devais le reconnaître. Après l'attaque qui l'avait laissé paralysé, le personnel de l'hôpital l'avait emmené sur la réserve vivre avec son demi-frère, Eli Kashpaw, dans une petite maison en bois dont Celestine disait qu'elle était pleine de fourrures tendues sur des cadres, de pièges, de fioles de musc de renard et de calendriers de femmes en bikini, un endroit où le sucre restait dans un sac qu'on refermait en le tirebouchonnant, et où toutes les fourchettes étaient tordues et avaient les dents en éventail à force de servir à ouvrir des boîtes de conserve ou à arracher des clous plantés dans les murs en planches raboteux.

Eli n'avait quitté la réserve que deux fois, aux dires de Celestine. La première fois, trois jours après la mort de la mère de Celestine, lorsqu'il avait débarqué à l'église, s'était faufilé sur le banc du fond aussi silencieusement qu'une martre, puis faufilé dehors sans avoir adressé la parole à personne. Pour apprendre à connaître Eli, Isabel, Celestine et Russell avaient dû le traquer avec presque autant de subtilité que celle dont il faisait usage avec les animaux sauvages. Et ils se donnaient souvent cette peine, car Eli ne s'était montré timide qu'au début, ensuite il avait été d'une compagnie agréable, comme le sont souvent les solitaires. Il avait recueilli un enfant, une fillette à qui il avait appris à poser des pièges et à chasser, à subsister dans les bois et à échapper à l'œil des gardes-chasse, une fillette nommée June qui devint plus sauvage encore qu'il ne le lui avait enseigné.

Eli était tellement secret que la moitié de ses proches ignoraient l'affection qu'il portait à Russell, célèbre pour ses décorations militaires. Aussi, lorsqu'il se pointa à l'hôpital Saint-Adalbert et signa le bon de sortie de son frère en traçant la forme du nom Kashpaw – la seule chose qu'il ait jamais appris à griffonner –, une cousine qui ne vivait pas sur la réserve et travaillait à l'accueil déclara qu'elle avait été tout aussi étonnée que n'importe lequel d'entre eux. C'était la deuxième fois qu'Eli avait quitté la réserve – pour ramener Russell chez lui. Et depuis, Russell vivait dans les deux pièces d'Eli, dormait raide comme un piquet, laissait son frère lui donner son bain, le changer et, par beau temps, le pousser dehors dans le jardin au sol piétiné où il le laissait somnoler sous la garde de chiens loqueteux, maigres comme des panthères.

Celestine montait les voir deux ou trois fois par an. Entre ces visites, elle semblait ne pas pouvoir s'empêcher d'aborder le sujet, et c'était une des raisons pour lesquelles je voulais l'accompagner. Je voulais voir de mes propres yeux si Russell pouvait prononcer un mot, se servir d'un couteau et d'une fourchette pour manger, ou s'il avait retrouvé l'usage de ses mains. Je m'en étais toujours voulu de la façon dont les choses s'étaient terminées entre nous, la dernière fois que je l'avais vu à l'hôpital.

J'étais rentrée chez moi secouée par cette entrevue. À cause de son silence, ou peut-être pire encore, de son élocution. Russell avait ouvert la bouche et des flots de voyelles énormes et fracassées en étaient sortis, des sons impérieux qui m'avaient arraché le cœur. Des sons que j'avais essayé de comprendre. J'avais pris sa carafe de jus de fruits et la lui avait tendue, puis le journal. Je lui avais désigné les toilettes, et l'avais poussé plus près de la fenêtre. Et finalement, quand j'eus fait tout ce que je pouvais et proposé tout ce que je voyais dans la pièce, il était une fois de plus redevenu sombre et muet. Il avait regardé fixement derrière moi et s'était plongé dans un silence que je n'avais pas pu rompre.

Il s'était amaigri, au fil de sa guérison, et quand il était assis comme ça, absolument immobile, c'était dur de le regarder. Le contraste entre ses joues et son front ravagés et ses yeux – tombants, d'un noir profond, d'une forme délicate – était insupportable. Je savais que son esprit fonctionnait. Je lui avais pris la main.

« Russell, avais-je dit, sache bien que je suis désolée. »

Il avait baissé la tête pour regarder nos deux mains, la mienne si rude, aux ongles épais et fendus, et parcourues d'une multitude de cicatrices. La sienne brune, longue et sèche. Il était incapable de retirer cette main de la mienne, incapable de la remuer ne serait-ce qu'un tout petit peu. Je sentais tant de colère à l'état brut darder de ses os que je l'avais lâchée pour bondir sur mes pieds. J'étais partie sans même annoncer que je m'en allais et, dans la camionnette, pendant tout le trajet de retour, j'avais été gênée de mon intrusion. J'avais tenté de feindre de l'avoir fait sans plaisir, ou par pure attirance, comme ce lointain été où j'avais touché les blessures de guerre qu'il avait à la poitrine, mais en vérité je m'étais emparée de sa main avec un frisson d'émotion. Il était parti chez Eli peu après, et maintenant des années avaient passé. Six années.

« Ton oncle Russell serait content d'avoir ce fauteuil, cria Celestine à sa fille. Tu pourras venir quand nous l'emporterons là-bas. On pourra le lui donner de ta part. »

Dot interrompit son jeu, puis fila de nouveau à toute allure, bien résolue à tirer du plaisir de son cadeau jusqu'à la dernière minute. Celestine soupira, se donna une grande claque sur les genoux et se mit debout.

« Elle fait tout son possible pour le casser avant qu'on y aille.

– Comment vas-tu le transporter ? » demandai-je au bout d'un moment. Je connaissais déjà la réponse. Ma camionnette. Et Celestine savait aussi que je savais. D'un air songeur, elle regarda le fauteuil, à l'autre bout du jardin.

« Tu veux conduire ? proposa-t-elle.

– Je vais conduire. Mais je n'ai jamais rencontré cet Eli.

– Ni ma tante. Elle passe beaucoup de temps là-bas, maintenant.

– Quelle tante ?

– Fleur. Celle qui est venue ici, tu sais, quand maman est morte.

– Drôle de nom. Floor. »

Celestine me jeta un regard d'indulgence forcée.

« Fleur, corrigea-t-elle. C'est du français.

– Ouh là là ! m'écriai-je en me levant pour partir. Ne le prends pas de haut. J'ai fait de la comptabilité, au lycée, pas du français. »

Et le lendemain matin, quand je vins au magasin, Celestine enveloppait un bloc de pâté de tête dans du papier journal qu'elle maintenait avec des élastiques. J'en déduisis que nous allions l'emporter, ça et une saucisse, et si je m'y étais mise nous aurions aussi emporté une grande génoise carrée. Quand nous allions voir des gens, la corvée de nourriture me retombait toujours sur le dos. Je pris quelques sachets de gâteaux secs au gingembre dans notre rayon épicerie, retournai dans ma chambre, nouai un foulard sur ma tête, et ensuite partir ne parut pas trop compliqué. Adrian était là pour s'occuper de la clientèle, et côté préparations il ne se passait rien de particulier. C'était la fin de la matinée, Dot était derrière dans le jardin avec mes chiens. Elle monterait à l'arrière. La camionnette de livraison était fermée comme un fourgon, bien capitonnée derrière les sièges grâce à une série d'oreillers en mousse. On pouvait poser le fauteuil roulant sur le flanc à côté de Dot. Nous partîmes donc. Nous n'avions pas traversé la moitié de la ville que Dot s'enfonça dans les coussins, laissa tomber sa tête entre ses bras et sombra dans un sommeil profond.

Sortir d'Argus était devenu une course d'obstacles à cause de tous les fûts orange et blanc, des bidons de pétrole, des réflecteurs, des personnages agitant des drapeaux disposés le long de la nouvelle route qui arrivait en ville. Il nous fallut pas loin d'une demi-heure pour les franchir, mais ensuite il ne restait plus qu'un court trajet agréable jusqu'à la limite de la réserve. J'arrêtai la camionnette à côté du panneau annonçant que nous y étions et dis à Celestine que c'était son tour, qu'il fallait qu'elle prenne le relais. Alors elle descendit, contourna le capot et se glissa derrière le volant. Il n'y avait plus que du gravier sur les routes. La poussière s'élevait derrière nous en un panache brun clair. Nous ne vîmes plus trace d'habitat urbain, les maisons devant lesquelles nous passions semblaient étrangement abandonnées, hormis les chiens.

Dot se faufila à l'avant, s'assit entre nous sur la boîte à gants et aida sa mère à conduire. Celestine avait coupé l'épaisse chevelure de sa fille en forme de casque de footballeur. En été, des reflets dorés se mêlaient aux tons de rouille et de brun terni. Le côté de son visage sur lequel elle s'était appuyée était fripé et rougi. Maintenant qu'elle était réveillée, ses questions et ses exclamations n'en finissaient plus, car Dot était une voyageuse-née, destinée à bourlinguer, contrairement à nous. Le seul vrai voyage de ma vie avait été le train de marchandises pour Argus. Je ne tenais pas beaucoup à changer d'horizon, mais Dot était exaltée par le vide et la poussière, par les solides bandes plantées d'arbres et les maisons à demi cachées. Elle s'intéressait à la route criblée de trous qui menait chez Eli.

« Attention, là, cria-t-elle d'une voix sévère en tirant sur le volant. À gauche ! À droite, maintenant ! »

Mme Shumway avait enseigné à sa classe les notions de droite et de gauche à la fin de l'année scolaire, et les appliquer à la vie réelle était devenu l'une des manies de Dot. Mais il y avait tant d'ornières et de virages sur notre trajet que le temps d'atteindre la clairière d'Eli elle s'était finalement lassée de son jeu.

La maison était toute petite, couverte de bardeaux d'un gris terne et entourée d'une étroite cour trouée de bains de poussière. Avant que nous ne soyons complètement à l'arrêt, des chiens à la mine féroce bondirent vers nous et Dot se dépêcha de passer sur mes genoux pour se retrouver dehors et au milieu d'eux avant que Celestine n'ait eu le temps d'ouvrir la bouche.

Russell était là, un peu plus loin, le fauteuil poussé près de la porte-moustiquaire, dans un petit coin d'ombre. Il se fondait si bien dans les marbrures claires et sombres de la maison, dans les planches patinées par les intempéries et la peinture délavée, que d'abord Dot ne le vit même pas. Elle ne vit pas non plus Eli lorsqu'il apparut, émergeant sans bruit d'un sombre enchevêtrement de broussailles en lisière de la clairière.

Il regarda Dot, les chiens, et Celestine qui sortait de la camionnette. Il regarda Russell regarder sa sœur.

Celestine, qui avait à la main le bloc de pâté de tête et une longue saucisse sèche, s'approcha de Russell, un sourire chaleureux aux lèvres. Mais dans ses grands pas il devait y avoir un peu de nervosité car les chiens s'envolèrent, passèrent devant Dot et atterrirent autour de sa mère en un cercle hérissé de dents. Elle resta là, prise au piège. Puis soudain abattit la saucisse, avec violence, sur le museau de la plus grosse bête, et hurla : « Fous le camp ! »

Eli s'approcha de Celestine, la main tendue, et puis la porte de sa maison s'ouvrit et Fleur en sortit. Tout ce que Celestine m'avait dit de sa tante, c'était qu'elle avait autrefois travaillé pour oncle Pete et qu'elle était un peu déséquilibrée. Elle me parut équilibrée, pourtant, et même davantage. Debout à côté de Russell, elle laissa tomber une main sur son épaule, peut-être pour l'apaiser, bien qu'il ne parût pas nous voir. Cette Fleur était bien charpentée mais mince, tout à fait la carrure de Celestine, et elle avait un visage à la Sitting Bull. Ses yeux étaient noirs et étroits, sur le qui-vive. Sa bouche était large. Elle portait une ample robe-tablier à fleurs qui ressemblait à une vieille housse de fauteuil.

Celestine s'avança et embrassa Russell sur la joue. Il détourna la tête et contempla les bois. Elle lui saisit le bras, mais il regarda cette main comme si c'était une feuille tombée sur lui par hasard.

« Il est content de te voir », remarqua Fleur.

Dot s'approcha à pas prudents et se planta devant Russell, les mains arrimées dans ses poches. Elle le regarda des pieds à la tête comme s'il était pris dans un bloc de glace ou enfermé dans une cage en fer.

« Ne le regarde pas comme ça », dit Fleur.

La respiration de Celestine se bloqua. Les ordres directs contrariaient Dot, qui devenait aussitôt têtue et rancunière. Comme de juste, sans un mot elle pivota sur ses talons et retourna à la camionnette en tapant des pieds.

« Aidez-moi à sortir *mon* fauteuil roulant », ordonna-t-elle.

Je l'aidai donc à le décharger. Elle le poussa devant elle, résolue, puisqu'elle était obligée de le céder, à le faire en personne. Les chromes neufs étincelaient, le cuir crissait.

« C'est pour lui », annonça-t-elle en poussant le fauteuil vers Russell.

Personne ne souffla mot.

« Ici, il se porte très bien, finit par dire Fleur à Celestine. Tu ne t'en sortirais pas.

– Hé ! cria Dot. Je le *donne* à oncle Russell.

– Nous ne sommes pas venues le chercher, précisa Celestine à sa tante. C'est juste un cadeau. »

À ces mots, Fleur se fit plus amicale et découvrit ses dents en une sorte de sourire.

« Il vient d'où, ce fauteuil ? »

Je ne pus m'empêcher d'intervenir.

« Le fauteuil roulant vient du père de la petite.

– Qui êtes-vous ? demanda Fleur, le regard glacial.

– Je suis sa tante, la propriétaire de la fabrique de saucisses », répondis-je.

Les yeux de Fleur s'enflammèrent tout à coup, puis redevinrent froids.

« Entrez donc », dit-elle en nous faisant signe de passer et de nous avancer.

La maison d'Eli était petite, surtout la cuisine où nous nous tenions. Dans la pièce voisine, j'apercevais un vieux modèle de radio. Au sommet de deux vieilles caisses à oranges étaient disposés les souvenirs de guerre de Russell, ceux qui n'étaient pas au musée. Je reconnus les drapeaux pliés, les petits étuis en cuir qui renfermaient ses médailles, et aussi les éclats d'obus et les balles que les médecins avaient extraits en tailladant sa chair. Un Luger allemand était fixé au mur dans un réseau de clous et de ficelles.

Celestine sortit le pâté de tête.

« Ça ne te dérange pas que je mette ça dans ton frigidaire ? »

Eli possédait une énorme vieillerie jaunie qui occupait la moitié du mur. Sur sa porte, le vieux dessin d'un cerf fait au crayon avait été maintes fois scotché.

« C'est réussi, remarquai-je en effleurant l'image.

– C'est June, dit-il. Elle a fait ça au lycée. »

Je regardai autour de moi. Rien n'attestait la présence de la jeune fille dans la pièce, sauf ce qui me parut être sa photo, en haut sur une étagère. Devant, un petit verre contenait une rose rouge en velours qui semblait avoir été détachée d'une robe. La jeune fille était brune et jolie, elle avait des cheveux noirs coupés court et un grand sourire sérieux.

« C'est elle, dit-il en suivant mon regard.

– Votre fille ?

– Plus ou moins. »

Il haussa les épaules et saisit une cafetière.

« Je viens d'en faire », précisa-t-il, d'une voix si douce que j'eus soudain très envie de boire un café. Je pris place sur une chaise à côté de Celestine. Il remplit trois tasses.

Nous entendîmes la voix de Dot, assourdie mais toujours perçante.

« Je ne suis pas obligée de donner mon fauteuil, si je ne veux pas. Je pourrais le garder.

– Tais-toi. »

C'était la voix de Fleur, très froide.

Nous entendîmes un bruit furtif. Il y eut un cliquetis de métal.

« Je suppose qu'elles y ont installé Russell », dit Celestine.

Mais dans le fauteuil roulant flambant neuf, ce n'était pas Russell. Nous entendîmes des roues filer dans la poussière, un brusque claquement, un grand fracas au moment où Dot traversait un buisson à fond de train.

« Essaie un peu de l'attraper, hurla-t-elle, sa voix s'affaiblissant à mesure qu'elle disparaissait.

– Elle montre à Russell comment on s'en sert, expliquai-je, pour l'excuser.

– Ils s'entendent bien, là-dehors, dit Eli ; combien vous voulez parier ? »

Nous écoutâmes le cliquetis des petits cailloux dans les roues, le cri de Dot qui cabrait le fauteuil, tournait en une série de petits dérapages rapides et revenait vers la maison.

Fleur était juste devant la fenêtre.

« Arrête. Ça suffit », lança-t-elle quand Dot arriva près de nous.

Celestine et moi nous crispâmes sur nos chaises en échangeant un regard complice.

« Quoi ? demanda Dot, comme si elle n'avait pas entendu Fleur.

– Descends de là », dit Fleur.

Dans le silence total qui suivit cet échange, je m'imaginai le visage de Dot bourgeonnant de colère, ses poings se transformant en pierres. Je fus donc étonnée lorsqu'elle tenta de se faire enjôleuse.

« Je ne peux pas continuer encore un peu ?

– Non », lui répondit Fleur d'un ton inflexible.

Nous repoussâmes nos tasses et nous nous levâmes, prêtes à intervenir, rendues stupides par l'inquiétude. Nous étions une vision déconcertante pour Eli.

« Asseyez-vous, dit-il d'une voix insistante. Asseyez-vous, et prenez un petit pain. »

Le cri de Dot commença à s'élever, sourd, un grognement qui gagnait en sonorités tourmentées, et nous nous approchâmes de la porte.

« Je ferais mieux d'aller voir ce qui se passe », dit Celestine, et puis le hurlement de Dot se brisa net, d'un coup, comme si on le lui avait renfoncé dans la bouche.

Je laissai ma tasse sur la table d'Eli et sortis. Fleur avait disparu. Russell était assis dans son fauteuil neuf. Dot, le derrière dans la poussière, avait l'air déboussolé. Celestine se dressa au-dessus d'eux et son anxiété se mua en satisfaction.

« Allons-nous-en », lançai-je de but en blanc.

Mais elle n'était pas mécontente. Russell n'avait pas eu le moindre battement de cils à son adresse. Dot se releva, s'épousseta les fesses et courut vers la camionnette. Je me penchai et regardai Russell, parce qu'il le fallait bien, du moins pour lui dire au revoir.

« Tu te souviens de moi ? » demandai-je, et puis je me sentis ridicule.

« Tu as bonne mine », repris-je, alors qu'en vérité son visage s'était affaissé, réduit à la peau et aux os. Il était propre. Ses vêtements étaient repassés. Mais en quatre ans il avait perdu de l'épaisseur, et je me détournai au moment où Celestine se mettait à lui parler, d'une voix forte et d'un ton qui me parut enfantin.

« C'est Celestine. Tu peux me regarder ? Comment te sens-tu ? »

Eli sortit de la maison et, avec des gestes lents et bien exercés, mit Russell debout avec douceur.

« Dis-leur au revoir », demanda-t-il à son frère.

La bouche de Russell s'ouvrit, mais pas un mot n'en sortit et ses yeux se voilèrent. Il s'appuya sur Eli, oscilla comme un arbre à demi déraciné dans le vent. Nous les laissâmes là dans le jardin, arc-boutés l'un contre l'autre, et reprîmes la route.

Nous fîmes une trentaine de kilomètres en silence. Je pensais que Dot nous casserait les pieds pour en savoir plus long sur l'état de Russell, mais elle ne parut pas s'y intéresser, posa de nouveau sa tête dans ses bras et s'endormit. Celestine ne parla pas non plus, en gros jusqu'à l'embranchement menant à Argus.

« C'est allé où ? demanda-t-elle soudain. Ses yeux fixaient le paysage de l'autre côté du pare-brise, sa voix montait vers l'aigu.

« C'est allé où quoi ? répondis-je.

– Tout. »

Je vis que ce n'était pas vraiment à moi qu'elle s'adressait, ni qu'elle posait la question. Ce n'était pas moi qu'elle regardait mais les étendues de cultures de chaque côté de la route, les rangs soignés et interminables qui semblaient tourbillonner à mesure que nous avancions.

« Tout ce qui lui est arrivé dans la vie, toutes les choses que nous avons dites et faites. C'est allé où ? »

Je n'avais pas de réponse à ça, je me contentai donc de rouler. Autrefois, j'avais accompli un miracle en m'écrasant la figure sur une plaque de glace, mais maintenant j'étais quelqu'un d'ordinaire. Pendant les quelques kilomètres qui nous restaient à parcourir, je ne pus m'empêcher de poursuivre dans ma tête l'étrange réflexion de Celestine. Dans mon métier, j'avais vu des milliers de cerveaux de mouton, de porc, de bœuf. C'étaient des masses grises comme les nôtres. Où tout s'en allait-il donc ? Qu'y avait-il vraiment à l'intérieur ? Les champs plats se déployaient, les fossés peu profonds bordaient la route de part et d'autre. Je sentis des pensées vivantes bourdonner en moi et j'imaginai des abeilles minuscules, des insectes composés d'électricité bleue, dans une colonie si fragile qu'elle s'éparpillerait au moindre contact. J'imaginai un coup, comme un maillet sur la tête d'un mouton, ou un choc, et je vis tout l'essaim s'échapper en vibrionnant.

Qui pouvait les arrêter ? Qui pouvait les attraper dans ses mains ?

La nuit de Sita

Les fenêtres du pavillon A étaient en verre ordinaire, signala Louis, elles n'étaient pas équipées de barreaux, ni même verrouillées. Elles donnaient sur de vastes pelouses qui, en ce début de printemps, commençaient tout juste à passer du brun au vert. Il y avait même une galerie protégée par une moustiquaire. « Tu pourras t'y asseoir quand il fera chaud, comme à la maison », dit-il. Il passa un bras autour des épaules de sa femme et observa son visage. Ils se tenaient devant un petit bâtiment en briques, à l'écart du reste de l'hôpital psychiatrique. Mais Sita ne voulait regarder ni les fenêtres ni même Louis.

Le psychiatre leur avait expliqué que le pavillon A était un lieu intermédiaire destiné aux patients ayant de très bonnes chances de retourner vivre en société et de mener une existence normale. Elle y entrait parce que quatre mois plus tôt elle avait feint d'avoir perdu la voix, et que depuis Louis et leur entourage lisaient sur ses lèvres. Peu à peu elle s'était mise à aimer leur façon de se pencher vers elle pour déchiffrer ses paroles, étudier de près son visage afin d'y trouver des indices. Elle s'était mise à aimer cela à tel point, en fait, qu'elle en avait perdu la faculté de parler à haute voix. Maintenant, lorsqu'elle ouvrait la bouche pour essayer de dire quelque chose sur un ton normal, il n'en sortait rien. Mais si elle venait se faire soigner à l'hôpital psychiatrique de l'État, elle guérirait peut-être. Elle pourrait peut-être reparler. C'était ce qu'avait déclaré le psychiatre.

« Vous l'avez encouragée, monsieur Tappe. Vous avez été beaucoup trop gentil. »

Voilà ce que leur dit le psychiatre alors qu'ils étaient dans son cabinet. Ils le regardèrent feuilleter les dizaines de carnets de croquis à reliure noire que Louis avait tenus au fil des ans pour tenter de la guérir de ses crises. Dans ces pages étaient consignés les rêves de Sita, ses conversations avec des objets ou des fleurs, les divagations qu'elle lui avait rapportées. Ces carnets avaient paru aussi intimes que leurs étreintes. C'était un choc de les voir empilés sur le bureau du médecin. Et maintenant Sita était effrayée. Louis tenait à la main sa belle valise en cuir marron.

Elle tenta de lui dire qu'elle ne resterait pas, qu'elle voulait rentrer chez elle.

« Attends, dit Louis en regardant ses lèvres remuer lentement. Je n'ai pas compris. Recommence. »

Sita se servit de tout son visage, avec énergie. Elle lui ordonna de la ramener à la maison.

« Impossible », répondit Louis. Il était malheureux. « Je ne suis même pas censé faire l'effort de te comprendre, à moins que tu n'exprimes verbalement tes pensées. »

Sita lui expliqua en silence qu'elle détestait le pavillon A, et qu'elle le détestait lui aussi.

« Viens, soupira-t-il en la faisant monter sur le trottoir pour gagner l'entrée, allons voir où est ta chambre. »

Sita le laissa la guider jusqu'en haut des marches, la mener au-delà de deux portes en verre dans lesquelles du grillage à poule paraissait être coulé, et l'entraîner le long d'un couloir. Les murs de ce couloir étaient d'une terne couleur de feuillage. Le sol était dallé de lino vert et noir. Ils s'approchèrent d'une très grosse infirmière vêtue d'une blouse blanche flasque et d'un gilet.

« Vous êtes ? » demanda l'infirmière en regardant Sita, qui de toute évidence était la patiente puisque Louis la poussait en avant. « Ah, oui ! fit-elle quand le nom lui revint en mémoire. Les admissions m'ont appelée. Vous êtes Madame Tappe. »

Elle contourna son bureau et se dressa, menaçante, au-dessus de Sita.

« Vous aurez une chambre individuelle la semaine prochaine, madame Tappe, mais en attendant nous vous avons mise avec Mme Waldvogel. »

Sita s'écarta de Louis et remua les lèvres avec colère. Sans faire attention à elle, l'infirmière s'éloigna à grandes enjambées.

« Vous voulez bien porter votre sac jusqu'au bout du couloir ? » cria-t-elle.

Louis pressa gentiment l'épaule de Sita, qui en trébuchant suivit l'infirmière le long d'un autre couloir, également vert. Tout ce vert évoquait un aquarium à Sita, la vie dans un réservoir aux parois de verre tapissées d'algues. Elle voulait le dire à Louis, pour qu'il note cette pensée intéressante dans son carnet. Mais ils arrivèrent devant sa chambre, et depuis le pas de la porte elle vit que les murs étaient peints en jaune moutarde.

Elle s'efforça de faire comprendre à Louis qu'elle ne pouvait pas dormir dans cet endroit. Cette couleur lui donnait la nausée. Et puis elle détestait partager sa chambre. Qu'il y ait là une autre femme lui rappellerait le temps où elle dormait dans la même pièce que Mary. Chaque nuit, elle restait éveillée, à l'écouter savourer son sommeil, à la détester pour chacune de ses respirations inconscientes. Le lendemain matin, elle était groggy et fatiguée, quelle que soit la quantité de café qu'elle ingurgitait. Elle tenta de le lui dire. Mais il était en train de parler à l'infirmière, d'inscrire les numéros de téléphone et les horaires de visite sur un petit calepin. La valise de Sita était déjà sur le lit. Louis embrassa sa femme, retira la main qu'elle avait posée sur son bras, et la guida vers le lit. Il la fit asseoir. Et là, elle ne put plus bouger. Ces murs et leur couleur affreuse la paralysèrent.

Elle resta assise un long moment, ses lèvres débitant des phrases qui restaient bloquées. Quand elle réussit enfin à détacher son regard des murs, elle s'aperçut que Louis était parti et que l'infirmière finissait de ranger ses affaires dans une commode métallique.

Arrêtez ! essaya-t-elle de crier. *Remettez tout ça dans ma valise ! Je m'en vais !*

« Il va falloir parler à haute voix, madame Tappe, remarqua l'infirmière. Nous ne lisons pas sur les lèvres, ici. »

Sita referma la bouche et lança des regards furieux. L'infirmière lui sourit au nez.

« Veuillez être prête pour le dîner dans une demi-heure, dit-elle. En attendant, pourquoi ne pas vous asseoir un peu et vous habituer à votre nouvel environnement ? »

Dès que l'infirmière fut partie, Sita bondit sur ses pieds pour inspecter la fenêtre. Elle n'avait ni verrous ni barreaux, mais ne s'ouvrait pas bien grand. Pas assez pour qu'elle puisse passer par là, en tout cas. Elle pesa sur la moustiquaire extérieure, pour vérifier si elle était bien fixée.

« Vous voulez respirer un peu d'air printanier, madame Tappe ? » C'était de nouveau l'infirmière, qui entrait dans la pièce avec une femme âgée tellement docile qu'elle se laissait mener par le poignet. « Madame Waldvogel, annonça l'infirmière, voici votre nouvelle compagne de chambre. »

Sita regarda la vieille femme. Mme Waldvogel était la grand-mère idéale, celle qui présente des plats cuisinés dans les publicités des magazines, ou qui respire le parfum d'un bouquet de fleuriste à la télévision. Ses cheveux blancs étaient ramenés en arrière au moyen d'un petit peigne en écaille de tortue. Elle portait une robe d'intérieur démodée et un petit tablier à volants.

« Je vais vous laisser faire connaissance, toutes les deux », dit l'infirmière.

Mme Waldvogel s'avança vers Sita et lui prit la main.

« Que vous êtes jolie ! lui dit-elle. J'espère que vous serez bien ici. »

Sita la remercia d'un hochement de tête. C'était apaisant d'être traitée en jeune fille. Elle se retrouva assise sur le lit en face de Mme Waldvogel, qui sortit quelques photos de famille de son tiroir et commença à les lui montrer une par une.

« Là, c'est Markie, et là c'est mon fils. Et le bébé, sur cette photo, a déjà quatre ans. »

Sita examina chaque portrait avec beaucoup d'attention. Il n'y avait rien de bizarre ni chez ces gens ni chez la vieille dame. Peut-être, songea-t-elle, Louis disait-il la vérité. Ce séjour serait pour elle comme des vacances reposantes. Et quand les vacances seraient terminées, elle parlerait de nouveau à haute voix au lieu de se contenter de remuer les lèvres.

« Quel plaisir de vous avoir ici, dit Mme Waldvogel. Je commençais à croire qu'on ne remettrait plus jamais personne avec moi. »

Sita eut un élan de compassion envers la vieille dame. Malgré les murs qui continuaient à briller de façon atroce, et la grande fatigue causée par le long trajet et l'anxiété, elle sourit. Mme Waldvogel rougit tout en rangeant lentement ses photos.

« C'est affreux de manger de la chair humaine », dit-elle de sa vieille voix charmante et cassée.

Elle tapota son paquet de photos, puis referma le tiroir.

« J'ai dévoré ma dernière voisine de chambre », annonça-t-elle.

Sita en eut le souffle coupé, et se détourna. Mme Waldvogel ne s'en aperçut pas. Elle remit en place une mèche rebelle et lissa sa robe.

« C'est l'heure du dîner. Vous venez ? » demanda-t-elle.

Mais Sita resta assise, tout à fait immobile.

Après avoir refusé de dîner et regardé par la fenêtre la lumière du soir s'étirer et virer à l'or pâle, Sita se leva, sortit de son sac à main un stylo et un petit carnet bon marché et écrivit. Puis elle s'engagea dans le couloir pour aller au salon. La grosse infirmière était à son bureau, penchée sur une grille de mots croisés. Sita se planta devant elle et montra le mot qu'elle avait écrit.

Veuillez appeler mon mari, disait-il, *je ne dormirai pas dans la même pièce qu'une femme qui se prend pour une cannibale.*

Mais l'infirmière n'y jeta même pas un coup d'œil.

« Je suis désolée, madame Tappe, dit-elle, mais je ne suis pas censée lire sur vos lèvres ni lire vos mots. Ordre du médecin. »

L'infirmière attendit de voir si elle lui parlerait à haute voix. Sita ouvrit la bouche, fit bouger des muscles dans sa gorge, mais pas un son n'en sortit. Elle détestait l'image absurde qu'elle devait donner d'elle-même, debout devant ce bureau, la bouche béante, et muette. Elle remit son carnet dans son sac et partit s'asseoir devant la télévision en compagnie des autres patients.

Ils regardaient *Rowan and Martin's Laugh-In*, une émission d'humour qu'elle détestait. Être assise devant ce grand écran à regarder les jeunes filles en bikini se déhancher, c'était de la torture. Les blagues n'étaient pas drôles, et les sketches non plus, mais le type sur son tricycle qui percutait des arbres et tombait à la renverse, la vieille fille au vilain filet sur les cheveux, tout et n'importe quoi faisant hurler de rire les patients.

Sita les observa, puisque l'émission était tellement nulle. Comme Mme Waldvogel ils paraissaient normaux, sauf peut-être qu'ils riaient trop tôt, trop fort, et Sita ne put s'empêcher de remarquer qu'ils étaient tous négligés. Les hommes, avec leur barbe d'un ou deux jours, n'avaient vraiment rien de séduisant. Leurs visages semblaient flasques et vieux quel que soit leur âge véritable. Les femmes étaient pires encore. Toutes avaient les cheveux permanentés. Les vêtements n'étaient pas à leur taille, ou bien la couleur de leur pantalon et celle de leur pull juraient. Autour d'eux, l'air était bleuté parce qu'ils fumaient tous. Le salon était plein de cendriers robustes, pas en cristal taillé comme ceux de Sita pour recueillir le tabac humide et carbonisé de la pipe de Louis, mais de vieilles boîtes à café éraflées et lestées de sable.

Mme Waldvogel entra. Elle s'assit à côté de Sita dans un fauteuil en plastique fendu.

« Le dîner était délicieux, dit-elle, l'air ravi. Quel dommage que vous l'ayez manqué ! »

Sita ne fit pas attention à elle. La vieille dame poursuivit quand même.

« Je vais chez le coiffeur, demain. Nous avons les élèves d'une école d'esthétique qui viennent pour les patients. »

De nouveau, Sita regarda autour d'elle les vilaines mises en plis ébouriffées des femmes et leurs pointes fourchues. Puis elle maîtrisa son épouvante, referma les lèvres d'un coup sec et retourna dans sa chambre. Elle actionna l'interrupteur. Elle détestait la lumière crue des plafonniers, mais il n'y avait pas de lampes.

Une école d'esthétique pour les patients ! Même au plus mal, Sita n'avait jamais raté son rendez-vous hebdomadaire au salon de coiffure. Elle était fière de ne s'être jamais négligée. Mais là, allez donc savoir ce qui pouvait arriver. Frisottis. Cuir chevelu brûlé. Coloration à la diable. La tête de Sita commença à être douloureuse, chacun de ses cheveux.

La lumière faisait resplendir et vibrer le jaune écœurant des murs. Sita décida qu'elle s'allongerait dans le noir même si Mme Waldvogel entrait et la mordait. Elle éteignit le plafonnier et trouva son lit. Elle se laissa aller en arrière sur les ressorts, déplia une couverture effilochée et l'enroula autour de ses jambes. La couverture, l'oreiller et le couvre-lit dégageaient une drôle d'odeur, comme si quelqu'un bourré de médicaments avait transpiré. Sita ferma les yeux et respira dans ses mains réunies en coupe. Avant de partir, elle avait pensé à se parfumer le poignet avec quelques gouttes de Muguet.

L'odeur légère de cette fleur, si pure et si proche de la terre, était réconfortante. Elle avait planté du vrai muguet parce qu'elle aimait tant ce parfum au nom français.

À l'automne dernier, avant les fortes gelées, lorsqu'elle s'était de nouveau sentie bien, les graines étaient arrivées dans une petite boîte blanche. La commande qu'elle avait passée à un pépiniériste. Le sol était durci par le givre mais encore facile à travailler. Elle avait enfilé ses gants en daim et, à genoux, armée d'un déplantoir, avait creusé une tranchée peu profonde le long de sa bordure d'iris nains bleus. Puis, une par une, elle avait planté les graines. Elles ressemblaient à des glands écorcés, mais en plus petit. « À planter la pointe vers le haut », recommandait une notice explicative. Elles avaient levé au tout début du printemps. Les brins minuscules de leurs feuilles poindraient bientôt.

Couchée là, sans pouvoir dormir, elle imagina leurs racines blanches et veinées, un amas de celles-ci, qui se nouaient entre elles, formaient de nouvelles pousses sous la terre, déroulaient leurs feuilles raides. Elle se vit toucher leurs minuscules clochettes d'un blanc de cire, striées, et respirer la senteur enchanteresse qu'elles dégageaient parce qu'une fois de plus Louis avait distraitement traversé sa bordure, en traînant sa pelle, et les avait écrasées sous ses grands pieds étourdis.

Des heures de jardinage imaginaire parurent s'écouler avant que Mme Waldvogel n'entre sur la pointe des pieds, sans allumer la lumière. Sita était toujours réveillée.

« Vous dormez ? » chuchota la vieille dame.

Sita regarda entre ses paupières plissées Mme Waldvogel ôter et plier sa robe et sa combinaison, puis enfiler par la tête une chemise de nuit bleue en coton. Elle passa ensuite à tâtons au pied du lit de Sita pour atteindre le sien. Ils étaient tout près l'un de l'autre. Mme Waldvogel fit bouffer son oreiller et s'assit sur sa couverture. Suffisamment de lumière tombait du vasistas pour que Sita y voie quelque chose. Si la vieille femme était cannibale, pour elle c'était le moment rêvé.

Me voici, songea Sita, allongée comme pour un sacrifice humain.

La vieille femme fit une énorme grimace et découvrit ses dents. Elles étaient solides, blanches, parfaites, et luisaient dans la lumière venue du couloir. Les yeux de Sita s'ouvrirent, pleins d'effroi. Elle se mit sur son séant. Mais alors Mme Waldvogel, d'une main calme et experte, tira ses fausses dents de sa bouche et les laissa tomber dans un gobelet en plastique rempli d'eau.

« Vous êtes encore réveillée », marmonna-t-elle d'un ton aimable en remarquant le regard fixe de Sita. Mais Sita s'enfonça dans son matelas et se retourna. Pendant un long moment, avant que le sommeil ne l'entraîne par le fond, elle contempla le mur sombre face à son lit. Déjà, elle sentait que c'était en train d'arriver. Le nœud de sa langue se desserrait.

Le soleil était à peine levé lorsqu'elle se réveilla, mais même de si bonne heure elle entendit le murmure caverneux de la télévision au salon. Elle enfila ses vêtements et partit à l'accueil. Il y avait une nouvelle infirmière et un aide-infirmier, ils regardaient un talk-show matinal devant des gobelets de café en polystyrène. Sita avait écrit un mot :

Je voudrais téléphoner à mon mari.

« Bon, d'accord, bien que vous soyez censée attendre jusqu'à sept heures, remarqua cette infirmière-là. Conduis-la en bas », demanda-t-elle à l'aide-infirmier, un gamin trapu qui avait une courte natte noire. Il se leva tout en riant d'une plaisanterie que le présentateur météo du matin avait lancée, et, supposant que Sita était muette, ou sourde, lui signifia avec des gestes exagérés qu'elle devait le suivre au bout du couloir. Il déverrouilla la porte du bureau où se trouvaient les médicaments et un téléphone. Il décrocha le combiné et le lui tendit, puis secoua la tête.

« Attendez, dit-il, l'air perplexe, si vous ne pouvez pas parler… »

Sita arracha le combiné de la main du garçon et le porta à son oreille. Elle composa le numéro et laissa sonner deux fois, le temps que Louis sorte à tâtons de son sommeil. Elle l'entendit décrocher. Avant même qu'il ne dise « Allô », elle parla.

« Sors-moi de là ! lui cria-t-elle. Je suis guérie. »

CHAPITRE 11

Celestine James, 1964

Un soir, Mary me téléphone et m'annonce que je ne devrais pas me donner la peine de prendre ma voiture pour venir travailler le lendemain. Puis, à l'autre bout du fil, elle attend en retenant sa respiration que je lui demande pourquoi. Ce que je fais.

« Le magasin a brûlé, me répond-elle d'un ton satisfait.

– Quoi ! »

Je suis horrifiée.

« Ne t'inquiète pas, reprend-elle, je n'ai rien. Les dégâts sont surtout dus à la fumée. Ça grouille d'experts en sinistres, ici.

– Est-ce que je devrais venir ?

– C'est moi qui vais venir chez toi », dit-elle.

Et voilà comment elle finit par habiter à la maison tout le mois de décembre.

Mary n'est pas tellement bouleversée par les dégâts causés au magasin, car en réalité ça ne marche plus aussi bien qu'à l'époque où Pete et Fritzie le tenaient. Ce n'est pas sa faute. Depuis qu'a démarré le boom de la betterave à sucre, des supermarchés se sont installés, où l'on trouve de tout. Je vois bien ce qui attire les gens, mais

Mary dit que ça ne vaut pas tripette. En tout cas, cet accident est une occasion de rénover. Jusque-là, elle n'en avait pas les moyens. Elle est tout excitée. Des ouvriers commencent les travaux de réparation dans la boucherie avant même qu'arrivent les gens des assurances. Le feu a percé un trou dans le fumoir et s'est propagé à l'intérieur, le long des branchements électriques. Mary a de la chance. Les seuls dommages à son logement sont quelques panaches de fumée gris venus lécher les murs. Elle refuse toutefois de vivre dans la fumée, le tintamarre des marteaux, le plâtre, au milieu des hommes qui vont et viennent pesamment dans son arrière-boutique, et m'assure qu'elle trouve beaucoup plus confortable de coucher dans l'ancienne chambre de Russell, avec Dot. Si ça ne me dérange pas, bien entendu.

« Ça ne me dérange pas », lui dis-je.

Mais la vérité, c'est qu'au bout de trois jours je suis à cran. Je ne sais pas pourquoi. Peut-être parce que Dot et moi nous sommes habituées à notre train-train quotidien et que Mary perturbe les soirées par ses sempiternels comptes rendus. Elle est passée prendre des livres à la bibliothèque et a emprunté une fois de plus celui qu'elle préfère. C'est un ouvrage écrit par un certain Cheiro, et qui est entièrement consacré à l'art de lire les lignes de la main. Que Mary pratique depuis des années, et j'en ai assez. Je sais ce que racontent les lignes de ma main.

« Pas d'amour, pas d'argent, pas de voyage à Hawaï, lui dis-je quand elle demande à y jeter un coup d'œil. Non merci.

– Je veux juste voir si l'île de ta ligne de tête a diminué, répond-elle en consultant son livre. Ça pourrait présager une tumeur au cerveau ou un mauvais coup. »

Nous sommes assises au salon autour du poêle à gaz. Je regarde son ondulation bleutée dans la petite lucarne hachurée. Je dis à Mary qu'il y a davantage de mystère ici même dans ces flammes bondissantes que dans tous les livres de Cheiro.

« Bon, alors réponds à cette question, lance-t-elle en se penchant hors de son fauteuil pour donner plus de poids à ce qu'elle dit : un enfant naît avec certaines lignes dans la main. Ces lignes-là et pas d'autres. Comment expliques-tu ça ? »

Les flammes se reflètent sur son visage, si commun et pourtant si féroce. Elle s'est mise à porter un turban d'une couleur différente chaque jour, qui couvre ses cheveux. Aujourd'hui, il est blanc. Ses yeux en amande sont jaune vif, et les petits vaisseaux dilatés et violets qu'elle a sur les joues se sont assombris comme des points de suture. Si vous ne saviez pas que c'est une femme, il vous serait impossible de le deviner. Elle pourrait être le célèbre Cheiro en personne.

« Il n'y a rien à expliquer, lui dis-je, entêtée. Ce sont des lignes, voilà tout. »

Mais Mary n'écoute pas. Elle examine la paume de Dot, qu'elle a déjà lue au moins un millier de fois. C'est une activité dont Dot ne se lasse pourtant jamais. La voilà qui demande si Mary peut deviner les initiales du garçon qu'elle épousera. Dot aura bientôt onze ans, mais elle est déjà, et plus d'une fois, tombée follement amoureuse. Je peux à peine supporter de la voir perdante quand c'est le cas et qu'elle s'amourache d'un garçon. Pour attirer l'attention il lui est venu une grosse voix tonitruante et, comme moi, elle est grande, imposante, et dotée d'une forte mâchoire au sourire plein de dents. Elle effraie les autres enfants parce qu'elle les poursuit avec acharnement. Pour se trouver des petits amis, elle fiche les garçons par terre et leur écrase la figure dans le gravier enneigé. Quant aux filles, elle noue les cordons de ceinture de leurs robes aux siens. Elle les traîne autour de la cour jusqu'à ce qu'elles promettent de lui écrire un mot.

Les religieuses ne savent pas quoi faire de Dot, et moi non plus. Alors je fais ce qu'il ne faut pas et lui donne tout, jusqu'à ce qu'il ne reste plus rien. J'essaie d'être la mère que je n'ai jamais eue, d'être la fille que je n'ai jamais été. Je me reconnais trop en Dot. Je sais comment c'est. J'étais trop grande pour tous les garçons. Pourtant je n'ai jamais été jusqu'à les laisser sur le carreau, ce que Dot a fait.

Je déconseille la violence et les tocades, mais Mary encourage ma fille.

« Je vois un S, déclare-t-elle, l'air songeur, et puis un j minuscule. S.j., S.j.

– Ce n'est pas lui », répond Dot, déçue. Elle rumine, le regard posé sur sa main comme s'il pouvait changer la disposition des lignes.

« File à la cuisine faire tes devoirs », dis-je.

Je devine que Dot grimace dans mon dos. C'est un sens que les parents finissent par acquérir.

« Je vais t'aider », lance Mary, trop précipitamment.

Et elles s'en vont, me laissant seule. Pendant un moment, je les entends rire sous cape tout en feuilletant les livres de Dot. Je suis certaine qu'elles se moquent de moi et je sais qu'un peu plus tard j'aurai de nouveau cette impression. Mary couchera dans le lit de Dot, et Dot s'affalera sur un lit de camp. Pendant que j'essaierai de dormir, je les entendrai chuchoter, mais je ne leur dirai pas de se taire parce que je sais que Mary n'obéira pas.

C'est ça, me vient-il brusquement à l'idée alors que je regarde le rougeoiement des flammes. Voilà pourquoi je suis tellement déprimée depuis que Mary est dans les parages. C'est comme avoir deux filles turbulentes qui refusent de m'écouter ou de faire attention à moi. Je suis en minorité, la seule adulte.

Quand Mary et Dot reviennent, je suis bien résolue à demander comment avancent les travaux, et peut-être à suggérer que Mary retourne vivre chez elle sans trop tarder. Mais avant que j'aie le temps d'ouvrir la bouche, Dot déclare qu'elle a un secret qu'elle garde pour elle depuis une semaine. À la façon qu'a Mary de sourire d'un air entendu et de me faire vivement signe d'écouter, il est évident que Dot lui a déjà tout raconté. Ce qui me contrarie ; non sans mal, pourtant, je fais de mon visage un masque d'impatience.

Nous sommes là, silencieuses. Puis Dot parle d'une voix forte.

« Je vais jouer Joseph, le père du petit Jésus, nous annonce-t-elle. Nous avons répété pour la pièce de Noël de la semaine prochaine. »

Je me dis que c'est horrible qu'ils aient choisi ma petite fille pour jouer le père du Sauveur dans leur spectacle. Et puis je regarde Dot et l'imagine portant une longue barbe grisonnante et une robe de bure. Je vois le merlin du charpentier brandi dans son poing. Je soupire. J'essaie de sourire. C'est vrai qu'elle sera crédible.

Dot me tend une feuille polycopiée, pliée, qu'a envoyée son institutrice, et je lis qu'une pièce de Noël sera donnée la deuxième semaine de décembre. Les parents sont invités à y assister, et aussi à apporter un plat chaud ou un dessert pour un repas qui sera ensuite pris en commun. Il y a une ligne en pointillés sur laquelle je suis censée inscrire ce que j'apporterai. Mais elle est déjà complétée par le mot Jell-O.

« Salade en Jell-O », dit Mary, qui remarque mon œil rond.

Je me tourne vers Dot et tente d'être raisonnable.

« Je suis fière de toi. Bien sûr que je viendrai », lui dis-je.

Ensuite je lui demande d'aller se mettre en pyjama et de se débarbouiller. Elle dit « non ». Je dis « oui ». Mary agit en lâche et ne s'en mêle pas. Une heure plus tard, excitée et satisfaite d'avoir gagné du temps, Dot monte à pas lourds en braillant son chant de Noël préféré, dont le refrain est : « Pa-roup-pa-pa-poum ». En l'écoutant marcher dans le couloir du haut, j'en ai gros sur le cœur. Même si c'est une enfant difficile, je suis sa mère. C'est moi qui devrais signer sa feuille polycopiée. Mais comme je ne peux pas le dire à Mary parce que cela paraîtrait mesquin et ridicule, du coup je lâche quelque chose d'encore plus bête.

« Je suppose que tu vas mettre tes saloperies de radis dans la Jell-O ! »

Je le dis de but en blanc, d'une voix grinçante qui semble résonner.

Mary tente, dans sa réponse, de jouer les innocentes. Elle promet qu'elle a voulu m'éviter des soucis en se chargeant du plat. Qu'elle a pensé que j'étais tellement occupée qu'elle préparerait une de ses fameuses salades à la Jell-O. Je ne lui réponds pas que ça me fait plaisir, parce que là n'est pas son rôle. Et puis ce n'est pas tout : elle sait que je n'aime pas ses salades à la Jell-O.

Je l'ai déjà dit. Elle y met des noix ou du céleri haché, des macaronis, des oignons, des mini-marshmallows ou, pire que tout, des rondelles de radis.

À cette seule idée, je suis dans une colère noire. Rien de ce qu'elle prépare n'est normal : ni ses biscuits au son, ni ses génoises, ni ses ragoûts de foie. Je ne veux pas que sa cuisine épouvantable rejaillisse sur Dot.

« D'accord, dis-je tout de même d'une voix glaciale, comme tu voudras. »

Dot descend l'escalier en chemise de nuit, propre comme un sou neuf. Elle est si contente d'être restée debout une heure de plus, de son premier rôle, et du fait que nous ayons accepté l'invitation, que je n'ai pas le moins du monde le cœur à lui gâcher sa joie. Mais c'est elle qui se la gâche, l'espace d'un instant, de manière surprenante.

« J'ai oublié de vous dire comment s'appelle la pièce. C'est *L'Âne du destin.* »

Et puis son expression change d'un coup.

« Je déteste l'âne, dit-elle, pratiquement rien que pour elle.

– Dot ? » fais-je.

Mais elle a déjà tourné les talons, sans insister davantage, ce qui est étonnant, et a filé au premier se mettre au lit.

Ce soir-là, je retiens Mary au rez-de-chaussée à bavarder longuement. Je suis toujours en colère contre elle, et en vérité si je bavarde tellement tard ce n'est que pour l'empêcher d'empêcher Dot de dormir. Je ne la laisse pas monter se coucher jusqu'à ce qu'elle tombe de sommeil. Elle bâille, épuisée, et réussit à peine à s'extraire de son fauteuil.

Moi aussi je suis fatiguée. Et je sais qu'en distrayant Mary j'ai laissé Dot affronter seule son problème avec l'âne. Quel que soit ce problème, j'aurais dû l'aider. J'aurais dû la suivre à l'étage et la forcer à avouer ce qui n'allait pas. Mais je sais que dans ce cas Mary serait montée derrière moi et aurait tenté de prendre la situation en main.

Il faut que cela cesse ! me dis-je au moment de me coucher, quand la maison est silencieuse. Je décide que, quoi qu'il arrive, même si cela provoque un malentendu, Mary doit rentrer chez elle dès la pièce de Noël terminée. Jusque-là, je tolérerai qu'elle joue à la gamine avec Dot. J'essaierai de supporter qu'elles chuchotent tard le soir de l'autre côté du couloir et se racontent des secrets. Mais seulement jusqu'à ce que la pièce soit finie. Après, je décide que je garderai ma fille pour moi.

Le lendemain, pourtant, je dois me rappeler tout ce que j'ai l'intention de faire et tenir ma langue. Car Mary m'apprend quelque chose que j'ignore sur ma propre fille, mais que j'aurais su si je ne l'avais pas gardée debout la veille au soir.

Nous sommes au magasin. C'est la fin de la matinée et après être resté fermé pendant plusieurs semaines il va rouvrir à la clientèle dans quelques heures. Nous avons recommencé à préparer les commandes de nos habitués, ce qui paraît bon signe. Les travaux de réparation se poursuivent autour de nous. J'ai envie de pousser les hommes aux tabliers pleins d'outils à mettre les bouchées doubles. Mais ils vont déjà aussi vite que possible. J'aime le son gai et plein de zèle de leurs coups de marteau frénétiques et la plainte aiguë de leurs perceuses. Mary, en revanche, trouve le bruit agaçant.

« Ça me tape sur les nerfs, dit-elle en emballant des livres et des livres de saucisses à griller.

– Plus ils travailleront dur, plus tu pourras rentrer rapidement chez toi », lui dis-je.

Je suis incapable d'empêcher une note d'impatience de percer dans ma voix.

« Bah, répond Mary en me regardant sous le nez, je pourrais toujours descendre au Fox.

– Oh non ! lui dis-je, d'une voix qui n'arrive pas à rester sincère. Ne va pas à l'hôtel. Je suis sûre que ta présence fait beaucoup de bien à Dot.

– Moi aussi, j'en suis sûre », reconnaît Mary, qui me lance ce même regard, derrière des paupières plissées, dont elle se sert souvent face aux malheureux qui lui demandent de leur faire crédit. Mais je ne demande pas de crédit. C'est elle qui est dans cette position. Elle veut habiter chez moi et gagner sournoisement l'affection de ma fille ; ce n'est pas que je ne comprenne pas : Mary est seule, je le sais. C'est sa façon de s'y prendre qui me déplaît. Wallace Pfef, par exemple, aime beaucoup Dot, mais jamais il ne s'immisce comme elle dans nos affaires.

Je réponds au regard de Mary par d'indéchiffrables fenêtres aveugles, et tape sur la touche « espèces » de la caisse enregistreuse. J'additionne les prix d'une commande. Le temps que j'arrive au total, elle s'est ressaisie et a pivoté sur ses talons.

« Tu sais ce que c'était l'histoire de l'âne, hier soir ? »

Elle me pose la question dès que je referme avec bruit le tiroir-caisse. Je ne veux pas avoir à le lui demander.

Mais elle n'attend pas que je le fasse.

« Dot *aime* l'âne. Une moitié de l'âne, en fait. » Mary exulte carrément. « Le jeune garçon qui joue l'avant est son petit ami.

– Ça ne m'étonne pas », dis-je calmement, mais en mon for intérieur je pense que je pourrais vraiment être poussée à bout. Je pourrais vraiment être contrainte de faire un truc que je regretterais.

Je tourne le dos à Mary et me mets à réfléchir. Si elle a réussi à s'insinuer à ce point dans le cœur de ma fille, où cela s'arrêtera-t-il ? Si jamais Dot faisait une fugue, je crois qu'elle filerait en ville en stop et irait vivre avec sa tante. Quelle victoire pour Mary ! Je serais renvoyée et exclue de la Maison des Viandes. Il faudrait que j'engage un avocat pour récupérer mon enfant. Ce n'est pas juste. C'est moi qui dois me montrer sévère et dire à Dot de faire ses devoirs. C'est Mary qui la garde debout tard le soir, à s'amuser, si bien que le lendemain elle somnole en classe. C'est moi qui force Dot à manger des haricots blancs et à se laver le cou. Mary lui débite des mensonges en regardant dans la paume de sa main. Je mourais d'envie d'avoir une mère parce que je n'en ai jamais eu. J'aurais été bien contente qu'une mère me dise ce que je devais faire. Mais pour Dot j'ai toujours été là en toutes circonstances. Une présence continuelle mais sans intérêt. Pour le dîner je prépare un gratin à la viande hachée, alors que Mary servirait tout ce qui lui tombe sous la main.

Une semaine passe, et puis c'est le matin de la pièce de Noël, maussade et glacial, accompagné des habituels conseils de prudence aux automobilistes. Dot tourbillonne, surexcitée, presque incontrôlable. Elle engloutit son petit-déjeuner, et dans un élan d'affection me serre dans ses bras, et puis Mary. Je me rends compte que Mary est tellement touchée et étonnée qu'elle en reste sans voix, incapable même de lui dire au revoir ou de lui souhaiter bonne chance. Dot oublie de se coiffer et passe la porte d'un bond, l'air sauvage et déchaîné. Élan d'affection ou pas, je lui cours après, une brosse à la main, je glisse, je dérape, et la rattrape à l'arrêt du car.

« Dot, ne bouge pas. Calme-toi ou tu seras fatiguée quand viendra le moment de monter sur scène. »

Ses joues flamboient et ses yeux luisent comme des poignards. Elle emporte un vieux peignoir de bain appartenant à Wallace et mes sandales en cuir dans un sac en papier. Le reste de son costume sera fourni par les religieuses. Le vent est cinglant. Je suis jambes nues. La route est glissante et zébrée de boue gelée. Dot se débat pendant que je lui brosse les cheveux et retire des bouloches de son manteau en laine. Le car la sauve. Elle saute à l'intérieur à la seconde même où la portière mince s'ouvre en sifflant.

« La prochaine fois que tu me verras, je serai *déguisée* », hurle-t-elle.

Les vitesses du car grincent d'impatience, et Dot file dans l'allée centrale pour aller s'asseoir, d'après ce que j'ai entendu dire, avec les autres chahuteurs. Elle agite tout de même la main. Son visage est une pure tache de lumière derrière la poussière agglomérée de la vitre. Le car démarre prudemment, et la voilà partie. Je retourne à la maison, avec en tête un plan bien arrêté.

La première chose que je vais faire, c'est téléphoner à Wallace Pfef, car ma voiture a un pneu neige fichu et ce soir, avec ce verglas, je vais avoir besoin qu'on m'emmène. Je ne peux pas demander ça à Mary parce que j'apporte un plat mystère spécial et que je ne veux pas qu'elle le sache. Pas avant que la pièce ne soit terminée, en tout cas, pas avant que les parents affamés ne s'approchent d'un pas tranquille du fond de la salle où les longues tables seront installées, chargées de plats chauds encore emballés. Et là, elle le découvrira. Le moment venu. Car j'ai décidé d'aller encore beaucoup plus loin qu'elle n'en aurait le culot. J'ai décidé qu'une mère jalouse a le droit d'être imprévisible. Et je me suis également arrangée pour que tous les regards bizarres se tournent vers Mary, et non vers Dot ou sa mère. Nous serons en train de manger dans nos assiettes en carton, de bavarder avec Wallace Pfef, sans faire attention aux grattements de tête et aux gloussements de ceux qui regarderont la table. Mary, quant à elle, sera ailleurs. Cela m'est égal. Je n'ai même pas l'intention de m'asseoir à côté d'elle pendant la pièce.

Quand je reviens à la maison, elle est déjà prête à descendre en ville avec sa voiture. Je suis contente qu'elle parte tôt. Je prends une journée de congé. J'aurai ainsi le temps de peaufiner mon plat spécial pour ce soir.

« Ne t'embête pas à m'attendre, lui dis-je au moment où elle sort, trouve-toi une place dans la salle, ce soir. Ce sera bondé. »

Elle hoche la tête et s'en va, les paupières plissées pour voir à travers le petit carré de plastique antigel fixé sur son pare-brise. J'appelle Wallace, je conviens d'une heure et pense que tout va aller comme sur des roulettes. Mais, évidemment, comme la plupart du temps dans la vie, il n'en est rien.

Le gymnase ce soir-là est bruyant et très animé. Je pénètre dans la cohue avec Wallace, mon plat recouvert de papier alu entre les mains, mais avant que je ne puisse le poser sans encombre sur la table, au milieu des mets des autres parents, nous sommes rattrapés par Mary. Elle s'est mise sur son trente et un. Elle est coiffée d'un turban noir piqué d'une boucle en strass, et porte une robe neuve en rayonne. C'est un tissu si peu commun que c'est tout juste si je peux en détacher mon regard. Le fond bleu est couvert de marques qui auraient pu être dessinées au charbon de bois par des hommes préhistoriques. C'est une écriture, si l'on peut dire, lisible mais dénuée de sens. Ça donne presque envie de se pencher pour la déchiffrer.

« Je nous ai gardé des places, annonce Mary, tout devant. Venez avant qu'on ne nous les prenne.

– Je vous retrouverai », dis-je en poussant Pfef à l'accompagner. Heureusement, elle est tellement impatiente de retourner s'installer qu'elle ne remarque pas que j'ai apporté un plat. Je peux donc le glisser parmi les autres. Je dis bonjour aux institutrices qui se tiennent derrière la table et rassemblent les gobelets en carton. Même Mme Shumway a un sourire aimable, ce soir, sauf que le regard qu'elle darde sur la foule se pose un instant sur la boucle étincelante de Mary et devient méfiant et vitreux.

Je me dirige enfin vers l'endroit où Mary a gardé une place libre entre Wallace et elle. Elle n'a rien à lui dire depuis qu'il est devenu l'ami de Dot. Elle le tient aussi pour responsable des betteraves à sucre, qui ont amené les nouveaux supermarchés en franchise, lesquels l'ont privée de tant de clientèle. Nous regardons autour de nous, saisis par toute cette excitation. Les lampes resplendissent dans des seaux en fil de fer. Des papas aux manches retroussées descendent de chariots disposés sur les côtés des chaises pliantes supplémentaires et y installent des grands-mères à col en vison. Devant nous, à l'entrée des coulisses, des religieuses, drapées dans leurs voiles noirs, sont blotties les unes contre les autres. Le gymnase est délabré, c'est une salle paroissiale à tout faire qui sert aux repas de noce et d'enterrement, aux réunions municipales, aux séances de bingo. Le rideau en veloutine cramoisie est un vieux truc miteux récupéré au collège. Le plancher grince et tremble. Mais les murs brillent, parés de guirlandes argentées. Le bruit enfiévré ne cesse d'augmenter, et puis tout à coup il cesse et l'on n'entend plus que le bruissement des programmes. En chuchotant, nous repérons et admirons le nom de Dot. Les lumières s'éteignent. Puis le rideau s'ouvre en grinçant. Le projecteur éclaire un garçon vêtu d'un poncho tricoté et d'un gigantesque sombrero dans le genre de ceux que les gens qui ont visité le Mexique accrochent au mur chez eux. Ce garçon tient un long discours triste sur son ami l'âne, qu'il doit vendre à l'usine de colle pour pouvoir s'acheter à manger. Derrière lui, sur des gradins plongés dans l'obscurité, un chœur de jeunes élèves déplore la destinée de l'animal.

Le garçon tire sur la corde qu'il tortillait dans ses mains et l'âne sort en titubant des coulisses. Il est en pantalon gris et baskets. Le corps est rond comme un tonneau, tout de traviole, et la tête en papier mâché pend comme si la bête était ivre. La bouche peinte, ouverte et souriante, et les yeux en amande bordés de noir lui donnent une curieuse expression de cruauté.

Les parents poussent des *ooh* et des *aah*, mais certains semblent saisis de surprise. L'âne est un animal déplaisant. Sa peau en toile de jute et tapis teint paraît mangée aux mites. Une oreille est longue et l'autre courte. Mary doit être la seule personne dans le public à trouver que l'âne est mignon. « Oh, regarde-le qui gambade », murmure-t-elle à mon oreille.

Ses yeux de Tatare luisent doucement ; elle se mord la lèvre. Ses gants sont roulés en boule serrée, comme des chaussettes. Elle sourit tandis que le garçon et son âne s'engagent sur la longue route menant à l'usine de colle. Il y a de la tragédie, son élément de prédilection, dans l'air. Ses yeux étincellent quand le chœur gémit.

« *Amigos !* Nous sommes des *amigos* ! » crie le garçon de sous son sombrero. Et puis sans se presser ils commencent à traverser la scène. Ils pleurent. Mais avant qu'ils n'arrivent à l'usine de colle, saint Joseph apparaît.

Mon cœur bondit. J'ai tellement peur qu'elle trébuche ou ne dise pas ce qu'il faut. Mais elle est très bien.

Elle a une longue barbe en coton peinte à la bombe, un vieux bout de tissu d'ameublement noué sur la tête, et porte le peignoir en éponge marron que Wallace lui a prêté. À ses pieds mes sandales ont une allure biblique. Comme dans la vision que j'avais d'elle, elle tient à la main un merlin en bois. Mary hoche fièrement la tête, et je devine que ce merlin est son vieux maillet à assommer les moutons. Ça ne me plaît pas. Saint Joseph devrait avoir dans les mains un outil de construction, me dis-je, pas un instrument de mort. Peut-être à cause du merlin, Dot a l'air plus sévère que les gentilles statues de l'église, et plus forte. Elle me convainc en saint Joseph, bien qu'elle soit ma fille. L'âne s'approche d'elle, arborant son sourire idiot et méchant. Elle se tient devant lui, les jambes bien écartées, en équilibre sur la pointe des pieds. Tout ce que j'aperçois du garçon pour lequel, selon Mary, elle a un faible, c'est une paire de genoux en velours gris et des baskets noires effrangées. Dot attrape l'âne par le cou, et les pattes grises s'agitent un instant dans les airs. Puis elle le repose sur le sol et lance sa tirade à l'*amigo* de l'animal.

« *Señor*, où allez-vous avec cet âne ?

– Je dois le vendre à l'usine de colle car ma famille a faim, répond tristement le garçon.

– Je peux peut-être vous aider, dit Dot. Marie, ma femme, moi-même et notre enfant, le petit Jésus, voulons échapper au roi Hérode. Ma femme pourrait monter sur l'âne si vous nous le vendiez.

– Je vais vendre mon âne pour vous aider, hurle le garçon. On ne le tuera pas !

– Bien sûr que non, dit Dot. Nous traverserons simplement le désert sur son dos pour nous rendre en Égypte. »

Elle sort de la poche de son peignoir quelques grosses pièces de monnaie en papier alu froissé et les donne au garçon.

Et voilà, la transaction a lieu. L'âne du destin appartient maintenant à Dot, qui tente alors de flatter son museau hargneux en papier mâché. C'est là que survient l'incident dont j'espère ensuite qu'il ne marquera pas à vie l'esprit de ma fille. L'âne se dérobe. Est-ce que c'est dans le scénario ? Intriguée, je jette un coup d'œil à Wallace, puis à Mary. Mais Wallace hausse les épaules, et le regard de Mary se réduit à un rai lumineux chargé de prémonitions.

« Viens, petit âne », dit saint Joseph entre ses dents serrées. Elle tire, peut-être un peu brutalement, sur la corde qu'il a autour du cou. Soudain une main passe sous le rabat de l'encolure et arrache la corde des doigts d'un saint Joseph surpris.

Mes mains s'élèvent dans les airs, en vain, comme si elles pouvaient tout arrêter. Mais trop tard.

L'assistance s'agite nerveusement, quelques hommes bruyants s'esclaffent, et saint Joseph entend le public qui se moque d'elle ! D'une secousse, elle reprend la corde à l'âne. La main ressort et cette fois arrache du menton de saint Joseph le duvet en coton.

Le bras de Dot se raidit, je le sens. Son visage devient rouge de colère, violet, blanc, et elle brandit le merlin ! Je sais ce qui va se passer. Le public est bouche bée. Puis elle l'abat carrément, comme en un prompt jugement, sur le crâne en carton de la bête.

L'avant de l'âne s'effondre. La tête vole au loin, fracassée. La dernière vision que nous avons de cette scène, c'est saint Joseph, criminel triomphant, debout, le merlin brandi bien serré dans son poing au-dessus du corps immobile d'un garçon aux cheveux filasse.

Le rideau s'est refermé et le public gronde, consterné. Une grosse femme blonde, hystérique, se précipite dans l'allée, certainement la mère de l'avant de l'âne effondré. Je suis clouée à mon siège.

« Viens ! siffle Mary en remontant son sac à main au creux de son coude. Ou les sœurs vont lui faire la peau ! »

Nous abandonnons nos sièges à Wallace et trouvons la porte latérale. Nous nous glissons derrière les rideaux, dans les coulisses. Anges et bergers navrés sont massés ici et là. La Vierge Marie a arraché son voile et sanglote dans un coin. Les silhouettes en bois peint des moutons et des vaches ont l'air bêtement déroutées.

« Où est Dot ? » tonne la voix de Mary.

Tout le monde pivote.

« Elle a filé par la porte arrière du gymnase, répond l'une des religieuses, d'un air pincé.

– Alors faites une battue ! s'écrie Mary. Elle est pieds nus dans la neige ! »

Elle a beau dire, aucune battue ne s'organise.

Je prends Mary par le coude et la guide vers la porte de derrière.

« Nous allons la chercher dans ta camionnette, dis-je, et ne t'en fais pas. Je suis sûre qu'elle a mis des bottes. »

Nous montons et descendons au pas les rues d'Argus. Il y en a tellement de nouvelles que parfois c'est à peine si nous savons où nous sommes. Nous repartons, nous nous arrêtons chez Mary, puis finalement faisons tout le chemin jusque chez moi où nous trouvons Dot assise sur la table basse du salon, ses pieds nus à côté des conduites de chauffage. La paire de bottes rouges qu'elle a emportée sèche sur une carpette en plastique.

« Jeune fille ! m'écrié-je, soulagée, et je m'avance à grands pas vers elle, mais Mary arrive la première.

– Attends, dit-elle en me retenant. Elle est blessée. »

Effectivement, Dot cache quelque chose. Elle est assise, elle serre dans ses mains sa barbe de théâtre et tremble de froid, ou peut-être qu'elle résiste coûte que coûte. Vaincue, emmitouflée dans une couverture, elle a curieusement l'air d'un homme d'âge mûr, ordinaire. Son visage est pâle, zébré de tristesse, et le regard de ses yeux noisette est distant, tout nouveau, sans même une pointe de colère.

« Dot », dis-je en lui ouvrant les bras.

Elle hésite, veut venir, s'en empêche, refuse de me regarder en face, commence quand même à s'approcher. Mais Mary est sur le passage. Elle se met à genoux dans un craquement ankylosé et puis brusquement, sauvagement, elle plonge en avant et attrape ma fille à pleine poitrine et par le cou, dans un étranglement. Sur le moment, cela m'est égal que ce soit Mary qui la serre dans ses bras, parce que je ne sens que la tristesse de Dot. Mais Dot se jette soudain dans mes bras, en passant sur le corps de Mary comme un taureau qui charge, et l'envoie rouler en un tas de motifs noirs. Puis elle fonce au sommet de l'escalier. La porte de sa chambre claque.

Mary a fait un tel barouf, en tombant à la renverse, que je m'arrête un petit instant pour l'aider. Mais elle n'a mal nulle part et cherche même à paraître paradoxalement ravie de ce que Dot vient de faire. Elle repousse mes mains secourables et se hisse sur ses pieds.

« Bravo, ma Dot ! » dit-elle en rajustant son turban.

Je monte au premier.

« Dot », dis-je en frappant doucement à sa porte.

Au bout d'un moment, j'entends sa voix assourdie et j'entre. Je m'assois près d'elle dans le noir, sur le lit de camp où elle s'est jetée de tout son long, et laisse peu à peu mes bras retomber et l'entourer, comme sans le vouloir. Elle ne bouge pas, mais elle est tendue comme un animal qui a peur, prête à essayer de mordre ou à se relâcher sous la prise de son gardien. J'adapte mes mains, j'aplatis mes paumes pour la toucher petit à petit. Quand je les déplace, que j'enfonce mes doigts dans ses cheveux, caresse le côté de son cou, elle n'est pas loin de me repousser. Mais elle ne le peut pas, le désir de lutter l'a quittée et elle a trop besoin de moi pour résister quand je l'attire tout près. Sa grosse tête tombe contre moi, salée, sentant la laine âcre. Ses épaules tremblent, mais je ne peux pas dire qu'elle pleure avant que ma robe colle à mes cuisses, humide, et que Dot expire, fort et à fond.

Il se passe tellement de temps avant qu'elle n'inspire de nouveau que je manque de la secouer, affolée. Mais elle dort, c'est tout, et maintenant rien ne la dérangera. Je ne pars pas, même si mes bras s'engourdissent et que Mary attend en bas. Je ne pars pas quand elle se tourne et se retourne dans son premier rêve, jette encore davantage de poids contre moi. Je reste assise, absolument immobile.

Puis ses doigts se déroulent, comme s'il en coulait du sable, et elle semble plus légère. Le radiateur vibre dans un coin. La chambre de Dot a l'odeur des nids de chaussures et de chaussettes qu'elle a bâtis cette semaine. Elle sent le rembourrage moisi de ses poupées usées et abandonnées, et la sciure dans laquelle se cache son hamster. Elle sent la graisse qu'elle passe sur son gant de softball, la lotion au lilas dont elle s'inonde les cheveux. Elle sent le grès froid entre la vitre et le rebord de la fenêtre. Elle sent Dot, une odeur fraîche et âcre, comme de l'écorce neuve, que je reconnaîtrais n'importe où.

Je m'endors assise dans cette paix, et quand je me réveille je ne saurais dire l'heure qu'il est. Je descends au rez-de-chaussée et vois que Mary est assise à côté du poêle à gaz. Elle a une tartine beurrée dans une main et une tasse de café léger dans l'autre. La pendule marque minuit.

« J'ai préparé du café. » Elle montre la cuisine. « Va en chercher pour toi. »

Ce que je fais, et pendant un moment nous restons là à mastiquer bruyamment et à boire à petites gorgées, sans un mot.

« Wallace a dû rester bavarder avec les parents, dis-je enfin. Je suppose que d'une façon ou d'une autre les religieuses ont sauvé la soirée.

– Ce gamin le méritait, affirme Mary. Il est vraiment bête à manger du foin. »

Je suis d'accord. Mary avance l'hypothèse qu'il est nouveau par ici, un de ces mômes qui habitent dans les grands immeubles de six appartements qu'on appelle dans le coin « le village en carton ». Je lui dis que depuis la nuit des temps les enfants ont eu des accès de violence, et que ça passera. Elle se met à parler du dîner, dit que tout le monde s'est sûrement pressé au fond de la salle, occupé à remplir son assiette et à parler de la Jell-O qu'elle a spécialement concoctée. Elle a trouvé une recette qu'elle n'avait encore jamais essayée. Je suis dans la lune, à moitié endormie après être restée avec Dot, et donc, quand je lui révèle ce que j'ai apporté, je ne réfléchis pas.

« Tu as remarqué que j'avais apporté un plat spécial ? lui dis-je.

– Non. »

Elle ne demande même pas ce que c'était. Je touche son fauteuil et ris.

« Écoute un peu. Ton nom était écrit dessus.

– Mon nom ? » Ça l'intéresse.

« Je l'ai collé avec du ruban adhésif sur le fond du plat, alors que c'est moi qui l'ai préparé. »

Elle est silencieuse à présent, et curieuse.

« Il y avait quoi, dedans ?

– J'ai fait une salade à la Jell-O.

– Ah ! Quel style ?

– Le style pleine d'écrous et de boulons, plus toutes sortes de rondelles. J'ai dévalisé la boîte à outils de Russell pour trouver les ingrédients spéciaux. »

Ses pupilles se contractent, ne sont plus que des pointes d'épingle. Elle braque sur mon visage un long regard. Puis elle se détourne et souffle fort sur son café, comme pour le refroidir. Je m'attends à ce qu'elle éclate de rire à tout moment et voie où est la plaisanterie. Je m'attends à tout de sa part, sauf à ce qui arrive. Car elle n'ouvre pas la bouche. Ses épaules s'affaissent et son dos flanche. Et puis, dans le curieux imprimé de sa robe, je finis par lire qu'elle est blessée. Elle ne le reconnaîtra pas, je le sais, mais elle voulait, plus encore que moi, que cette soirée soit réussie. Elle voulait goûter ici et là les différents plats et en discuter. Elle voulait se vanter du premier rôle tenu par sa nièce. C'était la toute première fois qu'elle participait autant à la vie de Dot, et à moins que le vent ne se lève et n'aplatisse complètement le magasin, ce sera probablement la dernière. Elle n'a pas d'excuse pour rester ici, même maintenant.

« Je m'en vais, annonce-t-elle. Je n'ai pas fermé le magasin à clé et les chiens sont dehors. »

Elle enfile son manteau et sort. Et moi je reste plantée dans l'entrée tandis que ses phares vacillants s'éloignent dans le noir. Je ne réfléchis presque jamais à ce que ressent Mary, mais là, oui. Je pense à elle, seule dans la petite caverne vibrante de son véhicule. Elle avait mis de fins gants fantaisie pour la pièce, et maintenant la nuit est si froide qu'elle ne peut garder qu'une seule main à la fois sur le volant. Tout en conduisant, elle souffle sur l'autre pour la réchauffer. Puis elle change de main. Il y a cinq kilomètres entre chez moi et Argus, et la route est mauvaise. Je regarde la voiture de Mary avancer avec précaution dans les ornières pleines de gravier dangereusement verglacées. Ses feux arrière rouges tremblent loin au croisement, puis s'éteignent.

L'Oiseaurama

Pendant des jours, le silence d'Adelaide et le regard sombre qu'elle posait sur les feuilles détrempées de pluie de l'autre côté de la minuscule fenêtre de leur chambre prévinrent Omar qu'elle laissait monter sa colère. Sa fureur n'avait rien à voir avec lui. Elle était périodiquement endiguée comme de l'eau et il était inutile ensuite qu'il essaie de l'arrêter. Quand Adelaide lâchait tout, Omar restait à distance et la laissait marteler de ses poings tables et chaises, envoyer des coups de pied dans les portes-moustiquaires, les maudire et les faire claquer, et casser tout ce qui pouvait lui ramener la paix.

Dans l'obscurité bleue, alors qu'il s'était réveillé en découvrant qu'elle avait quitté leur lit, il se glissa au rez-de-chaussée pour épier son humeur. Elle était attablée dans sa cuisine devant une tasse de chocolat. La peau d'Adelaide avait pris la blancheur du papier, avec l'âge, et sa chevelure aussi, une auréole qui tenait toute droite, électrique. Sa gorge et sa taille mince étaient restées souples. Sa main était rapide et brusque. Elle aboyait lorsqu'elle parlait, et l'éclat froid et dur de ses yeux subjuguait les clients qui entraient pour voir leurs oiseaux. Maintenant son peignoir s'amassait autour d'elle en une volute blanche. Adelaide piquait une petite plante en pot couleur de jade du bout d'un crayon bien taillé. Omar la regarda faire un moment puis se replia à l'étage, s'habilla, et redescendit par l'escalier branlant à l'arrière.

Dehors, la vapeur montait de l'herbe et les palmiers étaient gris-bleu, animés et frémissants sous l'effet des brises qui soufflaient à l'aube. Les rares premiers oiseaux à s'éveiller commençaient à récriminer, à se jeter en tous sens à l'intérieur du dôme en treillage métallique. Ils planaient le temps d'un battement d'ailes et puis retombaient, agitaient les ailes deux ou trois fois selon leur envergure, pour atteindre l'autre côté. Chaque matin il fallait à nouveau qu'ils vérifient les limites de leur habitat et retrouvent sa forme avant de pouvoir se calmer, chanter et se nourrir. Leurs cerveaux étaient minuscules, de la taille des mécanismes d'une montre, précis mais stupides. Ils étaient incapables de garder une idée en tête d'un jour sur l'autre.

Quand Omar pénétra dans la vaste gloriette argentée qui scintillait entre les palmiers et attirait des visiteurs venus des lieux de villégiature des environs, tous les oiseaux tournoyèrent, tendirent leurs griffes et battirent l'air en cercle, puis se posèrent pour s'aiguiser le bec sur des branches mortes plantées dans du béton. Les membrures de la cage s'élevaient vers le ciel, noires sur fond de ciel gris perle. À l'autre bout du jardin, Adelaide commença. Il ne se retourna pas, mais son cri inarticulé l'atteignit à l'estomac. Dans le bateau, parfois, ses copains de pêche au chalut attachaient ensemble deux poissons qui ne valaient rien, les jetaient aux mouettes et regardaient les oiseaux happer les poissons et se faire tuer, incrédules, reliés par les intestins. Dans des moments tels que celui-ci, Adelaide et lui étaient attachés l'un à l'autre tout aussi violemment. Il ressentait sa souffrance comme si elle était en lui, mais ne pouvait rien faire.

Il traversa le dôme, retourna dans la salle de nourrissage. Les oiseaux connaissaient la routine et se rassemblaient, les yeux aussi brillants que des yeux de serpent. Ils devaient manger plus que leur poids, et leur frénésie matinale était désagréable à observer, même si c'était le seul moment où ils paraissaient intelligents. Leurs têtes, animées par leur avidité, se mouvaient comme des pistons, et leurs becs se plantaient dans des petits bouts de fruits et de graisse animale. Quand il se détourna, Omar entendit du verre qui commençait à se briser en longs flots argentés et assourdis à l'intérieur de la maison. Avec de grands gestes, Adelaide jetait des bibelots à bas des étagères, ou peut-être avait-elle précipité par terre le porte-verres à vin de la cuisine. Elle ne se blessait jamais, et il n'y avait en réalité aucune raison de l'arrêter. Les verres ne coûtaient pas cher, et le voisin le plus proche se trouvait à quelque quatre cents mètres de là. C'était l'attente qui oppressait Omar.

Pour passer le temps, il imagina ce qu'ils feraient quand Adelaide reprendrait ses esprits. Il se vit main dans la main avec elle dans le jardin, derrière le jacaranda, riant d'un truc idiot qu'avait dit un client. Il la vit le battant aux cartes et jetant sur la table tout son jeu étalé. Elle trouvait une pierre plate brillante dans leur allée et la lui posait sur la joue. Elle le regardait dans les yeux. Lui offrait une savonnette. Un quartier d'orange mûre. Un journal. Il se vit dormant avec elle, pelotonnés l'un contre l'autre dans leur lit affaissé.

La maison s'enfla de silence, devint énorme, et il se leva pour partir. Les oiseaux se parlaient maintenant, ayant oublié sa présence. Le ciel était bas et opaque, la chaleur déjà proche, et la pluie un nuage de gouttelettes invisible et tiède. Il entendit le balai d'Adelaide et attendit derrière la porte que la pelle se vide musicalement, deux fois. Puis il entra. Elle se tenait au centre de la cuisine, les pieds maculés de sang. Ses cheveux étaient tirés, ramenés dans l'étau d'une barrette en acier tordue, et les pompons bouffants de sa chemise de nuit blanche pendaient, tout aplatis. Ses lèvres étaient blêmes et pincées, ses yeux las soutinrent son regard, effrayés. Elle attrapa une tasse à café, la remplit en tremblant, et il avança le bras pour la lui prendre des mains avant qu'elle ne se renverse.

CHAPITRE 12

Wallace Pfef, 1964

Elles aimaient trop Dot, et pour ce péché elle leur menait la vie dure. Il semblait parfois que tous les pires traits de caractère de leur famille se bousculaient en elle – l'entêtement et la brusquerie de Mary, la vanité de Sita, les actes de cruauté épisodiques de Celestine, l'irresponsabilité de Karl. Il arrivait que pendant des mois j'évite Celestine et Dot, et puis je cédais. Dot avait une qualité qui me ramenait toujours vers elle.

Elle n'avait peur de rien. Ni du noir ni du vide, ni d'aucune sorte de reptiles. Elle sautait du haut de grands plongeoirs, grimpait aux échelles, marchait dans la nuit comme si celle-ci lui appartenait. Elle me montrait des bocaux contenant d'ignobles bestioles, qu'elle observait tendrement pendant des heures – limaces et chenilles, même une araignée jaune, et des serpents noirs rayés d'orange tout du long. Elle avait aussi d'autres petits animaux. En été, elle exhalait l'odeur de foin des granulés de luzerne qu'elle donnait à ses lapins et les effluves d'égout des aliments pour tortue. Mais elle était plus gentille avec ses amies les bêtes qu'avec sa mère et sa tante.

Elles, elle les affamait.

Je pense que le comportement de Dot était en partie dû aux chamailleries de Celestine et de Mary. Il m'arrivait de penser que les frictions entre les deux femmes réduiraient Dot en poussière, mais non, elle s'endurcit entre elles, devint coriace. À cinq ans, elle se campait sur ses deux jambes dans le jardin, mettait les poings sur ses hanches et criait après les chats. À dix, elle pouvait abattre une journée de travail, pourvu qu'elle le veuille.

Parfois, l'après-midi, Dot venait chez moi, soi-disant pour tailler les spirées et les pommiers sauvages en fleur, ou ratisser l'herbe fraîchement tondue. J'avais prospéré en même temps que les betteraves. Ces arpents de terre que j'avais achetés avaient atteint des sommets quand les betteraves furent là, et je détenais des parts dans la nouvelle raffinerie de sucre. J'avais les moyens de prendre des congés pour bricoler. Elle me regardait faire, et pendant tout ce temps se risquait à utiliser mes outils. Elle adorait le marteau, et tout était vulnérable sous l'acier. Sols, pots, tables, murs. Je la persuadai de construire un nichoir à oiseaux, qui s'avéra gigantesque, de traviole, assez grand pour une meute de chiens. Nous installâmes un tuyau d'écoulement et assemblâmes un treillage tout de guingois.

La plus jolie chose qu'elle fit pour moi, le cadeau dont je me souviens en particulier, ce fut une boîte à œufs en carton remplie de coquilles soigneusement cassées. Chacune contenait une cuillerée à café de terre et, m'assura-t-elle, une graine-surprise qui pousserait pourvu qu'elle soit arrosée avec zèle. J'installai ma boîte sur le rebord de la fenêtre, l'arrosai, et en effet quelques graines germèrent. Elles étirèrent des pousses fragiles et fendues qui pâlirent et se fanèrent avant que je ne puisse dire ce que c'était.

J'étais fier que Dot, lorsqu'elle fit une fugue, soit passée par chez moi. Un jour, je tombai soudain sur elle, pelotonnée, épuisée et assoupie en haut de l'escalier de ma cave, et je m'assis sur les marches. Elle était pieds nus, en short d'été. Elle s'était enveloppée dans un vieux pull de jardin gris que je laissais pendu à une patère au rez-de-chaussée.

« Je fais une fugue, m'annonça-t-elle. J'ai même laissé un mot.

– Pourquoi ?

– Je vais habiter avec mon papa.

– Allons, allons, dis-je d'une voix apaisante, raconte donc ça à oncle Wallace et il va tout arranger. »

Les yeux de Dot s'arrondirent, jetèrent des rayons de mépris brûlant.

« C'est tout arrangé. Il m'envoie des choses, des trucs sympas comme du savon. Il m'envoie des horaires de car et des montres de poupée. Il me veut, et il n'est pas ce que dit tante Mary.

– Que dit tante Mary ?

– Que c'est un bon à rien. »

J'hésitai. Autrefois, j'aurais défendu Karl. Il me fallut quelques secondes pour comprendre que j'avais changé de camp au fil des années, que c'était arrivé sans que je me l'avoue, sans que je le reconnaisse.

« Ce n'est pas précisément le terme que j'emploierais », fis-je.

Ce qu'elle prit pour de l'approbation.

« Je sais. Si ce n'est qu'un bon à rien, où est-ce qu'il aurait eu le grand fauteuil roulant ? Un bon à rien, il ne pourrait pas en avoir un comme ça.

– Exact », répondis-je en songeant à ce cadeau ridicule.

Dot y réfléchit, méfiante.

« Tu sais, finit-elle par déclarer en pointant son menton vers moi, les pochettes d'allumettes de ma collection ? Elles viennent presque toutes de très loin. Il a fait le tour du monde ! »

Son affirmation ne tenait pas debout, même à ses oreilles. Je le compris à la façon qu'elle eut de tourner la tête, incapable de me faire baisser les yeux.

« Dot, dis-je, monte donc et laisse-moi te préparer un sandwich. Fromage et thon gratinés au four ? »

Elle me suivit mais sans être détournée de son but par aucun de ses aliments préférés, pas même les biscuits qu'elle adorait, des *Mystic Mint.* J'en gardais toujours une boîte au freezer à son intention. Nous les préférions glacés, tous les deux. Elle me demanda de lui en mettre une demi-douzaine dans un sac en plastique pour le voyage. Il fallut que je lui demande où elle pensait trouver Karl pour qu'elle cesse de jacasser, de décrire un avenir radieux, tout ce qu'ils verraient ensemble. Et beaucoup plus longtemps encore avant qu'elle ne me laisse téléphoner à Celestine.

« Écoute, lui dis-je après avoir raccroché. Tu devrais l'oublier. »

Elle posa son sandwich, la mine hostile.

« Comment ça ? »

Je pris une profonde inspiration. Mon cœur battait fort, ridicule, je suppose, mais penser à Karl à ce moment-là rendait ma respiration difficile. Il s'était passé quelque chose pendant la longue période où je ne m'étais pas autorisé à me souvenir de lui. Non examinés, non aérés de temps à autre, les sentiments peuvent changer, pourrir et tomber en lambeaux, ou se transformer en poison. Je me surpris à dire des choses étonnantes.

« Il est pire qu'un bon à rien, expliquai-je à Dot. Il a mis ta mère enceinte et a filé. Il m'a volé de l'argent, ensuite il est passé chez tante Sita, a accepté une aumône, a envoyé Sita dans un asile et puis a disparu. Il essaie de vendre des trucs, mais qui ne fonctionnent pas. Il boit et il ment, il ne gagne pas sa vie, il escroque et embobine les gens. C'est un moins que rien… il a flanqué un coup de pied à ma chienne. »

Je m'arrêtai, hors d'haleine, stupéfait et nauséeux. Mais je n'aurais pas dû me faire tant de souci, car tout le visage de Dot rayonnait. Elle était transportée par mes paroles, prête à filer, à le trouver.

« Et, ajoutai-je, osant un mensonge désespéré (le seul), il déteste les enfants.

– Pas moi, hurla Dot, qui sauta de sa chaise, se mit à aller et venir en tapant des pieds, emportée dans une danse qui se mua en frénésie. Pas moi, pas moi, pas moi ! »

J'éprouvais le désir atroce de lui tordre le bras, de siffler entre mes dents, de détruire son rêve. Si, toi, avais-je tellement envie de lui dire, surtout toi.

Mais évidemment je n'allai pas si loin. Sa mère se tenait sur le pas de ma porte. Elle fit irruption et traversa la maison en ligne droite comme un train de marchandises, presque en pleurs. J'aurais été touché si je n'avais pas été si affligé par mon attitude. Mais voilà, au fil du temps j'ai appris la leçon que les parents apprennent sans tarder. On échoue, parfois. Peu importe l'amour que l'on porte à ses enfants, il y a des fois où l'on dérape. Des moments où l'on bafouille, où l'on ne peut rien donner, où l'on s'énerve, ou tout simplement on perd la face, ce qu'on ne peut pas expliquer à un enfant.

C'était une année où tant d'autres événements commencèrent à se produire, des événements bien plus importants et plus terribles. Une guerre s'intensifiait à l'étranger et la mort semblait traquer nos héros. On ne pouvait pas non plus se fier au gouvernement, même près de chez soi. Ici, dans le Dakota du Nord, les missiles arrivèrent, une multitude de silos souterrains où l'on ne stockait pas de céréales. Dans la ville même, c'était un bouillonnement de constructions et de plans nouveaux. Nos promoteurs, à court de noms de rues habituels, s'étaient mis à donner à des impasses le nom de leurs épouses et de leurs enfants.

Mais malgré tout ce qui se passait là-dehors, cette année-là reste celle où je déçus Dot.

Noël est éprouvant pour un homme seul. Je prenais toujours part au dîner familial chez les uns ou chez les autres, mais ensuite je devais rentrer à la maison. C'était l'époque de l'année où je me sentais le plus vide et m'apitoyais sur mon sort. Les livres ne me distrayaient qu'un bref instant, la télévision c'était pire, à cause de toutes les émissions de circonstance, des stars de cinéma vêtues de velours qui entonnaient des chants de saison et faisaient de la luge, enveloppées dans de grandes fourrures blanches. Ce que j'attendais vraiment avec impatience, cette année-là, c'était de voir Dot jouer saint Joseph dans le spectacle de Noël. C'était elle qui m'avait invité, et elle m'avait même emprunté un vieux peignoir de bain qui traînait par là. Son premier rôle de saint Joseph aurait bien pu être celui du Christ en personne, tant elle était fière. Ce n'était pas seulement en raison de sa taille qu'on le lui avait attribué, mais aussi de sa voix. Elle avait développé ses cordes vocales en soutenant tout l'été son équipe de base-ball, avait vrombi comme une sauterelle en folie des « *Humm baby* » et des « *Hey battah, hey battah, hey battah* ». Je ne me rappelle pas que saint Joseph ait jamais dit grand-chose dans les pièces de Noël, mais Dot prétendait avoir vingt répliques. J'attendais donc avec impatience cette représentation, je fus heureux lorsqu'elle arriva, et, au volant, je fredonnai les chants de Noël de Burl Ives en allant chercher Celestine. J'étais loin d'être préparé au désastre.

Je parle du désastre intime, de ma faillite secrète, pas du garçon qui rendit Dot furieuse ni de la punition qu'elle lui administra avec le vieux maillet à moutons de Mary. Rien de bien surprenant, car le fait est que Dot avait souvent des problèmes à cause de son mauvais caractère. Je ne sais même pas pourquoi les religieuses lui avaient confié un rôle si important. Le désastre qui me bouleversa, qui me transperça, eut lieu juste avant le désastre public, quand je vis Karl.

C'était le vieux peignoir marron que j'avais prêté à Dot en guise de costume. J'avais été un imbécile d'oublier ce qu'il représentait. Ce peignoir, c'était le genre de chose que l'on prête à un homme qui passe quelques jours chez vous, mais je n'avais pas pensé à cela depuis des années, ni à quoi ressemblait Karl campé dans l'embrasure de la porte.

Et puis il apparut.

Il apparut lorsque la main du garçon sortit en ondulant de sous la peau de l'âne et arracha la barbe de saint Joseph. Je ne pensais pas que Dot ressemblait à Karl, mais je me trompais. Car soudain il était là, appuyé avec nonchalance au chambranle, à moitié dans l'ombre, la lumière jouant derrière lui sur les boiseries claires. Il baissa les yeux et ses cils effleurèrent ses joues, puis il les releva pour me regarder bien en face, si bien que dans la pièce il n'y avait pas d'espace, et entre nous, aucun.

Je tressaillis, me levai. Le gymnase était une ruche d'insectes dorés qui bourdonnaient, flottaient, recueillaient le miel qui m'emplissait. J'étais en larmes. Mes lunettes s'embuèrent. Personne ne remarqua rien, Dieu soit loué. Par une trouée dans la foule, je vis la partie antérieure de l'âne tomber en tas. Puis son postérieur bascula en avant, et un garçon sortit tant bien que mal de l'enveloppe d'échantillons de moquette grise en poussant des cris.

Je tournai la tête, plaquai vivement mes mains sur mes tempes, mais en vain. Karl était toujours là, face à moi le matin, à table, qui se versait du café et y mettait trois cuillerées de sucre, repoussait ses cheveux noirs loin de ses yeux en se peignant avec les doigts, léchait les gouttes de lait qu'il avait dans la moustache.

Le rideau se referma majestueusement. L'une des sœurs surgit pour annoncer que la pièce devait prendre fin. Des applaudissements jaillirent dans le public et les spectateurs commencèrent à occuper les allées. « Ne devrions-nous pas au moins manger ? » demanda quelqu'un. Je fus obligé de répondre, obligé de m'éponger le front et d'essuyer mes lunettes avec un soin étudié. Puis je passai parmi les grappes de gens qui se réconfortaient déjà devant la table du fond.

On avait retiré des plats les couvercles en pyrex. On servait le café. Je pris machinalement la file, recueillis de mystérieuses cuillerées de nourriture, mangeai avec une précipitation frénétique. Entre deux bouchées je m'excusais de la colère de saint Joseph, et bientôt les sujets de discussion en revinrent, comme toujours, aux prévisions sur le cours de la betterave à sucre et aux taux d'emprunt immobilier, aux taxes sur les obligations et au coût de la construction des routes. Et puis je manquai me casser une dent sur un boulon.

« Quelqu'un a cru faire une bonne blague, remarqua le directeur avec qui je bavardais. On ne sait pas qui. Une farce d'adolescent, peut-être. Cette personne, quelle qu'elle soit, a rempli tout un plat de quincaillerie, et s'il y avait un nom collé dessus, il est tombé.

– C'est très curieux », dis-je en poussant l'objet métallique sur le côté.

Le boulon me ramena à la raison. Il était temps que je rentre chez moi, à l'abri du danger, où je me débarrasserais de mes hallucinations en passant un long moment dans ma baignoire. Un bain chaud, voilà ce dont j'avais désespérément envie. Je parcourus la salle du regard, mais ne vis nulle part Celestine et Mary. Je me dis qu'après le fiasco elles avaient probablement ramené la petite à la maison dans la camionnette de Mary. J'aurais dû penser à Dot, à ce moment-là. J'aurais dû me demander ce qui l'avait poussée à renverser l'âne. Mais j'étais trop mal, entraîné au trente-sixième dessous par mes souvenirs, par l'effort de maintenir Karl tout au fond, lui aussi. Je quittai le gymnase de l'école, montai dans ma voiture et rentrai chez moi. Pendant tout le trajet je ne laissai pas une seule fois Karl remonter à la surface, bien qu'il se débattît sous mes mains, bien que son corps fût pâle et mince, et que ses cris fussent doux. Je le maintins de toutes mes forces où il était.

À la maison, je gagnai en trébuchant mon canapé, trop épuisé pour pleurer ou lutter, en proie à une tristesse trop amère pour aller ouvrir la porte la première fois que l'on sonna.

Puis on sonna de nouveau. Je ne crois pas que j'aurais répondu, même à ce moment-là, si je ne m'étais astreint, depuis la nuit où Dot était née, à croire que je devrais toujours être disponible pour toute personne en détresse. De toute façon, la chienne aboyait. Il faisait froid et je l'avais laissée attachée dans le jardin derrière la maison. Je m'en fus ouvrir la porte mais restai derrière, à me tapoter les cheveux pour les remettre en place, à me ressaisir avant de voir ce que cette personne voulait.

« Oncle Wallace ? »

Il était inutile de s'interroger. J'entendis sa voix, que le besoin rendait redoutable, comme celle de Karl. J'entrebâillai à peine la porte.

« Laisse-moi entrer, il fait un froid glacial.

– Non, dis-je. Écoute, je t'en prie, rentre chez toi. »

Dot était silencieuse, incrédule.

« J'ai quelque chose à te dire », reprit-elle.

Elle glissa son pied dans l'ouverture et puis fonça à l'intérieur, exactement comme sa mère, ou peut-être plutôt comme son père, le représentant de commerce.

« Non, répétai-je en l'attrapant par surprise et en la faisant pivoter vers la porte. Je suis sérieux. Va-t'en ! »

Je la jetai carrément dehors, puis tentai de sauver quelque chose.

« Ma chérie, je suis désolé. »

Mais son visage, pareil à un masque blafard en papier paraffiné, s'était contracté en une boule de haine. C'était étrange. Le froid la rendait transparente, comme une enfant faite de verre. L'éclat bleu de la neige brilla à travers elle lorsqu'elle retira d'un geste brusque mon vieux peignoir et se tint là un instant, face à moi. Je vis qu'elle n'était certainement pas Karl, qu'elle était à moitié gelée sans rien de plus sur le dos qu'un maillot de corps et une culotte en coton de petite fille, imprimés de fleurettes qui jetèrent des lueurs plus blanches au moment où elle sautait au bas de mes marches, par-dessus le peignoir marron mis en bouchon.

« Reviens ! » criai-je, mais même à cet instant-là, et de façon tout à fait impardonnable, je n'y crus pas assez pour me lancer à ses trousses. Elle partit chez elle. Il y avait pourtant pas loin d'un kilomètre. Je repliai le peignoir, décidai que je resterais dehors en haut des marches tout le temps qu'il lui faudrait, selon moi, pour arriver jusque là-bas. Ainsi, je me convaincrais qu'elle ne risquait rien. Au bout de quelques minutes des frissons montaient du tréfonds de mon être, et mon visage s'était engourdi.

Je me précipitai à l'intérieur, attrapai mes clefs et sortis à fond de train de mon garage, à sa poursuite. Je songeai à la première fois où je m'étais dirigé vers cette maison dans le noir, derrière la chienne errante. Même là, Dot existait déjà, le fruit d'une petite collision. Elle aurait pu se pelotonner dans la crosse d'un point d'interrogation imprimé.

Je regardai bien mais ne réussis pas à l'apercevoir, roulai lentement, conscient du moindre mouvement dans les fossés de part et d'autre de la route. Il était possible qu'elle se cache pour échapper à mes phares, et il faisait froid dehors, si froid. J'atteignis la maison sans l'avoir trouvée, mais à ce moment-là une lampe s'alluma et soudain je l'aperçus à travers la vitre, une ombre qui se ruait en haut de l'escalier.

Tous les cadeaux de Noël que je fis à Dot, cette année-là, ne ramenèrent rien d'autre dans leurs filets qu'un mot de remerciement rédigé par Celestine, d'une écriture qui était censée ressembler à celle de sa fille. Je téléphonai. Celestine força Dot à me parler, mais toutes mes questions affectueuses et mes plaisanteries la laissèrent de marbre. Je me creusai la tête pour trouver une façon de la reconquérir. Je songeai à lui offrir un chien, sachant toutefois très bien que Celestine avait refusé des chiots proposés par Mary. Celestine me détesterait si j'offrais un poney à sa fille. Une voiture, peut-être ? Si elle avait eu l'âge requis j'aurais puisé dans mon compte épargne pour faire l'acquisition d'une petite auto. Ou bien je lui aurais acheté une bague sertie de perles et de diamants. Dot avait horreur des bijoux. Elle aimait les fêtes, en revanche. J'appelai Celestine et lui demandai ce qu'elle prévoyait pour le onzième anniversaire de Dot, la semaine suivante.

« Rien, je veux dire que je n'ai pas de projets.

– Alors laisse-moi m'en occuper. Laisse-moi lui offrir sa fête d'anniversaire. »

Je n'eus aucun mal à convaincre Celestine. Pour elle, les fêtes étaient une corvée. Je savais fort bien qu'elle n'en organisait que pour aider Dot à se faire des amis à l'école, et que jusque-là ces fêtes avaient eu le résultat inverse. C'était surtout à cause de Mary, qu'il fallait inviter. Les enfants avaient peur de son regard jaune et courroucé, de sa voix rocailleuse. Elle mettait en place des jeux accompagnés de menaces désinvoltes mais terrifiantes, et les enfants obtempéraient comme des otages qui ont un revolver pointé sur eux. Ils jouaient machinalement et lui jetaient des regards anxieux, en quête d'approbation. Leurs rires sonnaient faux. Mais Mary ne le remarquait pas et ne comprenait pas quand Celestine lui suggérait de cesser ses tactiques d'intimidation. Quant à Dot, elle devenait l'acolyte de Mary, son bras droit, exécutant les ordres de sa tante avec un empressement lugubre et méthodique. Elle ne semblait pas chagrinée que, une fois la fête terminée, les autres enfants, soulagés, prennent leurs jambes à leur cou pour quitter son jardin.

« Tu peux peut-être demander à Mary de ficher la paix aux gamins, proposa alors Celestine. Elle sera en terrain inconnu. »

Si cela n'avait tenu qu'à moi, je ne l'aurais même pas invitée. Mais c'était le tribut à payer pour avoir la permission d'organiser cet anniversaire. Bien entendu, il fallait aussi que j'aie la tante. Mais si je devais avoir Mary, décidai-je, alors j'aurais aussi Louis et Sita. Ils avaient presque disparu de la circulation, ces derniers temps, bien que Louis ait rappelé qu'il était important que Sita voie du monde. Je connaissais Louis par le Lions Club, le conseil municipal, et bien sûr par son travail qui consistait à identifier les rares nuisibles menaçant la betterave à sucre. C'était un homme important dans notre région, que l'on appelait toujours à la rescousse en cas de crise. Il avait été l'homme idéal pour Sita lorsqu'elle avait eu besoin de soins – un type solide et plein de ressources. Mais il était évident que s'occuper d'elle l'avait usé. Chaque fois que je le voyais, maintenant, il semblait plus maigre et plus grisonnant. Il faisait de l'angine de poitrine et devait avoir sur lui des gélules de nitroglycérine. Je pensais néanmoins que sa nature raisonnable et son autorité pourraient assagir Mary.

« Ce sera une réunion mixte, lui expliquai-je au téléphone. La famille, quelques camarades d'école de Dot, peut-être un ou deux membres du Lions.

– Il y a des années que je n'ai pas été à un anniversaire, remarqua Louis. Nous avons raté ça, n'ayant pas eu d'enfants. Nous serons ravis de venir.

– Où ? »

C'était la voix de Sita ; elle avait décroché l'autre combiné et elle était sur la ligne.

« Je t'ai demandé de ne pas faire ça, chérie, dit Louis.

– Je sais, chéri, lui répondit Sita.

– J'ai appelé pour vous convier tous les deux au onzième anniversaire de Dot. »

Il y eut un déclic sur la ligne de Sita.

« Nous y serons. Elle aime beaucoup cette enfant. À bientôt », dit Louis.

Quand tout le monde fut invité, les camarades d'école de Dot, et Mary, aussi, je me carrai sur mon siège et songeai pour la première fois que je demandais à Mary et Sita de coexister pendant plusieurs heures alors qu'elles ne s'étaient pas retrouvées toutes les deux sous le même toit depuis des années. Je songeai que je demandais à Louis d'être là, également, car je comptais sur sa solide influence, mais que si à la dernière minute il ne pouvait pas venir, je serais perdu. Sans lui, me dis-je, jamais je ne parviendrais à empêcher que le chaudron d'éléments que j'avais mélangés ne déborde. Il s'avéra que son influence ne fut pas suffisante.

Malgré les ennuis possibles, je pris plaisir à mes préparatifs. Je décidai que Hawaï serait notre thème pour cet anniversaire. Le *luau* aurait lieu à l'intérieur, la comédie musicale *South Pacific* en fond sonore, et on jouerait à « Épingler la Queue sur le Cochon Sauvage ». Dot aurait un panier de colliers de fleurs en papier crépon dont elle parerait chaque invité qui se présenterait à la porte. Le gâteau d'anniversaire serait un gâteau renversé à l'ananas. J'achetai un présentoir tournant dans la boutique de cadeaux du centre-ville. Je voyais la rotation du gâteau au son de la boîte à musique placée à l'intérieur égrenant « Joyeux anniversaire ». Nous chanterions. Il y aurait quantité de pichets de boissons exotiques préparées avec des jus de fruits en boîte, des glaçons, et décorés de petits parasols fantaisie. J'offrirais à Dot un ukulélé que j'avais commandé à Fargo. Et par-dessus tout, elle me pardonnerait.

Le 18 janvier arriva. Onze ans depuis que j'avais ouvert ma porte en pleine tempête de neige. La journée était paisible et pas terriblement froide. En ville, le soleil qui miroitait sur la chaussée faisait fondre la neige par endroits, et les enfants que je passai chercher paraissaient enthousiastes, quoiqu'un peu nerveux. Ils avaient peut-être assisté aux autres fêtes de Dot. Mais celle-ci serait différente.

Ils étaient quatre, les seuls amis de Dot ; trois solides garçons et une fille de petite taille, au visage plein de fraîcheur et à la mine charmante. Quand nous arrivâmes chez moi, pourtant, et que la camionnette de Mary pointa son nez derrière nous comme un gros poisson prédateur rouge foncé, le visage de cette gamine se durcit.

« Ne t'en fais pas », commençai-je à dire alors que nous sortions tant bien que mal de la voiture, mais tout ce que j'aurais pu trouver pour la rassurer fut noyé par le hululement de joie de Dot et la voix râpeuse de Mary.

« Allez, hop, au boulot ! Il y a un anniversaire à fêter ! »

Le visage de Mary était congestionné par l'excitation, et elle remarqua à peine ma présence tant elle était concentrée sur les enfants. Elle les rassembla derrière elle et les entraîna tambour battant vers la porte avant que je puisse m'organiser suffisamment pour intervenir.

« Compagnie, halte ! » hurla-t-elle.

Ensuite, elle leur ouvrit la porte de chez moi et ils entrèrent. Dot s'était rangée derrière elle, mais les autres enfants traînaient les pieds et regardaient derrière eux avec des yeux implorants.

« Ne t'en fais pas ! » criai-je de nouveau, mais la porte se referma et je dus rassembler les achats de dernière minute – gobelets en carton, pinces à linge supplémentaires pour le jeu « Lâchez la Pince à Linge dans la Bouteille », et pailles décorées – avant de pouvoir me précipiter pour les protéger.

À l'intérieur, toutefois, il n'y avait pas grand-chose à faire. Les enfants restaient là en grappe résignée, la tête penchée pour laisser Dot ou Mary leur passer un *lei* autour du cou. Leurs nuques découvertes étaient fragiles et vulnérables. Je tentai d'animer la fête, vêtu d'une chemise hawaïenne d'un orange criard, du pantalon du gars qui traîne toute la journée sur la plage, d'un grand chapeau de paille. Pour commencer, je distribuai les mirlitons, des sifflets-oiseaux qui emplirent bientôt la maison de gazouillements, comme une volière. Celestine arriva et resta sur le seuil du salon, le regard plein d'espoir, mais à part moi personne ne remarqua sa présence. Son visage s'assombrit tandis qu'elle évaluait la situation.

« Tu vois ce que je veux dire au sujet de Mary ? » me demanda-t-elle.

Les enfants étaient bien en rang et Mary les comptait pour former une équipe qu'elle était en train de composer. Chacun semblait être sélectionné pour le peloton d'exécution.

Je levai les mains en un geste de défaite.

« Je n'ai pas pu l'arrêter, avouai-je.

– Je n'y réussis jamais non plus. »

Celestine haussa les épaules.

Sur ces entrefaites, Sita et Louis arrivèrent dans leur grosse voiture gris métallisé. Ils entrèrent. Comme toujours, Louis était calme et maître de lui ; il paraissait plus frêle, aussi. Il avait les yeux las et cernés. Sita avait peut-être passé une mauvaise nuit. Et pourtant il sourit en entendant les sifflets d'oiseau assourdissants qui avaient repris. Mary avait organisé des équipes de siffleurs. Louis confia son manteau à Dot et l'embrassa lorsqu'elle lui passa un *lei* autour du cou. Elle lui rendit son baiser, avec enthousiasme, et serra également Sita dans ses bras. J'avais été le seul, à part sa mère, qu'elle n'avait pas comblé de marques d'affection.

J'espérais que, quelques minutes plus tard, son attitude changerait. Le ukulélé reposait dans son étui. Le gracieux instrument en bois blond était accompagné d'un mode d'emploi clair, et d'un recueil pour débutant intitulé *Succès de Tahiti* dans lequel Dot pourrait apprendre « Chanson d'amour tahitienne », « Au-delà de la barrière de corail », et « Une berceuse de Papeete ».

Sita me tapa sur l'épaule. Elle était devenue trop maigre et avait perdu sa fraîcheur à l'hôpital psychiatrique, je le savais. Mais elle paraissait avoir encore décliné depuis. Son visage était creux et délicatement plissé comme une feuille de papier à lettres mince et délicate. Elle avait l'air malade, et pourtant elle était toujours superbe, avec sa belle ossature et ses vêtements à la mode.

« C'est très joli, dit-elle en désignant le papier crépon vert suspendu aux lampes, l'hibiscus en plastique, le poster de voyage, le centre de table composé de noix de coco. Où sont les toilettes ? »

Je lui indiquai le haut de l'escalier, qu'elle gravit avec élégance. Nous ne la reverrions pas avant que les rafraîchissements ne soient servis.

Entre-temps, l'heure du cochon sauvage était arrivée. Et maintenant il était évident que le plan visant à faire obstacle à Mary avait été un échec. Donner la fête chez moi ne présentait aucun avantage. Mary était aux commandes. J'avais peint un gros cochon brun sur un bout de carton que j'avais accroché au mur. J'avais découpé dans du papier une queue frisée, que j'avais piquée sur une épingle à chapeau. À présent, Mary tenait en main la queue et l'épingle à chapeau. Les yeux bandés, brandissant devant elle la longue épingle à l'allure mauvaise, elle avait précipité tous les enfants, sauf Dot, le dos au mur. Dot esquiva courageusement l'épingle et poussa brutalement sa tante en avant. Le cochon fut empalé avec tant de force que Mary se tordit le bras. Elle arracha son bandeau.

« Qui est le suivant ? » cria-t-elle en tortillant l'épingle et la queue pour les dégager.

« Moi », dit Louis de sa voix calme et grave. Il lui prit l'épingle et la queue des mains, se laissa bander les yeux et entraîner à faire plusieurs tours sur lui-même. Les enfants se rapprochèrent, comme s'il n'était pas dangereux. Pouce ! Il tenait l'épingle à l'abri de son corps et tout à coup le jeu en devenait comique et amusant, comme il aurait dû l'être. Seule Mary, qui n'était plus le point de mire, semblait s'en désintéresser un peu.

Elle me suivit dans la cuisine où j'allai arroser le jambon du *luau*, une pièce de six bons kilos recouverte de morceaux d'ananas, incisée et parsemée de cerises au marasquin.

« C'est un jambon de belle taille », remarqua-t-elle.

Je savais où elle voulait en venir mais ne me laissai pas marcher sur les pieds.

« En promo chez Dotzenrud's Super Valu », précisai-je.

Elle se pencha sur le jambon, l'examina, puis attrapa un couteau sur la cuisinière et, avant que je puisse faire un geste pour l'arrêter, coupa une tranche en plein milieu, détruisant mon motif d'ananas et de cerises. Sous le choc, je la regardai se fourrer un bout de jambon dans la bouche et le mâcher en plissant les yeux d'un air critique.

« Il a été fumé avec des produits chimiques bon marché, finit-elle par déclarer, pas avec du bois. Et la teneur en eau. Je parie qu'en le pressant tu en sortirais sept ou huit litres. »

Je refermai violemment le four et serrai les dents. Sans Dot, j'aurais demandé à sa tante de partir aussitôt.

« Voyons, Mary, dis-je d'une voix douce, en préférant jouer l'hôte attentionné, tu n'as pas encore goûté au cocktail spécial réservé ici aux invités de marque.

– Non, en effet. »

J'allai donc le préparer. J'imaginais simplement lui concocter un mélange bien tassé. Mais lorsque j'ouvris mon meuble, la première bouteille sur laquelle mes yeux se posèrent fut celle qu'un membre de l'Elks Lodge avait laissée, de l'Everclear, un alcool de maïs presque pur. Si Mary n'avait pas taillé dans mon jambon décoré, je me serais abstenu. Mais elle l'avait fait, et une certaine dose d'Everclear finit donc dans son verre – camouflée par du punch hawaïen et une canette de soda *purple passion* – qui aurait mis sur le flanc un boxeur professionnel. Je songeai à enflammer la petite ombrelle chinoise au moment de servir, pour indiquer la force du breuvage. Mais je n'en fis rien. Il valait mieux laisser Mary en découvrir seule les effets.

Elle en but une grande rasade.

« Cul sec ! » lançai-je, tout sourire, en basculant mon verre de punch. À ma grande horreur, et ma grande joie, Mary siffla tout le mélange.

Quand elle eut reposé son verre vide sur le plan de travail, je lui demandai si je pouvais le remplir à nouveau.

« Ce n'est pas de refus », répondit-elle, et puis elle sourit pour de bon. Les effets de cette boisson étaient plus puissants que je ne l'avais imaginé. Je jetai quand même un trait d'alcool supplémentaire dans le cocktail suivant. Elle sortit de la cuisine, verre à la main. Je la suivis. Elle tenait bien sur ses jambes, mais arrivée sur le seuil du salon elle marqua un temps. Sa tête s'inclina sur le côté, puis s'inclina encore davantage pour aller s'appuyer contre la boiserie tandis qu'elle embrassait la scène du regard. Je me faufilai pour jouir d'une vue de profil, et même ainsi je voyais bien que son sourire était anormalement rêveur. Elle buvait de toutes petites gorgées maintenant, et ne manifestait pas l'intention de se joindre au jeu de « Lâche la Pince à Linge ». Elle restait là debout à regarder les enfants viser du haut d'une chaise, et hocha même la tête d'un air approbateur quand Celestine distribua les prix – d'autres *lei*, des montres en plastique, des bagues ornées de verroterie.

Quand tout fut prêt, disposé sur la table dressée avec soin, quand le gâteau dans toute sa splendeur inversée fut placé sur le présentoir « Joyeux Anniversaire », et le punch tropical servi, je sortis appeler les invités. À la dernière minute, j'avais posé trois oursons perchés sur des motos au sommet du gâteau, au milieu des bougies. Que j'allumerais bientôt. La fête était devenue chaleureuse et gaie avec Louis et Celestine aux commandes. Mary, assise par terre, regardait. En sortant de la salle à manger, je vis qu'elle s'était effondrée là où je l'avais laissée, dans l'embrasure de la porte. Je me penchai et lui touchai le bras. Le tissu de sa robe avait la couleur des orchidées, éclaboussé de petites marques sombres qui semblaient être des taches accidentelles. Comme je l'aidais à entrer dans la salle à manger, je vis que c'étaient bien des taches.

« Ne te donne pas cette peine, dit-elle, quand je proposai d'aller chercher une éponge humide. Elles se mélangeront au reste. »

Elle rit en lançant la tête de tous côtés et tendit le verre vide. Je le pris et lui préparai un autre cocktail, juste assez fort pour éviter que sa bonne humeur ne s'envole. Elle en but une gorgée dès que je lui mis le verre dans la main, et puis elle me regarda bien en face et parla d'une voix qui était presque tendre.

« À partir de maintenant, t'achètes ton jambon chez moi, tu l'auras au prix de gros.

– Je te prends au mot », fis-je sur un ton badin tout en la guidant vers l'avant. Avant de s'asseoir maladroitement sur sa chaise, elle se retourna et me lança un regard encore plus bienveillant. Ses yeux changèrent de couleur, s'adoucirent et passèrent du jaune criard d'une pièce d'or à un éclatant ton d'ambre.

« C'est sérieux, espèce de vieux schnock », murmura-t-elle affectueusement.

Son turban était de travers. Il avait glissé de son front et tenait à peine sur son crâne, et ses cheveux, que j'avais rarement vus, tombaient en fines mèches grises. Elle se pencha par-dessus la table et s'adressa à Louis.

« Où est ma cousine folle ? »

Louis lui lança un regard étonné, puis sans le vouloir jeta un coup d'œil vers l'escalier, où Sita était assise à nous observer entre les feuilles en fer forgé de la rampe. Je l'avais aperçue du coin de l'œil depuis déjà un bon moment, prudemment mais inexorablement attirée par notre présence, tel un cerf affamé. Ce à quoi elle ressemblait. Ses joues étaient creuses, ses yeux sombres, et ses côtes affaissées. Elle se déroba à notre attention en allant se fondre dans les ombres du palier.

« Viens faire la fête ! brailla Mary, qui se tendit sur son siège.

– Laisse-la tranquille, dit Celestine en passant le bras par-dessus la tête de deux enfants pour lui tapoter le dos. Il est grand temps que nous buvions en l'honneur de la reine de la fête. »

Mais Mary repoussa d'un coup d'épaule la main de Celestine et se mit péniblement debout. Ses yeux avaient foncé, ils étaient maintenant couleur caramel, comme du sucre porté à ébullition. Elle s'approcha en chancelant du pied de l'escalier.

« Prête ou non, j'arrive ! » s'écria-t-elle. Mais avant qu'elle ne puisse bouger, Louis la frôla en passant, elle se plaqua alors le dos au mur juste sous le branchement électrique de mon carillon de porte et déclencha un joyeux *ding-dong*. Elle virevolta, le visage lissé par la délectation. La sonnette tintait toujours. Mary continua à virevolter et à sauter en une danse étrange. Manifestement, le carillon s'était mis en court-circuit quelque part le long des fils. Les enfants regardaient Mary, captivés. Même pour eux, il était clair qu'il se passait quelque chose d'anormal. Je grimpai en hâte sur une chaise et débranchai la sonnette, mais le mal était fait.

« Elle est complètement bourrée », remarqua Celestine. Elle se précipita aux côtés de Mary et la tira vers la table.

« Qu'y avait-il dans cette boisson ? » demanda-t-elle, les sourcils froncés.

Sita me sauva.

« Me voilà ! » cria-t-elle d'une voix si forte et enjouée qu'elle s'en trouva figée un instant. Elle récupéra pourtant, se cramponna à Louis et le suivit jusqu'à la table. Tous deux étaient livides, d'une maigreur squelettique, et je remarquai que Louis tapotait sa poche pour s'assurer de la présence de ses gélules de nitro. Ils s'assirent et nous fûmes, enfin, tous réunis.

Mais quel exemple nous avions donné aux enfants ! Ils rentreraient chez eux traumatisés, comme les années précédentes.

Cette pensée piqua ma détermination. Je sauverais l'événement du mauvais tour qu'il avait pris en permettant au moins à Mary de dessoûler. Dès que chacun fut servi et se fut mis à manger gaiement, je retournai à la cuisine m'occuper du café.

Pendant mon absence, tout vola en éclats.

Bien plus tard, je reconstituerais les événements grâce à mes conversations avec Celestine et avec Mary, chagrinées par les conséquences. Car ce fut Mary qui sortit de sa poche une pochette d'allumettes de la Maison des Viandes, pendant que tous les autres mangeaient, et alluma les bougies du gâteau d'anniversaire. Ce qui apparemment n'était pas très grave, quoique un peu précipité par rapport au cours traditionnel des choses. Personne ne l'arrêta. Et ce qu'elle fit ensuite n'aurait pas non plus été déplacé, sauf que dans la confusion de son esprit elle remonta le présentoir à gâteaux tellement à fond que le mécanisme se déclencha.

Je revins dans la pièce au moment où le gâteau commençait à bouger. La boîte à musique égrenait la mélodie d'anniversaire, mais vite, si vite que la bouche de Mary n'arrivait pas à garder le rythme. La vitesse augmenta. Le glaçage brun se brouilla. Les bougies se fondirent en une seule flamme et les oursons entamèrent une folle poursuite qui ne menait nulle part.

« Stop, criai-je en plongeant en avant vers les commandes.

– JoyeuxanniversaireDot ! » s'écria Mary.

Puis le ressort se brisa net. Le présentoir tourna une fois à toute vitesse, tressauta et lança le gâteau tout entier sur Sita. Elle partit avec lui en arrière, se raccrocha au vide, repoussa cette masse comme si elle était vivante et qu'elle l'attaquait. Elle en jeta des morceaux de part et d'autre et se tapa sur les bras, démolissant ainsi ce qu'il en restait, écrasant les rondelles d'ananas, réduisant le gâteau en miettes.

Les petites roues des motos des oursons vinrent en tournoyant s'écraser contre le mur. Le rire aigu de Sita s'éleva au-dessus des cris de surprise. Louis bondit sur ses pieds, l'attrapa et la maintint collée contre son torse. Les enfants s'excitèrent, frénétiques, débordant de nervosité réprimée, et Celestine eut du boulot pour les calmer. Quant à Mary, elle était assise, absolument figée. Une statue n'aurait pu être plus immobile. Un sourire défait, celui d'un masque d'Halloween, était plaqué sur son visage. Ses yeux avaient viré au noir d'encre et ses mains réunies se pressaient sur son cœur. Alors que j'aurais dû me préoccuper de Louis, car déjà il passait le bras autour de Sita pour sortir une gélule de sa poche, mon unique pensée fut que le cœur de Mary avait lâché. Elle avait eu une attaque. Je m'élançai de l'autre côté de la table pour lui prendre le pouls. Le battement était lent, régulier. Il m'apparut alors très clairement que les grands verres de boisson violette l'avaient changée en pierre. Sita se mit à hurler de rire et pointa son doigt en direction de Mary. Quoi que celle-ci ait pu penser de l'incident du gâteau, son visage était un masque de jubilation diabolique. Elle était assise là, comme ça, et souriait sans bouger tandis que les convives se dispersaient. Louis parla calmement à Sita et la convainquit de partir. On fit monter les enfants dans la voiture de Celestine avec tous les cadeaux qui seraient ouverts en route. Du haut de ma galerie, ma fête saccagée, je leur dis au revoir. Mais tandis qu'ils sortaient de l'allée en marche arrière, à la dernière minute, avant que ma haie ne les masque, Dot baissa la vitre.

« Oncle Wallace ! cria-t-elle, c'était mon plus bel anniversaire ! »

Je restai là jusqu'à ce que le dernier bruit de moteur se soit éteint, et de retour à l'intérieur, alors même que je balayais les miettes de mon joli gâteau et enveloppais de film plastique tous les restes, j'étais content.

Je regardai Mary, mais avec un peu de culpabilité maintenant, car à cause de moi elle était passée pour la dernière des imbéciles. Autant que je sache, elle ne touchait presque jamais à l'alcool. Elle était assise sur la même chaise. Son sourire ne s'était pas évanoui. De temps à autre, elle roulait des yeux. Je pris place à côté d'elle.

« Si tu m'entends, dis-je, cligne deux fois des yeux. »

Cligne. Cligne. Donc elle était consciente.

« Ça va ? Un clignement c'est oui, deux c'est non. »

Un clignement.

« Veux-tu que j'appelle une ambulance ? »

Deux clignements.

« Veux-tu que je fasse quelque chose ? »

Encore deux.

Je la laissai donc assise à table tandis que je continuais à ranger le fouillis d'assiettes en carton et de mirlitons. Au bout d'une demi-heure, peut-être, elle se mit à parler d'une voix traînante.

« Wallace », cria-t-elle. Une longue minute s'écoula. « Je me suis bien amusée. »

J'entrai dans la salle à manger en m'essuyant les mains, posai le torchon et m'assis à table en face d'elle. Son visage revenait à la vie.

« C'est gentil », dis-je.

Elle hocha la tête. Sa première phrase lui avait demandé un effort. À sa façon de pencher la tête, je compris qu'elle était encore ivre, mais qu'elle commençait à dessoûler. Il me traversa l'esprit qu'avec une gueule de bois elle serait insupportable et que je devrais vraiment me débrouiller pour qu'elle rentre chez elle avant que les effets de l'Everclear ne se dissipent. Je lui en fis la suggestion.

« Non, parlons », répondit-elle.

Je m'enveloppai les mains dans le torchon. Je n'étais pas certain d'avoir envie de lui parler. Nous n'avions jamais été amis. Elle m'avait blessé dès qu'elle le pouvait, en commençant par le premier jour quand elle avait donné à mon homonyme, Wallacette, le diminutif anodin de Dot. Elle m'en avait voulu, par jalousie avait tiré au jugé sur mon amitié avec Celestine, s'était continuellement montrée fourbe quand elle aurait pu être gentille, et avait fait de son mieux pour gâcher cette fête. Il n'y avait aucune chaleur chez elle, pas de générosité de cœur. C'était une coriace.

« De quoi pourrions-nous bien parler ? dis-je. Je vais te ramener chez toi. »

Elle se pencha par-dessus la table et agita l'index.

« D'un tas de choses, répondit-elle. Je ne veux pas m'en aller. J'ai ton nombre dans mon Livre des nombres. Je sais quelle carte tu as jouée.

– Tu racontes n'importe quoi », lançai-je en m'efforçant d'être ferme. Je n'allais pas la laisser me taper sur les nerfs.

« Lâche !

– Quoi ?

– Tu es deux jaunes dans le même maudit œuf.

– Je ne te suis pas.

– Tu souffres de la solitude. »

Je la regardai. Je secouai le torchon, me lissai les cheveux en arrière. Je touchai mes lunettes, mon menton, mes pommettes, comme si je me ressaisissais.

« Mais non, lui assurai-je. Je suis membre de trois confréries et j'ai une vie sociale qui… Enfin, je suis très *demandé*, Mary. »

Elle souffla entre ses dents, puis soudain, si vite que je ne pus réagir, plongea par-dessus la table et s'empara de mes mains.

« Menteur. Parfois quand je passe, tard dans la nuit, tu es debout, occupé à travailler. Une ou deux fois je me suis arrêtée et je t'ai regardé par la fenêtre. »

J'étais indigné, mais fasciné aussi.

« Pourquoi ? »

Je tentai de retirer ma main mais elle s'y cramponna.

« J'ai pensé à des trucs. »

Pendant que je cherchais à savoir si je voulais ou non découvrir à quoi elle pensait, elle retourna ma paume au creux de sa main et la scruta. Sa bouche remuait comme s'il y avait un article écrit dessus. Elle finit par lancer : « Ça ne sert à rien », me lâcha la main et me regarda droit dans les yeux. J'étais trop curieux pour garder le silence.

« Quoi ? demandai-je.

– Dis, tu aurais une cigarette ?

– Ça se peut », marmonnai-je en baissant les yeux vers ma paume, maintenant que j'avais retiré ma main.

Je me levai et sortis un vieux paquet d'un tiroir du chiffonnier. Je le lui donnai, accompagné d'allumettes, et elle alluma une cigarette, souffla l'épaisse fumée avec beaucoup d'autorité.

« Tu as une grande croix sur ton mont de Vénus, déclara-t-elle enfin, et pas de ligne de mariage. »

Je m'assis et continuai à regarder ma main. Il y avait là des lignes que je n'avais jamais remarquées. De minuscules hachures, de longues lignes qui descendaient en piqué, des tresses et des cordes.

« Ça ne m'étonne pas, remarquai-je.

– Quel dommage ! dit-elle en se mettant debout sur des jambes chancelantes. Mais tous les deux vous pourriez encore tenter le coup. »

Je dus avoir l'air déconcerté.

« Toi et Celestine. »

Je n'en crus pas mes oreilles.

« Oh ! fis-je, eh bien… en effet. Oui.

– Qu'essaies-tu de dire, Wallace ?

– J'essaie… » Je ne pus continuer.

« Je lis en toi comme dans un livre ouvert.

– Oui, bon. Je suis flatté. Mais elle est déjà mariée.

– Karl n'est pas revenu depuis la naissance de Dot », précisa-t-elle. Puis, après avoir gardé les sourcils froncés un moment, elle les haussa. « Elle mérite mieux que ça dans la vie. »

Elle attendait, mais je n'allais pas dire ce qu'elle voulait que je dise. Sa silhouette dessinait une tache d'ombre compacte d'un noir de jungle, et ses yeux brillaient d'un éclat aveuglant comme les pointes de deux punaises. Elle se maintenait sur ses jambes en s'appuyant au dossier de la chaise. Aucun de nous ne bougea tant que la cigarette ne fut pas consumée jusqu'au filtre. Puis je tendis le bras par-dessus la table et lui retirai le mégot des doigts. Je le posai dans le cendrier bleu en forme de trèfle.

« Il est l'heure de partir », annonçai-je en contournant la table. Je la saisis par le coude lorsqu'elle se mit à tanguer.

« Mon manteau est sur le canapé », dit-elle.

Nous entrâmes au salon, et je l'aidai à se glisser dans les manches en lainage. Elle boutonna ce machin autour d'elle comme un bouclier.

Dehors, nous ouvrîmes sans un mot les portières de la voiture et montâmes à l'intérieur. Nous roulâmes en silence. La nuit commençait déjà à tomber et sur la route les ombres s'étiraient en flaques dénuées de substance. Je songeai qu'au moins cet étrange après-midi et cette conversation risquaient de nous rapprocher. Mais le temps d'arriver au magasin, tant d'opiniâtres secondes de silence s'étaient accumulées entre nous que nous étions revenus à notre point de départ.

Le top motel

Karl aimait les motels aux noms bizarres ou accueillants, il s'arrêta donc lorsqu'il aperçut l'enseigne clignotante, même si la ville était Argus. Au moment où il descendait de sa voiture dans la nuit douce et fraîche, il vit que c'était Le Stop, tout simplement. Le *S* avait grillé. Il entra quand même.

Il trouva sa chambre, alluma la télévision, se doucha et s'étendit nu sur le lit. Il feuilleta l'annuaire du téléphone, trouva leurs noms. Il avait l'intention d'arrêter ça, mais il composa le numéro de Wallace Pfef. Le téléphone sonna une fois et Wallace répondit.

« Allô ? Allô ? Allô ? »

Au troisième « Allô », la voix de Wallace était tendue, désemparée. Karl écarta le combiné de son oreille, puis l'abaissa vers le support. La voix de Wallace devint métallique, cocasse, et finit par être coupée. Karl songea ensuite à composer le numéro de Mary, mais se sentit gêné de lui parler sans être habillé. Il aurait pu enfiler un slip, cependant il préféra appeler Celestine.

« Devine qui c'est ? » dit-il lorsqu'elle décrocha.

Il écouta le bourdonnement léger et creux de la ligne téléphonique. Il ne lui vint pas à l'idée qu'elle pouvait ne pas reconnaître sa voix et, quand elle finit par demander : « Qui est-ce ? », d'un ton cassant et soupçonneux, il eut un brusque et triste pincement au cœur, qu'il noya dans son bavardage.

« Tu sais qui c'est. Je passais par là et je me suis arrêté pour la nuit, à l'improviste, tu vois, et puisque je suis dans le coin, je me suis dit que je pourrais peut-être faire un saut. »

Comme elle ne répondait toujours pas, il poursuivit.

« Ou que tu viendrais me rejoindre pour boire un verre, peut-être. Ou que je vous emmènerais dîner, Wallacette et toi.

– Karl, finit par répondre Celestine. Tu avais promis de ne pas revenir. »

Il attendit.

« Ça fait quatorze ans.

– Je ne vais pas déterrer le passé.

– Bon, très bien.

– D'accord, dit Celestine au bout d'un moment. Je suppose que tu as le droit de la voir. Laisse-moi réfléchir une minute. »

Elle réfléchit.

« Je suppose que demain tu reprendras la route, dit-elle. Pourquoi pas le petit-déjeuner, à sept heures et demie, au Flickertail ?

– Je t'attendrai là-bas », répondit Karl. Il y avait dans sa voix un fond de nostalgie qui l'étonna. Il se redressa contre les oreillers. « Ne sois pas en retard ! » lança-t-il d'un ton rude.

Mais la ligne bourdonnait déjà.

Il se réveilla trop tôt, fut prêt trop vite, et se retrouva assis dans un box à boire une tasse de café après l'autre avant qu'elles n'arrivent enfin. Quand elles franchirent la porte, il était sur les nerfs et vaguement malade à cause de la caféine dans son ventre vide et de toutes les cigarettes qu'il avait fumées. Il se leva, mais ne sut pas trop quoi dire tant la vision de Wallacette était inattendue. Elle se tenait à l'entrée, à côté de sa mère, une fille petite et râblée à la peau olive clair, aux cheveux acajou, avec de larges boucles d'oreilles créoles qui se balançaient et attifée d'une minijupe serrée de jeune délinquante. Il fut étonné de voir les vêtements que sa mère lui laissait porter, tellement bas de gamme, et ses yeux maquillés. Elle scruta les occupants des box à travers deux étroites fentes noires. Sous des capots bleus, son regard était ardent. Elle ne s'arrêta pas sur lui, revint en arrière lorsqu'il leva la main et leur sourit. Il s'avança, et la mine de Wallacette s'allongea.

Plus tard, en y repensant, il chasserait de ses pensées la déception de sa fille. Il avait vieilli, les traits durs et les cheveux grisonnants, des rides d'expression encadraient sa bouche et beaucoup de petites marques de tension bordaient ses yeux. Il était tellement habitué à conduire, tellement habitué à la distance et au mouvement, qu'il avait parfois du mal à fixer son regard correctement sur quelque chose qui se trouvait à portée de sa main.

Il eut donc la vision la plus nette de sa femme et de sa fille quand elles se tinrent dans l'embrasure de la porte. Lorsqu'elles se glissèrent dans le box en face de lui, leurs visages devinrent lisses et se brouillèrent.

« Désolée d'être en retard », dit Celestine.

Elle n'avait pas l'air désolée. Elle avait l'air de vouloir être ailleurs. Son manteau était épais et rêche, comme de la fourrure, composé de pièces gris clair et gris foncé assemblées. Elle le garda posé sur ses épaules et tassa Dot dans le coin du box. Leurs visages le scrutaient, cernés de fourrure et de cheveux, imprécis, presque comme des animaux dans leur tanière. Karl distinguait mieux les traits rudes et épais de Celestine. Son visage n'était pas maquillé. Ses lèvres, brunes, formaient une pointe au milieu, et ses yeux étaient sombres comme des gouttes de mélasse. Ses pommettes et son nez saillaient, et ses cheveux, aux vagues d'un brun de lac, se dressaient autour de son crâne. Il avait envie d'appuyer dessus, de s'approcher assez près pour respirer le poivre de la fabrication des saucisses qui lui collait à la peau.

Mais d'un regard elle l'arrêta. Il posa les yeux sur Dot.

Elle avait un visage plus effronté, saisissant sous son épaisse croûte rouge et orange. Ses cheveux étaient coupés en un long tapis de haute laine qui ressemblait à une crinière aplatie. Son cou était puissant.

Toutes les deux le regardaient avec insistance. Il rajusta sa cravate, redressa son col, sourit, tenta de les éblouir. Il poussa du coude le menu posé devant Dot.

« C'est moi qui régale, annonça-t-il. Commande tout ce que tu veux. »

Il s'efforça de ne pas dévisager Wallacette Darlene, mais elle le dévisageait, les sourcils froncés, sans ciller tant elle était concentrée, les lèvres entrouvertes, la respiration superficielle. Le regard de Karl ne cessait de revenir en hâte pour croiser celui de Dot, ses lèvres ne cessaient de former un sourire tendu.

Il lança d'un ton cordial :

« Quel âge as-tu maintenant, Wallacette ?

– Quatorze ans », répondit-elle, et son expression changea, comme si elle avait pris une décision. Elle se cala sur la banquette et baissa ses paupières poudrées. « Tu ne l'as pas prévenu, maman, demanda-t-elle en parlant du coin de la bouche, que je m'appelle Dot ? Dot, répéta-t-elle à l'intention de Karl. Dot.

– Elle porte le diminutif de Mary », lui expliqua Celestine.

Puis elle lui adressa un regard de complicité résignée qui le réconforta un peu. C'était le genre de regard que les religieuses avaient échangé dans les couloirs de Saint-Jérôme. Le genre de regard qui passe entre deux adultes au-dessus de la tête de leurs enfants.

Dot l'intercepta et souffla sur sa frange raide pour dégager son front.

« Je sors déjà assez de l'ordinaire sans avoir en plus besoin d'un nom bizarre », lança-t-elle.

Son ton était dur et catégorique. Karl ne trouva rien à lui répondre.

« Tu n'es pas comme je pensais », lui lança-t-elle à la figure, d'une voix nonchalante.

Karl chercha le soutien de Celestine, mais elle consultait la carte.

« Tu n'es pas non plus (il leva les yeux vers ceux de Dot) comme je pensais. »

Elle en fut un peu remuée, prise au dépourvu. Elle brandit le menu et marmonna :

« Je vais prendre le petit-déjeuner numéro deux avec un café et un jus de tomate. Où est cette fichue serveuse ? »

Ils étaient tous les trois silencieux, occupés à lire les pages dactylographiées sous plastique, les combinaisons d'œufs, de pommes de terre sautées et de pain grillé. La serveuse paraissait les avoir oubliés, et ils étaient assis là, en suspens parmi les autres clients, des cultivateurs et des ouvriers du bâtiment qui faisaient déjà leur pause-café. De l'autre côté de la chaussée, un nouvel immeuble brun clair s'élevait. Le battement des marteaux et la plainte assourdie des scies électriques emplissaient la rue. Le soleil brillait sur les piles de bonbons disposées sous la vitre du comptoir, sur les percolateurs et les robinets de la machine à lait. Les serveuses venaient de prendre leur service. La cuisinière, une grosse blonde en tablier à bavette orange, racontait des choses qui faisaient rire, le nez dans leurs tasses, les hommes assis au comptoir. Dans l'air aux senteurs de bacon, la radio claironnait le bétail acheté à terme et les bulletins agricoles. Mais tout cela n'inspirait aucun sujet de conversation aux trois personnes assises dans le box.

« Est-ce que Dot a une quelconque, euh, influence masculine dans sa vie ? »

Karl fut surpris de poser cette question, puis il s'aperçut, dans le temps qu'il fallut à Celestine pour répondre, qu'il avait très envie de le savoir.

« Wallace Pfef est comme un père pour elle », affirma Celestine.

Dot feignit d'abord de ne pas entendre, mais dans le silence que marqua Karl après la réponse brutale de Celestine, elle parla :

« Je monte souvent chez oncle Russell, maintenant. Eli m'apprend à pêcher. »

Karl hocha la tête. Il se souvenait de Russell comme d'un Indien à l'allure dévastée traînant une boîte d'outils bruyante, un homme qui ne l'appréciait guère.

Quand la serveuse arriva enfin jusqu'à eux, ils commandèrent tous les trois. Celestine fit de son mieux pour amener la conversation sur le magasin et Mary, mais se garda bien de demander si Karl avait ou non l'intention de passer la voir. Karl fit des efforts aussi. Il raconta à Celestine tout ce qui avait trait à son nouveau boulot, son gros salaire, même si au début il n'y connaissait pas grand-chose en pièces de stéréo. Il travaillait pour une chaîne de magasins de hi-fi et de disques qui commençait à se développer, dans le secteur des fournitures.

Celestine lui sourit pour la première fois.

« Ce qui explique le tourne-disque que tu as envoyé.

– Le dernier modèle », précisa-t-il, content, même si elle ne l'avait pas appelé une chaîne stéréo portable, ce qu'il était, et de la meilleure qualité qui soit.

« Ça t'a plu ? demanda-t-il à Dot, qui baissa les yeux vers ses mains et regarda ses ongles roses écaillés comme s'ils avaient quelque chose à lui dire.

– Bien sûr que ça m'a plu », répondit-elle à ses doigts.

Karl décida de tenter sa chance et chercha à attirer son attention.

« D-O-deux T-I-E / Dottie c'est ma chérie, chanta-t-il. Tu la connais celle-là ? »

Le visage de Dot se changea brusquement en un masque aux vilains traits.

« Non, dit-elle. J'écoute du hard rock.

– Sais-tu, intervint Celestine, gênée et un peu nerveuse, qu'un jour Dot a tenté de faire une fugue pour te retrouver ? »

La serveuse posa leurs assiettes fumantes sur la table et Dot baissa la tête vers la nourriture. Elle mangea vite, sans lever les yeux. Les longs anneaux qui se balançaient à ses oreilles venaient heurter son menton à chaque bouchée. Karl l'observa et eut cette triste pensée qu'il aurait pu influencer ses goûts musicaux s'il avait été là plus souvent. Peut-être pas en vivant avec elles deux, mais au moins en s'installant dans la région, peut-être pas en la voyant très fréquemment, mais au moins une fois de temps à autre. Il se sentit brusquement irresponsable et brisé, d'avoir perdu cette jeune fille peu attirante.

« Attends un peu, est-ce que tu écouterais des disques si je t'en envoyais ? demanda-t-il.

– Ça dépend », répondit Dot.

Il y avait dans sa voix un petit ton entendu. Elle savait ce qu'il en était. Elle posa sa fourchette et regarda son assiette en fronçant les sourcils pendant si longtemps que Celestine finit par pivoter sur la banquette et poser sa main sur celle de sa fille.

« Ma chérie, demanda-t-elle, ça t'écorcherait la bouche de dire oui ?

– Oui », dit Dot.

QUATRIÈME PARTIE

CHAPITRE 13

Celestine James, 1972

« Nous ressemblons beaucoup aux morts, prétend Mary, sauf que nous avons l'usage de nos sens. »

Nous parlons de la vie après la mort, son dada, et elle pétrit de la chair à saucisse à mains nues, des mains qui sont devenues si épaisses et calleuses au fil des ans qu'on dirait des pattes. Nous vieillissons. Les cheveux de Mary ont viré au gris souris et elle les porte retenus par des épingles juste au-dessus des oreilles, dans deux résilles. Son dos est arrondi comme un coquillage et son visage figé en plis de conviction profonds. Son esprit recommence à dérailler, part dans des idées folles. Elle pose violemment une boule de viande et envoie dans les airs un nuage de poivre blanc. C'est toujours mon boulot de la ramener sur terre.

« Ça me rappelle Tol Bayer, dis-je sur le ton de la plaisanterie. Il présentait tous les symptômes de l'alcoolisme, sauf qu'il ne buvait pas. »

Mary continue à faire ressortir ce qu'il y a de pire en moi et je ne peux pas m'empêcher de la taquiner. Cette fois, je l'ai piquée au vif. Elle s'approche du tonneau de sel et se plante là, l'air interrogateur, avant d'en prendre une poignée. Elle revient, la jette dans la viande, se met à pétrir tout en réfléchissant. Et pendant un moment, c'en est fini de ses sornettes sur les morts.

Mary fait ce qu'elle peut pour que son imagination comble les lacunes de son entendement. Je viens la voir sous la tonnelle de vigne, le lendemain. Comme c'est dimanche, le magasin est fermé et silencieux. Nous équilibrons à peine notre poste de frais à présent, mais cela nous est égal. Nous n'ouvrirons pas le dimanche comme les chaînes de supermarchés et les magasins discount. Assise sur une chaise de jardin en toile, Mary équeute les grappes de raisin noir acide dont elle prétend qu'il fait une bonne gelée. Quand elle m'aperçoit, elle pose son panier, passe la main sous sa chaise et me tend une brique rouge ordinaire.

« Elle a volé par ma fenêtre, même qu'elle l'a fracassée. »

Je sais qu'elle n'appellera pas le vitrier pour réparer la fenêtre. Ce sera une horreur rafistolée au ruban adhésif qui viendra s'ajouter à l'extérieur écaillé. En même temps que nous, on dirait que tout ce qui touche au magasin, au commerce, se décatit. Mais je m'en moque. Quand Mary vendra la propriété, qui a pris une grande valeur immobilière, nous avons toutes les deux l'intention de vivre de cet argent. J'ai insisté pour que Mary me verse une prime de départ en retraite.

« J'espère que tu as attrapé le gamin, lui dis-je.

– Il n'y avait pas de gamin. »

Je m'intime de ne pas la contredire, mais je ne peux pas m'en empêcher, c'est comme la tête du bonhomme qu'on voit quand on regarde la lune.

« Quelqu'un l'a jetée et a détalé, dis-je.

– Personne ne l'a jetée.

– Alors, à ton avis, que s'est-il passé ?
– Cette brique est un signe annonciateur.
– De quoi ?
– D'ennuis. »

Cela ne me surprend pas. Mary n'a jamais reçu de signe annonçant quelque chose de bon. Elle entre pour laver les boyaux à saucisse et je finis de trier le raisin sous la tonnelle. Je ne repense pas une seconde à sa brique rouge. Je ne veux plus entendre parler de ses mystérieuses allégations.

Mais cette nuit-là, il se passe quelque chose qui ne me ressemble pas. Je fais un rêve.

Je rêve que Sita se tient dans le jardin devant sa maison, sous le sorbier. Je vois les baies orange luire derrière elle, les feuilles en forme de fougères s'agiter. Elle se tord les mains dans un joli tablier fantaisie et regarde la route. Elle guette quelqu'un.

« J'appelle et tu ne viens pas, murmure-t-elle.
– Quoi ? »

Ses yeux se sont retirés au fond de cavités bleuies et ses joues sont creuses, aussi pâles que de la pâte à pain.

« J'appelle et tu ne viens pas », répète-t-elle.

C'est peut-être l'éclat des baies dans l'arbre, la dentelle bleue et blanche du tablier ou le long regard maladif de Sita. Toujours est-il que pour moi ce rêve est plus vrai que la réalité. Je me réveille, et le ciel est du gris terne d'avant l'aube. Je n'arrive pas à me rendormir mais je reste au lit à regarder les fenêtres s'éclairer petit à petit.

Dans la matinée, j'entre au magasin et demande aussitôt à Mary de venir s'asseoir avant qu'on ne se mette au travail. Je pose la cafetière entre nous sur la table et puis je lui raconte mon rêve.

« Elle a une maladie, annonce Mary.

– Moi, elle m'a paru à moitié morte.

– Elle te demande. »

Je hausse les épaules et réponds, désinvolte :

« Je ne lui ai pas parlé depuis des années. Je ne vois franchement pas pourquoi elle voudrait me voir. »

Pourtant, je repense à l'époque où Sita et moi étions de grandes amies. C'était avant qu'apparaisse Mary, descendue du train de marchandises d'Argus. Sita et moi avions grandi ensemble, on s'entendait comme larrons en foire, on se disputait puis on se rabibochait. Je n'avais jamais le dessus avec elle. Elle n'était pas aussi grande que moi, mais elle était plus musclée qu'elle n'en avait l'air et devenait tellement frénétique, en cas de bagarre, que je capitulais toujours. Alors elle s'asseyait sur ma poitrine et me flanquait des coups de sa grande natte épaisse. Ses cheveux sont courts à présent, arrangés par une capillicultrice et frisés comme le poil d'un caniche. Dans le rêve ils étaient hérissés, aplatis d'un côté, et gris aux racines. Du coup, je sais qu'elle n'a pas été chez le coiffeur depuis un bon moment.

« Je vais aller avec toi, dit Mary. Après tout, c'est ma cousine. Faudrait que j'y aille. »

Alors nous restons là à nous demander ce que nous allons faire.

Dot ne pose pas de problème car elle peut se débrouiller toute seule, mais je déteste quand même la laisser parce qu'elle est très angoissée depuis quelque temps. Depuis qu'elle a été sélectionnée pour être princesse dans un concours inventé par Wallace à l'occasion de la Fête de la Betterave, Dot passe la moitié de son temps à essayer de maigrir, et l'autre moitié à écrire dans un journal intime qu'elle garde sous clé dans un tiroir. Parfois je la trouve sur les marches, derrière la maison, morose, qui jette des regards furieux aux pages d'un livre. D'autres fois, elle tond sauvagement l'herbe à ras. Chaque soir, elle part travailler au stand de confiserie du cinéma d'Argus. Elle regarde les films depuis le bout de l'allée, en fumant des cigarettes. Je ne peux pas l'en empêcher. Ses vêtements sont imprégnés de cette odeur, et aussi d'huile à pop-corn et de réglisse. J'ai l'impression que les films qu'elle regarde la dépriment, lui donnent des idées saugrenues, lui mettent des gros mots à la bouche. Je pense que je ne devrais pas la quitter pour aller voir Sita, mais elle dit elle-même que c'est idiot.

Nous décidons de parcourir vingt kilomètres en auto jusqu'à Blue Mound pour répondre à l'appel de Sita. Elle est près d'ici, mais très loin. Depuis de longues années qu'elle habite là-bas, elle ne nous a jamais téléphoné ni invitées à venir prendre un repas. Nous ne savons même pas à quoi ressemble l'intérieur de sa maison, sauf par ouï-dire. Il semble pourtant très naturel que dans la mauvaise passe qu'elle traverse nous venions à elle, et au cas où nous devrions rester longtemps, nous mettons nos chemises de nuit, une des génoises de Mary et deux saucisses sèches dans la camionnette de livraison. Nous laissons à mon cousin Adrian le soin de tenir le magasin, mais il ne s'occupera pas du chien de Mary, Dickie, il faut donc qu'en sortant d'Argus nous passions chez Wallace Pfef.

Wallace a peint son pavillon surélevé d'un beige terne qui ne me plaît pas, mais il affirme que cette teinte se fond dans le paysage des champs. Les couleurs de terre, c'est son thème. Lorsqu'il vient ouvrir, nous voyons qu'il les choisit aussi pour s'habiller. Son pantalon est gris. Sa chemise est de la même couleur que sa peau. Couleur chair.

« Cette chemise ne te va pas », lui dit Mary.

Il baisse la tête et pince un peu de tissu entre ses doigts. Pendant ce temps, je vois que nous ne pouvons pas laisser le chien ici. La méchante chienne de Pfef nous lance des regards furibonds, puis tente de mordre. Little Dickie se tend sur ses pattes et jappe, en sécurité dans les bras de Mary.

« Allons-nous-en, dit Mary. Je ne tiens pas à ce que Little Dickie se fasse amocher.

– Je suis désolée, dis-je à Wallace. Je ne voulais pas te déranger. »

Il nous demande de saluer Sita de sa part et nous fait au revoir de la main. Nous n'avons maintenant pas d'autre choix que d'emmener le chien avec nous. Dickie jappe au nez des inconnus qui entrent dans le magasin, mais en dehors de ça il n'a pas une once de méchanceté. Je n'ai pas oublié que Sita déteste les chiens et je demande à Mary si elle pense que ça la gênera.

« Il faudra bien qu'elle accepte le revers de la médaille, répond Mary. Après tout, c'est elle qui t'a demandée.

– Oui. Mais dans mon rêve, évidemment.

– Il n'y a pas de différence », affirme Mary, et je sais que pour elle il n'y en a pas.

Elle veut tricoter un peu et me demande donc de prendre le volant. Dès que nous sommes sur la route, elle sort sa pelote et ses aiguilles. Elle monte les mailles et commence la manche d'un pull qu'elle fait pour Dot. Le cliquetis de ses aiguilles m'amène à penser à la machine à coudre, celle que Sita a acceptée alors que c'était le seul objet que Mary avait reçu de sa mère. C'est Sita qui me l'a raconté, toute fière, quand par hasard nous nous sommes croisées en ville. Je lui ai répondu qu'elle n'aurait pas dû la prendre. Si ma propre mère avait vécu, je sais que je lui aurais tout pardonné et qu'arrivée à l'âge mûr j'aurais accepté cette machine. Mais Mary s'en est séparée. Et cette machine était un joli meuble, aujourd'hui une pièce d'antiquité. Je me dis que nous pourrions la rapporter dans notre estafette, à condition que Sita l'ait encore dans son garage.

« On pourrait peut-être récupérer la machine à coudre, Mary.

– Quelle machine à coudre ? »

Elle refuse d'admettre qu'elle lui ait même appartenu. Elle tient devant elle les premiers rangs tricotés, pour les admirer, un fond crème à rayures rouge foncé. Elle invente les motifs du pull au fur et à mesure. C'est un labyrinthe du genre de ceux dans lesquels les scientifiques apprennent aux rats à circuler. Nous roulons en silence, et puis au bout de quelques kilomètres elle se tourne vers moi et annonce :

« Sita n'en a plus pour très longtemps.

– Qu'est-ce qui te le fait croire ? »

Mary sort la brique de sa poche et crache dessus. La salive va sécher en prenant la forme d'une date du calendrier, assure-t-elle. Elle scrute la brique comme si elle allait brusquement se mettre à parler, et ma patience est à bout.

« Range-moi ça », lui dis-je.

Bien que ses yeux soient devenus plus durs et plus brillants, elle a vieilli comme quelqu'un de plutôt ordinaire. C'est sa façon de s'habiller qui lui donne à ce point l'allure d'une marginale. Pour le voyage, elle s'est enveloppé la tête dans une écharpe en soie noire ornée de glands. Elle est aussi voûtée qu'une vieille tortue, et sa robe violette n'est que coutures distendues. Je ne peux pas m'empêcher de me demander, comme d'habitude, ce qui peut bien lui passer par la tête. Elle a le chien sur les genoux et picore des raisins secs tirés d'un petit sachet.

Sita habite la seule maison neuve de Blue Mound, une grande demeure de dix pièces, aménagée sur deux niveaux, qu'elle appelle une maison coloniale parce qu'elle a des volets qui ne se ferment pas et une haute et lourde porte d'entrée en chêne sculpté pourvue d'un heurtoir en cuivre. Elle se tient sur sa pelouse devant chez elle, quand nous nous engageons dans l'allée. Tout à fait comme dans le rêve, ses mains se tordent dans un tablier en dentelle raide. Comme dans le rêve, les baies orange brillent derrière sa tête. Elle a l'air malade. Nous descendons de voiture. Pas du tout comme dans le rêve, Sita pose ses mains sur ses hanches et hurle.

« Sortez votre sale chien de mes roses ! »

Et puis elle tend la main vers son arbre, tire une grosse grappe dure de ses baies et les balance sur Little Dickie. Le chien détale.

« Il les arrosait pour toi, dit Mary. Ne te mets donc pas dans cet état. »

J'essaie d'aplanir la situation en faisant des compliments à Sita. D'habitude l'admiration la calme, mais cette fois ça ne marche pas.

« Tu as bonne mine », lui dis-je.

Ses yeux me démolissent.

« Comme les feuilles d'automne avant de mourir. »

À ces mots, Mary éclate de rire, ce qui fait blêmir le visage de Sita.

« Je suis malade, dit Sita, qui jette un regard furieux dans le vide. Aussi malade qu'un chat malade. »

Ensuite elle tourne les talons, monte en tapant des pieds les marches de sa galerie à colonnades et claque la porte derrière elle. Mary attrape Little Dickie et puis nous l'attachons au sorbier avec un bout de corde à linge. Nous sortons nos sacs et notre génoise de la camionnette, et Mary me suit dans l'allée, les saucisses sèches à la main.

À la voir, tout de funèbre violet et de noir vêtue, avec ces saucisses enveloppées dans du papier blanc, je me dis qu'elle me rappelle quelque chose. Mais quoi ? Je m'arrête devant la porte de Sita et me retourne pour regarder Mary. Et puis je sais. Elle ressemble à l'image de La Faucheuse à la page du mois de janvier. Le bas de sa jupe noire traîne à terre. Elle a l'air d'en avoir vu tant et tant. Et elle porte ces saucisses comme si elles étaient des symboles de sa fonction.

Dans la maison de Sita, tout est neutre. Je veux dire par là qu'elle ne laisse pas s'entasser ses affaires, on n'a donc pas la moindre idée de qui vit ici. Sur les tables, chez Sita, il n'y a rien, sinon un cendrier. Ce n'est pas comme chez Mary, par exemple. On entre dans son arrière-boutique et tout de suite il y a sur la table un jeu de cartes, des pelotes de laine ou un numéro du magazine *Fate* qui disent bien qui elle est.

Nous entendons Sita à l'étage, dans la salle de bains, le bruit de la chasse d'eau. Nous traversons donc la maison pour rejoindre la cuisine, suspendons les saucisses dans le cellier et posons la génoise sur sa grande table en formica. C'est ici, en particulier, que nous nous attendons à voir quelques signes de la maladie de Sita, de son laisser-aller. Mais la cuisine est propre et claire, les plantes sont arrosées. Toutes les casseroles sont lavées et rangées. L'évier en inox est astiqué, et même le carrelage vient d'être encaustiqué.

« Je ne sais pas comment elle fait », dis-je d'une voix forte en pensant qu'elle m'entendra. Mais Sita n'est pas dans l'escalier pour nous accueillir. L'eau continue à couler à flots.

« La réponse, c'est qu'elle a une femme de ménage », lance Mary. Nous posons nos sacs de voyage par terre dans la cuisine. Sans savoir que faire de nous-mêmes, désœuvrées, nous passons d'un pied sur l'autre jusqu'à ce que, finalement fatiguées, nous allions nous asseoir dans l'agencement moderne de son coin-repas.

« Je suppose qu'elle essaie de se pomponner un peu », dit Mary au bout de quelques minutes. Nous tendons l'oreille. L'eau cesse de couler dans les tuyaux, mais ensuite elle claque et glougloute, à croire que Sita prend un bain.

« Au moins, elle se débrouille toute seule », dis-je.

Mary couve la cafetière des yeux.

« Je vais préparer du café. Il sera tout chaud quand elle descendra, annonce-t-elle.

– On grignotera quelque chose », dis-je, le gâteau, toujours intact, me donnant de l'appétit.

Mary passe les placards en revue pour trouver le café, mais évidemment il est sur le plan de travail, dans la boîte verte marquée « Café ».

« C'est là qu'elle le met, pardi », remarque-t-elle.

J'en conviens.

« Sita fait les choses dans les règles. »

En ce moment elle prend son bain dans les règles et lave chaque centimètre de son corps. De nos années de jeunesse passées l'une auprès de l'autre, quand certains soirs je restais dormir dans sa famille, je sais qu'elle utilise exactement un bouchon de sels de bain. Ensuite elle se saupoudrera de talc. Puis elle s'assoira sur le bord de son lit, enveloppée dans une serviette, et se limera les ongles en ovales parfaits.

« Moi, remarque Mary, qui lit dans mes pensées, j'aime bien me passer un citron sur la figure.

– C'est pour ça que tu as la peau toute plissée », dis-je étourdiment.

Je déteste qu'elle lise dans mes pensées, mais maintenant je l'ai contrariée.

« Je vais tricoter », annonce-t-elle au bout d'un moment, sans entrain.

Elle farfouille dans son sac de voyage fatigué pour trouver la manche de pull, apparemment sans y arriver. Je suis devenue susceptible. Je commence à me demander si nous avons bien fait de venir. La Sita de mes rêves était plus désespérée et plus accueillante. Dehors, Little Dickie se met à hurler et à gémir. Il est probablement entortillé si serré autour de ce tronc d'arbre qu'il ne peut plus bouger.

« Je me sers de ma boîte à café pour mettre les timbres-épargne, dis-je à Mary. Il y entre pile deux carnets. »

Mary se rassérène et sort la main de son sac.

« Les pots à farine, répond-elle, sont trop petits dans ces séries. C'est là que j'aime bien ranger mon tournevis et mes pinces à bocaux… »

Elle jette un coup d'œil aux boîtes, me lance un regard perçant et tend l'oreille pour vérifier que Sita est toujours occupée en haut.

« Vas-y, regarde, dis-je. Voyons si elle y met de la farine, dans sa boîte. »

Alors Mary ouvre le récipient vert.

« Comme on pouvait s'y attendre, murmure-t-elle, la farine, bien sûr qu'elle la met là où elle doit être. » Et puis, elle baisse brusquement la tête et regarde de plus près.

« Qu'est-ce que c'est ? » Elle prend le pot au creux de son bras et en sort une gélule orange. « Ça grouille de cachets. »

Elle plonge la main dans la farine, creuse ici et là, et en trouve d'autres. Nous ne savons qu'en penser.

Enfin il y a un signe que Sita ne s'en sort pas toute seule. Je n'y tiens plus. Je l'entends qui continue d'aller et venir en haut.

« Jette-moi ça, dis-je. Impossible de savoir s'ils sont vieux ou pas. Elle doit perdre la boule.

– Elle risque de s'empoisonner », dit Mary, fascinée. Si ça ne tenait qu'à elle, je crois qu'elle se précipiterait au premier les montrer à Sita. « D'accord », finit-elle par dire. Elle ouvre le placard sous l'évier, trouve la poubelle et bazarde les cachets et la farine.

Elle remet la boîte vide à sa place. Nous sommes en train de verser le café dans trois tasses assorties et de couper le gâteau, quand Sita descend.

« Nous venons de faire du café, dis-je d'une voix aimable.

– Il n'y en avait pas de prêt, ajoute Mary d'un ton accusateur, avant qu'il ne lui revienne un peu de savoir-vivre. C'est un gâteau tout frais. »

Son écharpe noire a glissé sur son front et forme une petite visière. Quand elle fixe Sita du regard, on dirait un parieur.

Je me tourne vivement vers Sita, avec l'intention de remarquer qu'elle s'est bien pomponnée. Mais Sita a exactement la même tête, pas plus fraîche qu'au moment où nous l'avons retrouvée devant chez elle. Elle ne s'est pas changée et sa coiffure est toujours de travers. Je me demande si elle continue à dormir toute la semaine avec un rouleau de papier hygiénique piqué sur le crâne pour préserver sa mise en plis, comme lorsqu'elle était mannequin. Et c'est bien le cas. Je découvre maintenant une autre marque de fatigue.

Au moment où elle se tourne vers le réfrigérateur pour en sortir le lait, je vois qu'un joli carré de papier hygiénique rose est resté piqué à l'arrière de sa tête. Quand elle pivote de nouveau vers nous, je ne dis rien. Mais Mary a le sourire.

« J'espère qu'il va te plaire », dit-elle d'une voix douce et sirupeuse, en posant le carré de gâteau brun et jaune devant elle.

Sita ouvre un tiroir et en sort trois serviettes en papier blanc à bords festonnés. Elle les place avec soin à côté de nos assiettes. Puis elle s'assoit et prend une bouchée de gâteau, boit une gorgée de café, reprend une bouchée. Elle est sur le point d'en prendre une troisième quand elle regarde sa fourchette.

Mary et moi avons presque terminé notre part et je suis en train de me dire que cette cuisine a l'air bien vide, sans la moindre trace d'activité culinaire. Est-ce que Sita mange à même la boîte de conserve, ou le carton ?

Sita regarde fixement quelque chose au bout de sa fourchette, avec une attention scandalisée. Elle pose sa bouchée de gâteau, et puis, le doigt recourbé, en tire délicatement un petit truc transparent qu'elle pose sur le bord de son assiette à dessert.

Nous voyons que le petit truc au bord de l'assiette est une aile couleur ambre joliment cuite, cassante et parcourue de veines fragiles.

« C'est une aile, remarque Mary, qui pose sa fourchette.

– Pour être précise, c'est une aile de teigne des fruits secs », dit Sita. Sa voix est aigre, sa bouche pincée et sèche. « Elles n'atteignent pas cette taille, d'habitude. »

Mary observe l'aile un instant, poliment, mais sans avoir le moins du monde l'air concerné. Elle prend sa fourchette et recommence à manger son gâteau, va même jusqu'à le savourer.

La tête de Sita tourne lentement. Le papier hygiénique piqué à l'arrière de son crâne volette comme une plume. Ses yeux observent le gâteau qui passe de l'assiette à la fourchette, puis à la bouche de Mary. Sita a l'air d'une poule courroucée, avec son nez crochu comme un bec et son air d'avoir le ventre creux.

« Comment sais-tu son nom ? » dis-je, pour détourner l'attention. Et puis il me revient que son défunt mari s'occupait plus ou moins d'infestations. « C'est par Louis que tu l'as appris ?

– Après avoir démissionné de son poste d'inspecteur de la santé, dit-elle entre ses dents, toujours absorbée par les bouchées de gâteau animées, Louis était l'entomologiste chargé de la vulgarisation pour le comté. »

J'essaie de faire signe à Mary de ne pas se resservir, mais elle sort déjà la part du moule.

« Les insectes ne font de mal à personne, une fois cuits », nous affirme-t-elle.

Je ne veux pas regarder Sita. Je sirote mon café aussi longtemps que possible. Et puis je lève les yeux vers elle et je vois que toute couleur a quitté son visage ; elle est affreusement pâle. Elle est dans une telle rage que ses lèvres ont viré au bleu. Je pose ma tasse et rassemble mon courage, car je sais depuis nos jeunes années qu'il faut que sa colère retombe.

« Pas question que vous ameniez ces insectes dégoûtants chez moi ! » hurle-t-elle en faisant un bond si subit que le morceau de papier hygiénique à l'arrière de son crâne s'envole.

Mary regarde sa fourchette d'un air hésitant, mais il est trop tard.

Sita saisit le gâteau et, sans un mot ni un regard, l'emporte et sort par la porte de derrière. Je l'entends qui descend les marches, j'entends le fracas métallique de la poubelle, et puis elle revient avec le moule vide, claque la porte et le pose dans l'évier. Elle passe derrière Mary, tend un bras maigre et ondulant, et lui ôte des mains soucoupe et fourchette.

Là, Sita est allée trop loin. Quand elle repart vers la porte, avec l'intention d'expédier aux ordures le bout de gâteau piqué sur la fourchette et de jeter les miettes, Mary bondit. Son foulard s'effondre sur ses yeux et pour voir par en dessous elle doit pointer le menton vers le visage de Sita.

« Tu peux parler ! » braille-t-elle. Des étincelles jaunes lui sortent des yeux en tournoyant. « Parle-nous donc un peu des cachets dans ta farine, Mam'selle la dégoûtée ! »

Sita paraît abasourdie, puis elle se précipite sur la boîte, arrache le couvercle, et bien sûr elle est vide. Elle reste debout là si longtemps, à regarder le fond de la boîte métallique, que je me demande si le choc n'a pas été de trop.

« Qu'en avez-vous fait ? demande-t-elle. Où sont-ils ? Dites-le-moi tout de suite. »

Quand Mary pointe le doigt, Sita tombe à genoux devant l'évier et ouvre le placard. Elle en tire la poubelle et se met à farfouiller dans la farine. Qui dégringole dans les airs, recouvre le sol, lui vole au visage. Ses bras sont poudrés de blanc. Dans sa main elle recueille quelques gélules éclatantes, orange et bleues, et les tient tout contre sa poitrine, les dérobant à notre vue.

Pauvre Little Dickie. Nous avons oublié sa nourriture, alors les jours suivants nous lui donnons des restes ou descendons à l'épicerie du coin lui acheter à prix d'or des boîtes de pâtée. Un chien qui vit dans une boucherie est gâté. Ici, Little Dickie doit souvent se débrouiller seul. Il creuse des trous dans les massifs d'iris de Sita, à la recherche d'un os. Le premier soir, il se glisse dans la boîte à ordures et avale la génoise, tout rond, avec les bestioles et le reste. Nous ne pouvons pas le laisser attaché parce que de ses petites dents solides il mâchonne la corde dès que l'envie lui prend d'aller traîner. C'est un chien d'intérieur. Mais, bien entendu, pas question de le garder à la maison.

Sita le déteste. Ça se voit dans ses yeux lorsqu'il est là à supplier derrière la porte. Je rebouche les trous derrière lui et replante les iris, en espérant qu'elle ne sera pas trop dure avec ce chien. Si elle remarque le sol rapetassé, elle ne le dit jamais. Nous voyons maintenant que Sita est aussi malade que l'annonçait mon rêve, et pourtant elle refuse que nous l'emmenions chez le médecin. Chaque fois que je lui propose d'y aller, elle répond que c'est déjà fait et qu'on lui a donné cinq ans de médicaments. Parfois je la surprends occupée à piler des cachets dans une tasse ou à les faire rouler dans ses mains avant de les ingurgiter. Ce sont des médicaments antidouleur, me dit-elle. Il y a des années qu'elle en prend, donc je ne pose pas de questions.

Je suis tracassée à l'idée que Mary fasse une remarque blessante sur le comportement de Sita, ce premier jour, mais elle balaie la farine sans un mot et s'installe peu à peu. J'ai l'impression qu'elle s'épanouit en présence de la mort, comme certaines femmes s'animent auprès d'un bel homme. Elle enlève son écharpe noire à franges et remonte ses cheveux en un maigre chignon. Elle porte une robe à fleurs jaunes et fredonne en préparant des crèmes anglaises et des bouillons pour tenter l'appétit difficile de Sita. Elle secoue sa boîte de levure de bière au-dessus de tout ce qu'elle cuisine, pendant que Sita moud et avale les comprimés amers qui n'ont aucun effet sur elle, sinon de la mettre sur les nerfs et ensuite de l'épuiser à force de dormir. Tout ce que nous mangeons est assaisonné à la poudre de levure éventée. Mais Sita remarque à peine ce qu'elle mange.

En effet, au fil des jours elle bouge moins, parle moins. Le soir, quand nous nous asseyons sur la galerie, elle s'enveloppe dans ses plus beaux châles, ceux que Fritzie a crochetés il y a si longtemps. C'est mauvais signe. Jamais une femme ne porte ses plus beaux châles. Mais y a-t-il quelqu'un pour qui les mettre de côté ?

Cette visite se prolonge, de jours en semaines. Je fais des va-et-vient entre Blue Mound et Dot, mais Mary reste parce que Sita est dans un état de très grande faiblesse.

Un soir, Sita est d'humeur bavarde.

« Pourquoi êtes-vous venus ici, demande-t-elle, toi, ma cousine et votre satané petit chien ?

– Parce que j'ai rêvé que tu étais malade.

– Tu as rêvé que j'étais malade. » Elle se balance dans la lumière bleue et déclinante. Son visage ressemble à un os sculpté. « Ah oui, tu as rêvé que tu pourrais hériter de quelque chose qui est à moi. »

Alors là, ça m'énerve.

« On est gentilles avec toi parce que ta mère a été gentille avec nous. On n'est pas là parce qu'on veut quoi que ce soit qui t'appartienne. »

Elle reste assise à grincer dans son fauteuil. Un long silence s'installe, mais alors me revient combien elle a toujours été mesquine, et je sais que je ne pourrai pas m'empêcher de demander ce à quoi j'ai songé dans la camionnette.

« Cela dit, tu pourrais léguer à Mary la machine à coudre que sa mère lui a envoyée. »

Le raffut cesse. La bouche de Sita est ouverte, aussi noire et vaste qu'un grenier. Une chauve-souris pourrait fondre en piqué là-dedans et s'y suspendre. Sa bouche s'ouvre encore plus grand lorsqu'elle se met à rire. Je m'aperçois que je ne l'ai pas encore entendue rire, pas depuis notre arrivée ; et puis, tout à coup, elle s'étouffe et s'arrête.

« Ce vénérable vieux machin a lâché il y a dix ans, et je l'ai donné aux Grinne. »

Je connais la famille Grinne. Ce sont les peu recommandables paniers percés de Blue Mound, qui vivent principalement de la vente d'aluminium usagé. Je sais que la fille Grinne était incapable de coudre avec cette machine, n'aurait pas voulu s'en servir, n'avait jamais eu l'intention de le faire, et avait probablement débité le meuble pour alimenter le feu pendant un hiver froid.

Je n'ai rien de plus à dire à Sita. Je la laisse grincer, sa poitrine décharnée protégée par ses bras, et je monte au premier voir ce que fabrique Mary.

Nous partageons la chambre d'amis à l'étage, décorée de ternes couleurs rosâtres parfaitement combinées et de photographies du même arbre au fil des saisons. Certaines nuits, dans cette chambre, je reste éveillée dans mon lit pendant des heures à écouter Mary radoter dans son sommeil. Elle a de longues discussions menaçantes avec des inconnus. « Allez, donnez-moi ça, dit-elle. Cette excuse, on me l'a déjà servie. »

Une nuit que je l'écoute, je comprends ce qu'elle fait en dormant. Elle encaisse les factures impayées. Elle glisse son pied dans la porte d'entrée du rêve. Et quand celle-ci se referme dessus, elle crie.

« Vous avez signé, braille-t-elle. On se verra au tribunal ! »

Mary a pris ses aises dans la chambre. De son sac de voyage est sortie une quantité étonnante d'affaires. La brique rouge se trouve sur la table de chevet à côté de son lit, soigneusement enveloppée dans un gant de toilette pour qu'aucun de ses pouvoirs cosmiques ne s'échappe. Elle n'est pas du genre à dissimuler ses vêtements aux regards, même pas ses sous-vêtements. Ils sont empilés ou drapés sur des commodes ou des dossiers de chaise. Seules ses grandes culottes bouffantes en coton blanc sont soigneusement suspendues, fixées à des cintres à l'aide de pinces à linge, et accrochées aux boutons de porte du placard parce que Sita ne l'autorise pas à les faire sécher dehors sur le fil. Une statue verte et ébréchée de la Vierge Marie est posée derrière la brique. Mary a empilé ses manuels d'astrologie et ses pelotes de laine dans des coins pratiques. Je vois maintenant qu'elle a terminé le pull de Dot.

Elle le brandit pour que je l'admire.

Les rayures rouges, qui font des zigzags et des carrés dans des carrés, forment des chemins aboutissant dans des impasses.

Je lui demande :

« C'est où "Départ" ? »

Mary ne comprend pas jusqu'à ce que je suive le motif du doigt, en tâchant de trouver une sortie. Elle se met à chercher avec moi dans l'enchevêtrement de sentiers qui parcourent le torse, descendent à l'intérieur des bras, passent d'une épaule à l'autre. Mais impossible de trouver une issue.

Je ramasse un livre qui traîne sur son lit et le feuillette. Je lis :

« *Le ciel nocturne est plein de trous déconcertants.* »

C'est un sujet qui préoccupe Mary, et elle est ravie de fournir des explications. Elle me parle de trous dans l'espace qui aspirent tout en eux. Ils aspirent même l'espace dans l'espace. Je n'arrive pas à me l'imaginer. Dans ma tête je vois d'autres choses, pourtant, attirées à grande vitesse dans l'obscurité. Pas plus tard que ce matin, j'ai découvert un petit périmètre de bric-à-brac dans la maison de Sita. Dans un vieux meuble de la cave, j'ai trouvé un fatras désordonné, des nids d'araignée, de la vraie crasse. Les étagères du meuble étaient pleines de vieilles bouteilles et de vieilles boîtes : de la crème à chaussures Venetian, de la vaseline Moroline, de la brillantine Coconut, du raticide KILL-ALL. Et un livre de Thomas B. Costain, intitulé *La Rose noire.* Il y avait des journaux aussi, une pile entière de coupures de journaux et de quittances de loyer remontant aux années que Sita avait passées en célibataire à Fargo. Il y avait une lettre. Elle était timbrée, fermée, et prête à être envoyée. J'ai déchiffré l'enveloppe avec attention et je n'ai cessé de me demander ce qu'il fallait en faire. L'adresse était celle d'une certaine Mme Catherine Miller, à Minneapolis. Il était impossible de dire de quand datait cette lettre, ni quand Sita avait oublié de la poster.

J'ai refermé le meuble et je suis montée au premier. J'ai mis la lettre dans mon sac. Finalement j'ai décidé de la ressortir, et je l'ai expédiée à cette Mme Miller, en rajoutant une petite somme pour l'affranchissement. Mais toute la journée d'aujourd'hui, dès que j'ai pensé à ce meuble plein de bric-à-brac, la tristesse m'a saisie. Sita est la raison pour laquelle tous ces objets sont là, et quand elle partira ils seront toujours là. Ils lui survivront comme ils ont déjà survécu à son mari. Ils me survivront. Des objets ordinaires, mais doués d'un pouvoir que nous ne pouvons pas égaler. Cela m'attriste de les savoir là, si humbles et pourtant indestructibles, alors que Sita, malgré le désespoir de toute une vie, doit mourir.

Et maintenant, tandis que Mary parle, il me vient la curieuse idée que tout ce qu'une personne a touché devrait être enterré avec elle, parce que ça ne rime à rien que les objets survivent aux gens. Tandis qu'elle me rebat les oreilles de pesanteurs invisibles, je nous vois toutes aspirées la tête la première dans l'espace. Je nous vois volant dans un grand vent peuplé de nos paillassons en caoutchouc et de nos brosses à cheveux jusqu'à ce que nous soyons avalées, avec une rapidité effrayante, et que nous disparaissions.

Tout s'embrouille. Rien ne semble avoir de l'importance. Je ne suis même pas en colère quand Mary lit une fois de plus dans mes pensées et signale que les tumulus funéraires qui ont donné son nom à cette localité contiennent les outils que chaque Indien a utilisés dans sa vie. On y a trouvé des meules en pierre, des flèches de chasse et des bijoux en os colorés.

Alors je me dis que c'est inutile. Même enterrés, nos possessions nous survivent.

Le chien aboie sous la fenêtre. La soirée fraîchit et je m'aperçois que Little Dickie a de nouveau rongé sa corde et qu'il est reparti creuser dans les massifs d'iris. J'entends Sita crier sur la galerie. Sa voix monte, monte encore jusqu'à ce qu'elle se brise. Sa chaise bascule, ou quelque chose d'autre tombe avec fracas. J'entends Little Dickie aboyer et pousser des grognements. Ou est-ce Sita ? L'un des deux pousse des grognements. Nous ouvrons la fenêtre et Mary se penche pour voir, mais il fait trop noir. Des branches de lilas dérobent Little Dickie à notre vue. Nous entendons haleter et cogner.

« Il a trouvé quelque chose, dit Mary. Sita va le tuer s'il retourne son massif. »

« Sors de là ! Ouste ! » hurle Mary.

Mais ça continue à haleter et à cogner.

Alors Mary passe la main derrière son dos. Deux objets sont à sa portée. La statue ébréchée de la Vierge et la brique spéciale. Elle jette la brique par la fenêtre. Il y a un bruit sourd, le silence, et puis Little Dickie geint.

Nous nous précipitons en bas. Il n'y a pas encore de lune. Je tâtonne pour trouver la lumière de la galerie, sans y arriver, et je suis Mary au pied des marches. Je dois aller à l'aveuglette, en me tenant à des chaises de jardin et aux tuteurs des rosiers. Je traverse la pelouse, et puis j'aperçois leurs formes recroquevillées. La robe à fleurs de Mary jette une tache dans le buisson, mais la forme blanche par terre – c'est Sita. Je reconnais son châle sous mes doigts. C'est le point *pancake-posy* couleur crème que Fritzie a crocheté avant de mourir.

Je suis à genoux, penchée sur Sita. Elle ne bouge pas pendant de longues secondes, et puis son corps est parcouru d'un frémissement ondulant. La pensée me traverse l'esprit que l'heure est venue. On nous arrache les choses des mains. La terre éparpillée est sèche et froide. Sita me murmure au visage :

« Toi aussi, un jour, tu boufferas de la merde avec les poules. »

C'est l'expression de Pete. Cela veut dire que peu importe que l'on soit puissant et haut placé, on finira un jour ou l'autre à ras de terre. Les cheveux de Sita sont mouillés là où la brique a violemment atterri sur son crâne. Je crois qu'elle a raison. Elle a raison. Je boufferai de la merde avec les poules. Nous la portons dans la maison. Elle n'est pas plus lourde qu'une tranche de pain grillé. Nous l'allongeons sur le grand canapé beige du salon. J'ai presque peur d'allumer la lampe, mais finalement Mary s'en charge et je vois alors dans quel piteux état se trouve Sita. Des ombres noires marquent ses joues.

Je reste à côté d'elle le restant de la nuit, à lui baigner le front et à écouter sa respiration faiblir et sombrer. J'entasse les plus beaux châles autour d'elle. Les rayures ondulantes et les nuages tourbillonnants. Le point souris-et-tapette. Mary somnole dans le fauteuil, la tête dans sa main, immobile, si bien qu'au cours de la nuit j'oublie qu'elle est là.

J'oublie aussi Little Dickie. Le chien s'est fait cogner dessus, tout compte fait. J'oublie pour quelle raison nous sommes venues ici. À un certain moment, Mary se met à marmonner et du coup je sais qu'elle dort.

« Ne discutez pas avec moi, dit-elle, j'ai vérifié votre compte. »

À ces mots, Sita sourit et ouvre les paupières. Elle jette un regard paisible autour d'elle, puis fixe les yeux sur moi et fronce les sourcils. Je ne sais pas si c'est à mon intention ou non, mais je la regarde avec insistance.

Elle prend une inspiration profonde et agitée. Je ne l'entends pas qui laisse échapper son souffle, parce que subitement je me rappelle à quoi elle ressemblait quand nous étions gamines et qu'elle l'emportait sur moi. Elle était assise au-dessus de moi comme je suis maintenant assise au-dessus d'elle. Ses lèvres roses s'arrondissaient. Ses dents étaient blanches et d'aplomb. Elle balançait sa longue natte épaisse au-dessus de sa tête. Qui retombait dans un flic-flac sur ma joue, comme un fouet, me caressait le nez et la bouche. Je me souviens maintenant que la natte de Sita ne faisait pas mal. Elle était seulement souple et lourde, elle sentait le savon Castile, mais je hurlais quand même, comme s'il se passait quelque chose d'affreux. Arrête ! Va-t'en ! Lâche-moi ! Parce que je ne supportais pas qu'elle soit si forte, ses genoux plaqués contre ma poitrine. Je ne supportais pas qu'elle me maintienne, impuissante, dans la poussière.

Sita Tappe

Depuis qu'elles sont arrivées avec leur gâteau bourré d'insectes et leurs saucisses épicées, je me suis mise à dormir en bas sur la table de billard. Ce n'est pas simplement que Mary parle si fort dans son sommeil qu'on l'entend au bout du couloir du premier, ni même que Celestine n'arrête pas de monter et descendre toute la nuit pour aller chercher un verre d'eau, manger des céréales, ou se faire des œufs sur le plat. Ce n'est pas simplement que je n'ai jamais réclamé leur compagnie, que je n'en veux pas, que j'aimerais même qu'elles tombent malades elles aussi et s'en aillent. Je dors en bas pour de nombreuses raisons personnelles. La table de billard en soi, déjà. J'aime bien le contact du tapis vert. J'aime bien la surface lisse. J'aime bien les poches, utiles pour les magazines roulés, les gobelets à couvercle, ma brosse à cheveux. Quand je dors, je respire la poussière de craie bleue, un parfum d'école primaire mêlé aux odeurs adultes de cocktail renversé et de cendre de cigarette. J'ai expliqué à Celestine et Mary que la surface dure et plate du billard est bonne pour mon dos, mais la vérité c'est que j'aime bien dormir en bas.

Mon premier mari appelait ce vaste espace sans fenêtre sa salle de loisirs. Jimmy l'avait fait insonoriser et recouvrir de coûteux panneaux en chêne, mais les décorations murales sont des trucs sans valeur offerts par ses amis qui travaillaient dans la distribution de boissons ou dans les tavernes des environs. Sur tout un mur il y a des étagères chargées de matériel stéréo, des tiroirs de disques, un meuble-télé couleur. Quand je me suis remariée, Louis a ajouté du classique aux disques de country et de musique d'ambiance de Jimmy. Parfois Louis menait des expériences dans les parties du sous-sol restant à aménager, ou organisait des réunions de son groupe mycologique. Il avait installé une radio à ondes courtes et appelait des endroits situés derrière le Rideau de Fer. Ici, c'est si plein de Louis et de Jimmy que la pièce est une sorte de monument dédié à la fois aux deux et ni à l'un ni à l'autre.

Elle est à moi, maintenant. J'y ai descendu tout ce que je préfère. Il y a une ribambelle de bijoux dans la boîte à cassettes, des photos de mon père sur les petites tables basses mexicaines, trois de mes plus beaux pulls en cashmere pliés et empilés, et une paire de chaussures italiennes en cuir à brides arrière. J'ai même nettoyé à fond la salle de bains juste derrière le mur. Je l'ai récurée trois fois au Dutch Cleanser, et ensuite désinfectée au Lysol. J'ai jeté les produits chimiques dont Louis se servait dans sa chambre noire et les bouteilles laissées sous l'évier par les frères de Jimmy. Maintenant le placard de la salle de bains contient mes produits de maquillage, mais pas ce qui reste des comprimés, les petites réserves de médicaments sur ordonnance qui sont l'héritage de Louis. J'ai un endroit plus sûr, mieux protégé, pour eux.

Il fut un temps où ils étaient planqués dans tous les coins. Mais j'oubliais tout le temps où je les avais cachés. Ils apparaissaient à l'improviste et je ne pouvais pas compter dessus. Je ne supportais pas d'en perdre un seul, après la mort de Louis, parce que en ville il n'y a plus de médecin qui veuille bien me faire une ordonnance. « Vous allez devenir dépendante », me disent-ils. Ils veulent me sevrer. Ils croient que je suis sur la bonne voie. Ils ne savent pas ce que Louis a laissé.

La pièce est sombre quelle que soit l'heure du jour. Je n'aime plus être réveillée par la lumière. Ce matin, alors que je sais qu'il va bientôt falloir que je me lève pour aller retrouver Celestine et Mary, je reste allongée, enroulée dans des couvertures qui ont absorbé l'odeur de terre qui flotte au sous-sol.

Toujours étendue, j'imagine tout ce que je pourrais faire par télécommande.

C'est Louis qui a passé des fils électriques sous la moquette de haute laine. Il aimait être installé dans sa bergère et appuyer sur des boutons. Jimmy, je le sais, se serait prélassé sur le gros canapé de style méditerranéen et aurait poussé des jurons respectueux et admiratifs devant le travail de Louis. D'ici, si je veux, je peux allumer la télévision. Le visage de la speakerine risque de sauter et d'être flou, mais je peux la stabiliser en tournant un bouton. À côté de moi, j'ai des écouteurs. Je peux allumer la chaîne, la radio. Je peux écouter des bandes huit pistes ou, dans le silence, regarder les cadrans et les baromètres brillamment éclairés glisser et vaciller. Je peux actionner une commande pour mettre en veilleuse ou éclairer le plafonnier imitation Tiffany. Je peux allumer toutes les lampes publicitaires pour des marques de bière et les contempler. L'une est la longue silhouette d'une diligence tirée par des chevaux lancés dans une fuite silencieuse, qui ne cessent de tourner autour d'un écran lumineux au décor de montagnes et de cactus du désert. Une autre est un canoë voguant sans fin sur un lac bleu. Certaines sont des Hamm, d'autres des Schmidt, d'autres encore de simples losanges Grain Belt. Tout au bout de la pièce, Jimmy avait installé un bar à alcools en *U,* capitonné d'un épais vinyle noir.

Depuis la nuit où Mary a tenté de m'assommer en me lançant une brique, je souffre moins. On dirait que le choc a court-circuité une série de liaisons nerveuses. C'est une des raisons qui a fait que je n'ai pas appelé la police quand j'aurais enfin pu – ça et la question des médicaments. Je craignais qu'ils ne procèdent à un contrôle, fouillent la maison, trouvent ce qu'il en reste flottant au creux de la chasse d'eau, dans la boîte étanche où Louis rangeait ses allumettes chaque fois qu'il partait sur le terrain recueillir des spécimens botaniques. Je ne suis pas loin de détester prendre ces comprimés, il en reste si peu. Dans un mois, un mois et demi, que se passera-t-il ? J'ai vraiment de la chance que la brique ait déglingué mes terminaisons nerveuses. Cette perspective en devient plus supportable. Je me sens mieux. J'ai tout même perdu l'usage de mon bras gauche et dois le tenir pressé contre mes côtes, comme l'aile d'un poulet.

Je devrais me lever avant qu'elles n'aient fini leurs livraisons et ne reviennent me chercher dans cette camionnette qui dégage une odeur de sang et de cuir roussi. Plus tard dans la journée, elles veulent m'emmener à la Cavalcade de la Betterave, à Argus, et ensuite au couronnement, qui se déroulera dans une tribune aux sièges durs et sans dossier. J'ai d'abord refusé, mais elles ont insisté.

« Tu vas vraiment prendre plaisir à voir couronner Dot, a assuré Celestine d'un ton enjôleur.

– Tu serais étonnée d'apprendre tout le plaisir que je peux prendre à rester couchée », ai-je répondu.

Mary, toujours maussade après avoir failli me tuer prématurément, tente de minimiser l'importance de son acte. Elle décline toute responsabilité. Elle affirme que nous, les humains, nous sommes remontés comme des montres et que nous ne nous arrêtons pas avant que le ressort ne soit complètement détendu.

« Alors autant profiter d'une sortie », a-t-elle dit, sans enthousiasme. Ce manque d'élan est probablement ce qui m'a poussée à accepter.

Me lever n'est cependant pas une tâche facile. Elle nécessite l'usage de trop nombreux muscles, et de mes jambes, que je préfère emballer dans des tricots épais et des oreillers. Il fait froid dans la salle de loisirs, ce qui ne me dérange pas beaucoup par cette chaleur estivale, sauf au cours de la longue traversée de la moquette, ou lorsque je dois poser les pieds sur le carrelage glacial de la salle de bains.

Je roule sur la table de billard et abaisse mes jambes vers le sol. De la poche de gauche je sors un gobelet plein d'eau et bois à longs traits. Je n'ai pas retiré les billes colorées qui sont à l'intérieur, et maintenant elles roulent et s'entrechoquent dans leurs conduits cachés. Je trouve que c'est un son agréable, apaisant et distrayant. La table est de construction si solide qu'elles ne bougent que lorsque je grimpe dessus ou lorsque j'en descends. Je commence à fouler la moquette. Mais ce matin je n'arrive même pas jusqu'au gros canapé. Il y a quelque chose de changé, une faiblesse plus grande que celle que j'ai ressentie depuis que la brique s'est écrasée sur mon crâne. Je regrette de ne pas avoir réclamé un peu à manger avant qu'elles ne s'en aillent toutes les deux, ou même qu'il ne reste pas quelques bretzels rassis derrière le bar de Jimmy. Mais voilà que ça me revient, ces bretzels auraient quinze, ou même vingt ans. Ce n'était pas ce que j'avais prévu, pourtant je me découvre soudain allongée par terre. Je ne crois pas être tombée, or c'est indéniable je suis étendue de tout mon long, à plat ventre, le visage enfoncé dans les poils de haute laine qui sont comme une herbe épaisse. Je dois rester là. Je ne peux pas appeler à l'aide. Je ne sais pas combien de temps s'écoule avant que je ne rassemble mes forces, me mette à quatre pattes et rampe. J'ai ma fierté, mais je dois la réserver à des moments plus pénibles encore, et à des occasions où Mary et Celestine seront là, à m'observer.

La mort est une tâche hebdomadaire pour elles, me dis-je, pas davantage, pas davantage que le bruit qui la provoque. La détonation de la carabine. Le coup sourd. La lame dans le cou de la poule. Je suis certaine qu'elles n'entendent jamais le bruit que font les animaux. Quand j'étais enfant, pourtant, avant de quitter la boucherie, j'entendais toujours les cris et les mugissements. Les cochons hurlaient comme si c'étaient nos voisins qu'on assassinait dans leur lit. Et lorsqu'on coupait la tête aux volailles, leurs ailes battaient, battaient sans relâche et soulevaient la poudre de chaux en un nuage éclatant.

J'entends encore leurs ailes. Elles balaient le sol, animées d'une frénésie pleine d'espoir. Même privé de cerveau, le corps poursuit sa danse de pantin. Quand cela m'arrivera, je ne veux pas que Celestine ou Mary soient là pour l'entendre. Voilà une autre raison qui me pousse à dormir dans la salle de loisirs. Je me souviens du camion de Jimmy chargé de panneaux acoustiques, de cette isolation spéciale. Je me souviens de Jimmy, en bas, faisant des tests avec la stéréo à fond pendant qu'à la cuisine je pouvais sentir la vibration de la grosse caisse mais n'entendais pas la musique, juste une sorte de faible plainte comme celle d'un insecte.

Maintenant la salle de bains. La porte. L'interrupteur. Jimmy avait fait installer des barres en acier. Pour les handicapés, disait-il, mais il pensait évidemment à ses frères, incapables de viser droit en dépit des poignées, parce qu'ils étaient pafs et laissaient la preuve de leur soulagement d'ivrognes sur le carrelage bleu clair. Je me félicite maintenant de la présence de ces barres et des bandes antidérapantes. Je réussis à aller jusqu'à la cuvette. Soulever le couvercle en céramique vernissée de la chasse est l'épisode le plus éprouvant de ma journée. J'ai toujours peur qu'il se fracasse sur le sol au moment où je le fais coulisser. Cette opération requiert chaque parcelle de maîtrise de moi-même. Je sors la boîte étanche. Je remets le couvercle en place, pas entièrement, juste assez pour qu'il ne glisse pas. Et je respire mieux. Je remplis d'eau mon verre à dents. J'ouvre le petit flacon et fais tomber trois capsules dans ma main. Pas trois. Non. Non. Je me suis limitée à une. J'en remets deux. Et puis je ne sais pourquoi je vide tout le récipient. Je suis simplement curieuse de savoir combien il me reste de jours avant qu'il n'y en ait plus. C'est là que je vois qu'il y en a très peu.

Je scrute les gélules orange vif pendant je ne sais combien de temps. C'est comme si nous étions prises ensemble dans un halo de lucidité. Plus qu'un demi-flacon. Je veux en avaler une maintenant, mais les gélules refusent de me laisser faire. Il faut que je les écoute. Il faut que je sache ce que cela signifie. Alors on se regarde, on s'observe, on s'observe encore. Je ne mets pas énormément de temps à comprendre.

Sans nous, disent-elles, sans Louis, c'est le retour à l'hôpital de l'État. C'est le pavillon cannibale. La seringue. Les hallucinations que tu n'aimerais pas avoir dans ton jardin.

Cela ne fait aucun doute. Soudain, je sais qu'au fil du temps je suis parvenue à ce moment précis. J'ai effectué ma traversée du désert pour arriver jusqu'ici. Je touche au but.

Et alors c'est facile. Je les avale toutes.

Quelque temps après, je m'assois sur la cuvette en m'aidant de mon bras valide. Je n'anticipe rien. Je me relève dans une position accroupie qui m'amène jusqu'au lavabo. J'aimerais prendre un bain. Je ne pense pas plus loin que l'idée de l'eau. Du coup, c'est plus facile d'entrer dans la baignoire. Et puis, quand je suis assise et que j'ai ouvert le robinet, les gélules produisent leur effet avec le flot blanc de l'eau chaude, et aussitôt je me mets à flotter.

J'adore les plantes. Pendant très longtemps j'ai cru qu'elles mouraient sans souffrir. Mais évidemment, après une dispute avec Mary, elle m'a montré des coupures de journaux expliquant que les plantes sont traumatisées lorsqu'on les arrache et prononcent même quelque chose d'indescriptible, comme de la panique, une voyelle étirée que seuls des instruments spéciaux sont capables d'enregistrer. Pourtant, j'adore l'habitude qu'elles ont de revenir chaque année. Je n'aime pas les fleurs coupées. Rien que celles qui poussent dans le sol. Et ces nénuphars, là. Imprimés à la peinture toxique sur mon rideau de douche, leur pureté me fait fondre. Chaque pétale blanc est une grosse larme de lait. Chaque tige fine est une corde de sauvetage verte.

Un tel bruit. Une telle cascade qui dévale. Je n'ai jamais vu de chutes d'eau ni même entendu le flot d'une rivière. C'est trop plat pour que l'eau fasse du bruit, là où j'ai passé ma vie. Je connais toutefois la rivière, ses châtiments et ses berges arrachées. Je la connais comme une langue de destruction qui, l'été venu, diminue jusqu'à n'être plus qu'un infect cordon de vase. Non, la rivière n'est pas la merveille d'eau claire, chaude et impétueuse, qui sort du bout d'un tuyau et me remonte le moral grâce à la curieuse illusion que je vais bien.

Sortie, séchée, les comprimés bloquant les voies nerveuses, je me tiens debout.

Il y a un nuage de buée sur le miroir. Je l'efface d'un coup d'essuie-mains. Je dois attendre que ma main cesse de trembler avant de retirer le bonnet de douche en plastique rose et de me brosser les cheveux. Ma couleur est gris océan à présent, et en vérité je suis trop maigre. Mais je sors le collier de grenats de son écrin brodé et attache avec beaucoup de soin le vieux fermoir en filigrane autour de mon cou. Nue, à l'exception des pierres rouge sang, je songe à ma tante. J'avais écouté, près de la porte, un jour où Fritzie racontait à une amie l'histoire de l'envol cruel d'Adelaide. Ils la croyaient rendue folle par la misère, mais comme je la comprenais ! Je la voyais aspirée dans un nuage. Ses os évidés comme ceux d'un oiseau. Ses ailes ne faisaient jamais cet horrible bruit des poulets qui frappent violemment la terre, elles ne faisaient aucun bruit. Adelaide n'avait pas besoin de battre des ailes, elle se déportait sans effort dans les vents et les courants qui roulent, invisibles, au-dessus de nous. Elle s'était donc envolée. C'était ce que j'aurais dû faire, plutôt que de repiquer des phlox. Leurs racines étaient résistantes et je ne trouvais jamais le bon endroit où les mettre, la bonne barrière le long de laquelle les installer. Des phlox blancs au pied d'une barrière blanche. Ça n'allait jamais. J'aurais dû peindre la barrière en bleu. J'aurais dû descendre une robe plus attrayante.

Celle-ci, avec ses plis blancs amollis par la vapeur de la douche, sa ceinture lavande et sa dentelle qui me pique l'intérieur des poignets, je ne l'aime pas. Je ne trouve même pas qu'elle mette le collier en valeur, mais les grenats je les porterai de toute façon, pour Mary. Elle ne les a encore jamais vus à mon cou, il est d'ailleurs probable qu'elle s'en moque. Elle est dure, ce n'est pas une femme de sentiments. Je n'ai jamais réussi à l'atteindre, ni Celestine, sauf par le biais de sa fille.

L'une des rares fois où j'ai dû me rendre à leur magasin pour affaires, j'ai rencontré la gamine. Dot était assise au comptoir et déjeunait, elle engouffrait de grosses bouchées de sandwich à la viande épicée, se léchait les doigts. Elle avait les mauvaises manières de son père. Ce que je lui ai dit. Elle s'est arrêtée, a paru intéressée. J'ai ajouté qu'elle n'était pas du tout comme sa mère et ressemblait, pour ce qui était du nez et des yeux, à sa grand-mère Adelaide. Je ne l'ai dit que pour contrarier Mary, qui ne parlait jamais d'elle. Je suis allée encore un peu plus loin, j'ai raconté à Dot ce qu'avait fait Adelaide. J'ai présenté ça comme une histoire romantique, presque une légende. Dot était fascinée, elle en redemandait. Je l'ai fait taire quand Mary est arrivée.

Pendant un instant, je leur avais soustrait Dot, comme le jour où Mary m'avait volé Celestine. Après toutes ces années, je me souviens encore de cet horrible et bref instant où j'étais là, debout dans le cimetière, sans chemisier.

Tant de choses se mêlent. Un étrange souvenir qui me reste des notes que prenait Louis, c'est ma vision de ces enfants sous terre le jour du Jugement dernier.

La trompette résonne, ai-je dit. Toutes les sirènes retentissent. Le château d'eau municipal laisse échapper un jet de sang. Et puis le gazon aux fortes racines s'écarte au-dessus de chacune des dernières demeures. En sortent les enfants. Ils ne sont plus qu'os et squelettes. Ils sont étonnamment petits, faits d'ivoire, sculptés à l'aide d'outils de précision sous la loupe d'un bijoutier. Le grossissement montrerait la symétrie de chaque petite articulation. Mais le temps manque pour s'émerveiller, car tandis qu'ils parcourent les rues d'Argus leurs os sont emmaillotés et enrobés de chair, enveloppés de peau puis, finalement, de vêtements.

Quel genre de vêtements, pourtant, et de quelle époque ?

Et que feront-ils, ai-je demandé à Louis, concernant leurs parents ? Et si leurs parents s'étaient condamnés à l'Enfer à cause de leurs péchés ? Y aurait-il des écoles, des lignes d'autobus, des orphelinats, des belles-mères et des beaux-pères pour s'occuper d'eux tous ? Sinon, quelle épouvante ! Imagine ces pauvres enfants contraints à errer, cherchant parmi la masse des morts quelqu'un ou quelque chose de familier ?

Louis, avais-je dit, c'est vraiment trop déchirant.

Maintenant je suis prête. Le collier brille, brutal comme la méchanceté, contre le désastre de mon cou.

Il est trop tard pour changer ce que je suis. Je ne retire pas le bijou. Mes bras craquent au moment où je me glisse dans la robe en levant les épaules. Il y a le maquillage, les cheveux, et toute la concentration que cela nécessite. L'effort pour remuer mes doigts un par un, saisir les brosses et les tubes minuscules est immense. Qui imaginerait la rigoureuse volonté que cela exige ? Je m'étonne moi-même à chaque petit coup de brosse. Les résultats sont une amélioration colossale. Et nécessaire. Il faut que je fasse du bon boulot en haut pour détourner l'attention de mes jambes, car je n'arrive plus à me pencher pour enfiler mes bas. Je ne peux pas en porter. Je ne baisserai donc pas les yeux, sinon pour admirer le bout de mes escarpins blancs en cuir fin et souple.

Et maintenant, les lumières. Éteintes. La porte de la salle de bains. Elles vont bientôt arriver dans cette camionnette, et appuyer à fond sur le klaxon. Je les attendrai au rez-de-chaussée, sur la galerie devant la maison. Je me lèverai pour aller à leur rencontre. Mais avant de gravir les quatorze marches faussement faciles, tapissées d'une moquette épaisse, je me repose. Je me repose ici même. Je me laisse aller dans la pièce sombre et fraîche, sur le canapé en cuir bordeaux que Jimmy aimait tant et où un jour, il y a longtemps, la seule fois de ma vie, en réalité, je me suis surprise à ne pas prendre de précautions et à rester allongée, après, dans les bras de Jimmy, impressionnée face à cette fenêtre aveugle ouvrant sur l'avenir.

Telles étaient les possibilités.

Papa et Fritzie auraient adoré être grands-parents. Ils n'ont jamais rien osé me dire en face, mais je le savais par leurs petites allusions appuyées. Quand ils revenaient nous voir dans le nord de l'État, ils scrutaient toujours mon visage pour y déceler un signe, quelque chose de plus doux, un changement dans la météo de mon corps. Fritzie s'attardait auprès des enfants que nous croisions par hasard, et un jour, prise d'un accès de son ancienne virulence, elle avait demandé si j'allais contre les directives de l'Église en usant d'une quelconque méthode.

Papa adorait les lampes publicitaires de Jimmy. Quand nous étions tout juste mariés, Jimmy et moi, il passait chez nous et tous les deux s'installaient devant pour les regarder, en buvant de la bière et en écoutant des disques. Ensuite ils remontaient au rez-de-chaussée, soûls, avec l'espoir d'y trouver sandwiches et pickles. Que je fournissais, mais je ne descendais jamais les rejoindre. Je trouvais ces lampes vulgaires. C'était à l'époque. Il a fallu que je m'installe ici pour de bon pour comprendre combien elles peuvent être réconfortantes, presque hypnotiques, plus apaisantes que n'importe quel paysage, et qu'elles présentent l'avantage supplémentaire que je peux les contempler dans une pièce obscure.

Je me demande combien de temps il faudra, si les comprimés agissent correctement. J'effleure un interrupteur près de ma main droite et une lampe publicitaire s'allume. C'est celle aux eaux bleu ciel, ma préférée. Sans relâche, j'attends, et je regarde le petit canoë quitter les rives de ce lac du Minnesota et s'aventurer sur les vagues moirées. Le long du rivage se dressent des sapins, d'un vert très sombre, et bien nets. L'eau scintille, éclairée de l'intérieur. Le bateau vogue. C'est tout juste si je ne vois pas les poissons, curieux, remonter sous son ombre.

Mary Adare

En arrivant à la maison, nous aperçûmes Sita, tout en blanc, debout bien droite dans les bouquets d'ifs, qui nous examinait avec attention entre les aiguilles sèches et ondulées. Elle paraissait impatiente. Son sac gisait près de ses pieds et ses jambes étaient curieusement placées, dressées pour la soutenir comme si elles étaient en bois. J'avançai la camionnette à mi-chemin de son allée circulaire.

« D'abord elle ne voulait pas y aller, et maintenant je suppose que nous sommes en retard », fis-je remarquer à Celestine, qui était contrariée que Sita ait décidé de venir. Elle voulait profiter de la cavalcade et du couronnement de Dot sans intrusion dans ses affaires ni jugement de la part de Sita, sans inquiétude sur son état nerveux. Quand je coupai le moteur et m'arrêtai pour descendre, je sus que Sita se montrerait désagréable.

Nous n'eûmes pas droit à un « bonjour ». Pas un ronchonnement. Celestine soupira bruyamment et remonta ses cheveux pour dégager son cou. Elle sortit de la camionnette en claquant la portière, avec la mine furieuse de celle qui doit s'accommoder de la situation. Puis elle traversa la pelouse d'un air digne, en appelant. Je la suivis, distraite par les aboiements de Little Dickie. Il était attaché derrière la maison, et je songeai que je devrais lui donner un peu d'eau au tuyau d'arrosage, même si à peine l'aurais-je suggéré que Sita ferait la grimace à l'idée du temps perdu.

Nous étions donc là tout près d'elle, et nous lui touchâmes les bras en pensant l'aider à se dégager de l'enchevêtrement de branches.

Celestine et moi remarquâmes en même temps combien elle était froide. Jamais l'expression de Sita ne la trahit. Ses yeux étaient ouverts et fixaient l'endroit précis où notre camionnette s'était arrêtée. Ses lèvres étaient figées en une moue exaspérée, comme si elle avait été sur le point de dire quelque chose et avait découvert que la mort lui avait dérobé sa voix. Celestine ramassa le sac pour le lui rendre, mais ensuite elle le garda, qui se balançait suspendu par la bandoulière au bout de ses doigts. Elle ne savait qu'en faire. Je ne lui fus d'aucun secours. Nous étions sous le choc, je suppose. Je ne sais pas combien de temps nous restâmes ainsi, à prêter une oreille distraite à Little Dickie qui aboyait, à sentir l'air sec et chaud et, chose étrange, le parfum français de Sita, une senteur pénétrante sortie des flacons luxueux qu'elle conservait dans la salle de bains au sous-sol.

« Que devrions-nous faire ? » finit par demander Celestine.

Je la regardai, mais elle ne semblait pas me poser la question. Non, elle la posait plutôt à Sita. Je me tournai alors moi aussi vers Sita, comme pour prendre son avis. Ce fut à ce moment-là que je remarquai certains détails : le collier de pierres rouges, ancien et d'apparence familière, qui s'était pris dans une branche cassée et lui maintenait la tête droite, et ses bras, qu'elle avait réussi à caler à des hauteurs égales dans les troncs minces et ramifiés. Elle s'était habillée avec grand soin, comme d'habitude. Peut-être que lassée d'attendre elle s'était laissée aller dans le taillis. Peut-être qu'elle avait été sur le point de dire : Qu'elles aillent au diable ! Elles sont en retard. Elle s'était mise à employer sans cesse des mots tels que *au diable* et *sacristi* en notre présence, ce qu'elle n'avait pas fait même après avoir cessé d'aller à l'église. Sita n'avait jamais été facile à vivre. Nous devions descendre l'escalier du sous-sol pour lui apporter des plateaux et la servir tandis qu'elle se prélassait sur la table de billard. Et même ainsi, elle faisait la fine bouche ou éparpillait d'un air méfiant son ragoût sur l'assiette, avec l'air de croire que j'avais caché d'autres insectes entre les nouilles.

« Je suppose que nous devrions l'emmener en bas, dis-je.

– Et puis après ? » demanda Celestine.

Les pommettes de Celestine étaient fardées. Ses cheveux roulés vers l'arrière et crantés, poivre et sel, coiffés de frais. Mais elle semblait paniquée.

« Nous devons réfléchir avec clarté, dis-je.

– Est-ce que tu as une idée ? » demanda-t-elle.

Elle était agacée que Sita soit morte dans un taillis d'ifs le matin où sa fille connaîtrait la gloire. Je ne crois pas que Celestine ait alors tout à fait saisi que l'état de Sita était désormais permanent.

« Y a-t-il un salon funéraire à Blue Mound ? demanda-t-elle.

– La ville est trop petite pour ça », répondis-je.

Ce que signifiait la mort de Sita faisait petit à petit son chemin dans nos esprits. Chez Langenwalter. C'était le funérarium d'Argus, une longue bâtisse en stuc rose et orange, avec un toit de tuiles à l'espagnole et des fenêtres ornées de grilles noires. Penser à Sita dans l'une de ces pièces familières était impossible. Et puis il y avait la Cavalcade de la Betterave. Tout le monde y serait, même les Langenwalter.

« Ils ne seront probablement pas disponibles, remarqua Celestine, que ce soit pour venir la chercher ou pour la recevoir.

– Nous allons l'emmener avec nous dans la camionnette », dis-je.

Celestine secoua la tête.

« Je pensais que nous allions simplement la mettre dans la maison, la coucher sur le canapé.

– Celestine, dis-je, veux-tu que des inconnus l'embarquent ?

– Non, répondit-elle.

– Nous allons l'emmener avec nous », répétai-je.

Mais nous restâmes là sans bouger, ramenées dans le cercle silencieux de Sita. J'entendais le bourdonnement des grillons dans le champ de lin de l'autre côté de la route, le ronronnement d'une machine au loin.

« Prends-la par l'autre bras », dis-je enfin.

Je tendis la main, soulevai Sita par un coude. Nous libérâmes son collier accroché à la petite branche et sa tête retomba très légèrement d'un côté, si bien qu'à présent elle semblait plus vigilante et attentive qu'elle ne l'avait été depuis des semaines. Elle paraissait s'être arrêtée devant une scène fascinante qu'elle désapprouvait et dont pourtant elle ne pouvait détourner son regard.

Nous la soutînmes entre nous deux en avançant vers la camionnette. Sita était plus haute du côté de Celestine, de mon côté elle traînait par terre, et elle était lourde. Ce qui me frappa. Elle avait été si légère et si maigre, avant. On aurait dit que la mort avait pénétré la moelle de ses os et l'avait remplie de sable. L'estafette semblait infiniment loin, à l'autre bout de la pelouse. Les pieds de Sita raclaient le sol.

« Soulève-la davantage, demanda Celestine. Tu salis ses chaussures. »

Je tentai de la hisser plus haut, mais son poids était énorme. J'étais essoufflée et ma respiration brûlait comme du feu, le temps d'arriver à la camionnette. J'avais eu l'intention de l'étendre de tout son long à l'arrière. Celestine la soutint pendant que j'ouvrais les doubles portes. Lorsque je jetai un coup d'œil à l'intérieur, pourtant, je ne me vis pas y charger Sita comme n'importe quelle marchandise à livrer.

« Tout bien réfléchi, mettons-la devant, dis-je.

– Tu es dingue, ou quoi ? lança Celestine.

– Certainement pas. »

Je fus cinglante avec Celestine parce que je pensais qu'elle ne voulait tout simplement pas monter derrière et risquer de filer ses bas. Je ne lui dis pas un mot de plus, me contentai d'ouvrir la portière côté passager et de l'aider à y amener Sita. Mais une fois là, nous découvrîmes qu'elle était si raide qu'elle refusait de se plier. Ce qui posait un problème. Celestine mit les jambes de Sita à l'intérieur et je tentai de faire entrer le reste. Seulement, de quelque façon que nous nous y prenions, d'abord les jambes ou d'abord la tête, Sita finissait penchée du côté conducteur avec l'air d'avoir été jetée là. Et plus nous poussions, plus elle était débraillée. Puis, soudain, au beau milieu de tous nos efforts, Celestine heurta un point dans le dos de Sita et ce fut magique, comme si elle avait touché un ressort caché. Sita se replia en parfaite position assise, bien installée sur le siège. Et elle attendit là, les mains sur ses cuisses, la tête légèrement inclinée, le regard fixé au-delà du pare-brise.

« Très bien », dis-je en reprenant mon souffle. Je m'écartai de la camionnette, un peu étourdie. « Allons-y. »

Celestine ne répondit pas, et je vis pourquoi lorsque je la regardai. Elle scrutait Sita, sans un mot, éplorée. Son visage était baigné de larmes, et le haut de sa robe aussi. Je lui tendis mon mouchoir d'un geste brusque, mais elle ne le prit même pas, ne comprit pas non plus. Puis elle leva la main et découvrit qu'elle avait les joues mouillées.

« Oh ! » fit-elle, étonnée, comme si elle s'était blessée.

Je lui mis le mouchoir dans les mains et contournai la camionnette pour gagner le côté conducteur. Celestine se pencha, attacha Sita avec une ceinture et posa le sac en skaï blanc sur ses genoux. Puis elle grimpa par l'arrière et s'assit juste derrière moi. Je démarrai et sortis de l'allée.

Avec le ventilateur en marche, les vitres et les déflecteurs fermés, nous étions dans un espace clos. Les champs se déployaient, secs et déclinants, entre Blue Mound et Argus. De la poussière parcourait l'horizon en formes vibrantes. La sécheresse avait donné au paysage une teinte uniforme d'un brun très pâle. Mais tout cela était à l'extérieur de notre véhicule. Nous avions presque l'impression de flotter. Les fossés passaient à toute vitesse, flous. Nous eûmes la route tout à nous pendant un long moment et roulâmes en silence, la tête ailleurs. Je ne prêtai pas attention au compteur.

La sirène et les lumières clignotantes me firent sursauter au point que je donnai un grand coup de volant, en me rabattant sur le côté, toujours avec l'idée de laisser passer la police, et je fus étonnée lorsque la voiture s'arrêta derrière moi.

« Il vient vers la camionnette », dit Celestine d'un ton suffoqué en regardant par la fenêtre arrière. Je l'apercevais dans mon rétroviseur extérieur, à présent. L'agent Lovchik.

« Bonjour Ronald, lançai-je en baissant ma vitre lorsqu'il se pencha pour me parler. Je pensais que vous dirigeriez la cavalcade.

– Ou que vous seriez dedans, dit Celestine.

– J'y vais de ce pas, répondit Lovchik, mais je vous ai contrôlées à cent trente. »

Je n'avais rien à répondre.

« Bonjour, Sita », dit-il en adressant un sourire au siège passager, au-delà de moi. Depuis la mort de Louis, Ronald Lovchik s'était comme autrefois remis à poursuivre Sita de ses assiduités et lui envoyait même des boîtes de ces fameux chocolats. Je le savais parce que j'en avais trouvé une pile dans son placard, toujours sous cellophane. J'en avais mangé quelques-uns, qui étaient frais. Maintenant, pourtant, il n'avait plus aucune chance. Sita regardait devant elle, au loin, d'un air sévère. Lovchik baissa les yeux, blessé mais pas surpris, et d'une chiquenaude ouvrit son carnet de procès-verbaux. Puis il soupira et le referma.

« Et puis zut ! dit-il d'un ton amer tout en se redressant, si bien que je regardais les boutons beiges et tendus de sa chemise. C'est votre première infraction, non ? »

Je me penchai au-dehors et répondis que oui.

« Je ne vais pas vous verbaliser, déclara-t-il. Premier avertissement. C'est tout. »

Celestine me tapa sur l'épaule.

« Remercie-le, siffla-t-elle.

– Merci, dis-je.

– J'espère ne pas avoir dérangé Mme Tappe. »

La voix de Lovchik flotta par-dessus le toit de la camionnette, puis ses pas s'éloignèrent. La portière de sa voiture se referma avec un bruit sourd ; il nous contourna et repartit sur la grande route, toutes lumières clignotantes.

« Pourquoi ne l'avons-nous pas laissé prendre le relais ? » demandai-je en redémarrant.

Celestine ne répondit pas.

Ma voix retentit trop fort à mes oreilles. Je roulai avec prudence, bien en dessous de la limite de vitesse, entrai dans Argus et descendis Eighth Street qui donnait dans Main. Nous avions l'intention d'arriver au champ de foire en empruntant le trajet le plus direct. Je coupai donc par une ruelle et m'engageai dans une file de voitures qui s'avançait lentement vers l'angle embouteillé de Main. Ce fut quelque part dans la cohue de voitures que, mal dirigées et désorientées, nous commîmes notre erreur. Les vitres n'auraient peut-être pas dû être si bien fermées, ni la ventilation poussée à fond. Je n'entendis pas la fanfare du lycée, voilà tout, ni les klaxons des clowns avant qu'ils ne soient arrivés sur nous. Jusque-là, je ne m'étais pas rendu compte que nous nous trouvions dans la cavalcade.

Une fois là, il n'était plus question de rebrousser chemin. Je me collai derrière un char en forme de gigantesque betterave à sucre, fait de tissu et de kleenex peints à la bombe et tendus sur une armature en fil de fer. Elle se dressait, menaçante, devant nous, grosse et blanche. De longues feuilles de crépon flottaient au sommet. La betterave ballottait dans le vent chaud, tirée par saccades derrière la voiture d'un lycéen. De temps à autre, des mouchoirs en papier prenaient le large, volaient dans la foule sur chaque trottoir ou se posaient sur notre pare-brise. L'allure était lente. Derrière nous un club de marche synchronisée s'exhibait en uniformes bleu et or. Parfois la cavalcade s'arrêtait pour les laisser composer avec leurs corps un tableau ou une lettre.

« Agite la main et souris, dit Celestine. Les gens nous regardent. »

C'était vrai. Même si sur notre passage l'énorme betterave et l'équipe de marcheurs accaparaient l'essentiel de l'attention de la foule, il y avait des gens assez curieux pour nous regarder et nous saluer de la main. Peut-être apercevaient-ils Sita, impériale et sérieuse, parée de son collier scintillant, et supposaient-ils que c'était quelqu'un d'important, une conseillère municipale ou l'épouse du gouverneur. D'autres dans la foule étaient des clients qui agitaient la main simplement parce qu'ils étaient contents de nous reconnaître.

« Il y a Langenwalter debout à côté d'Adrian, murmura Celestine.

– Tu fais un signe de la main, lui dis-je. Moi, je ne lâche pas le volant. »

Et alors que nous avancions, pas loin de la surchauffe en première, de temps à autre Celestine agitait une main à la fenêtre.

Il sembla se passer des heures avant que nous n'arrivions à l'embranchement, descendions lentement en roue libre la pente menant au champ de foire du comté, et coupions le moteur sous un haut bouquet d'ormes en fer à cheval. Nous nous garâmes juste derrière la tribune où il faisait frais, dans l'ombre tamisée où nous espérions que personne ne s'attarderait ni ne remarquerait Sita.

Je laissai le moteur tourner, la ventilation en marche, et sortis. Debout sous un grand arbre, nous regardions Sita derrière le pare-brise.

« Je suppose que nous n'avons pas le choix, remarqua Celestine. Nous sommes obligées de la laisser là. »

Nous attendîmes encore un peu, indécises, comme pour vérifier. Sous la lumière tachetée qui tombait en tournoyant au travers des feuilles, l'expression de Sita s'était maintenant muée en attention plus grande. Elle regardait à travers nous, au-delà de nous, plus loin, à l'autre bout du champ de foire, là où des stands et des jeux étaient installés dans la clairière d'herbe piétinée.

Un héros très décoré

Un infirmier hissa Russell hors de son fauteuil roulant, le fit rouler sur le lit et le dépouilla de son mince pyjama en coton. Eli Kashpaw, assis devant une tasse de café à sa table de cuisine, observait la scène. Fleur, postée dans l'ombre de la pièce voisine, surveillait l'infirmier avec une attention sévère. Elle sortit l'uniforme de Russell d'un vieux sac de voyage usé. Le drap vert exsudait la naphtaline. L'infirmier en revêtit Russell, en opérant prudemment sous le regard de Fleur. Il peina à soulever Russell pour le rasseoir dans son fauteuil. Fleur sortit les médailles d'un étui en cuir et lui épingla sur le cœur le motif aux couleurs vives tout entier. Elle déposa ensuite son fusil sur ses genoux, glissé dans un long sac de grosse toile vert olive. Russell attendit que son chapeau soit placé de biais sur sa tête, comme il l'était sur ses photos de studio.

Quand tout fut terminé, il referma ses mains sur les accoudoirs. Il pouvait se servir de ses bras pour pousser. L'infirmier fit rouler le fauteuil dans la chaleur matinale, sur l'herbe rêche du jardin et le long d'une rampe donnant accès au fourgon de la maison de santé. Il claqua la portière. Le véhicule démarra et puis s'en fut par les petites routes. Il n'y avait pas de vitres sur les côtés mais une lucarne en plastique au plafond. En penchant la tête Russell vit un peu de ciel, des nuages, et au bout d'un moment des fils électriques entrecroisés. Après une heure de route, ils s'arrêtèrent. À l'extérieur du fourgon il entendit des chevaux qui soufflaient et tapaient du sabot. Une voix amplifiée criait des numéros et des instructions.

Soudain son fauteuil fut tiré brutalement par-derrière et, d'un seul coup, descendit la rampe à reculons. De l'autre côté de la rue, sur un parking, il vit des files de voitures anciennes, des chauffeurs avec de grosses lunettes de protection, des femmes sous des ombrelles d'autrefois. Assise par terre, une majorette étirait ses jambes dorées. Des membres de l'American Legion passèrent devant lui, tout près. Personne ne le regardait. Finalement, le fils de son ancien patron de l'Argus National Bank lui donna une petite tape sur le bras et se pencha sur son fauteuil.

« Quelle belle journée pour l'occasion ! » dit-il, et ce fut tout.

L'air était sec et le soleil lointain, voilé par des nuages de poussière. Une jeep arriva dans un grondement sourd, elle tirait un char de la parade. C'était toujours le même dont se servait l'American Legion. L'infirmier fit un gros effort pour hisser Russell dessus, puis le sangla bien droit entre deux bunkers miniatures en bois surélevés. La représentation d'un champ de tombes militaires s'étirait devant lui, recouvert de gazon et de coquelicots en plastique. Une croix blanche toute simple était plantée à ses pieds.

Sous peu, la cavalcade se mettrait en branle. Les chars du lycée, fragiles et juponnés, et les clowns en kart prenaient place. La voix haut perchée du présentateur était maintenant éraillée. Les fanfares accordèrent leurs instruments, hissèrent tambours et tubas.

Le char remua.

Russell sentit son visage agité de petites secousses tandis qu'ils passaient sur des nids-de-poule. À chaque embardée, la croix plantée sur la tombe à ses pieds était ébranlée. Il était assis en hauteur, les mains cramponnées à ses genoux, et au passage regardait fixement au-dessus de la foule. Il y avait des hommes avec des enfants perchés sur leurs épaules, des jeunes filles dans des robes aux couleurs vives. Son char poursuivit sa route, passa devant les vitrines des magasins et les banques, les bars annonçant *Danseuses* et *Happy Nites*, le bureau de poste. Les tambours résonnaient et les klaxons en plastique couinaient dans le kart du clown. Le bruit était fatigant. Russell s'efforça de tenir la tête haute, de garder un regard féroce et conquérant, mais son menton s'affaissa. Ses yeux se fermèrent et soudain le bruit comme les gens semblèrent très loin.

Il pensa à un orage. Des nuages noirs et bas entraient en collision et l'air était chargé d'une calme et vibrante menace. Devant lui, il vit une grande femme voûtée qui marchait à pas lents sur un chemin de terre. Il se mit en route derrière elle et puis il reconnut sa sœur Isabel, morte depuis tant d'années. Elle parcourait maintenant cette route, vêtue d'une robe de calicot traditionnelle à manches papillon et chaussée de mocassins ornés de piquants de porc-épic. Ses cheveux noirs étaient dénoués. Elle se retourna et lui fit signe de la suivre. Russell hésita, il sentit pourtant que c'était ce qui arrivait. Il sentit son esprit s'étendre comme les eaux d'un lac. Son cœur ralentit, s'engourdit, et parut grossir jusqu'à ce qu'il fasse pression sur ses côtes.

« Il a l'air empaillé », s'écria depuis le trottoir une femme à la voix stridente. Russell l'entendit nettement. À une certaine époque sa remarque l'aurait couvert de honte, mais il ouvrit simplement les yeux sur la scène floue, puis les referma. Sa sœur était toujours là, pas très loin devant lui. Isabel regarda par-dessus son épaule, elle avait son sourire d'autrefois. Il vit qu'on lui avait cassé une dent.

« Attends-moi », cria-t-il.

Elle se retourna et continua à marcher. La route était étroite. L'herbe de part et d'autre se déroulait sans fin, et les nuages étaient lourds. Il la suivit, pensant qu'il verrait peut-être Celestine. Peut-être se joindrait-elle à eux. Mais il songea alors qu'il n'en serait rien, parce que c'était la route dont parlaient les anciens Chippewas, la « route des quatre jours », le chemin de la mort. Il venait de s'y engager.

Je suis mort, songea-t-il, étonné et calme.

D'abord il regretta que ce fût arrivé en public plutôt que dans un endroit intime. Puis il s'en réjouit, et se réjouit aussi de constater qu'il n'avait toujours pas perdu son sens de l'humour. Il trouvait si drôle que la ville où il avait vécu et les membres de l'American Legion soient en train de saluer solennellement un Indien mort qu'il commença à se tordre de rire.

La vacherie fut qu'il rit trop fort, qu'il quitta la route, ouvrit les yeux avant d'avoir dépassé le point de non-retour et se retrouva tout bonnement en queue du défilé. Il se hâta de refermer les paupières. Mais la route était devenue trop étroite. Il trébucha. Il eut beau crier à pleins poumons, sa sœur continua d'avancer et ne voulut pas rebrousser chemin pour lui venir en aide.

CHAPITRE 14

Wallace Pfef, 1971

Avec chaque année qui passait, Dot était de plus en plus en colère, elle nous faisait peur, causait des dégâts, se mettait elle-même en danger. Certains soirs, elle restait dehors jusqu'à deux ou trois heures du matin et, une fois, elle ne rentra pas avant l'aube. Elle fumait dans sa chambre, jonchait les rebords de fenêtre de mégots, et tenait des journaux intimes secrets qu'elle fermait à l'aide de petites clés dorées.

Il n'était pas difficile de deviner ce qu'elle écrivait dans ces carnets.

Elle était persécutée, malheureuse, elle préparait sa vengeance. Plutôt que son absence d'amis à l'école primaire, elle avait à présent des ennemis actifs. Et il y avait Celestine, moi, et Mary. Nous étions les fléaux de son existence, jusqu'à ce qu'elle ait besoin de nous. Nous lui donnions alors tout ce que nous avions, ce qui lui déplaisait. Elle remplissait des caisses de papiers. Ses journaux intimes s'entassaient. Et elle nous lançait aussi ces choses-là à la figure, sans nous épargner un seul mot.

Plus encore que ce que nous avions en commun, c'est la méchanceté de Dot qui nous réunit, Celestine,

Mary et moi. Dot n'avait pas été une enfant facile, mais jusque-là nous avions réussi en discutant à l'emporter sur elle. Maintenant c'était elle qui l'emportait sur nous, énonçait une à une chacune de nos erreurs, nous laissait dévastés. Elle nous rongeait le cœur jusqu'à l'os, nous dévorait, gagnait en robustesse à force de se repaître de notre chagrin et de notre effarement. Plus que tout, nous étions scandalisés par ce que nous avions créé. Dot portait en classe des bas résille et une jupe en vinyle, se crêpait les cheveux en forme de nid, rapportait à la maison des choses qu'elle n'avait pas pu s'offrir avec son salaire minimum au cinéma d'Argus. Ses amis étaient des voyous, des buveurs, des fumeurs, des motards et toutes sortes de bons à rien toujours à hanter les rues des bars qui ne donnaient pas un sou à la Caisse pour les illuminations de Noël.

Nous tentâmes d'intéresser Dot à des passe-temps, à l'éducation physique, aux études. Mais elle ne semblait heureuse que lorsqu'elle se trouvait dans une voiture au moteur gonflé, en marche ou garée quelque part. Ce n'était pas là mon point de vue, mais celui de Celestine. Mary fit remarquer que si Dot n'avait pas été tout ce qu'elle avait eu au monde, elle aurait renié sa nièce. Ma raison pour soutenir Dot, toutefois, était différente. J'avais confiance, une confiance sans limites et éternelle, en son courage.

Certes, son absence de peur était devenue plutôt assommante et impolie. Sa franchise absolue changeait en pierre ses professeurs et ses camarades de classe. Mais elle était ce que je n'étais pas. Elle ne craignait pas d'être différente, ce qui me remplissait de stupeur et d'admiration. Et puis je l'aimais et voulais la rendre heureuse.

Mais je ne pouvais y arriver tout à fait seul.

J'avais une théorie : si ceux qui aimaient Dot pour de bon la supportaient à peine, quelle opinion pouvait-elle avoir d'elle-même ? Un printemps, afin de l'aider, de lui donner la fierté d'avoir mené à bien un projet, de permettre à l'image qu'elle se faisait d'elle de croître et d'embellir, je lui offris un poids de dix kilos pour la convertir au lancer. Ce fut le meilleur investissement de ma vie, du moins le crus-je, car au début Dot s'enticha de cette boule de fer et ne voulut plus s'en séparer.

C'était le premier printemps de la sécheresse. Les journées étaient inlassablement belles, le niveau de précipitations n'avait jamais été aussi bas. Tout au long de ce mois, Dot passa à pied devant chez moi. Elle faisait la navette, poids à la main, depuis le coin où ses mauvaises influences la déposaient. Elle essayait de perdre du poids, disait-elle, en vue des épreuves de sélection d'athlétisme. Elle prenait toute l'affaire au sérieux et cela semblait être un nouveau départ. En fin d'après-midi, elle venait me voir si elle apercevait ma voiture garée dans l'allée. C'était nouveau, ça aussi, et elle était tellement pâle et tenaillée par la faim, n'ayant rien mangé de la journée, qu'elle n'avait pas la force de souligner mes défauts. Et puis, je la désarmais. Je la faisais asseoir à table devant un litre de lait et une fournée de brownies au chocolat et aux noix. Elle en venait à bout tout en me parlant de ses projets.

Elle habiterait au bord de l'océan comme une star de cinéma, ou disparaîtrait comme sa tante Mary, qui lui avait raconté qu'elle avait sauté dans un wagon de marchandises. Elle serait propriétaire d'une chaîne de fast-foods de poulet frit. Elle conduirait des poids lourds, des bulldozers, s'envolerait pour toujours comme sa grand-mère Adelaide. Elle parcourrait le monde en quête de savoir, ou vivrait au nord sur la réserve en compagnie de ses oncles Russell et Eli. Elle lancerait le poids lors des compétitions de l'État, puis, de là, aux Jeux olympiques. Argus exposerait ses médailles d'or au musée du comté tout à côté des souvenirs militaires de Russell et de ses journaux intimes devenus célèbres.

Dot était soit illuminée par son avenir imaginaire, soit déprimée, une masse obscure, par ce qu'elle jugeait être les réalités de sa vie, dures et atroces. Elle parlait de fêtes où elle n'était pas invitée, de beaux voyous qui l'ignoraient, de filles qui remplissaient son casier de serviettes en papier roulées en boule, de professeurs qui en classe lui posaient des questions en sachant qu'elle ne saurait pas y répondre, et même d'employés qui ciraient les couloirs du lycée pour qu'elle glisse et se couvre de honte.

Quand elle avait le moral au plus bas, le monde cherchait à la détruire.

« Tu crois que je vois tout en noir, disait-elle. Tu crois que je m'apitoie sur mon sort, mais écoute donc ça ! »

Et elle me rapportait un autre grief.

Dot s'était mise à recueillir les éléments qui jouaient en sa défaveur et prenait un sombre plaisir à m'en parler.

« Montre le bon côté de ta personnalité, lui disais-je.

– Ça va pas, la tête ! » répondait-elle.

Je ratissais les dernières feuilles de l'hiver sur ma pelouse, l'après-midi où Dot me rejoignit derrière la maison. Elle tenait le poids à la main. Il fit un gros *poum* lorsqu'elle le lâcha sur l'herbe.

« Je suis prise dans l'équipe, annonça-t-elle, mais sans paraître très contente. On m'a dit que je serais une bonne lanceuse de poids parce que je suis lourde pour ma taille.

– Lourde ? » J'étais indigné. « Tu es parfaite. Je vais aller chercher le tableau de ma compagnie d'assurances pour te le prouver.

– Ces trucs-là mentent. » Elle souleva le poids, garda, l'air rêveur, la boule en fer dans le creux de son cou. « Des fois, je fantasme… du genre, tu vas trouver ça complètement idiot, Wallace, mais, je suis choisie par un magazine pour poser en couverture. On découvre que je vis comme une minable, ici à Argus, on m'emmène, on me met de beaux habits, on me coiffe, et brusquement je suis splendide. »

Elle virevolta pour venir soudain se mettre en position accroupie, se retourna, tendit le bras et plongea en avant. Le poids décrivit un arc de cercle et tomba au beau milieu de mon massif de roses.

« Je ne pensais pas pouvoir le lancer aussi loin », remarqua-t-elle, satisfaite.

Elle alla le rechercher. Je n'eus pas le cœur de lui dire qu'elle avait cassé mon rosier préféré, Intrigue. Et puis, ses mots filtraient loin sous la surface de mes pensées. Je lui donnai à manger et l'expédiai chez elle. Mais toute la soirée, je fus distrait. Je sentais quelque chose remonter lentement à la surface. Quelque chose qui prit forme lorsque je fus sous les couvertures.

Wallacette Darlene doit avoir une bonne idée d'elle-même, doit pour une fois voir l'un de ses rêves se réaliser, être parfaite, au sommet. Cela changerait toute sa vision d'un monde qui se dressait contre elle. Lui donnerait confiance. La motiverait. Mais quel rêve ? Quel projet fou ? Quel espoir ? Il n'était pas en mon pouvoir de faire grand-chose, et sa liste était tellement abracadabrante. Pourtant j'étais résolu. Je serais comme la marraine d'un conte de fées pour enfants, j'exaucerais un vœu. Mais lequel ?

Je réfléchis à toute la liste et tombai sur le dernier.

Il y aurait quatre reines à Argus, me dis-je, comme dans un jeu de cartes. Nous avions déjà une Reine des Neiges, une Reine du Porc et une Reine du Bal de la Promo. Il y aurait une reine de plus, et ce serait la Reine des Betteraves ! Oui ! Et la Reine des Betteraves serait la reine des reines, parce qu'à Argus la betterave à sucre était souveraine !

Je vis tout avec une telle netteté, dès que l'idée me vint. Dot gravissait des marches tapissées de papier alu, le visage rayonnant, et son diadème accrochait l'éclat des projecteurs et du soleil. Je voyais les roses Beefeater, rebondies et vivantes, rouge sombre. Je voyais les yeux de Dot, de cette couleur d'ambre pâle si curieusement semblable à celle des yeux de Mary, déborder de larmes de saisissement, de fierté. Et je me voyais aussi, car ce que nous faisons pour nos enfants nous le faisons bien souvent pour nous. J'étais dans le public, mais j'étais derrière tout cela, la cause et le principal moteur. Le regard de Dot était braqué sur moi, rempli d'un respect ébahi. Les gens m'arrêtaient, me serraient la main, me disaient : « Wallace, elle est splendide », « C'est encore une réussite », ou « Je ne me souviens pas de m'être jamais tant amusé ». Car évidemment j'avais déjà commencé à voir le couronnement comme une partie de quelque chose de plus vaste. C'est ainsi que mon esprit fonctionne. Ce serait une longue féerie, qui attirerait les habitants des États voisins. Cinq jours de festival, une fête foraine, un grand spectacle en l'honneur de la betterave à sucre, et pour finir en beauté – la reine.

J'étais trop survolté pour dormir, cette nuit-là. De telles possibilités me trottaient dans la tête. Je voyais la fête foraine, des chars, un long défilé qui fêterait les changements que dix années de culture de la betterave avaient apportés à Argus. Je prévoyais un char élégant de la coopérative agricole, et un autre du grand magasin Sears. On pourrait inciter nos franchises à offrir des rafraîchissements. Du poulet frit. Des hamburgers. La betterave à sucre avait pris plus d'ampleur que je ne l'avais jamais rêvé, et Argus était devenue sa capitale. Il était grand temps de fêter cela, quand j'y réfléchissais.

Je m'assis à mon bureau et tapai mes trouvailles à la machine tandis que la chienne ronflait, couchée sur mes pieds. La nuit s'écoula et l'aube d'avril vint tôt, une lumière grise et diffuse. Je m'effondrai pour dormir toute la matinée. Mais à peine quelques heures plus tard j'étais debout, à discuter de mon idée avec les autres membres de la chambre de commerce, les présidents de club, les personnes influentes de la ville. Ce fut une adhésion totale, l'enthousiasme, l'exaltation. Nous commençâmes à envisager le festival comme un événement annuel, une manifestation à ne pas manquer figurant dans les guides touristiques, tout autant qu'une attraction locale. Nous acceptâmes des dons, commençâmes à récolter de l'argent auprès des coopératives sucrières locales, des commerces de la ville. Nous allions organiser une grande braderie commerciale. Le projet s'épanouissait au-delà de mes espérances.

Entre la nuit de ma vision et le jour où elle se concrétisa, pourtant, les mois de préparation furent longs. Pendant toute une année, je ne pensai pratiquement qu'à ce festival, même si j'avais à ma disposition un comité composé de jeunes bénévoles motivés. « Wallace, me disaient-ils, laissez-nous donc faire quelque chose ! » Mais j'en étais incapable. J'étais obsédé par le moindre détail, jusqu'à l'ordre des chars dans le défilé et la personne qu'il fallait engager pour nettoyer la chaussée après le passage des chevaux du Western Riding Club. Il existait un arrêté municipal concernant le crottin que j'avais rédigé moi-même.

Le plus important, ce que je ne perdais jamais de vue, c'était le couronnement de la reine. Il fallait qu'il soit plus que parfait : il fallait qu'il soit royal. Tous les rêves de Dot réunis en un seul et qui prendraient vie. Je voulais des affiches. Je voulais des dépliants où les candidates à la couronne seraient bien en vue. J'engageai l'Aviation de Tommy B. – à l'ouest, tout près de la ville –, membre comme moi de la Moose Lodge, qui pratiquait l'épandage aérien et l'ensemencement de nuages. On lui ferait jurer le secret et il écrirait dans le ciel, au-dessus de la tribune, le nom de la reine au moment où elle serait couronnée. Lorsque j'arrivais en ville au volant de ma voiture, certains jours, et que tout le ciel s'étirait devant moi, azur et bleu-vert, je voyais les loopings de son nom :

Reine Wallacette. C'était ainsi que je le voyais. Jamais Dot.

Peu m'importait à quel point elle faisait la tête, s'acharnait, ou grandissait, peu m'importait à quel point sa jupe était courte, ou son maquillage épais et son langage cru, dans mon cœur elle serait toujours Wallacette. Parfois je m'asseyais sur son canapé, celui sur lequel elle était née, et le temps s'effaçait. Je voyais dans ma tête des bobines de films amateurs. Dot, petite, qui montait ou descendait les escaliers quatre à quatre, ratait toujours le bord des marches ou du palier parce que dans sa hâte frénétique elle ne regardait jamais ses pieds. Dot plus âgée, au base-ball, qui se pavanait dans le champ extérieur, travaillait son swing sur les fleurs fanées des pissenlits, remplissait l'air de graines duveteuses. Et dernièrement, Dot, une fille au visage dur, méprisée par ses camarades de classe, et crainte. Mais je savais que lorsque la couronne brillerait de mille feux et attirerait l'attention sur son autorité naturelle, sur son allure peu commune, et, oui, sur sa beauté, la ville la verrait à son tour. Les filles l'envieraient, les garçons afflueraient. Je souhaitais que ses ennemis aillent plus loin, avalent des couleuvres pour lui plaire, fassent des courbettes, mais la voir couronnée me suffirait.

Je truquerais le vote.

Dans ce but, je travaillai comme un forçat et m'usai la santé. L'épuisement, la tension, la perte de poids, rien n'était nouveau sous le soleil. J'avais commencé à me démolir bien avant d'avoir eu l'idée du festival. Il était dans ma nature de m'occuper des détails de tout événement, jusqu'à la conception des affiches et la rédaction des slogans. Je tapais à la machine tard dans la nuit, concoctais mes propres communiqués de presse, préparais mes comptes rendus de commission. De plus, j'avais développé ma chronique hebdomadaire, « About'n'Around », pour y inclure un calendrier des manifestations locales pimenté de remarques intéressantes, de nombreuses digressions pertinentes, et de reportages sur les réunions auxquelles j'avais assisté.

Ainsi commençait une de mes chroniques : « Ne faites ni une ni deux, réservez ces dates sur votre calendrier : du 8 au 12 juillet 1972. Ces cinq jours seront le summum du divertissement. Jeux, chars, lots à gogo, et bien sûr le couronnement d'une sublime mignonne de chez nous. »

Qui serait Dot.

La seule chose qui ne collaborait pas c'était le temps, et là je n'y pouvais rien.

Nous avions besoin de pluie, d'une bonne grosse pluie, d'abord lente et régulière pour ouvrir les pores de la terre. Nous avions besoin qu'elle s'arrête, s'accumule, et se remette à tomber le lendemain ou le surlendemain, pénètre plus profondément, plus longtemps, sans jamais s'abattre avec assez de violence pour arracher la couche arable, ni avec assez de rapidité pour raviner les champs. Nous avions besoin d'une pluie douce, d'une pluie bénéfique, d'une pluie qui durerait toute une semaine. Nous avions besoin d'eau. Nous faisions des essais, l'ensemencement des nuages, mais un jour la chimie ne fut pas la bonne, et un autre les nuages partirent plus loin. Des assemblées entières de fidèles priaient pour que la sécheresse finisse. Mais les journées restaient sans pluie, très chaudes, et partout la terre séchait et se craquelait. Pour la première fois depuis des années il y eut de mauvaises récoltes, des terres à vendre. Et tandis que juillet approchait je ne pouvais ignorer le fait que j'étais épuisé, tendu à l'extrême, le visage affaissé à cause de mon brutal amaigrissement.

« Ce n'est que de la fatigue nerveuse », affirma mon médecin, qui rédigea une ordonnance pour un décontractant musculaire que je n'allai jamais chercher. Je ne suivis pas non plus son conseil de prendre des vacances. Au lieu de m'arrêter, je redoublai d'efforts. Peut-être que la culpabilité contribua à ce que j'aggrave mon état. J'avais fait imprimer des bulletins de vote pour les nominations afin que chacun en ville puisse voter dans les locaux de sa banque. Je ramassai ensuite les votes moi-même. Je passai une nuit entière à remplir une nouvelle série de bulletins avec des stylos et des crayons de coloris différents, en changeant mon style de X. Idem au moment du vote final pour élire la reine. Je dus répéter ma scène aux toilettes avant de présenter les résultats à mes amis siégeant à la commission du festival, et pourtant, lorsque je prononçai le nom de Dot, mon sourire vacilla. Je n'avais jamais été malhonnête de toute ma vie.

Les choses allèrent de mal en pis. La sécheresse persista. Il y avait ceux qui voulaient annuler la manifestation, mais je leur expliquai qu'on ne pouvait plus faire marche arrière. Le gouverneur et son épouse avaient été invités, ainsi que neuf fanfares de lycéens et un escadron de motocyclistes acrobates. Le contrat pour la fête foraine avait été signé, et nous avions aussi signé avec des groupes de rock, des orchestres de polka, commandé une démonstration de cascadeurs en automobile et en stock-car. Nous avions prévu un derby de démolition présentant la Bataille des Mammouths, un combat entre deux moissonneuses-batteuses qui finiraient à la casse. Il y avait un concours de tracteurs et un exercice d'alerte au cours duquel nous constaterions la rapidité de nos troupes de réserve locales. Une fois que la machine est en marche, on ne peut plus l'arrêter. C'est ce que j'ai dit. Mais il y eut ceux qui levèrent simplement les yeux vers le ciel vide et blanc, secouèrent la tête et s'en allèrent.

Je ne leur en faisais pas reproche, car la betterave connaissait des temps terriblement difficiles. Mais la région avait déjà connu des temps terriblement difficiles, et nous avions survécu. Je travaillai plus dur.

Je voyais d'autant plus de raisons pour que la ville organise une grande fête, oublie un peu le temps qu'il faisait, devenu le seul sujet sur toutes les lèvres. Les gens citaient Dewey Berquist, le présentateur météo de Fargo, et exhumaient des bribes de folklore, examinaient les anneaux de croissance des arbres et la profondeur des marais. Mais quand la rivière se dessécha et ne fut plus qu'un épais ruban d'eau aux berges découvertes, entièrement bordées de poissons morts et de carcasses de voitures tordues, j'aurais voulu moi aussi pouvoir en rester là. La chaleur flétrit mon enthousiasme. Et puis, quasiment le dernier jour, survint quelque chose de pire encore, une chose tellement invraisemblable que je finis par craquer.

Un matin, au bureau de poste, je tombai sur Celestine. Elle venait de plonger la main dans sa boîte pour en retirer son courrier.

« Tiens donc », murmura-t-elle d'un ton rêveur.

À la main, elle avait un dépliant. En première page, Dot, les yeux aussi sombres que deux ronds de buée, lançait un regard menaçant. Les autres princesses de la betterave étaient également représentées. Leurs sourires étaient charmants mais leurs visages n'avaient rien de mémorable. Celestine tenait aussi un long bristol blanc.

« Qu'est-ce que c'est ? » dit-elle en retournant une carte postale.

La carte portait un logo imprimé : ELMO'S LANDSCAPE SYSTEMS. Sous le logo, les mots *J'arrive* étaient écrits, et un nom : *Karl.*

Le plafond haut et frais de la poste parut soudain s'élever à l'infini et rassembler les échos de nos voix. Les façades en cuivre des boîtes postales numérotées comportaient un millier de petits miroirs qui me renvoyèrent le visage d'un vieil homme, ridé et très âgé. Mes cheveux s'étaient clairsemés au sommet de mon crâne et avaient viré du blond clair au gris. Même mes nouvelles lunettes à monture métallique carrée semblaient, à présent, une pitoyable tentative pour me cramponner à la jeunesse. Je n'étais pas en état de voir Karl, ni d'être vu.

Il n'était pas question de faire machine arrière, pas question d'arrêter, et le jour J finit par arriver dans un tourbillon de poussière et de chaleur accablante. Je me réveillai plus fatigué que lorsque je m'étais mis au lit. Rien n'y faisait. J'étais éreinté et je savais qu'il faudrait que par ma seule volonté je tienne en chancelant jusqu'à la fin de cette journée. Je réussis à aller au bout de la matinée, puis de la cavalcade, en buvant des litres de thé glacé léger. Les gobelets paraffinés devenaient mous et fins dans mes mains ; le papier partait en lambeaux. Passé midi, on ne trouvait plus de glaçons nulle part, et même le liquide dans les boîtes de soda se dilatait, suintant hors des couvercles pressurisés. J'étais à deux doigts de m'effondrer, si bien que ce qui aurait pu être drôle ou facile devint un défi redoutable, presque une question de vie ou de mort. Je poursuivis, toujours chancelant, jusqu'à ce que j'arrive à la première tâche de mon après-midi.

Pour recueillir des fonds, le Lions Club avait monté une attraction, « le Plouf ». C'était tout simple. Un petit banc rembourré était placé un bon mètre au-dessus d'une cuve large et profonde, pleine d'eau, avec un notable assis dessus. Sous ses pieds qui pendaient dans le vide, un petit levier rond, soutenant le siège, sauterait s'il était touché par une balle de softball, au prix d'un dollar les trois. Le siège se rabattrait violemment en arrière et le notable en question serait trempé. Le maire, le chef de la police, le shérif et les conseillers municipaux y eurent droit. Être du nombre était un signe de statut social élevé, et la cuve était une halte populaire parmi les attractions foraines. Quand vint mon tour, je portais un costume, bien sûr, comme les autres candidats au plongeon. Pour trouver le courage d'y aller, j'avais besoin de revêtir ma tenue – chemise hawaïenne orange, chapeau de paille, pantalon du type qui traîne sur la plage, le même accoutrement que j'avais porté au *luau* de Dot il y avait bien longtemps –, et je m'étais convaincu que Karl ne viendrait pas. Je parcourus tout le stand du regard avant d'oser apparaître. Le seul fait de grimper sur le siège me mit hors d'haleine. Une fois installé, l'eau scintillante m'éblouit.

Je n'avais pas pensé qu'il serait si difficile de garder l'équilibre sur le petit banc du « Plouf ». Je serrai les dents et tins bon, en proie à la nausée. Je tâchai de plaisanter avec mes amis qui firent chacun trois, six, ou neuf tentatives sans que je quitte mon siège.

« Il est là ! C'est lui que vous attendiez ! » criait le vendeur de tickets, Arnie Dotzenrud, un membre du Lions Club, un type bête et borné. Je m'évanouis, m'agrippai au bord du petit banc. Des étoiles jaunes tourbillonnaient.

« Laissez-moi descendre, je vous en prie », murmurai-je, et c'est alors qu'au loin j'aperçus Dot qui s'avançait vers moi, vêtue d'un nuage vert. Elle était électrique, tendue comme un ressort. Rien que de la voir, c'était comme recevoir une transfusion. J'étais fou de sa silhouette robuste, de sa façon de balancer les bras, et de sa démarche, pleine d'une audacieuse détermination. Je ne me rendis pas compte de la menace qui planait aussi.

Elle se campa devant moi, tout le reste s'estompa et se brouilla. C'était comme regarder une tornade à l'arrêt. Son visage était prêt à exploser et son orageuse robe verte se détachait tel un entonnoir inversé. Elle s'approcha du vendeur de tickets, abattit un billet de un dollar et lança : « J'en prends trois. » Elle serra les dents et ramena son bras en arrière. Les manches en tulle vert se tendirent sur ses muscles. Je l'avais vue lancer un millier de softballs et savais que lorsqu'elle se concentrait elle ne ratait jamais la cible.

« Non, s'il te plaît, la suppliai-je en levant les mains. Wallacette ? »

La première balle claqua. Le siège se déroba violemment sous moi et je tombai. Même sous l'eau, j'entendis les deux autres faire mouche.

Le passager

Après qu'ils avaient planté les betteraves à Argus et construit la nouvelle bretelle reliant la localité à l'autoroute, presque tout ce dont la ville avait besoin arrivait par camion. Il en allait de même avec ce qu'elle produisait. Les gens venaient aussi à Argus par l'autoroute, mais pas le père Miller, qui n'aimait guère voyager en voiture et ne conduisait sur de longues distances qu'en dernier recours. Il prit le train depuis Minneapolis pour passer la frontière de l'État et entrer dans le Dakota du Nord, puis remonta en une longue courbe qui l'amena à Argus. Le wagon était presque vide et il fut le seul passager à débarquer, même s'il semblait qu'il y eût des festivités en cours. Il descendit du marchepied portable, écarta la main secourable du contrôleur, et répondit au « attention à la marche, mon Père » de pure forme par un accès d'enthousiasme inquiet. Comment, se demanda-t-il, l'Empire Builder pourrait-il perpétuer l'excellence de son service en l'absence de passagers ? Le contrôleur fit une mine de dix pieds de long et répondit qu'il n'en savait rien. Les deux hommes marquèrent un petit temps sous le ciel brûlant, puis le train redémarra dans un soubresaut. Le contrôleur jeta le marchepied à bord, sauta allègrement derrière, et bientôt le prêtre fut seul sur l'aire en ciment neuf qui bordait la gare d'Argus.

Il se balança sur ses talons, regarda d'un côté et de l'autre, sortit de sa poche un grand mouchoir blanc qu'il déploya, s'effleura le front. L'air chaud et sec l'attisait, l'amenait à ébullition.

Il était là pour découvrir la vérité cachée derrière la lettre que sa mère lui avait mise dans les mains deux jours plus tôt. D'abord, il n'avait même pas été curieux. On pouvait compter sur lui, c'était un homme de bon sens, un prêtre heureux de son sort, admiré pour ses sermons pleins de tact et la chaleur qu'il témoignait aux personnes âgées. Sa première réaction à la lettre avait été de l'agacement, de l'inquiétude pour sa mère. Mais celle-ci était maintenant très faible et fort peu préoccupée par quoi que ce soit d'autre que sa maladie. Plus tard, assis dans son bureau devant son livre de comptes, il commença à se poser des questions. Il tenta d'imaginer à quoi ressemblaient la ville, les gens, la boucherie. Mais à présent il voyait que cela avait été inutile. Argus n'avait rien de spécial.

Il empoigna sa valise noire et avança d'un pas décidé sous les avant-toits larges et frais de la vieille gare. Ses chaussures à semelles en caoutchouc ne faisaient aucun bruit sur les dalles octogonales, et lorsqu'il s'arrêta devant le guichet à barreaux de cuivre, il toussota d'un air important pour attirer l'attention du jeune homme posté derrière le comptoir.

« Y a-t-il une boucherie tout près ? » demanda-t-il.

Le préposé aux billets pensait que oui, à moins que ce ne fût une épicerie.

« Et une famille du nom de Kozka ? »

Le gars n'en savait rien, le père Miller s'avança donc vers la cabine téléphonique et se mit à feuilleter le maigre annuaire qui s'y trouvait. Il ne trouva ni oncle ni tante dans ses pages, mais lorsqu'il ressortit de son veston la lettre de Sita Kozka et la lut, il se dit qu'il pourrait tenter de trouver la boucherie. D'après la description qu'elle en faisait, l'entreprise dont ses parents étaient les propriétaires était située dans la partie est de la ville.

Le père Miller ôta sa veste, la suspendit à une de ses épaules et s'engagea dans la grande rue d'Argus. C'était un homme de taille moyenne, mince mais pas musclé. Sa principale pratique sportive était la marche, et son pas était énergique et rapide. Il ne lui fallut parcourir que quelques centaines de mètres pour trouver la Maison des Viandes. La ville s'était agrandie autour du magasin, qui était une sorte de verrue au milieu des constructions modernes et soignées de Main Avenue. Une enseigne électrique bleue fendillée, perchée sur des échasses, l'annonçait sur la rue, et une allée non pavée menait, entre de grands sapins, à une bâtisse couverte de bardeaux gris-vert et surmontée de plusieurs cheminées en tôle pointue. Les lieux paraissaient délabrés mais pas déserts. Des pensées s'épanouissaient contre la façade et des géraniums blancs aux tiges longues et grêles fleurissaient dans la poussière. L'herbe était mal tondue. Les fenêtres étaient sombres et sales, mais rafistolées avec du ruban adhésif. Du bout de l'allée, il pouvait voir sur le devant le panneau en carton noir, et lire les lettres en rose vif, FERMÉ.

Impossible de dire si la Mary Adare figurant sur l'enseigne cassée était de la famille ou pas. Plus de vingt ans s'étaient écoulés depuis que la lettre glissée dans sa poche de poitrine avait été écrite, et comment savoir ce qui s'était passé pendant tout ce temps ? Le nom *Sita Kozka* était tout ce dont il disposait, et ce bâtiment délabré.

Dans la chaleur ses boucles rêches commençaient à prendre vie. Il passa ses doigts dans sa chevelure acajou et baissa les yeux vers ses mains. Au fond de lui, il pensait qu'elles révélaient un certain aspect de sa personnalité. Elles étaient curieusement différentes du reste de sa personne – longues et nerveuses, aussi agiles que celles d'un singe, avec de jolis ongles ovales. C'étaient les mains d'un malfrat perceur de coffres-forts, sournoises, bien accordées, et tellement sensibles au froid qu'il s'offrait de grosses moufles en duvet d'oie pour éviter qu'elles gèlent lorsqu'il faisait ses tournées hivernales. Maintenant, alors qu'il les regardait dans une rue de cette ville, les jointures noueuses et le bout des doigts pointus lui donnèrent le vertige. Elles appartenaient à quelqu'un d'autre.

Au bout de la rue commença l'éclosion assourdie des tambours, des vagues d'applaudissements, des klaxons et des hourras. Jude Miller glissa ses mains dans ses poches et la foule se rassembla autour de lui, l'enserrant là où il se tenait, mêlant sueur, laque pour les cheveux et odeur de nourriture à l'asphalte brûlant et à la poussière légèrement alcaline qu'il raclait avec les pieds sous l'enseigne bleue en verre. Il ferma les yeux et tâcha de penser à sa mère. Le long visage sérieux de Catherine Miller s'était détourné de lui. Comme tout le monde Jude Miller se hissa sur la pointe des pieds, ou se pencha vers la chaussée, dans l'espoir que le premier coup d'œil aux majorettes vêtues de rose et d'or, aux étendards, aux voitures anciennes et aux clowns qui faisaient la roue remettrait tout en perspective. Mais son cœur se mit à battre plus vite lorsque la foule déferla en vagues. Ses mains se libérèrent d'un coup. Son visage ruisselait sous l'effet de la chaleur. Son corps était poussé et modelé, agencé en une forme nouvelle par les hanches et les coudes de la cohue. Il se fit tout petit, cessa de respirer, tint tout juste dans ce peu d'espace. Tout autour de lui le bruit de la cavalcade fusait et roulait, les couleurs tournoyaient en une masse confuse si vive qu'il ne pouvait embrasser la scène. Il tenta de se contrôler, mais la pensée lui vint quand même. Tout ce qui le gardait d'une seule pièce, à présent, c'était la foule, mais quand la cavalcade serait enfin terminée et que les gens s'écarteraient, il se disperserait à son tour, en de si nombreux morceaux que même l'œuvre de ses mains habiles ne pourrait pas lui redonner sa forme antérieure.

CHAPITRE 15

Karl Adare, 1972

Toute ma vie, j'ai voyagé léger. J'avais pris l'habitude de jeter les vêtements usés, les livres que j'avais terminés, même les mots de Celestine. Je n'avais qu'un meuble, une coûteuse chaîne stéréo portable, et lorsque je m'étais lassé d'un disque je le laissais tout simplement dans une chambre de motel. Mais, ces derniers mois, des enregistrements que j'avais abandonnés dix, douze, quinze ans plus tôt commencèrent à me manquer. Même des chansons dont je m'étais débarrassé la semaine précédente me trottaient dans la tête, il ne me manquait qu'une phrase ou un mot. Je me mis à les entendre au travail. J'étais passé du traitement de la graphiose de l'orme, des thrips et de l'euphorbe âcre à la vente et l'installation d'aménagements paysagers clé en main, loin au sud, dans l'État du Texas en plein essor économique. C'était une façon de gagner sa vie, j'arrivais à joindre les deux bouts, mais il n'y avait rien qui me plaisait dans ce boulot. Et je devins négligent. Je rêvassais à des trucs. J'entendais des trucs. Tout en établissant sur du papier millimétré, pour un entrepreneur, les plans des tranchées d'épandage et des fosses septiques, je pensais soudain à une chanson. Les classiques d'Irving Berlin, « All By Myself » et « Happy Talk ». Le côté lisse et impassible d'Eddie Fisher soutenu par Hugo Winterhalter et son orchestre. « Throw Mama from the Train » de Patti Page. « Softly, Softly », la voix de Jay P. Morgan m'emplissait la tête. Je fredonnais. L'entrepreneur me jetait un regard bizarre.

« Ne vous en faites pas, disais-je, écoutez plutôt. Qu'est-ce qu'il y a après ça ? » Je chantais : « *Throw Mama from the train a kiss, a kiss. Throw Mama a kiss good-bye. Throw Mama from the train a kiss, a kiss.* Et après ? C'est un truc sur ses vieilles habitudes paysannes. »

Soit le type riait, soit il secouait la tête, soit il me jetait un regard encore plus bizarre et je perdais ma place. Mais je ne m'en souciais plus. Où était Joe « Fingers » Carr ? Où était « Tequila » ? Où étaient les vieux tubes qu'on ne passait plus jamais à la radio ?

Les grands de la chanson ont disparu, songeais-je, assis au bord de la piscine à sec du motel, un verre de margarita transpirant dans ma main. Mais ce n'était pas tout. J'avais survécu à une part d'insouciance qui avait existé en moi. La majorité des hommes arrivent à mon âge et sont subitement déçus par tout ce qu'ils ont accumulé autour d'eux. Pas moi. Je voulais tout ce que j'avais laissé en chemin.

Je voulais les voitures qu'on m'avait reprises après seulement quinze versements, les maisons de clients où je n'étais jamais allé plus loin que le paillasson, celles où j'étais allé plus loin, leurs pièces et les riches senteurs de cire et de nourriture brûlée. Je voulais les plats eux-mêmes, brûlés ou non, et les femmes qui les avaient laissés au four trop longtemps. Je voulais leurs maris. Je voulais les hommes dans des impasses, sur les plateaux des pick-up, les hommes qui avaient quelqu'un ou, comme Wallace Pfef, n'avaient jamais eu personne avant. Je voulais le monde tout entier de ceux qui étaient l'un à l'autre, qui possédaient des biens, qui faisaient la cuisine et se souvenaient de chansons d'autrefois.

Mais je ne compris qu'après avoir vécu des mois dans l'insatisfaction que ce que je voulais vraiment, c'était leur avenir. Je voulais leurs enfants. Si bien que lorsque le petit mot de Celestine me rattrapa dans les bureaux de la succursale de Plano, je poussai un grand cri et montrai la coupure de journal à la ronde. C'était une photo des prétendantes au titre de Reine des Betteraves, et le nom de Dottie était entouré. Derrière elles, un grand sourire ringard aux lèvres et de nouvelles lunettes à monture métallique sur le nez, se tenait Wallace Pfef. Je chantai la victoire de Dot et me rendis tout à fait ridicule, jusqu'à ce que l'un des gérants n'en puisse plus, ricane, et me demande depuis combien de temps je ne l'avais pas vue.

Je quittai la boîte.

Cette entreprise n'était pas digne de moi, de toute façon, et je ne savais pas m'y prendre avec le produit.

Je retournai à mon hôtel et chargeai tout ce que je possédais dans le coffre de ma vieille Plymouth. Puis je m'assis au bord de la piscine, rien qu'un instant, pour réfléchir à ce que j'allais faire. Il y avait eu plein de moments tels que celui-ci dans ma vie, des pauses d'indécision. Elles duraient de plus en plus longtemps, pourtant, et celle-ci dura encore plus longtemps que les autres. Je restai assis là, sans verre à la main et sans manteau, le chapeau sur la tête, mes clés se balançant à un anneau, jusqu'à ce que le ciel vire à l'orange et qu'une par une les enseignes au néon des alentours clignotent en arcs-en-ciel et journaux lumineux. Elles n'avaient aucun sens. Ce n'étaient que des formes qui s'animaient. Rien ne parlait autour de moi. Et tandis que je restais là et que les ombres s'accumulaient, que les lézards griffaient les dalles dans leur course, j'avais de moins en moins de sens, moi aussi, jusqu'à ce que je n'en aie plus du tout. Je faisais partie du paysage qui n'avait aucun sens. Une palpitation, une bande de lumière.

Je ne donne rien, je ne prends rien, je ne signifie rien, je ne retiens rien.

Voilà ce que je me dis dans cet étrange et faux crépuscule. Je fermai les yeux pour y échapper. Je fermai mon esprit pour échapper à cette pensée. Je retins ma respiration. Et dans ce moment obscurci, désolé, étouffant, quelque chose me revint. Une chose. Pas un objet, pas un projet, ni même les paroles entêtantes d'une chanson, mais une sensation de douceur. Je ne peux pas en dire davantage. Un souffle, rien d'autre, mais si pur.

J'ouvris les yeux, je descendis les marches et montai dans ma voiture. Je partis vers le nord sans m'arrêter sauf pour faire le plein, à cause de la date inscrite sur la coupure de journal, à cause de Dot. Je l'associais à ce moment de douceur, même si je m'étais demandé, depuis la dernière fois où je l'avais vue, si elle était toujours en liberté ou bouclée en prison. Tout en roulant, je me mis à associer d'autres gens à ce moment, même des personnes que je croyais avoir laissées pour toujours derrière moi, comme ma sœur.

La dernière fois que je l'avais vue, pour ma peine j'avais eu droit à une légère commotion. C'était au cours du dîner, lorsqu'elle m'avait frappé avec une boîte de conserve. J'avais ramassé la boîte et m'étais frotté la tempe. J'avais dit : « Tu n'as pas le sens de la famille. » Et elle avait répondu qu'elle n'avait pas de famille. C'était quelqu'un de dur, qui ne vous faisait grâce de rien. Et puis il y avait Wallace. Du fait que j'étais sa seule expérience charnelle, j'étais une sorte de dieu qu'il vénérait en agissant comme s'il était ma jeune servante. Il repassait tout ce que je portais, lavait mes chemises, me servait le café, des oranges pressées parce que j'avais dit que j'aimais les jus de fruits frais, et préparait de grands dîners tous les soirs. Une cendre ne pouvait tomber de ma cigarette sans qu'il la recueille dans sa paume nue et la pousse du doigt dans une corbeille à papier. Coucher avec lui, c'était exactement pareil. Il était prêt à tout pour me faire plaisir, mais n'avait pas le cran de se faire plaisir. J'aime bien qu'on soit égoïste, pour pouvoir cesser de croire que l'autre pense un truc que je ne suis pas capable de comprendre. Ses attentions me rendaient dingue, et même si j'avais pitié de lui, il n'avait pas été question, jamais été question, que je reste.

Et pourtant, je revenais.

J'entrai dans Argus le jour de la cavalcade, au petit matin, avec tout ce que je possédais enfermé dans le coffre de ma voiture et débordant de la banquette arrière. Je traversai la ville de bout en bout. C'était comme si mes mains avaient été collées au volant. Ou bien que je roulais en ligne droite depuis si longtemps que j'avais oublié comment tourner. Le lever du jour, avec l'air tellement chargé de poussière et de lumière réfléchie, avait quelque chose de sauvage. Toutes les marchandises s'embrasaient dans les grandes vitrines de Main Avenue. Même les plaques de rue rougeoyaient.

Les chaussées semblaient vernissées et brûlantes. Elles redevenaient autoroute et au loin, à l'autre bout de la ville, l'air refluait en perpétuelles et brillantes vagues de chaleur qui s'élevaient vers le ciel. Deux silos à grains gris métallisé flottaient au-dessus du sol et je commençai à me diriger vers eux, en pensant que je pourrais peut-être me garer à l'ombre, faire une petite sieste, me réveiller frais et dispos et puis revenir en ville pour le début des festivités.

Je me garai près du silo situé à ma gauche, au milieu de hauts plants de moutarde sauvage. Je sortis de la voiture et me tins sur le gravier envahi par les mauvaises herbes. Avec le jour, le vent s'était levé, si violent qu'il m'emplissait les oreilles et qu'elles étaient douloureuses. J'avais oublié la force d'un vent du Dakota. Il y avait si longtemps que j'avais eu le secteur qui comprenait les Badlands, là où Celestine et moi étions allés pour notre mariage célébré par un juge de paix. Nous nous étions dit « oui », et puis je les avais emmenées dîner, la petite et elle, à l'hôtel Alex Johnson, l'endroit le plus chic de Rapid City. J'avais tenté de mettre sur le tapis la possibilité que je revienne vivre avec elles, car j'espérais que Celestine aurait changé d'avis. Mais elle ne fit que montrer ses dents d'un blanc éblouissant, enfourner sa salade et secouer gentiment le bébé pelotonné sur ses genoux.

« Ne nous emballons pas. » Elle avait désigné la table d'un signe de tête, comme si elle jouait un rôle. « Ce n'est qu'une formalité. »

Je voyais bien qu'elle était furieuse d'être forcée au mariage, et que même si elle avait acheté elle-même nos alliances en or des Black Hills dans le hall de l'hôtel, la sienne ne lui plaisait guère. Pendant le dîner, elle n'avait cessé de la faire coulisser le long de son doigt comme si elle lui faisait mal. Elle était même allée jusqu'à la retirer et la poser sur la soucoupe de sa tasse à café. Le serveur avait failli la passer au lave-vaisselle.

Ce fut là que nous nous séparâmes et que je repris la route. Et là aussi que pour la première fois je devins vraiment père. Une chose que l'on ne dit jamais, une chose que je n'avais jamais entendu évoquer, c'est la part de l'homme qui a un bébé. Rien ne s'était passé en moi pendant que Celestine était enceinte, parce que, bien entendu, je n'avais rien su par elle de ses symptômes, de ses plaisirs ni de ses malaises. Ce fut après avoir vu la petite Dot que j'en fus atteint.

Je quittai Rapid City par cette interminable portion d'autoroute qui file sous la frontière entre les deux Dakota. Pendant les longs trajets en voiture, d'habitude mon truc c'était de trouver une chanson entraînante ou d'invectiver la radio, mais au bout d'un moment je l'éteignis. Je trouvais agréable d'être environné par la paix de l'après-midi, d'être au centre de ces champs de neige et de ces branches d'un brun uniforme. Le paysage restait toujours tellement semblable, en fait, qu'à un certain moment je parus suspendu, mes roues tournant dans l'air raréfié. J'étais accroché au-dessus de la terre, immobile au cœur de la vitesse, comme une étoile fixe.

Un coup de vent m'avait attiré là, le même vent qui soufflait maintenant, sauf qu'à présent des betteraves à sucre occupaient le terrain, sur de grandes distances, et que plus personne ne cultivait de blé autour d'Argus. Le silo était un conduit creux, en montants de bois et papier goudronné agité par le vent. Des planches condamnaient le bureau du comptable. Les rails de la voie de service étaient apparemment envahis de mauvaises herbes, les talus érodés, il manquait des traverses ici et là. J'étais probablement entré sans y être invité dans une propriété privée, et vu mon allure je n'aurais pas pu en vouloir à la police de l'État de me pincer.

J'étais miteux, pas rasé, pas lavé, couvert de la poussière de la route, et j'avais faim. J'attendis que ma montre indique neuf heures pour aller au Flickertail et m'asseoir dans un box devant un café et un beignet fourré à la crème. Je restai là assez longtemps pour regarder toute la cavalcade, ou du moins le dos des gens dans la foule et le sommet des chars, puis je me débarbouillai aux toilettes, me donnai un coup de peigne et secouai ma veste. Je me tamponnai les yeux à l'eau froide. Mais j'avais toujours l'air d'un vieux clochard larmoyant, avec ma barbe de trois jours et mon costume bleu bon marché.

Je me sentais encore pire que ça quand je finis par arriver à la fête foraine. La cavalcade se dispersait, et au milieu du désordre je me trompai d'entrée et me garai à l'opposé de tout. Je me mis à errer, trébuchai, pris dans les brumes de l'épuisement, dans un tourbillon de musique d'orgue enregistrée qui s'échappait d'un manège, dans une grande bouillie de bruit et de confusion. La pagaille était tellement épouvantable que je me réjouis presque lorsqu'en arrivant à l'extrémité d'une longue rangée de stands, j'aperçus la camionnette de la Maison des Viandes. Elle était garée dans l'herbe haute, à l'ombre d'un bouquet d'ormes, et Sita était assise sur le siège avant, toute seule.

Bien que son visage fût dans l'ombre et déformé par les vitres poussiéreuses du véhicule, il ne semblait pas que les années l'aient marquée. Au contraire, l'âge l'avait rendue plus attirante en réduisant ses traits au strict minimum. Sa tête s'inclinait avec modestie, mais elle avait un regard perçant de reine. Elle portait à son cou un collier de grenats d'un rouge somptueux.

Le bijou me fit détourner les yeux.

Parfois un rien, un colifichet, ramène tout un monde de souvenirs. Je n'avais pas pensé à ma mère depuis je ne sais combien de temps, mais ce collier était identique à celui qu'elle appelait son trésor. Ce fut peut-être lui qui me fit prendre le risque et traverser le parking, ou peut-être le désir de croire que si ma cousine Sita avait toujours tellement bonne mine et n'avait pas changé depuis tant d'années, peut-être que moi non plus.

« Tu permets ? »

Je me glissai sur le siège du conducteur, refermai la portière et me sentis soudain écrasé de fatigue. La climatisation était au maximum et la cabine si délicieusement confortable que je laissai toute la tension de la route, toute l'anxiété, la chaleur et le bruit me quitter. Je m'enfonçai dans le siège et lâchai prise, tout simplement. Je crus m'entendre présenter des excuses à Sita tout en me penchant lentement en avant. Je croisai les bras sur le volant et y posai ma tête.

« Laisse-moi fermer les yeux une minute, m'entendis-je demander. Je suis tellement fatigué. » Ensuite il me semble que je somnolai une seconde, ou fus pris d'hallucination, car je me redressai dans un sursaut, agrippé au volant, persuadé que je roulais.

Je jetai un coup d'œil à Sita, mais elle regardait toujours droit devant elle et m'ignorait avec tant de conviction que je l'imitai. Au-delà de l'herbe sèche, une foule entourait un stand. J'entendais les huées et les éclats de rire ténus et lointains qu'elle échangeait avec une silhouette à l'allure ratatinée, saugrenue et vêtue de couleurs discordantes, qui était assise sur une planche de bois au-dessus d'un bassin d'eau sombre. C'était Wallace Pfef.

« Tiens, le voilà, dis-je, qui passe pour le dernier des couillons. » Mais en vérité ce n'était pas mon sentiment. Il ne faisait pas l'imbécile. Même de là où j'étais assis, par-dessus le bruit de la climatisation, j'entendais Wallace hurler un commentaire du haut de son perchoir. Je ne distinguais pas les mots, mais le client rit et lança ses balles au large, sans viser. C'était Pfef tout craché. Les gens avaient une telle sympathie pour lui qu'ils ne le fichaient même pas à l'eau par une journée torride, ne fût-ce que pour rigoler.

J'étais sur le point de me rappeler mes bonnes manières, de m'expliquer auprès de Sita et de me remettre en quête de ma fille, quand je parcourus du regard la rangée de stands au-delà de Wallace et aperçus Dottie, à un angle. C'était bizarre. Après avoir parcouru toute cette route pour la voir, je restai à l'écart, n'allai pas la retrouver. Elle avançait d'un pas pesant, tête baissée comme un taureau, et j'eus ainsi, en tout cas, une nette vision de sa coiffure, torsadée devant, rabattue derrière, avec des anglaises pendantes, et le tout vaporisé de laque. L'ouvrage paraissait indestructible.

« Comment Celestine a-t-elle pu lui laisser faire un truc pareil ? » lançai-je à haute voix. Et la robe, aussi. Dot était comprimée dans le haut en forme de cœur, et ne cessait de se prendre les pieds dans la jupe cloche. Tout en marchant, elle balançait ses bras courts et musclés et faisait jouer ses gants. Un long pan de tissu blanc traînait derrière elle. J'aurais juré qu'elle cherchait la bagarre. Même d'aussi loin, je voyais ses yeux briller. Elle me rappelait les marins à terre en permission, des types dangereux, remontés à bloc par des mois passés en mer et qui cherchaient un endroit où jouer des poings.

Elle fila droit sur le stand où était assis Wallace, animée par un objectif inconscient. Au comptoir, elle n'eut même pas une seconde d'hésitation mais retira ses longs gants blancs et demanda trois balles. Elle en brandit une. Tout en la soupesant, elle visa. Je la regardai, saisi d'une sorte de stupeur, lancer ses balles. Une, deux, trois – chacune fit mouche, mais la première avait suffi. Wallace disparut dans un éclair orange. Son chapeau parut le suivre en flottant dans sa chute.

Je jaillis comme une flèche hors de la camionnette, me rattrapai, trébuchai, repartis. Je m'étais laissé aller à trop fumer et je n'étais plus si jeune. Je ressentis un pincement dans le dos, mais mis jusqu'à la dernière once de vitesse dans mes jambes et piquai un sprint. Wallace était inconscient. Il fallait que j'y aille. Je courais à perdre haleine.

Je fonçai dans la foule et dégringolai dans le bassin près de lui. Je tombai à genoux, pataugeai jusqu'à l'endroit où il gisait sur le fond en plastique, sous quelques centimètres d'eau, aussi lourd qu'un enfant endormi. Il avait l'air de faire la sieste. Il avait l'air de s'être déjà noyé. Quand je le redressai, ruisselant, abasourdi et qui se débattait, absolument malade de stupéfaction, il lança les bras en avant, résista. Je l'attirai contre moi, et les mots qu'il fallait me revinrent.

« Qu'elle aille se faire foutre, la direction ! » m'écriai-je.

La tribune

Celestine et Mary étaient tiraillées entre s'asseoir tout en haut de la tribune, sous l'auvent de bois et de bardeaux, ou bien devant, en bas, dans la lumière aveuglante et torride, près de l'estrade « royale ». Elles choisirent de souffrir. Elles s'installèrent côte à côte au centre du premier rang, silencieuses, chacune absorbée dans ses pensées. Le soleil était implacable et leurs robes de rayonne gardaient la chaleur tout contre leurs corps.

« C'est comme ça qu'on fait cuire une dinde », remarqua Mary au bout d'une demi-heure. L'annonce du couronnement était passée dans la sono et par petits groupes les gens commençaient à prendre place. Un prêtre aux cheveux roux s'assit à une extrémité du premier rang. Celestine et Mary le voyaient bien car la tribune s'incurvait autour du marbre.

Elles pensèrent toutes les deux à Sita.

« Peut-être devrions-nous aller le chercher, dit Celestine.

– Je ne sais pas trop, répondit Mary, qui pinça les lèvres. Elle ne va plus à l'église.

– C'est vrai », reconnut Celestine.

Pourtant elle regrettait de ne pas avoir administré à Sita un genre de derniers sacrements. Il lui semblait qu'elle aurait dû faire quelque chose. Elle continua à observer le prêtre, comme s'il représentait une forme d'espoir. Il avait l'air solide, et elle était convaincue que si elles s'adressaient à lui quand tout serait terminé, il saurait quelles dispositions prendre.

« Ils amènent Russell, dit Mary. Regarde là-bas. »

L'infirmier avait fait tout le tour de la ville pour arriver à la fin de la cavalcade avant le char de Russell. Maintenant il le poussait sur le terrain de base-ball bosselé.

« Russell doit cuire dans son vieil uniforme », remarqua Celestine, inquiète.

Il lui semblait que tout le monde devait être malheureux. Le prêtre, assis à l'autre bout, avait plié un programme de la cérémonie à l'aide duquel il s'éventait. Celestine et Mary elles aussi avaient des programmes, mais elles voulaient les garder intacts en souvenir de cette journée.

Les princesses gravirent enfin à la queue leu leu les marches de l'estrade, chacune retroussant sa jupe d'une main. Celestine les compara attentivement. Dans leurs vêtements de confection vaporeux, elles ressemblaient à des modèles de magazine ou des mannequins de vitrine. Sita avait toujours eu l'air parfait, tout comme elles, lèvres brillantes, cheveux fixés avec de la laque. Dot n'était pas parmi les filles, au début, mais ensuite elle arriva à pas lourds le long de la ligne des bases de gauche.

Sous l'effet de la chaleur, sa robe s'était amollie comme une plante fanée. Elle ne prit même pas la peine de l'écarter de ses chevilles lorsqu'elle monta les marches.

« Voilà la plus belle », souffla Mary.

À ses yeux, Dot était ravissante. Le soleil se reflétait dans sa coiffure. Sa robe flamboyait là où une irisation irrégulière avait été tissée dans l'étoffe. Mary trouvait que sa nièce ressemblait à une ancienne déesse païenne. Elle avait récemment lu des choses sur l'Atlandide dans son *Livre de l'Étrange,* et se représentait Dot touchant les vagues de son sceptre de fer.

Celestine songeait que Dot paraissait mal à l'aise et peut-être même désespérée. Ses épaules étaient voûtées et son visage transpirait en filet luisants. Elle alla s'asseoir sur le dernier fauteuil pliant, les poings posés sur les cuisses, et jeta un coup d'œil au ciel blanc et brûlant.

L'assistance tout entière, incommodée, soupirait, s'éventait et fronçait les sourcils sous le soleil, en attendant que le maire prenne la parole. Celestine et Mary, les yeux rivés sur Dot, l'adjuraient de les regarder, d'échanger un signe de reconnaissance depuis sa royale position. Mais Dot était totalement centrée sur elle-même, comme si elle était seule dans sa chambre, et elles ne parvinrent pas à croiser son regard. Puis, plein de vitalité fébrile, Wallace jaillit dans l'allée du premier gradin et détourna leur attention. Karl suivait dans son sillage. Les deux hommes étaient fumants, trempés jusqu'aux os.

« Elle est au courant », dit Wallace, le souffle court, en se laissant tomber sur un siège juste derrière Celestine. Karl s'assit plus lentement et plus posément, dans le dos de Mary. Il hocha la tête, les yeux hagards, mais ne prononça pas un mot. Il examina l'estrade, les banderoles, le fauteuil pliant camouflé sous des serpentins et placé plus haut que les autres, sur un podium, vide jusqu'à ce que l'on proclame le nom de la reine.

« Qui est au courant de quoi ? » Mary se tortilla pour se retourner, et de ses yeux rusés, qui dissimulaient tout, examina Karl des pieds à la tête. « Tu es trempé comme une soupe.

– Je sais, répondit Karl.

– C'est bien fait pour toi », dit Celestine.

Wallace se pencha en avant et amena son visage entre les deux femmes. De l'eau qui tombait de ses cheveux et de ses oreilles goutta sur leurs épaules.

« Dot est au courant, dit-il, désespéré. J'ai concocté toute cette histoire, modifié les votes, tout truqué, je l'ai fait élire. »

Les yeux de Celestine s'ouvrirent d'un coup, les coins de sa bouche s'affaissèrent.

« Non, tu n'as pas pu faire ça », dit-elle.

Mary était impassible, comme si elle s'était toujours attendue au pire.

« On va s'en prendre plein la figure », déclara-t-elle sans quitter Dot des yeux, assise parmi les princesses pomponnées, qui ne souriait pas, ne faisait signe à personne de la main et ne creusait pas ses fossettes, mais continuait à regarder fixement le vaste ciel avec l'air d'avoir reçu un coup sur la tête.

« Elle va s'écrouler, avec cette chaleur, marmonna Celestine. Ils feraient bien de se dépêcher. »

Le vrombissement subit d'un avion, en train de démarrer dans le champ extérieur, couvrit ses paroles. Les dignitaires de l'estrade pivotèrent comme un seul homme pour le regarder décoller. La frêle clôture du home-run avait été démontée et un long champ plat et brûlé s'étirait au-delà – une piste idéale. Le maire cria par-dessus le bruit du moteur.

« Bienvenue… première… annuelle… va s'inscrire… là-haut à la vue de tous… assure une double fonction depuis… de petits nuages chétifs… bonne chance… ensemencer les nuages est une… taux de réussite… l'Aviation de Tommy B… compétence technique… et maintenant… »

Dot bougea à ce moment-là. Elle retroussa sa robe, dénuda ses jambes courtes et vigoureuses, traversa l'estrade en tapant des pieds, sauta, atterrit sur ses orteils puis courut en laissant de minuscules marques noires et pointues dans la terre battue du terrain de base-ball. Elle fila vers le champ extérieur, vers le petit avion blanc qui était perché là, aussi vif et gracieux qu'un oiseau. Et lorsqu'elle atteignit ses portières, d'un bond elle grimpa dedans sans même un coup de main ni un consentement. Il y eut un temps mort, tandis que peut-être elle argumentait avec le pilote. Puis le maire retrouva sa voix et cria : « Hé, ho… » Celestine et Mary, Karl et Wallace étaient debout, prêts à intervenir, mais le pilote se pencha à la portière, salua en agitant sa casquette d'agriculteur en résille noire, puis se mit à rouler au sol. L'avion avança par bonds rapides et surprenants, fit de brusques embardées, prit de la vitesse jusqu'à ce que le vrombissement devienne assourdissant, puis s'éleva au-dessus des stands et des marquises de toile, au-dessus des grands ormes qui semblaient être là depuis toujours, au-dessus de la rivière boueuse et plate, au-dessus de la tribune, et au-dessus de la ville.

Le maire était le maire d'Argus parce qu'il ne perdait jamais tout à fait pied, quelle que soit la crise, et que l'on pouvait toujours compter sur lui pour réagir et lancer des remarques sans intérêt. Maintenant, le ronron de sa voix accompagnant le moteur de l'avion, il s'en tenait à son discours écrit, retraçait l'histoire de la betterave à Argus depuis les débuts jusqu'à l'époque actuelle. La foule commença à s'agiter. Les personnes piégées sur l'estrade se collaient une mine intéressée sur le visage, mais en vérité ce qu'elles suivaient c'était la progression de l'avion, qui monta si haut qu'il disparut une fois, puis scintilla telle une paillette, creusa un trou dans un nuage d'apparence solide et ressortit de l'autre côté. Puis dans un autre, et encore un autre. Il tournoya et vira sur l'aile en boucles et loopings, puis se mit à écrire.

En bas, au sol, Mary avait levé les mains, les avait réunies, portées à son visage, et finalement laissées là comme si son expression risquait de se lézarder au cas où elle les abaisserait. Celestine était désorientée, tétanisée par la peur, incapable d'être en colère contre Wallace, qui lui était tellement hébété et anxieux qu'il en tremblait. Seul le visage de Karl était levé vers le ciel, plein d'émerveillement.

Ils regardèrent la scène. Leurs visages étaient des caractères qui prenaient la lumière. L'avion s'inclina, fila, composa ***Reine Wallacette*** avec de la fumée et de la vapeur et, quand ce fut fait, vira et disparut au-delà de la limite des arbres.

Sur l'estrade il y eut quelques secondes de silence, et puis le maire s'interrompit, proclama Dot reine et tendit des roses rouges à Celestine, de l'autre côté du grillage. Ensuite il quitta l'estrade, accompagné des princesses et du commandant de l'American Legion. Russell était assis, immobile. Il y eut un murmure, un fracas de pas sur les planches au moment où la foule quittait la tribune. Seuls les quatre restaient plantés là, la tête renversée en arrière, l'oreille tendue pour guetter le retour du moteur. Ils composaient un petit groupe, précipité hors du néant et pourtant réuni. Ils ne baissèrent pas les yeux, mais continuèrent à regarder, au-dessus d'eux, le nom de Dot qui s'étirait, se brisait dans les courants atmosphériques, avant d'être aspiré dans la stratosphère, lettre par lettre.

CHAPITRE 16

Dot, 1972

« Putain, que c'est moche ! ai-je dit en regardant le tissu vert à l'aspect mouillé de la robe que j'étais censée porter. Ça doit être une mue de dinosaure ou un truc dans ce genre. »

Tante Mary a poussé un soupir de douleur, comme si un couteau s'était vrillé profondément dans sa chair, et puis elle a pincé la bouche pour pouvoir me supporter. Ma mère a porté ses doigts à ses lèvres.

« Je m'en fous, leur ai-je dit. Pas question que je mette ce truc-là, même si tante Mary a payé deux cents dollars. »

Mais on voit bien où ça m'a menée, parce que c'est bien sûr exactement ce que j'ai sur le dos.

Je suis plantée là, dans le parking de l'armurerie, à côté de tous les chars en papier et en grillage peints à la bombe. Oncle Wallace distribue des numéros rouges aux conducteurs pour qu'ils connaissent leur place dans la cavalcade. C'est la pagaille. Tous les types qui tirent les chars avec leurs voitures sont des toxicos de l'Autobody Club. Ils sont à moitié camés et affalés sur les pare-chocs, ou bien ils rient comme des bossus dès qu'ils sont derrière le volant. Je m'en fous parce que ces types sont des amis à moi, pas des amoureux ni rien. Ils me laissent traîner avec eux. Ce dont je ne me fous pas, c'est de porter cette robe ; on dirait le cauchemar de Poucette. Mais au moins j'ai le châle en dentelle blanche, qui a l'air d'un rideau que j'aurais pris à une fenêtre chez quelqu'un. Je me suis enroulée dedans parce que j'ai la trouille que si P. J., Eddie, Boomer ou un des autres gars me voient de près, ils se fendent la poire et s'emplafonnent. La vie est assez drôle vue à travers leurs yeux.

Et puis il y a les autres membres de la cour royale. Quand je les vois flotter vers moi, toutes en simple broderie anglaise blanche ou bleu pastel, toutes minces avec un bronzage orangé parce qu'elles sont restées allongées sur le toit de leur garage enduites d'huile d'amande douce iodée, je suis agacée. Je sais à la façon de se comporter de Wallace que c'est mon jour de gloire. Il connaît le résultat. Je sais très bien qui aura la couronne et je pense, en fait, que je devrais avoir ce char pour moi toute seule.

Des membres de la National Guard ont remplacé oncle Wallace pour diriger tout le monde, et maintenant un type svelte vêtu d'un uniforme kaki parfaitement amidonné nous ordonne de nous mettre en rang. À la vue d'un militaire, notre chauffeur redescend sur terre, et nous, les cinq filles, nous montons sur le char. C'est un plateau de semi-remorque. De vieux draps sont agrafés au bois raboteux et des guirlandes argentées de Noël dernier y pendent par-ci par-là. On a disposé cinq bottes de foin enveloppées de draps pour nous asseoir dessus. Dans notre dos s'ouvre un grand éventail en carton festonné portant cette inscription : LA REINE ET SA COUR. Une botte de foin est placée un peu plus haut que les autres, et je la prends. Les princesses se déploient à mes pieds en tourbillon.

Les rues sont encore humides, parce que les pompiers les ont arrosées avec le peu qui reste de la rivière. La poussière ne s'est redéposée qu'un court instant. Je sens la sécheresse. Elle puise en moi, tire sur la peau de mon visage. En arrivant en ville dans la voiture d'oncle Wallace, ce matin, j'ai vu les champs se soulever. Bas dans le ciel, se gonflant comme de la fumée, la poussière allait et venait, et j'ai dit :

« Quelles sont les prévisions ?

– Temps sec, a-t-il répondu. Encore du soleil. »

Son visage paraissait minuscule et ratatiné quand il l'a dit, comme si la sécheresse le flétrissait lui aussi.

La cavalcade se met en branle par à-coups, et à peu près un demi-pâté de maisons plus loin, je vois l'infirmier costaud de la maison de repos débarquer mon oncle d'un fourgon spécial au toit en dôme. Russell est attaché au fauteuil roulant au moyen d'un harnais qui semble faire partie de son uniforme. Toutes ses médailles y sont épinglées, c'est une tache vive qui se répand sur sa poitrine. Le type le bringuebale, le tire sur le côté du char, le penche si bien qu'à un moment il s'affaisse par-dessus bord.

Je me lève, hurle depuis l'extrémité du char en marche.

« Il a besoin de boire ! Vous ne voyez donc pas qu'il a soif ? Donnez-lui à boire ! »

Les gens se retournent. Je montre Russell du doigt, je me lève et crie de nouveau jusqu'à ce qu'un militaire arrive en courant avec une gourde pleine. On dirait que c'est moi qui commande, déjà reine, parce que l'infirmier et lui le mettent maintenant doucement en place, au centre de son faux champ de bataille planté de ces coquelicots en plastique et en fil de fer que les anciens combattants vendent tous les ans. Mon oncle boit à la gourde et redresse la tête pour avaler. Je vois l'eau descendre à chaque gorgée, et puis la cavalcade tout entière s'engage dans la rue et Russell est coincé entre les bunkers et les fusils croisés, il a les yeux fixés sur l'arrière ouvert de la jeep de la National Guard qui va tirer son char.

P. J. appuie sur le klaxon et je m'assois sur ma botte de foin. J'ai laissé glisser le châle en dentelle, et quelque part dans ma tête je me rends compte que les autres postulantes se délectent à la vue de ma robe aux allures de plante. Mais je m'en contrefous. Je commence mon salut de la main en mode essuie-glace, selon les instructions de notre prof de gym qui a concouru pour le titre de Miss Dakota du Nord. Un va-et-vient très lent. On sourit, on sourit, on sourit.

Bien que la rue soit large, les gens l'ont remplie de voitures garées et se tiennent maintenant sur trois rangs, tout contre le flanc des chars. Sur notre passage, ils saluent, leurs mains voltigent à quelques centimètres de nos visages, et nous répondons à ces saluts sans parler, nos paumes à quelques centimètres seulement de leurs visages. L'illusion de notre grandeur nous enferme comme dans une bulle. On nous croirait isolées, insensibles à nos admirateurs. C'est ainsi que j'entends la conversation me concernant avec une telle netteté qu'il ne peut y avoir d'erreur.

« Laquelle va gagner, à ton avis ?

– Oh, celle-là. La boulotte aux cheveux roux.

– Tu rigoles.

– Non, c'est certain. D'après ce qu'on m'a dit. Mon frère connaît ce Pfef.

– Ah bon ?

– Il a tout truqué. Il l'a fait sélectionner, et après c'est lui qui a compté les votes.

– Il est de sa famille ?

– Elle est censée être sa nièce, je crois.

– Ah.

– Sa mère, c'est la grande Indienne, là-bas. La grande perche.

– Elle ne lui ressemble pas. »

D'abord, je crois que je suis un peu hébétée. Tout en dehors de moi est une tache floue et tournoyante. Je continue à essuyer l'air, mais la foule se brouille et c'est tout. Je souris jusqu'à en avoir mal aux joues. Et puis petit à petit les choses s'éclaircissent. J'accepte la réalité, à commencer par le fait que toutes les autres filles ont, elles aussi, entendu cette conversation. Je me retourne pour couler un regard désinvolte vers elles, et à mes pieds les quatre princesses pivotent, la mine vorace, pour croiser mon regard. Je vois bien qu'elles sont vraiment en pétard, mais en même temps contentes. Elles sont folles d'impatience de déballer cette histoire au grand jour.

Je plonge tout au fond de moi. Quelque part dans ma tête je savais qu'oncle Wallace avait monté ce coup-là. Mais ce n'est pas quelque chose qu'on accepte facilement, et je ne l'avais pas accepté. Je pensais qu'il en ferait au moins un secret bien gardé. Mais maintenant c'est le dernier potin en date. Une des princesses se met à cancaner.

« Je ne trouve pas ça juste, je ne trouve pas ça juste. » Et tout le temps qu'elle le dit, elle agite la main et sourit. Sa tête danse sur son long cou, et je décide, en ma qualité de reine, que je la lui couperai. « Quelqu'un devrait dire quelque chose. Quelqu'un devrait tout raconter. » Elle n'arrêtera pas.

Je lui crie à l'oreille :

« Ne te gêne surtout pas. Tu crois peut-être que je veux être reine ? »

Elle se tient la tête et me regarde d'un air peiné, mais les autres prennent le relais.

« Et pourquoi pas ? Pourquoi tu ne voudrais pas ? Tu as droit à un bon d'achat dans tous les magasins. Tu as droit à la couronne. Tu as droit à un grand article dans le *Sentinel*. Je suis sûre que tu feras une jolie photo, genre rideaux, tu vois, et j'espère que tu porteras ta robe. On dirait, *je te jure, de la laitue écrasée.* »

Elles me rendent dangereuse.

Je hurle :

« C'est une putain de robe de créateur ! »

Ce qui leur cloue le bec, ou du moins les pousse à persifler entre elles, juste assez fort pour que je les entende.

« Je parie que tu l'as eue contre des timbres-épargne.

– Je sais exactement où elle l'a eue : en solde dans la vitrine du magasin Les Femmes Fortes de Grand Forks. Même que je l'ai vue quand j'étais là-bas. Y avait un mannequin à qui on avait passé la robe, avec une petite étiquette autour du cou qui disait "– 90 %". »

Je m'aperçois que ce qu'elles disent de cette robe est probablement vrai. Ce magasin, c'est là que tante Mary aime bien faire ses courses. Elle n'est pas facile à habiller vu qu'elle est bâtie comme une barrique, et dans cette boutique il y a toujours des soldes fantastiques.

Je dis d'un ton menaçant :

« Je vais vous tuer. »

Et j'aimerais bien les étrangler sur-le-champ. Mais je ne peux pas les faire taire, évidemment, d'ailleurs elles peuvent même entendre qu'il y a un certain manque de conviction dans ma voix. Et aussi une sombre tristesse et du désespoir. Jamais je n'ai été aussi désespérée.

Loin devant, je vois à tour de rôle les chars ou les fanfares obliquer à l'entrée de la fête foraine. Ils avancent si lentement, et prennent le virage de façon si maladroite, que cette dernière partie semble interminable. Nous sommes bloqués dans le beuglement des trompettes et le fracas des tambours de la fanfare du lycée, un pot-pourri sans fin du thème de *Docteur Jivago.* Dès que les instruments se taisent, l'Orphéon des Anciens prend le relais. Les retraités sont perchés sur une charrette à foin et tous, bizarrement, portent des gilets et des chapeaux en boîtes de bière aplaties crochetées les unes aux autres par les bords. Ils prennent leurs instruments. Ils hochent la tête trois fois et commencent. C'est faux, et dissonant comme le vent.

Peut-être que cette musique insupportable trouble mon esprit car, assise là, je me mets à penser à ma vengeance.

Je n'ai été furieuse contre oncle Wallace qu'une seule fois, et quand c'est arrivé je n'avais jamais été aussi furieuse contre personne. Mais cette colère que j'avais ressentie il y a longtemps était une piqûre d'épingle, du simple dépit. Cette fois, c'est pour de vrai. *Comment a-t-il pu me faire ça ?* C'est ce que je me demande en descendant du char. La cavalcade tire à sa fin. Une brume rouge me tombe devant les yeux.

Il y a des stands des Jeunesses agricoles pleins de veaux et de cochons très propres. Les Filles Catholiques des Amériques ont une cabane où un bingo bat son plein et où elles vendent aussi des gâteaux. Il y a des forains, qui marchandent ces énormes chiens roses que personne ne gagne jamais, et partout la chaleur salée du pop-corn fraîchement grillé, celle, sucrée, de la barbe à papa bleu vif, le grésillement des hot-dogs longs de trente centimètres. J'ai l'impression que je vais m'évanouir si je ne m'arrête pas pour manger, mais je fonce malgré tout. Déjà la foule s'égaille vers la tribune où le présentateur bavasse dans un porte-voix. Je cours le long des stands, dépasse le bouquet d'ormes. Je sais qu'oncle Wallace sera quelque part parmi les projets caritatifs, en train de les organiser ou au boulot derrière un comptoir. D'ailleurs, le voilà. C'est trop facile. Je le trouve posé comme un leurre de chasse, la cible la plus facile du monde. J'achète trois balles.

Je ramasse la première. J'entends le présentateur qui invite la foule à rejoindre la tribune pour le couronnement de la Reine des Betteraves.

« Wallacette, non, je t'en prie ! » crie oncle Wallace.

Lorsqu'il prononce ce mot, le rideau rouge tombe.

Je hurle :

« T'as tout déballé ! Tricheur ! »

Pendant quelques secondes, alors que la dernière balle s'élance dans l'air, je me sens bien. Mais quand ça éclabousse de partout je me retourne, presque aveuglée par ce que j'ai fait, et, honteuse, je pars en direction de la tribune. Le visage d'oncle Wallace avait l'air tellement vieux et émacié que je ne supporte pas d'y penser. Je veux prendre mes jambes à mon cou. Je veux sauter dans la Classic de P. J. et le forcer à me conduire au Canada. D'abord Russell, maintenant Wallace, et ensuite le pire moment de ma vie. Je ne suis pas obligée d'aller jusqu'au bout de cette histoire, me dis-je, franchement pas. Je pourrais filer par un stand de mise en conserve, me cacher dans l'étable. Il y a un avion au bout du champ, qui fait chauffer son moteur. Tout en montant sur l'estrade où le maire, oncle Russell et les princesses sont déjà assis, je me dis que je pourrais feindre un genre d'énormes convulsions. L'ambulance arriverait dans un hurlement de sirène, ses feux clignoteraient et des types en blanc se précipiteraient sur moi. Ils me soulèveraient comme un sac de blé et me jetteraient sur une civière. Arrivés devant la portière de l'ambulance, ils me manipuleraient de façon malhabile, comme pour Russell. Mais je ne fais rien de tout ça. Il me vient une bien meilleure idée.

Le soleil est une féroce boule blanche et sous ses rayons les planches de l'estrade ont roussi. L'assise en alu des fauteuils pliants est aussi chaude qu'un dessus de poêle. Je m'installe. Cette robe est bien utile, elle sert au moins à quelque chose. Je dispose les feuilles de ma jupe pour créer une couche protectrice, et là, sous les yeux de ma famille et de la ville, le plan que j'ai en tête commence à prendre forme, s'échafaude comme une sorte d'aboutissement logique. Il y a un fil conducteur qui démarre avec ma grand-mère Adelaide, passe par mon père et arrive jusqu'à moi. Ce fil, c'est qu'on joue les filles de l'air.

Face à moi, dans la tribune, je sais que sont assis les membres de ma famille, leurs yeux comme autant de pièges tendus. Je n'en regarde aucun, je me tourne plutôt vers Russell. Il est assis au bout de la rangée de fauteuil brûlants. Ses lèvres se sont retroussées, une mèche de cheveux est retombée sur son front. Les rides de son visage, profondes et brunes, en dents de scie, filant à l'oblique, ressemblent à la terre desséchée.

« J'ai le grand plaisir, déclare le maire en réglant la hauteur du micro, de vous souhaiter à tous la bienvenue à la première Fête de la Betterave. »

J'ai tout juste le temps.

« La Reine est censée monter dans l'avion ! C'est un truc publicitaire. Allez-y. Décollez ! »

C'est ce que je beugle à Tom B. Peske, le pilote.

Il me laisse sauter dans l'appareil, et pendant que nous roulons lentement sur le pré je lui raconte que j'ai de la bouteille, que je m'emploie à passer mon brevet de pilote. Il est donc étonné quand, à une centaine de pieds du sol, je ferme les yeux et laisse tomber ma tête sur mes genoux. L'avion remue, vibre, tournoie comme une fusée de fête foraine. Je me sens trop légère, détachée de tout. Je me redresse et ouvre la bouche, lui hurle de me ramener en bas. Il refuse. Il doit écrire mon nom. Mon interminable et horrible nom, en entier. Dix lettres.

Je respire à fond, lentement, jusqu'à ce que le monde devienne net de l'autre côté du pare-brise et que j'ose bouger. Je bouge centimètre par centimètre, je me rajuste, ébahie de découvrir que j'ai bien trop mal au cœur – parce que ça remue ou que je suis sous le choc – pour avoir peur. L'immensité là-haut, le monde plat qui penche, l'absence de limites au ciel et à la terre me bouleversent. Des tunnels d'air chaud montent tout droit des champs labourés. Chaque fois que nous en heurtons un, chaque fois que je pense à quoi nous ressemblons vus d'en bas, je fais du bruit. Il n'y a que cela pour m'empêcher de vomir. Je hurle si fort, quand on passe au sommet des lettres, que le pilote crie que je lui casse les oreilles. La seule chose que je fais correctement, c'est l'aider à ensemencer les nuages. Nous virons plein ouest, où un groupe de cumulus s'est amassé. Je charge les cartouches d'iodure d'argent dans le pistolet lance-fusées, exactement comme il me dit de le faire, et puis je le pointe hors du hublot tandis que Tom B. vole sans visibilité. Mes doigts rouillent contre le flanc lisse de l'arme. J'ai un goût de fer dans la gorge. Je me concentre sur les mains du pilote, solidement posées sur le tableau de bord. Je me concentre pour tirer. Une heure s'écoule avant que nous ne revenions et tournions en rond au-dessus de la tribune.

Je décide, lorsque nous finissons par redescendre, de mourir les yeux grands ouverts. Et donc je vois tout, le brusque grossissement quand nous descendons en piqué, la terre qui fonce vers nous, la fête foraine et le champ de foire comme un tableau barbouillé qui devient brusquement net au moment où nous ralentissons. La tribune en demi-cercle, c'est là que nous nous arrêtons, dans le champ gauche.

Tom B. détache une écritoire à pince et se met à consigner son vol. Il remarque à peine quand je descends, ou peut-être est-il écœuré et content de me voir partir. Je suis si contente de toucher le sol que ça m'est égal, et ça m'est égal aussi que l'air soit dense, humide, ça m'est égal d'être de nouveau étouffée dans ma robe. Le tissu est trempé de sueur, il gratte, colle comme un drap plein de bardane. Mais je pourrais filer le long de la troisième ligne du terrain. Vers la base de départ. Je me mets à marcher, un peu vacillante, je me redresse. L'estrade est vide, les fauteuils en désordre, les serpentins tombés par terre, et la tribune est parsemée de gens à l'affût d'un souffle d'air, qui mangent des pilons de poulet, de la tourte aux fruits. Personne ne me montre du doigt ni ne me remarque, personne ne se lève pour acclamer la reine. Personne, non plus, ne hurle en me pointant du doigt, ce qui est déjà ça. Le maire est parti. Les princesses. Russell est parti, et Wallace. Tante Mary est partie aussi et je m'arrête, frappée de plein fouet par un lancer raté.

Tout le temps que j'étais dans l'avion, je les avais imaginés le souffle coupé, hurlant, se cachant les yeux et priant. J'étais certaine qu'ils attendraient une éternité, ou au moins jusqu'à ce que l'avion redescende, mais non.

C'est une pensée solitaire, et pas tout à fait vraie. Car, plantée là, je regarde avec plus d'attention dans la tribune et je vois que quelqu'un attend. C'est ma mère, et tout à coup je ne vois plus qu'elle. Sa peau est rêche. Tout son visage paraît aimanté, comme du minerai. Ses yeux brun foncé sont cernés de peau sombre, mais pleins d'ardeur. Dans son regard, je distingue la force de son amour. Il est encombrant et pas facile à trimballer, comme un paquet qui s'ouvre sans arrêt. Il est comme cette robe qu'aucune excuse ne justifie. Il est gênant. Je m'avance vers ma mère, attirée par elle, incapable de résister. Elle descend les marches, se tient à côté du banc des joueurs et me donne la botte de roses pêle-mêle. Lourdes, à demi ouvertes, les fleurs ont flétri sur leurs tiges.

« Allons-y, dit-elle. Au fait, est-ce que tu peux marcher avec ces chaussures ? »

Je les retire. J'ai la plante des pieds dure comme de la grosse toile, et nous nous mettons en route. Ma mère m'annonce que je dois être forte pour ce qui est de tante Sita, mais je ne chancelle pas, je continue à fendre la foule qui erre comme des moutons, hébétée par la chaleur, sur les véritables grils que sont devenus les rues et les trottoirs bitumés. Le goudron colle, brûle à travers les callosités de mes pieds. Sur la route qui mène chez nous, au-delà de chez oncle Wallace, ma mère m'explique que tante Mary est au funérarium, à demi folle d'inquiétude pour moi. Puis elle s'arrête. Ce n'est pas ce qu'elle trouve tellement difficile à raconter.

Je lui dis :

« Il est revenu, c'est ça ? Il attend à la maison ? »

Mais non. Quand nous passons devant la demeure fermée d'oncle Wallace, ma mère pointe le menton et annonce :

« C'est sa voiture, là. »

C'est un modèle ancien et effilé, équipé d'amortisseurs à ressort. Meurtri par des soudures non repeintes, couvert d'une poussière épaisse et sèche. La voiture a été garée en marche arrière, prête à quitter les lieux en douceur.

Je mets mes chaussures à talons. Les bardanes au bord de la route sont tondues à ras et coupent comme du verre. J'effleure le bras de ma mère pour retrouver mon équilibre tandis que nous marchons. Les nuages se déploient au-dessus de nos têtes. Nous respirons une poudre de terre qui vole et qui brûle. Ma robe est insupportable, une horreur qui me gratte et que j'enlève dès que nous entrons dans la maison.

J'enfile un vieux tee-shirt souple et un jean coupé en bermuda, et puis j'entre dans la cuisine. Ma mère a roulé ses bas sur ses chevilles. Elle a retiré sa ceinture ajustée. Elle a sorti une brique de jus de fruits du réfrigérateur et nous nous asseyons à table pour la boire, nous parlons de tout ce qui est arrivé, avant de laisser languir la conversation. La nuit tombe, noire et sans lune, calme et très chaude. Je reste assise sans bouger pendant que ma mère fait la cuisine, je mange le toast et les œufs qu'elle prépare, bois le lait qui a coulé de sous sa main.

J'ai envie de m'appuyer contre elle tout comme les blés s'appuient contre le vent, mais au lieu de cela je monte m'allonger sur mon lit, seule. Je regarde le plafond un long moment, je laisse la nuit s'épaissir autour de moi, tous les bruits lointains de voitures et de gens s'arrêter, je me laisse avancer sur un bout d'écorce qui tourbillonne jusqu'à ce que je sois presque endormie. Et puis ça y est.

D'abord tout bas, produisant un léger tic-tac sur les feuilles, puis plus régulier, plus fort sur le toit, secouant les gouttières, le vent se lève. Il entre à flots par les moustiquaires, fait claquer les portes, gonfle les rideaux comme des voiles, submerge la maison obscure d'une odeur de terre et d'eau, l'odeur de la pluie.

Je la respire et pense à ma mère, couchée dans la chambre voisine, les couvertures rabattues, elle aussi, les yeux grands ouverts, qui attend.

REMERCIEMENTS

Je tiens à exprimer ma profonde reconnaissance tout d'abord à mon père, Ralph Erdrich, ainsi qu'à ma grand-mère, Mary Erdrich Korll, à mon éditeur, Richard Seaver, à ma tante Virginia pour la générosité de son enthousiasme et de ses conseils, à Charles Rembar, et à Barbara Bonner, amie et lectrice passionnée.

DU MÊME AUTEUR

Aux Éditions Albin Michel

L'ÉPOUSE ANTILOPE, 2002.

DERNIER RAPPORT SUR LES MIRACLES À LITTLE NO HORSE, 2003.

LA CHORALE DES MAÎTRES BOUCHERS, 2005.

CE QUI A DÉVORÉ NOS CŒURS, 2007.

LOVE MEDICINE, 2008.

LA MALÉDICTION DES COLOMBES, 2010.

LE JEU DES OMBRES, 2012.

LA DÉCAPOTABLE ROUGE, 2012.

DANS LE SILENCE DU VENT, 2013.

FEMME NUE JOUANT CHOPIN, 2014.

« Terres d'Amérique »

Collection dirigée par Francis Geffard
(Extrait du catalogue)

CHRIS ADRIAN
Un ange meilleur, nouvelles

SHERMAN ALEXIE
Indian Blues, roman
Indian Killer, roman
Phoenix, Arizona, nouvelles
La Vie aux trousses, nouvelles
Dix Petits Indiens, nouvelles
Red Blues, poèmes
Flight, roman
Danses de guerre, nouvelles

TOM BARBASH
Les Lumières de Central Park, nouvelles

DAVID BERGEN
Une année dans la vie de Johnny Fehr, roman
Juste avant l'aube, roman
Un passé envahi d'ombres, roman
Loin du monde, roman
La Mécanique du bonheur, roman

JON BILLMAN
Quand nous étions loups, nouvelles

TOM BISSELL
Dieu vit à Saint-Pétersbourg, nouvelles

AMANDA BOYDEN
En attendant Babylone, roman

JOSEPH BOYDEN

Le Chemin des âmes, roman
Là-haut vers le nord, nouvelles
Les Saisons de la solitude, roman
Dans le grand cercle du monde, roman

KEVIN CANTY

Une vraie lune de miel, nouvelles
Toutes les choses de la vie, roman

DAN CHAON

Parmi les disparus, nouvelles
Le Livre de Jonas, roman
Cette vie ou une autre, roman
Surtout rester éveillé, nouvelles

MICHAEL CHRISTIE

Le Jardin du mendiant, nouvelles

CHRISTOPHER COAKE

Un sentiment d'abandon, nouvelles

CHARLES D'AMBROSIO

Le Musée des poissons morts, nouvelles
Orphelins, récits

ANTHONY DOERR

Le Nom des coquillages, nouvelles
À propos de Grace, roman
Le Mur de mémoire, nouvelles

DAVID JAMES DUNCAN

La Vie selon Gus Orviston, roman

DEBRA MAGPIE EARLING

Louise, roman

BEN FOUNTAIN

Brèves Rencontres avec Che Guevara, nouvelles
Fin de mi-temps pour le soldat Billy Lynn, roman

TOM FRANKLIN
Le Retour de Silas Jones, roman

TOM FRANKLIN & BETH ANN FENNELLY
Dans la colère du fleuve, roman

ALAN HEATHCOCK
Volt, nouvelles

RICHARD HUGO
La Mort et la Belle Vie, roman
Si tu meurs à Milltown

HOLLY GODDARD JONES
Une fille bien, nouvelles
Kentucky Song, roman

THOM JONES
Le Pugiliste au repos, nouvelles
Coup de froid, nouvelles
Sonny Liston était mon ami, nouvelles

THOMAS KING
Medicine River, roman
Monroe Swimmer est de retour, roman
L'Herbe verte, l'eau vive, roman

SANA KRASIKOV
L'An prochain à Tbilissi, nouvelles

RICHARD LANGE
Dead Boys, nouvelles
Ce monde cruel, roman
Angel Baby, roman

MATT LENNOX
Rédemption, roman

BRIAN LEUNG

Les Hommes perdus, roman

Seuls le ciel et la terre, roman

DAVID MEANS

De petits incendies, nouvelles

DINAW MENGESTU

Les belles choses que porte le ciel, roman

Ce qu'on peut lire dans l'air, roman

Tous nos noms, roman

PHILIPP MEYER

Le Fils, roman

BRUCE MURKOFF

Portés par un fleuve violent, roman

JOHN MURRAY

Quelques notes sur les papillons tropicaux, nouvelles

KEVIN PATTERSON

Dans la lumière du Nord, roman

BENJAMIN PERCY

Sous la bannière étoilée, nouvelles

Le Canyon, roman

DAVID JAMES POISSANT

Le Paradis des animaux, nouvelles

DONALD RAY POLLOCK

Le Diable, tout le temps, roman

ERIC PUCHNER

La Musique des autres, nouvelles

Famille modèle, roman

JON RAYMOND

Wendy & Lucy, nouvelles

ELWOOD REID
Ce que savent les saumons, nouvelles
Midnight Sun, roman
La Seconde Vie de D.B. Cooper, roman

EDEN ROBINSON
Les Esprits de l'océan, roman

KAREN RUSSELL
Swamplandia, roman
Foyer Sainte-Lucie pour jeunes filles élevées par les loups, nouvelles

GREG SARRIS
Les Enfants d'Elba, roman

NATHAN SELLYN
Les Caractéristiques de l'espèce, nouvelles

WELLS TOWER
Tout piller, tout brûler, nouvelles

DAVID TREUER
Little, roman
Comme un frère, roman
Le Manuscrit du Dr Apelle, roman
Indian Roads, récit

BRADY UDALL
Lâchons les chiens, nouvelles
Le Destin miraculeux d'Edgar Mint, roman
Le Polygame solitaire, roman

GUY VANDERHAEGHE
La Dernière Traversée, roman
Comme des loups, roman

VENDELA VIDA
Se souvenir des jours heureux, roman

WILLY VLAUTIN
Motel Life, roman
Plein nord, roman

JAMES WELCH
L'Hiver dans le sang, roman
La Mort de Jim Loney, roman
Comme des ombres sur la terre, roman
L'Avocat indien, roman
À la grâce de Marseille, roman
Il y a des légendes silencieuses, poèmes

SCOTT WOLVEN
La Vie en flammes, nouvelles

Composition Nord Compo
Impression CPI Bussière en décembre 2015
Éditions Albin Michel
22, rue Huyghens, 75014 Paris
www.albin-michel.fr
ISBN : 978-2-226-31944-9
N° d'édition : 18429/01 – N° d'impression : 2018126
Dépôt légal : janvier 2016
Imprimé en France